Né à Providence (Rhode Island) en 1933, Cormac McCarthy a passé sa jeunesse dans le Tennessee. Dès ses premiers livres (*L'Obscurité du dehors*, *Un enfant de Dieu*, *Méridien de sang*), il est comparé à Herman Melville, James Joyce et William Faulkner. Cormac McCarthy est aussi l'auteur de *Suttree*, *Le Gardien du verger* (prix Faulkner 1965) et *La Route* qui a remporté le prix Pulitzer 2007 (adapté au cinéma par John Hillcoat, avec Viggo Mortensen, en 2009).

De si jolis chevaux est le premier volume de *La Trilogie des confins* (le livre a remporté le National Book Award en 1992) ; les deux autres volumes sont *Le Grand Passage* et *Des villes dans la plaine*.

Cormac McCarthy

DE SI JOLIS CHEVAUX

La Trilogie des confins I

ROMAN

Traduit de l'anglais (États-Unis)
par François Hirsch
et Patricia Schaeffer

Éditions de l'Olivier

TEXTE INTÉGRAL

TITRE ORIGINAL
All the Pretty Horses
ÉDITEUR ORIGINAL
Alfred A. Knopf

ISBN 978-2-7578-6262-9

I

LA FLAMME du cierge et l'image de la flamme du cierge captives dans le trumeau vacillèrent puis se relevèrent quand il entra dans le vestibule et de nouveau quand il referma la porte. Il retira son chapeau et s'avança lentement. Les lames du parquet craquaient sous ses bottes. Vêtu de son costume noir il se dressait dans la glace sombre parmi les si pâles lys penchés dans leur vase de cristal à la taille effilée. Il faisait froid dans le couloir où passaient à reculons les portraits d'ancêtres dont il n'avait qu'une vague idée et tous étaient sous verre et vaguement éclairés au-dessus de l'étroit lambris. Il baissa les yeux sur les restes du cierge fondu. Il pressa l'empreinte de son pouce dans la mare de cire tiède sur le chêne verni. Il finit par regarder le visage si creux parmi les plis du drap funéraire, les traits si tirés, la moustache jaunie, les paupières minces comme du papier. Ça ce n'était pas le sommeil. Ce n'était pas le sommeil.

Il faisait sombre dehors et froid et il n'y avait pas de vent. Un veau meuglait au loin. Il restait immobile son chapeau à la main. Tu te coiffais jamais comme ça de ton vivant, dit-il.

Il n'y avait pas d'autre bruit à l'intérieur de la pièce que le battement de la pendule sur la cheminée du salon. Il sortit et referma la porte.

L'obscurité et le froid et pas de vent et un mince récif grisâtre qui commençait à l'est au bord oriental du monde. Il fit quelques pas sur la prairie et s'immobilisa comme un suppliant son chapeau à la main, tourné vers les ténèbres qu'il y avait au-dessus de tous et il resta longtemps ainsi.

Il allait faire demi-tour pour rentrer quand il entendit le train. Il s'arrêta pour l'attendre. Il pouvait le sentir sous la plante de ses pieds. Le train surgi de l'est comme un obscène satellite du soleil prochain arrivait en hurlant et en mugissant au loin avec dans le long faisceau du phare filant à travers la broussaille enchevêtrée des mesquites l'interminable clôture découpée sur la nuit le long de la voie rigoureusement rectiligne pour être ensuite restituée fils et poteaux kilomètre après kilomètre aux ténèbres où la fumée de la chaudière se dissipait lentement sur le vague horizon naissant et maintenant le bruit mettait plus longtemps à lui parvenir et il restait là immobile avec son chapeau tenu à deux mains dans l'éphémère secousse souterraine suivant des yeux le convoi jusqu'à ce qu'il l'eût perdu de vue. Puis il fit demi-tour et rentra dans la maison.

Elle était devant le fourneau de la cuisine et elle releva la tête quand il entra et elle l'examina de bas en haut puis de haut en bas en le voyant habillé comme ça. Buenos días, guapo, dit-elle.

Il suspendit son chapeau à un crochet près de la porte parmi des cirés et d'épais surtouts et toutes sortes de pièces de harnais et s'approcha du fourneau pour y chercher son café et le posa sur la table. Elle ouvrit le four et en retira un plat de brioches au sucre qu'elle avait préparées et en posa une sur une assiette qu'elle lui apporta et la posa devant lui avec un couteau pour le beurre et elle lui passa la main sur la nuque avant de reprendre sa place devant le fourneau.

Merci d'avoir allumé le cierge, dit-il.

Cómo ?

La candela. La vela.

No fui yo, dit-elle.

La señora ?

Claro.

Ya se levantó ?

Antes que yo.

Il but le café. Dehors une lueur granuleuse commençait à peine et Arturo venait vers la maison.

IL VIT son père aux obsèques. À l'écart et seul de l'autre côté de l'étroite allée de gravier près de la clôture. À un moment il le vit sortir du cimetière pour aller à sa voiture. Puis revenir. Un vent de noroît s'était mis à souffler dans la matinée et il y avait des traînées de neige dans les rafales de poussière et les femmes assises s'agrippaient à leurs chapeaux. On avait installé un auvent au-dessus de l'emplacement de la tombe mais avec cette bourrasque qui arrivait sur le côté ça ne servait à rien. La toile grinçait et cognait et les paroles du prêcheur se dispersaient au vent. Quand tout fut fini et que les gens qui assistaient à l'enterrement se levèrent pour partir les chaises de toile sur lesquelles ils étaient assis l'instant d'avant furent emportées et traînées entre les tombes.

LE SOIR venu il sella son cheval et partit vers l'ouest. Le vent avait beaucoup faibli et il faisait très froid et le soleil déclinait rouge sang et elliptique devant lui sous les récifs des nuages rouge sang. Il allait là où il choisissait toujours d'aller quand il partait à cheval, là-bas où l'embranchement ouest de l'ancienne route comanche au sortir du pays kiowa vers le nord traversait la partie la plus occidentale du ranch et l'on pouvait en distinguer au sud la trace à peine perceptible sur les basses prairies entre les bras septentrional et intermédiaire du Concho. À l'heure qu'il choisissait toujours, l'heure où les ombres s'allongeaient et où l'ancienne route se dessinait devant lui dans l'oblique lumière rose comme un rêve de temps révolus où les poneys peints et les cavaliers de cette nation disparue descendaient du nord avec leur visage marqué à la craie et leurs longues nattes tressées et tous armés pour la guerre qui était leur vie et les femmes et les enfants et les femmes avec leurs enfants suspendus à leur sein et tous avec le sang en gage de leur salut et pour seule vengeance le sang. Quand le vent était au nord on pouvait les entendre, les chevaux et l'haleine des chevaux et les sabots des chevaux chaussés de cuir brut et le cliquetis des lances et le frottement continuel des barres des travois dans le sable comme le passage d'un énorme serpent et sur les chevaux sauvages les jeunes garçons tout nus folâtres comme des écuyers de cirque et poussant devant eux des chevaux sauvages et les chiens trottinant la langue pendante et la piétaille des esclaves suivant demi-nue derrière eux et cruellement chargée et la sourde mélopée sur tout cela de leurs chants de route que les cavaliers psalmodiaient en chemin, nation et fantôme de nation passant au son d'un vague cantique à travers ce désert minéral pour disparaître dans l'obscurité portant comme un graal étrangère à toute histoire et à tout souvenir la somme de ses vies à la fois séculaires et violentes et transitoires.

Il allait avec le soleil qui lui cuivrait le visage et le vent rouge qui soufflait de l'ouest. Il tourna au sud le long de l'ancienne piste de guerre et arriva au sommet d'une butte et sauta à terre et laissa retomber les rênes et s'éloigna de quelques pas et s'immobilisa comme un homme qui arrive au terme de quelque chose.

Il y avait un vieux crâne de cheval dans les buissons et il s'accroupit et le ramassa et le fit tourner entre ses mains. Fragile et friable, blancheur du papier blanchi. Accroupi dans l'horizontale lumière il le tenait devant lui, les dents d'animal de bande dessinée bougeant dans leurs alvéoles. Les articulations du crâne semblables à de mauvaises soudures entre les plaques osseuses. Le frottement assourdi du sable dans la boîte crânienne quand il la faisait tourner entre ses mains.

Ce qu'il aimait chez les chevaux c'était ce qu'il aimait chez les humains, le sang et la chaleur du sang qui les animaient. Toute sa déférence et toute sa tendresse et toutes les aspirations de sa vie allaient aux âmes ardentes et il en serait toujours ainsi et jamais autrement.

Il rentra dans le noir. Le cheval pressait l'allure. Les derniers vestiges de la lumière du jour se répandirent lentement sur la plaine derrière lui puis refluèrent à la lisière du monde dans une fraîchissante bleuité d'ombre et de ténèbre et de froid et d'ultimes pépiements d'oiseaux séquestrés dans l'obscure garrigue de fils enchevêtrés. Il retraversa l'ancienne piste et tourna le poney vers la plaine et vers la maison mais les guerriers n'en finiraient pas de chevaucher dans cette obscurité qu'ils étaient devenus, avançant dans le cliquetis de leurs outils de guerre paléolithiques et chantant à mi-voix leurs chants de sang et de nostalgie sur les plaines du Sud vers le Mexique.

LA MAISON avait été construite en 1872. Soixante-dix-sept ans plus tard son grand-père était encore le premier homme qui y fût mort. Tous les autres dont la dépouille avait été exposée dans ce vestibule y avaient été ramenés allongés sur une barrière ou enveloppés dans une bâche de chariot ou livrés emballés dans une caisse en planches de sapin mal rabotées tandis qu'un roulier attendait à la porte avec sa lettre de voiture. Ceux-là c'étaient ceux qui arrivaient jusqu'ici. La plupart leur mort était annoncée par la rumeur. Une coupure de papier journal jauni. Une lettre. Un télégramme. À l'origine le domaine s'étendait sur un bon millier d'hectares de la concession Fisher-Miller d'après l'ancien relevé qui datait de Meusebach, la maison n'avait d'abord été qu'un gourbi d'une pièce fait de bouts de bois et de clayonnage. Cela se passait en 1866. Cette année-là le premier troupeau de bovins avait traversé ce qui était alors le comté de Bexar et l'extrémité nord du ranch pour continuer vers Fort Sumner et Denver. La même année son grand-père avait envoyé six cents bêtes sur la même piste et avec l'argent il avait construit la maison et à ce moment-là le ranch faisait déjà dans les huit ou neuf mille hectares. La première clôture de barbelés avait été posée en 1883. En 1886 le bison avait déjà disparu. Cet hiver-là une grande mortalité de bétail. En quatre-vingt-neuf le fort du Concho avait été fermé.

Son grand-père était l'aîné de huit garçons et le seul à avoir passé vingt-cinq ans. Ils étaient morts noyés, ou d'un coup de feu, ou d'un coup de pied de cheval. La seule chose qu'ils semblaient redouter c'était de mourir dans leur lit. Les deux derniers avaient trouvé la mort à Porto Rico en 1898 et cette année-là il s'était marié et il avait amené son épouse à son ranch puis il était sans doute ressorti pour contempler son bien et méditer longuement sur les voies de la providence et le droit de primogéniture. Douze ans plus tard quand sa femme fut emportée par une épidémie de grippe il n'avait toujours pas d'enfant. Il se remaria l'année suivante avec la sœur aînée de sa défunte épouse et un an plus tard la mère du garçon vit le jour et il n'y eut pas d'autre naissance. Le nom de Grady fut enseveli avec le vieil homme le jour où le noroît balaya les chaises de jardin sur l'herbe morte du cimetière. Le garçon s'appelait Cole. John Grady Cole.

IL RETROUVA son père dans le hall du Saint-Angélus et ils remontèrent Chadbourne Street à pied jusqu'au Café de l'Aigle et allèrent s'asseoir au fond dans un box. En les voyant entrer des clients assis à des tables interrompirent leurs conversations. Plusieurs saluèrent son père et il y en eut un qui prononça son nom.

La serveuse appelait tout le monde mon chéri. Elle prit leur commande et leur fit des coquetteries. Son père sortit ses cigarettes et en alluma une et posa le paquet sur la table et posa par-dessus son briquet Zippo de la 3e division d'infanterie et se renversa sur sa chaise et commença à fumer et le regarda. Il lui dit que son oncle Ed Alison était allé voir le pasteur une fois l'oraison prononcée et lui avait serré la main, les deux hommes debout s'agrippant à leurs chapeaux le buste incliné de trente degrés dans les rafales de vent comme des comédiens de café-concert tandis que la toile de tente cognait et se déchaînait et que les employés des pompes funèbres couraient à travers le cimetière après les chaises de jardin, et il se penchait sur le visage du prêcheur et lui criait que c'était une bonne chose que l'inhumation ait eu lieu le matin parce qu'à voir la tournure que ça prenait il pourrait bien y avoir un fameux coup de vent d'ici la fin de la journée.

Son père riait sans bruit. Puis il se mit à tousser. Il but une gorgée d'eau et resta assis sur sa chaise à fumer et à hocher la tête.

Un copain à moi qui revenait du llano m'a dit qu'un jour que le vent était tombé brusquement toutes les poules s'étaient retrouvées cul par-dessus tête.

La serveuse apporta leur café. Voilà, mes chéris, dit-elle. Je reviens avec votre commande à tous les deux dans une minute.

Elle est allée à San Antonio, dit le jeune homme.

Dis pas elle en parlant de ta mère.

Maman.

Je le sais.

Ils buvaient leur café.

Qu'est-ce que tu comptes faire ?

Au sujet de quoi ?

Au sujet de tout.

Elle peut aller où ça lui plaît.

Le jeune homme l'observait. T'as pas besoin de fumer ces trucs-là, dit-il.

Son père pinça les lèvres et tambourina sur la table avec ses doigts et leva les yeux. Quand je viendrai te demander ce que je suis censé faire tu sauras que t'es assez grand pour me le dire, dit-il.

Oui père.

T'as besoin d'argent ?

Non.

Il observait le jeune homme. Tout va bien se passer pour toi, dit-il.

La serveuse apporta leur repas, de larges assiettes d'épaisse porcelaine avec un steak et de la sauce et des pommes de terre et des haricots.

Je vais vous apporter le pain.

Son père passa sa serviette dans sa chemise.

C'est pas pour moi que je me fais du souci, dit le jeune homme. Si je peux me permettre de dire ça?

Son père prit son couteau et coupa un morceau de steak. Oui, dit-il. Tu peux te permettre.

La serveuse apporta la corbeille de petits pains et la posa sur la table et repartit. Ils se mirent à manger. Son père ne mangeait pas grand-chose. Au bout d'un moment il repoussa son assiette d'un mouvement du pouce et étendit la main pour prendre une autre cigarette et la tapota contre le briquet et se la mit dans la bouche et l'alluma.

Dis tout ce que t'as sur le cœur. Nom de Dieu. Reproche-moi de fumer si ça te chante.

Le jeune homme ne répondait pas.

Tu sais bien que c'est pas ce que je voulais n'est-ce pas ?

Oui. Je le sais.

Tu t'occupes bien de Rosco ?

Il a pas été monté.

Pourquoi est-ce qu'on sortirait pas samedi.

Très bien.

T'as pas besoin de venir si t'as autre chose à faire.

J'ai rien d'autre à faire.

Son père fumait, il l'observait.

C'est pas la peine de venir si t'en n'as pas envie, dit-il.

Bien sûr que j'en ai envie.

Est-ce que toi et Arturo vous pouvez pas passer en ville pour me prendre ?

Oui.

À quelle heure ?

À quelle heure seras-tu debout ?

Je me lèverai.

On sera là à huit heures.

Je serai prêt.

Le jeune homme acquiesça. Il mangeait. Son père regardait autour de lui. Je me demande à qui il faut s'adresser dans cet établissement pour avoir du café, dit-il.

LUI ET RAWLINS ils avaient dessellé les chevaux et ils les laissaient aller et venir dans l'obscurité et ils s'étaient allongés sur leurs tapis de selle avec leurs selles comme oreillers. La nuit était claire et froide et les étincelles qui montaient des flammes filaient brûlantes et rouges parmi les étoiles. Ils pouvaient entendre les camions sur la grand-route et ils pouvaient voir les lumières de la ville reflétées sur le désert à une quinzaine de miles au nord.

Qu'est-ce que tu comptes faire ? dit Rawlins.

J'sais pas. Rien.

Je me demande ce que tu espères. Ce type-là a deux ans de plus que toi. Il a sa voiture et tout le reste.

Il a rien pour lui. Jamais rien eu.

Qu'est-ce qu'elle a dit ?

Elle a rien dit. Qu'est-ce que tu voudrais qu'elle dise ? Y a rien à dire.

Alors je me demande bien ce que tu espères.

J'espère rien.

Est-ce que tu vas y aller samedi ?

Non.

Rawlins sortit une cigarette de sa poche de chemise

et s'assit et prit une braise dans le feu et alluma sa cigarette. Il se redressa et se mit à fumer. Elle aurait pas le dernier mot avec moi, dit-il.

Il tapota l'extrémité de sa cigarette contre le talon de sa botte.

Elle en vaut pas la peine. Y en a pas une qui en vaut la peine.

Il fut un instant sans répondre, puis il dit. Si, y en a.

Une fois de retour il pansa le cheval et le mit à l'écurie et entra dans la maison par la cuisine. Luisa était allée se coucher et la maison était silencieuse. Il mit la main sur la cafetière pour voir comment elle était et il prit une tasse et la remplit et sortit de la cuisine et traversa le couloir.

Il entra dans le bureau de son grand-père et alla jusqu'à la table de travail et alluma la lampe et s'assit dans le vieux fauteuil pivotant en bois de chêne. Sur le bureau était posé un petit calendrier de cuivre monté sur pivots qui changeait la date quand on le renversait sur son support. Il indiquait encore le 13 septembre. Un cendrier. Un presse-papiers en verre. Un buvard où l'on pouvait lire Palmer, Fourrages et Fournitures. Dans un petit cadre en argent une photographie de sa mère au lycée à la remise du diplôme.

La pièce sentait la vieille fumée de cigare. Il se pencha et éteignit la petite lampe de cuivre et resta assis dans l'obscurité. Par la fenêtre de la façade il pouvait voir la prairie éclairée par les étoiles qui s'étendait au loin vers le nord. Arrimées comme un joug aux constellations les croix noires des anciens poteaux télégraphiques passant d'est en ouest. Son grand-père disait que les Comanches coupaient les fils pour les toronner avec du crin de cheval. Il se renversa dans le fauteuil et croisa ses bottes sur le plateau du bureau.

Les éclairs d'un orage sec au nord à une quarantaine de miles de distance. La pendule sonna onze heures dans le salon de l'autre côté du couloir.

Elle descendit l'escalier et s'arrêta dans l'encadrement de la porte du bureau et elle tourna l'interrupteur mural. Elle était en robe de chambre et elle gardait les bras croisés devant elle, les coudes dans les paumes de ses mains. Il leva les yeux sur elle puis se remit à regarder par la fenêtre.

Qu'est-ce que tu fais ? dit-elle.

Rien.

Elle resta là dans sa robe de chambre pendant un long moment. Puis elle fit demi-tour et traversa le couloir et remonta l'escalier. Quand il l'entendit refermer sa porte il se leva et éteignit.

Il y eut encore quelques jours cléments, les derniers, et l'après-midi ils passaient parfois un moment lui et son père assis dans la chambre d'hôtel parmi les meubles en rotin blanc avec la fenêtre ouverte et les minces rideaux tricotés au crochet qui s'enflaient au vent dans la chambre et ils buvaient du café et son père se versait un petit whisky dans sa tasse et restait assis là à boire à petites gorgées et à observer la rue au-dessous. Les véhicules de surveillance de l'exploitation pétrolière étaient garés le long de la rue et on se serait cru dans une zone de guerre.

Est-ce que tu l'achèterais si t'avais l'argent ? dit le jeune homme.

J'avais l'argent et je l'ai pas acheté.

Tu veux dire tes arriérés de l'armée ?

Non. Depuis.

Qu'est-ce que c'est la plus grosse somme que t'as jamais gagnée ?

Ça te regarde pas. Tu prends de mauvaises habitudes.

Pourquoi est-ce que j'apporterais pas l'échiquier un après-midi ?

J'ai pas la patience de jouer.

T'as la patience de jouer au poker.

C'est différent.

Pourquoi est-ce que c'est différent ?

À cause de l'argent. C'est à cause de l'argent que c'est différent.

Ils restaient assis dans leurs fauteuils.

Il y a encore pas mal d'argent sous terre par là-bas, dit son père. Le puits numéro un de l'IC Clark qui a été mis en exploitation l'année dernière était un fameux puits.

Il buvait son café à petites gorgées. Il étendit la main et prit son paquet de cigarettes sur la table et en alluma une et regarda le jeune homme puis de nouveau la rue au-dessous. Au bout d'un instant il dit ;

J'ai gagné vingt-deux mille dollars en vingt-deux heures de jeu. Il y avait quatre mille dollars dans le dernier pot. On jouait à trois. Deux types de Houston et moi. J'ai gagné le coup avec un brelan de dames sans le joker.

Il se tourna vers le jeune homme. Le jeune homme était assis avec la tasse devant lui à mi-chemin de sa bouche. Il tourna la tête et se remit à regarder par la fenêtre. Y m'en reste pas un centime, dit-il.

Qu'est-ce que tu crois que je devrais faire ?

J'crois pas que tu puisses faire grand-chose.

Est-ce que tu vas lui parler ?

Je ne peux pas lui parler.

Tu pourrais lui parler.

La dernière conversation qu'on a eue c'était à San Diego en Californie en quarante-deux. C'est pas sa faute à elle. Je ne suis pas le même qu'avant. Je voudrais bien croire que je suis le même. Mais ce n'est pas vrai.

Au fond de toi tu l'es. Tu l'es au fond de toi.

Son père toussa. Et but une gorgée dans sa tasse. Oui, au fond de moi, dit-il.

Ils furent un long moment silencieux.

Elle joue dans une pièce ou quelque chose là-bas.

Oui. Je suis au courant.

Le jeune homme étendit la main pour ramasser par terre son chapeau et le posa sur son genou. Il va falloir que je rentre, dit-il.

Tu sais comme je respectais ton grand-père, n'est-ce pas ?

Le jeune homme regardait par la fenêtre. Oui, dit-il.

Va pas pleurer sur mon épaule maintenant.

J'pleure pas.

Ça vaut mieux.

Il a jamais renoncé à toi, dit le jeune homme. C'est lui qui m'a dit de pas renoncer. Il disait inutile d'avoir un enterrement tant qu'y a pas quelque chose à enterrer, même si c'est que sa plaque d'identité. Ils auraient donné tes vêtements.

Son père sourit. Ils auraient aussi bien fait, dit-il. La seule chose qui m'allait c'étaient les bottes.

Il a toujours pensé que vous alliez vous remettre ensemble.

Oui, je sais.

Le jeune homme se leva et remit son chapeau. Il est temps que je rentre, dit-il.

Il avait toujours des disputes à cause d'elle. Même sur ses vieux jours. Dès qu'on disait quelque chose sur elle. Si ça lui revenait aux oreilles. C'en était même gênant.

Il est temps que j'y aille.

Bon.

Il retira ses pieds du rebord de la fenêtre. Je vais descendre avec toi. Il faut que j'achète le journal.

Ils restèrent un moment dans le hall carrelé pendant que son père parcourait les titres.

Comment est-ce que Shirley Temple peut divorcer ? dit-il.

Il leva les yeux. Un crépuscule de début d'hiver dans les rues. Je pourrais aller me faire couper les cheveux, dit-il.

Il regarda le jeune homme.

Je sais ce que tu ressens. C'était la même chose pour moi.

Le jeune homme acquiesça. Son père jeta encore un coup d'œil sur le journal et le plia.

Il est dit dans la Bible que les humbles hériteront de la terre et je suppose que c'est probablement vrai. Je ne suis pas un libre penseur, mais écoute ce que je vais te dire. Je suis loin d'être sûr que c'est une aussi bonne chose que ça.

Il regardait le jeune homme. Il sortit sa clé de la poche de son manteau et la lui tendit.

Retourne là-haut. Tu trouveras dans le placard quelque chose qui est à toi.

Le jeune homme prit la clé. Qu'est-ce que c'est ?

Juste quelque chose que j'ai trouvé pour toi. Je voulais te le donner à Noël mais j'en ai assez de tout le temps marcher dessus.

D'accord.

En tout cas j'ai l'impression que tu aurais besoin de quelque chose pour te remonter le moral. Tu n'auras qu'à laisser la clé à la réception en redescendant.

Oui père.

À bientôt.

D'accord.

Il prit l'ascenseur pour remonter et longea le couloir et mit la clé dans la porte et entra et se dirigea vers le placard et l'ouvrit. Par terre entre deux paires de bottes et une pile de chemises sales se dressait une selle Hamley Formfitter flambant neuve. Il la saisit par le pommeau et referma la porte du placard et déposa la selle sur le lit et l'examina attentivement.

Nom d'un chien, dit-il.

Il laissa la clé à la réception et franchit d'un bond la porte et se retrouva dans la rue avec la selle sur son épaule.

Il gagna la South Concho Street et fit basculer la selle et la posa devant lui. La nuit venait de tomber et les réverbères étaient allumés. Le premier véhicule qui passa sur la chaussée fut un camion Ford modèle A et il arriva de biais en dérapant sur ses freins mécaniques bloqués et le chauffeur se pencha à travers la cabine et abaissa la vitre à mi-hauteur et lui cria d'une voix rauque de buveur de whisky ; Flanque-moi cette carcasse dans la caisse, cow-boy, et grimpe.

D'accord, dit-il.

LA PLUIE tomba toute la semaine suivante et il y eut une éclaircie. Puis il se remit à pleuvoir. La pluie frappait impitoyablement le sol dur des plaines plates. À Christoval le pont était sous l'eau et la route était fermée. Des inondations à San Antonio. Dans le ciré de son grand-père il traversa à cheval les pâturages d'Alicia où la clôture du côté sud était immergée jusqu'à la plus haute rangée de fil de fer. Les bêtes contemplaient le cavalier d'un œil morne, prisonnières sur leurs îlots. Redbo s'était arrêté, ses yeux mornes fixés sur le bétail. Il pressa les flancs du cheval entre les talons de ses bottes. Allons, dit-il. Ça me plaît pas plus qu'à toi.

Lui et Luisa et Arturo mangeaient à la cuisine quand sa mère n'était pas là. Quelquefois le soir après souper il marchait jusqu'à la route et il faisait signe à une voiture qui s'arrêtait et le menait en ville et il arpentait les rues ou il attendait dehors devant l'hôtel de la rue Beauregard et levait les yeux sur la fenêtre de la chambre du quatrième où la silhouette de son père ou l'ombre de son père passait derrière les rideaux de tulle de la fenêtre puis s'éloignait et repassait comme ferait dans un stand de tir un ours découpé dans une plaque de tôle, mais plus lent, plus mince, plus angoissé.

Quand elle fut de retour ils prirent de nouveau leurs repas dans la salle à manger, assis tous deux à chaque extrémité de la longue table en noyer tandis que Luisa faisait le service. Elle venait d'emporter le dernier plat et elle se retourna sur le seuil.

Algo más, señora ?

No. Luisa. Gracias.

Buenas noches, señora.

Buenas noches.

La porte se referma. On entendait le tic-tac de la pendule. Il leva les yeux.

Pourquoi est-ce que tu me louerais pas le ranch ?

Te louer le ranch.

Oui.

Je croyais t'avoir dit que je ne voulais pas discuter de ça.

Les choses ont changé.

Non. Il n'y a rien de changé.

Je te donnerais tout l'argent. Tu pourrais faire tout ce qui t'intéresse.

Tout l'argent. Tu ne sais pas de quoi tu parles. Il n'y a plus d'argent du tout. Depuis vingt ans c'est à peine si le ranch couvre ses frais. Le dernier Blanc qui y a travaillé c'était avant la guerre. De toute façon tu n'as que seize ans, tu ne peux pas faire marcher un ranch.

Bien sûr que si.

Ça ne rime à rien. Il faut que tu termines le lycée.

Elle posa sa serviette sur la table et repoussa sa chaise et se leva et sortit. Il écarta la tasse de café posée devant lui. Il se renversa sur sa chaise. Sur le mur d'en face au-dessus de la desserte il y avait une peinture à l'huile représentant des chevaux. Il y en avait une demi-douzaine qui sortaient au galop d'un corral entouré d'une palissade faite de poteaux de bois et ils avaient la crinière qui flottait au vent et les yeux farouches. Ils avaient été copiés dans un livre. Ils avaient le long nez andalou et les os de la face révélaient une ascendance barbe. On pouvait distinguer l'arrière-main de ceux qui se trouvaient au premier plan, une belle arrière-main assez solide pour faire un bon cheval de tri. Comme s'ils avaient eu quelque chose de Steeldust dans leur sang. Mais tout le reste était différent et des chevaux comme ceux-là il n'en avait jamais vu et un jour il avait demandé à son grand-père quelle sorte de chevaux c'était et son grand-père avait levé les yeux de son assiette pour regarder le tableau comme s'il ne l'avait jamais vu et il avait dit que c'étaient des chevaux comme il y en a dans les livres d'images et il s'était remis à manger.

IL MONTA L'ESCALIER jusqu'à l'entresol et vit le nom de Franklin gravé en arc de cercle sur le verre bosselé de la porte et retira son chapeau et tourna la poignée et entra. La jeune femme assise au bureau leva les yeux.

Je voudrais voir M. Franklin, dit-il.

Avez-vous rendez-vous ?

Non madame, il me connaît.

Comment vous appelez-vous ?

John Grady Cole.

Juste un instant.

Elle passa dans l'autre pièce. Puis elle revint et lui adressa un signe de tête.

Il se leva et traversa la pièce.

Venez fiston, dit Franklin.

Il entra.

Asseyez-vous.

Il s'assit.

Quand il eut dit ce qu'il avait à dire Franklin se renversa sur son siège et regarda par la fenêtre. Il hocha la tête. Il se retourna et croisa les bras sur son bureau devant lui. D'abord, dit-il, je n'ai pas vraiment le droit de vous donner des conseils. C'est ce qu'on appelle un conflit d'intérêts. Mais je crois pouvoir dire qu'il s'agit de ses biens à elle et qu'elle peut en faire ce qu'elle veut.

J'ai rien à dire.

Vous êtes mineur.

Et mon père alors.

De nouveau Franklin se pencha en arrière. C'est une question délicate, dit-il.

Ils sont pas divorcés.

Si ils le sont.

Le jeune homme leva les yeux. Comme c'est de notoriété publique je ne crois pas commettre une indiscrétion. C'était dans le journal.

Quand ?

Le prononcé du divorce est définitif depuis trois semaines.

Il baissa les yeux. Franklin l'observait.

C'était déjà définitif avant la mort de votre grand-père.

Le jeune homme acquiesça. Je vois ce que vous voulez dire, dit-il.

C'est une triste histoire, fiston. Je ne crois pas qu'on puisse rien y changer.

Vous pourriez pas lui parler ?

Je lui ai parlé.

Qu'est-ce qu'elle a dit ?

Peu importe ce qu'elle a dit. Elle ne va pas changer d'avis.

Il acquiesça. Il gardait les yeux baissés sur son chapeau.

Fiston, tout le monde n'est pas persuadé que la vie dans un ranch à bestiaux perdu dans l'ouest du Texas est la meilleure chose qu'on puisse souhaiter à part casser sa pipe et aller au paradis. Ça ne lui dit rien de vivre par ici, voilà tout. Si au moins ça rapportait ça serait déjà quelque chose. Mais ça ne rapporte rien.

Ça pourrait rapporter.

Bon. Je n'ai pas l'intention d'engager une discussion là-dessus. En tout cas, c'est une femme encore jeune et elle aimerait voir un petit peu plus de monde qu'elle n'a eu l'occasion d'en voir jusqu'ici.

Elle a trente-six ans.

Le notaire se pencha en arrière. Il pivota légèrement dans son fauteuil, tripota sa lèvre inférieure du bout de son index. C'est sa faute à lui nom de Dieu. Il signait tous les papiers qu'on lui mettait sous le nez. Il n'a jamais levé le petit doigt pour défendre ses intérêts. Nom d'un chien, je ne pouvais pas lui parler. Je lui ai dit de prendre un avocat. Comment ça, dit ? Je l'ai supplié.

Oui, je sais.

À ce que m'a dit Wayne il a arrêté d'aller chez le médecin.

Il acquiesça. C'est vrai. Bon, je vous remercie de m'avoir consacré une minute.

Je regrette de ne pas avoir de meilleures nouvelles pour vous. Je ne verrai sûrement pas d'inconvénient à ce que vous vous adressiez à quelqu'un d'autre.

Je comprends.

Comment se fait-il que vous ne soyez pas en classe aujourd'hui ?

J'ai séché.

Le notaire acquiesça. Bon, dit-il. Tout s'explique.

Le jeune homme se leva et mit son chapeau. Merci, dit-il.

Le notaire se leva.

Il y a des choses en ce monde qu'on ne peut pas empêcher, dit-il. Et je crois bien que c'en est une, probablement.

Oui, fit le jeune homme.

PASSÉ NOËL elle était tout le temps partie. Ils se tenaient dans la cuisine lui et Luisa et Arturo. Luisa ne pouvait pas parler de tout ça sans pleurer alors on n'en parlait pas. Personne n'avait seulement rien dit à sa mère qui était dans le ranch depuis le début du siècle. Finalement Arturo avait été bien obligé de lui parler. Elle avait écouté en opinant du chef et elle avait tourné le dos, voilà tout.

Au matin il était au bord de la route au point du jour avec une chemise propre et une paire de chaussettes dans une sacoche de cuir et en plus sa brosse à dents et son rasoir et son blaireau. La sacoche avait appartenu à son grand-père et il portait une vareuse molletonnée de chasseur de canards qui était celle de son père. La première voiture qui passa sur la route s'arrêta pour lui. Il monta et posa la sacoche sur le plancher de la voiture et se frotta les mains entre ses genoux. Le chauffeur se pencha à travers la cabine pour vérifier la portière puis tira le haut levier de vitesse vers le bas pour passer la première. Ils démarrèrent.

La portière ferme pas bien. Où est-ce que tu vas ?

À San Antonio.

Eh bien moi je vais jusqu'à Brady, Texas.

Merci.

Tu vas pour acheter du bétail ?

Pardon ?

D'un signe de tête l'homme désigna la sacoche avec ses courroies et ses garnitures de cuivre. Je t'ai demandé si t'allais acheter du bétail.

Non monsieur, c'est seulement ma valise.

Je pensais que t'allais p't-'êt' acheter du bétail. Ça faisait longtemps que t'attendais au bord de la route ?

Juste quelques minutes.

L'homme désigna sur le tableau de bord un bouton en plastique qui luisait d'une vague lueur orange. Il y a un radiateur là-dedans mais ça donne pas beaucoup de chaleur. Est-ce que tu la sens ?

Sûr. On dirait qu'il chauffe pas trop mal.

L'homme désigna d'un mouvement de tête l'aube grise et maléfique. Sa main se déplaçait lentement devant lui, à l'horizontale. Tu vois ça ? dit-il.

Oui.

Il hocha la tête. J'ai horreur de l'hiver. J'ai jamais compris à quoi ça pouvait servir l'hiver.

Il regarda John Grady.

T'es pas très bavard, hein ? dit-il.

Non pas très.

C'est une bonne chose chez un homme.

Il y avait à peu près deux heures de route jusqu'à Brady.

Ils traversèrent la ville et l'homme le déposa de l'autre côté.

Il faut que tu restes sur la 87 quand tu seras à Fredericksburg. Prends pas la 29 parce que tu te retrouverais à Austin. Compris ?

Oui, compris. Je vous remercie.

Il ferma la portière et l'homme lui adressa un signe de tête et leva la main et la voiture fit demi-tour sur la route et repartit en sens inverse. La voiture suivante fit halte et il y grimpa.

Tu vas loin comme ça, dit le chauffeur.

Il tombait de la neige dans le San Saba quand ils le traversèrent et il tombait de la neige sur le plateau d'Edwards et dans les Balcones la pierre à chaux était blanche de neige et assis sur son siège il observait les flocons grisâtres qui se dispersaient sur le verre du pare-brise dans le va-et-vient de l'essuie-glace. Une gadoue translucide commençait à se former le long du macadam et il y avait de la glace sur le pont de la Pedernales. Le lent glissement de l'eau verte passant les noires silhouettes des arbres le long de la rive. Les mesquites sur le bas-côté de la route pareils à des chênes verts sous leurs si denses coiffes de gui. Penché sur son volant le chauffeur sifflait doucement en aparté. Ils entrèrent dans San Antonio à trois heures de l'après-midi dans une violente bourrasque de neige et il descendit et remercia le chauffeur et remonta la rue et entra dans le premier café qu'il trouva et s'assit au comptoir et posa la sacoche sur le tabouret à côté de lui. Il sortit du porte-menu la petite carte où il y avait la liste des plats et des consommations et il l'ouvrit et la regarda et regarda la pendule sur le mur du fond. La serveuse posa un verre d'eau devant lui.

Est-ce que vous avez la même heure ici qu'à San Angelo ? dit-il.

J'étais sûre que vous alliez me demander un truc comme ça, dit-elle. Vous avez une tête à ça.

Vous savez pas si c'est la même heure ?

J'ai jamais été à San Angelo de ma vie.

Je prendrai un cheeseburger et un lait chocolat.

Est-ce que vous êtes ici pour le rodéo ?

Non.

On a la même heure, dit un homme qui était à l'autre bout du comptoir.

Il le remercia.

La même heure, dit l'homme. La même.

Quand elle eut fini d'écrire dans son calepin elle leva les yeux. Je me fierais pas à ce qu'il dit.

Il fit le tour de la ville dans la neige. L'obscurité tombait de bonne heure. Il s'arrêta sur le pont de Commerce Street et regarda la neige disparaître dans la rivière. Il y avait de la neige sur les voitures en stationnement et la nuit venue il n'y avait presque plus de circulation dans la rue, quelques taxis ou quelques camions, les phares entrouvrant lentement la neige et passant dans un mou gargouillement de pneumatiques. Il prit une chambre à l'YMCA sur Martin Street et paya deux dollars pour la chambre et monta. Il retira ses bottes et les posa debout sur le radiateur et retira ses chaussettes et les suspendit sur le radiateur à côté des bottes et accrocha sa vareuse et s'allongea sur le lit avec son chapeau sur les yeux.

À huit heures moins dix il était à la caisse dans sa chemise propre avec son argent dans la main. Il prit une place au troisième rang de balcon qu'il paya un dollar vingt-cinq.

J'suis jamais venu ici avant, dit-il.

C'est une bonne place, dit la caissière.

Il la remercia et entra et tendit son billet à une ouvreuse qui le conduisit à un escalier aux marches recouvertes d'un tapis rouge et lui rendit le billet. Il monta et trouva sa place et s'assit et attendit dans son fauteuil avec son chapeau sur les genoux. La salle était à moitié vide. Quand les lumières s'éteignirent quelques spectateurs qui étaient assis dans le même coin du balcon changèrent de place pour se mettre plus en avant. Puis le rideau se leva et sa mère entra par une porte qui donnait sur la scène et commença à parler à une femme assise dans un fauteuil.

À l'entracte il se leva et mit son chapeau et descendit au foyer et s'arrêta dans une petite alcôve aux murs dorés et se roula une cigarette et resta ainsi à fumer, la jambe repliée et une botte appuyée contre le mur derrière lui. Il sentait sur lui les regards que les spectateurs glissaient dans sa direction. Il avait retroussé une des jambes de son pantalon de grosse toile pour former un petit revers et de temps à autre il se penchait en avant pour déposer dans ce réceptacle la fine cendre blanche de sa cigarette. Il reconnut quelques hommes chaussés de bottes et coiffés de chapeaux et il les salua d'un air grave, et eux de même. Au bout d'un moment les lumières s'éteignirent de nouveau dans le hall.

Il se penchait en avant dans son fauteuil accoudé au dossier du siège vide devant lui et le menton sur ses avant-bras et il suivait la pièce avec une grande intensité. Il s'imaginait qu'il y aurait quelque chose dans l'histoire elle-même qui pourrait lui apprendre ce que le monde était ou était en train de devenir mais il n'y avait rien de tel. Il n'y avait rien du tout dans cette histoire. Quand les lumières se rallumèrent il y eut des applaudissements et sa mère s'avança plusieurs fois sur la scène et toute la troupe s'était rassemblée d'un bout à l'autre de la scène et les acteurs se donnaient la main et saluaient puis le rideau retomba pour de bon et le public se leva et remonta les allées. Il resta un long moment assis dans le théâtre vide puis il se leva et remit son chapeau et repartit dans le froid.

Quand il sortit le lendemain matin pour prendre son petit déjeuner il faisait encore noir et la température était de moins dix degrés. Il y avait quinze centimètres de neige à Travis Park. Le seul café ouvert était un café mexicain et il commanda des huevos rancheros et du café et s'assit et feuilleta le journal. Il pensait qu'il y aurait quelque chose sur sa mère mais il n'y avait rien. Il était le seul client dans le café. La serveuse était toute jeune et elle l'observait. Quand elle posa son assiette il écarta le journal et poussa la tasse devant lui.

Más café ? dit-elle.

Sí por favor.

Elle apporta le café. Hace mucho frío, dit-elle.

Bastante.

Il remonta Broadway avec les mains dans les poches de sa vareuse et le col relevé pour se protéger du vent. Il entra dans le hall de l'hôtel Menger et s'assit dans un grand fauteuil du salon et croisa ses bottes l'une sur l'autre et déplia le journal. Elle traversa le hall vers neuf heures. Elle était au bras d'un monsieur en costume et en pardessus et ils franchirent la porte et montèrent dans un taxi.

Il resta là un long moment. Au bout d'un certain

temps il se leva et replia le journal et alla à la réception. L'employé leva les yeux sur lui.

Y a-t-il une Mme Cole parmi les clients de l'hôtel ? dit-il.

Cole ?

Oui.

Un instant s'il vous plaît.

L'employé se retourna et vérifia les inscriptions dans le registre. Il hocha la tête. Non, dit-il. Personne sous le nom de Cole.

Merci, dit-il.

ILS FIRENT ENSEMBLE un dernier tour à cheval un jour au début mars. Le temps commençait à tiédir et les pavots mexicains à fleurs jaunes s'épanouissaient au bord de la route. Ils déchargèrent les chevaux chez McCullough et continuèrent à travers la prairie le long du Grape Creek puis dans les collines basses. La rivière était verte et limpide avec des traînées de mousse tendant leurs nattes sur les bancs de gravier. Ils chevauchaient lentement dans le vaste paysage de mesquites et de nopals nains. Ils passèrent du Tom Green County au Coke County. Ils traversèrent la vieille route de Schoonover et continuèrent par des collines déchiquetées piquetées de cèdres où le sol était jonché de pierre volcanique et ils pouvaient voir la neige sur les minces chaînes bleues des montagnes à une centaine de miles au nord. De toute la journée ils échangèrent à peine une parole. Son père était assis légèrement en avant dans la selle, les rênes tenues d'une seule main, à deux pouces environ au-dessus du pommeau. Si mince et fragile, perdu dans ses vêtements. Parcourant le paysage de ses yeux creux comme si le monde là-bas avait été changé ou rendu suspect par ce qu'il en avait vu ailleurs. Comme s'il risquait de ne jamais le revoir tel qu'il était vraiment. Ou pire comme s'il le voyait enfin tel qu'il était. Le voyait tel qu'il avait toujours été, tel qu'il serait toujours. Non seulement le jeune homme qui chevauchait à quelques pas devant lui se tenait à cheval comme s'il avait été mis au monde pour monter à cheval ce qui était vrai mais eût-il par malheur ou malchance vu le jour dans un étrange pays où il n'y avait jamais eu de chevaux il en aurait de toute façon découvert. Il aurait su qu'il y avait quelque chose qui manquait pour que le monde puisse être tel qu'il devait être ou qu'il puisse lui-même y être vraiment et il se serait mis en chemin et serait parti à l'aventure de place en place n'importe où aussi longtemps qu'il aurait fallu jusqu'à ce qu'il en trouve un et il aurait su que c'était bien ce qu'il cherchait et il ne se serait pas trompé.

Dans l'après-midi ils passèrent sur ce plateau pierreux par les ruines d'un ancien ranch où se dressaient entre les rochers des pieux estropiés supportant les restes d'un fil de clôture d'un modèle inconnu dans la région depuis des années. Un antique poste de garde. Les débris de la carcasse de bois d'un ancien moulin à vent effondré dans la rocaille. Ils continuèrent. Ils débusquèrent des canards tapis dans des trous du chemin et le soir ils descendirent par de basses collines ondulantes et prirent par la plaine alluviale d'argile rouge jusqu'à la bourgade de Robert Lee.

Ils attendirent que la route fût dégagée pour traverser à pied le pont de planches avec les chevaux tenus par la bride. Le fleuve était rouge de boue. Ils remontèrent Commerce Street et tournèrent dans la Septième rue et remontèrent Austin Street et passèrent devant la banque et mirent pied à terre et attachèrent leurs chevaux devant le café et entrèrent.

Le patron s'approcha pour prendre leur commande. Il dit leur nom. Son père qui examinait la carte leva les yeux.

Dépêche-toi de passer ta commande, dit-il. On va pas le revoir avant une heure.

Qu'est-ce que je vous sers ?

Je crois que je prendrai juste une tourte et un café.

Qu'est-ce que vous avez comme tourte ? dit le jeune homme.

Le propriétaire regarda vers le comptoir.

Eh bien vas-y, mange quelque chose, dit son père. Je sais que tu as faim.

Ils passèrent la commande et le patron apporta leur café et retourna au comptoir. Son père sortit une cigarette de sa poche de chemise.

As-tu de nouveau pensé à mettre ton cheval en pension ?

Oui, dit le jeune homme. J'y ai pensé.

Wallace pourrait te laisser donner le fourrage et nettoyer les stalles ou quelque chose comme ça. Pour couvrir le prix de la pension.

Ça va pas lui plaire.

À qui, à Wallace ?

Non. À Redbo.

Son père fumait. Il l'observait.

Tu vois toujours la petite Barnett ?

Il hocha la tête.

Elle t'a plaqué ou c'est toi qui l'as plaquée ?

J'en sais rien.

Alors c'est elle qui t'a plaqué.

C'est ça.

Son père acquiesça. Il fumait. Deux cavaliers passèrent dehors sur la chaussée et ils les examinèrent eux et leurs montures. Son père remua longuement son café. Il n'y avait rien à remuer parce qu'il le buvait noir. Il retira la cuillère et la posa encore fumante sur la serviette en papier et souleva la tasse et l'examina et but. Il continuait de regarder par la fenêtre bien qu'il n'y eût rien à voir.

Ta mère et moi on n'a jamais été d'accord sur grand-chose. Elle aimait bien les chevaux. Je croyais que ça suffisait. Ça montre à quel point j'étais stupide. Elle était jeune et je me disais que certaines de ses fantaisies lui passeraient avec les années mais ça a continué. Y avait sans doute que moi pour croire que c'étaient des fantaisies. La guerre n'explique pas tout. Ça faisait déjà dix ans qu'on était mariés quand la guerre est arrivée. Elle est partie d'ici. Quand elle est partie tu venais d'avoir six mois et t'avais à peu près trois ans quand elle est revenue. Je sais que tu es plus ou moins au courant et on a eu tort de ne rien te dire. On s'est séparés. Elle était en Californie. Luisa s'occupait de toi. Elle et Abuela.

Il regarda le jeune homme puis regarda de nouveau par la fenêtre.

Elle voulait que j'aille la rejoindre là-bas, dit-il.

Pourquoi est-ce que t'y es pas allé ?

J'y suis allé. Je n'ai pas tenu longtemps.

Le jeune homme acquiesça.

C'est pour toi qu'elle est revenue, pas pour moi. Je crois que c'est ça que je voulais te dire.

Oui père.

Le patron apporta le souper du jeune homme et la tourte. Le jeune homme étendit le bras pour prendre le poivre et le sel. Il ne relevait pas les yeux. Le patron apporta la cafetière et remplit leurs tasses et repartit. Son père écrasa sa cigarette et prit sa fourchette et la planta dans la tourte.

Elle en a pour beaucoup plus longtemps que moi. Je voudrais bien que les choses s'arrangent entre vous.

Le jeune homme ne répondait pas.

Si je suis ici c'est grâce à elle. Quand j'étais à Goshee je passais des heures entières à lui parler. Je la croyais capable de faire des miracles. Je lui parlais des autres types, ceux dont je pensais qu'ils pourraient pas s'en sortir et je lui demandais de veiller sur eux et de prier pour eux. En fait il y en a quelques-uns qui s'en sont tout de même sortis. Je crois que j'avais un peu perdu la tête. Une partie du temps en tout cas. Mais sans elle je m'en serais jamais tiré. Jamais de la vie. Je n'ai jamais dit ça à personne. Même elle elle n'en sait rien.

Le jeune homme mangeait. Dehors il commençait à faire sombre. Son père buvait son café. Ils attendaient qu'Arturo arrive avec le camion. La dernière chose que dit son père c'est que le pays ne serait plus jamais le même.

Les gens ne se sentent plus en sécurité, dit-il. On est comme étaient les Comanches il y a deux cents ans. On sait pas sur qui on va tomber le lendemain matin. On sait même pas de quelle couleur ils seront.

LA NUIT était presque chaude. Ils étaient allongés lui et Rawlins sur la route dont ils pouvaient sentir la chaleur s'échapper du bitume contre leur dos et ils observaient les étoiles qui dévalaient la longue pente noire du firmament. Ils entendirent une porte claquer au loin. Une voix qui appelait. Un coyote qui gémissait quelque part au sud dans les collines se tut. Puis il recommença.

C'est toi qu'on appelle ?

Probablement, dit Rawlins.

Ils étaient étendus bras et jambes écartés sur le bitume semblables à des captifs qui attendent l'aube où ils vont être jugés.

Tu l'as dit à ton père ? dit Rawlins.

Non.

Tu vas lui dire ?

À quoi ça servirait ?

Quand faut-il que vous soyez tous partis ?

On boucle le 1er juin.

Tu pourrais attendre jusque-là.

À quoi bon ?

Rawlins posa le talon d'une botte sur la pointe de l'autre. Comme pour prendre la mesure du ciel. Mon père est parti de chez lui quand il avait quinze ans. Autrement je serais né en Alabama.

Tu serais pas né du tout.

Qu'est-ce qui te fait dire ça ?

Parce que ta mère est de San Angelo et il l'aurait jamais rencontrée.

Il aurait rencontré quelqu'un d'autre.

Elle aussi.

Et alors ?

Alors tu serais pas né.

J'vois pas pourquoi tu dis ça. J'serais quand même né quelque part.

Comment ça ?

Eh bien oui. Pourquoi pas ?

Si ta mère avait eu un enfant de son autre mari et ton père un enfant de son autre femme lequel est-ce que tu serais ?

J'serais ni l'un ni l'autre.

Justement.

Rawlins restait allongé et contemplait les étoiles. Au bout d'un moment il dit ; Je serais quand même venu au monde. J'aurais peut-être une autre tête ou je ne sais quoi. Si le bon Dieu voulait que je vienne au monde j'y serais de toute façon.

Et s'il le voulait pas t'y serais pas.

Tu me fais mal à ma pauv' tête.

Je le sais. À la mienne aussi.

Ils restaient allongés à contempler les étoiles.

Alors qu'est-ce que tu penses ? dit-il.

J'sais pas, dit Rawlins.

Bon.

Je pourrais comprendre si t'étais d'Alabama parce qu'alors t'aurais toutes les raisons du monde pour filer au Texas. Mais t'y es déjà au Texas. Je me demande. T'as beaucoup plus de raisons de partir que moi.

Nom d'un chien quelle raison est-ce que t'as de rester ? Tu t'imagines que quelqu'un va casser sa pipe et te laisser quelque chose ?

Foutre non.

Ça vaut mieux. Parce que c'est comme ça.

La porte claqua. La voix appelait de nouveau.

Je ferais mieux de rentrer, dit Rawlins.

Il se leva et brossa d'une main le fond de ses jeans et mit son chapeau.

Si j'viens pas tu partiras quand même ?

John Grady se redressa et mit son chapeau. Je suis déjà parti, dit-il.

IL LA REVIT une dernière fois en ville. Il était allé chez Cullen Cole la quincaillerie de la North Chadbourne pour faire ressouder un mors de bride cassé et il remontait Twohig Street quand il la vit sortir de la droguerie du Cactus. Il traversa la rue mais elle l'appela et il s'arrêta et attendit qu'elle l'eût rejoint.

Est-ce que tu m'évitais ? dit-elle.

Il la regardait. Que je t'évite ou pas j'crois pas m'être posé la question.

Elle l'observait. On n'est pas maître de ses sentiments, dit-elle.

C'est valable pour tout le monde, pas vrai ?

Je croyais qu'on pouvait encore être amis.

Il acquiesça. Bien sûr. De toute façon je serai plus très longtemps par ici.

Où as-tu l'intention d'aller ?

J'peux pas le dire.

Et pourquoi ça ?

Parce que.

Il la regardait. Elle scrutait son visage.

Qu'est-ce que tu crois qu'il dirait s'il te voyait ici en train de me parler ?

Il est pas jaloux.

Tant mieux. C'est une bonne chose. Ça lui épargne pas mal de déceptions.

Qu'est-ce que tu veux dire.

Rien. Il faut que j'y aille.

Tu me détestes ?

Non.

Mais tu m'en veux.

Il la regardait. Tu me fatigues à la fin, ma petite, dit-il. Quelle différence est-ce que ça fait ? Si t'as mauvaise conscience t'as qu'à me dire ce que tu veux que je te dise et je te le dirai.

Ça m'étonnerait de toi. De toute façon je n'ai pas mauvaise conscience. Je croyais seulement qu'on pouvait être amis.

Il hocha la tête. C'est que des mots, tout ça, Mary Catherine. Il faut que j'y aille.

Et après, même si c'est que des mots ? Tout ce qu'on dit c'est jamais que des mots, non ?

Pas tout.

C'est vrai que tu vas quitter San Angelo ?

Oui.

Tu reviendras.

Peut-être.

Je ne t'en veux pas tu sais.

T'as pas de raisons.

Elle leva la tête vers le haut de la rue du côté où il regardait mais il n'y avait pas grand-chose à regarder. Elle tourna de nouveau son visage et il regarda ses yeux mais s'ils étaient humides c'était seulement à cause du vent. Elle tendit la main. Sur le moment il ne comprit pas.

Je ne te souhaite que ce que tu peux souhaiter de meilleur, dit-elle.

Il prit sa main, si petite dans la sienne, si familière. Il n'avait encore jamais serré la main d'une femme. Fais bien attention à toi, dit-elle.

Merci. Certainement.

Il s'écarta et toucha le bord de son chapeau et fit demi-tour et remonta la rue. Il ne regardait pas en arrière mais il pouvait la voir debout au même endroit dans les fenêtres de l'immeuble fédéral sur l'autre trottoir et il vit qu'elle y était encore quand il arriva au carrefour et sortit de la vitre pour toujours.

IL MIT PIED À TERRE et ouvrit la barrière et passa avec le cheval tenu en main et referma la barrière et mena le cheval le long de la clôture. Il se mit à plat ventre pour voir s'il pouvait distinguer la silhouette de Rawlins sur l'horizon mais il n'y avait pas de Rawlins. Arrivé à l'angle de la clôture il lâcha les rênes et observa la maison. Le cheval humait l'air et enfonçait ses naseaux dans le creux de son coude.

C'est toi, pote ? chuchota Rawlins.

Je l'espère pour toi.

Rawlins s'approcha avec le cheval qu'il tenait par la bride et s'arrêta et se retourna pour observer la maison.

T'es prêt ? dit John Grady.

Oui.

Ils se doutent de rien ?

Non.

Alors allons-y.

Attends une minute. J'ai tout entassé sur le dos du cheval et je l'ai conduit par la bride jusqu'ici.

John Grady ramassa les rênes et sauta en selle.

Y a une lumière qui s'allume là-bas, dit-il.

Purée.

T'arriveras en retard à ton enterrement.

Il est même pas encore quatre heures. T'es en avance.

Alors allons-y. Voilà la grange qui s'allume.

Rawlins essayait d'arrimer son couvre-sol derrière la selle. Il y a un interrupteur dans la cuisine, dit-il. Il y est pas encore, à la grange. Il a p't-êt' même pas l'intention d'y aller. P't-êt' qu'il va juste se chercher un verre de lait ou j'sais pas trop quoi.

P't-êt'qu'il est en train de charger son fusil ou j'sais pas trop quoi.

Rawlins s'enleva en selle. T'es prêt ? dit-il.

Oui.

Ils longèrent la clôture et prirent à travers les vastes pâturages. Le cuir grinçait dans le froid matinal. Ils lancèrent les chevaux au petit galop. Les lumières disparaissaient derrière eux. Ils arrivèrent sur la haute prairie où ils mirent les chevaux au pas et les étoiles autour d'eux surgirent à foison de l'obscurité. Quelque part dans cette nuit vide d'habitants ils entendirent une cloche qui tintait et la cloche se tut comme s'il n'y avait jamais eu de cloche et ils arrivèrent sur le dais circulaire de la terre qui était la seule chose sombre sans lumière pour l'éclairer et qui portait leurs silhouettes et les projetait parmi les foisonnantes étoiles de sorte qu'ils ne se déplaçaient pas au-dessous d'elles mais au milieu d'elles et ils allaient sur leurs montures à la fois jubilants et circonspects, pareils à des voleurs débouchant soudain dans cette sombre matière électrique, pareils à de jeunes voleurs dans un verger lumineux, précairement vêtus contre le froid et avec dix mille univers entre lesquels choisir.

ARRIVÉ MIDI le lendemain ils avaient parcouru une quarantaine de miles. Encore dans une contrée qu'ils connaissaient. Traversant dans la nuit l'ancien ranch de Mark Fury où ils mirent pied à terre devant la clôture de traverse pour que John Grady arrache les crochets avec une corde nouée en gueule de raie et reste debout sur les fils de fer pendant que Rawlins passait avec les chevaux qu'il conduisait par la bride puis remette les fils à la bonne hauteur et remette les crochets en place dans les poteaux et range la corde dans sa sacoche et remonte à cheval pour continuer.

Putain comment est-ce qu'ils veulent qu'un cavalier se déplace à cheval par ici ? dit Rawlins.

Ils s'en moquent, dit John Grady.

Ils continuèrent jusqu'au coucher du soleil et mangèrent les sandwiches que John Grady avait apportés de chez lui et à midi ils abreuvèrent les chevaux à un vieil abreuvoir en pierre aménagé pour le bétail et ils les menèrent en main le long d'un cours d'eau desséché parmi les traces de bovins et de cochons sauvages jusqu'à un boqueteau de peupliers. Il y avait des vaches couchées sous les arbres et elles se levèrent à leur approche et restèrent un instant à les regarder puis repartirent.

Ils étaient allongés dans l'herbe sèche sous les arbres avec leurs vestes roulées sous leurs têtes et leurs chapeaux sur les yeux tandis que les chevaux broutaient dans l'herbe le long du lit du cours d'eau.

Qu'est-ce que t'as apporté pour tirer ? dit Rawlins.

Juste le vieux tue-mouches de grand-papa.

Tu peux tirer quelque chose avec ça ?

Rien du tout.

Rawlins sourit. Cette fois on l'a fait, hein ?

Oui.

Tu crois qu'ils vont se lancer à nos trousses ?

Pour quoi faire ?

J'sais pas. J'ai l'impression que ça a été un peu trop facile.

Ils pouvaient entendre le vent et ils pouvaient entendre le bruit des chevaux qui broutaient dans l'herbe.

Écoute ce que je vais te dire, dit Rawlins.

Vas-y.

Je m'en fous.

John Grady se redressa et prit son tabac dans sa poche de chemise et commença à rouler une cigarette. De quoi ? dit-il.

Il humecta la cigarette et la mit dans sa bouche et sortit ses allumettes et alluma la cigarette et éteignit l'allumette avec la fumée. Il tourna la tête et regarda Rawlins mais Rawlins s'était endormi.

Ils repartirent en fin d'après-midi. Au soleil couchant ils purent entendre des camions qui passaient sur une route au loin et dans le long soir fraîchissant ils prirent à l'ouest sur une hauteur d'où ils voyaient les phares sur la route disparaître et reparaître aléatoires et réguliers dans leur lent va-et-vient. Ils arrivèrent à un chemin de ferme qu'ils suivirent jusqu'à la route là où il y avait une barrière. Ils restèrent en selle. Il n'y avait pas de barrière de l'autre côté de la route. Ils observaient les phares des camions qui passaient vers l'est et vers l'ouest le long de la clôture mais il n'y avait pas de barrière de ce côté-là.

Qu'est-ce que tu veux faire ? dit Rawlins.

J'sais pas. J'aurais bien voulu traverser ce truc-là ce soir.

J'vais pas mener mon cheval le long de cette route dans le noir.

John Grady se pencha et cracha. Moi non plus, dit-il.

Il commençait à faire plus froid. Le vent secouait la barrière et les chevaux mal à l'aise piétinaient.

Qu'est-ce que c'est que ces lumières là-bas ? dit Rawlins.

Je suppose que c'est Eldorado.

À quelle distance est-ce que c'est, à ton avis ?

Une dizaine, une quinzaine de miles.

Qu'est-ce que tu veux faire ?

Ils déplièrent leur couchage dans une coulée à sec et dessellèrent les chevaux et les attachèrent et dormirent jusqu'au point du jour. Quand Rawlins se dressa sur son séant John Grady avait déjà sellé son cheval et sanglait son couchage. Il y a un café au bout du chemin là-bas, dit-il. Tu voudrais pas un petit déjeuner ?

Rawlins mit son chapeau et empoigna ses bottes. On s'est compris, fiston.

Ils menèrent les chevaux par la bride derrière le café à travers une décharge de vieilles portières de camions et d'engrenages et de pièces de moteur au rebut et les abreuvèrent à un réservoir métallique dont on se servait pour repérer les chambres à air crevées. Un Mexicain changeait un pneu à un camion et John Grady s'approcha et lui demanda où étaient les cabinets. D'un signe de tête le Mexicain indiqua le bâtiment.

Il sortit ses affaires à barbe de sa sacoche et entra dans les lavabos et se rasa et se rinça et se brossa les dents et se donna un coup de peigne. Quand il sortit les chevaux étaient attachés à une table de pique-nique sous des arbres et Rawlins était dans la salle du bar en train de boire un café.

Il se glissa dans le box. T'as commandé ? dit-il.

Je t'attendais.

Le patron s'approcha avec une autre tasse de café. Qu'est-ce que je vous sers jeunes gens ? dit-il.

Vas-y, dit Rawlins.

Il commanda trois œufs au jambon et des haricots avec des biscuits et Rawlins commanda la même chose avec un supplément de crêpes chaudes au sirop.

T'as intérêt à bien te caler.

Compte sur moi, dit Rawlins.

Ils étaient assis les coudes appuyés sur la table et regardaient par la fenêtre vers le sud au-delà des plaines les lointaines montagnes repliées dans leurs ombres sous le soleil matinal.

C'est là-bas qu'on va, dit Rawlins.

Il acquiesça. Ils buvaient leur café. Le patron leur apporta leurs petits déjeuners sur de lourdes assiettes de porcelaine blanche et revint avec la cafetière. Rawlins avait saupoudré ses œufs de poivre, et les œufs étaient noirs de grains moulus. Puis il étala du beurre sur ses crêpes.

Voilà un garçon qui aime ses œufs bien poivrés, dit le patron.

Il remplit leurs tasses et retourna à la cuisine.

Écoute bien ton vieux papa maintenant, dit Rawlins. Je vais te montrer ce qu'on fait quand on s'est trop rempli la panse à son petit déjeuner.

Vas-y, dit John Grady.

On recommande la même chose et on remet ça.

Le magasin n'avait pas de fourrage. Ils achetèrent une boîte de flocons d'avoine desséchés et réglèrent l'addition et sortirent. John Grady coupa le sac en papier en deux avec son couteau et ils versèrent les flocons d'avoine dans deux enjoliveurs de roues et s'assirent sur la table de pique-nique et attendirent en fumant pendant que les chevaux mangeaient. Le Mexicain s'approcha pour regarder les chevaux. Il n'était guère plus âgé que Rawlins.

Où est-ce que vous allez ? dit-il.

Au Mexique.

Pour quoi faire ?

Rawlins regarda John Grady. Tu crois qu'on peut lui faire confiance ?

Oui. Il m'a l'air régulier.

On a la police aux fesses, dit Rawlins.

Le Mexicain leva les yeux.

On a dévalisé une banque.

Il continuait d'examiner les chevaux. Vous avez pas volé une banque, dit-il.

Est-ce que tu connais le pays de l'autre côté ? dit Rawlins.

Le Mexicain hocha la tête et cracha. J'ai jamais été au Mexique de ma vie.

Quand les animaux eurent mangé ils les sellèrent et les conduisirent par la bride devant le café et le long de l'allée et de l'autre côté de la route. Ils leur firent longer le caniveau jusqu'à la barrière et leur firent franchir la barrière et la refermèrent. Puis ils se remirent en selle et suivirent le chemin de terre du ranch. Ils le suivirent pratiquement sur un mile jusqu'à ce qu'il bifurque plein est et ils le quittèrent et prirent au sud par les plaines ondulantes parsemées de cèdres.

Ils atteignirent la Devil's River dans la matinée et abreuvèrent les chevaux et s'allongèrent à l'ombre d'un bosquet de saules noirs et regardèrent la carte. C'était une carte routière établie par une compagnie pétrolière. Rawlins l'avait trouvée au café et il l'examinait puis regardait au sud vers la brèche que l'on apercevait entre les collines basses. Il y avait des routes et des cours d'eau et des villes du côté américain de la carte jusqu'au rio Grande et au-delà tout était en blanc.

Y a rien de marqué de l'autre côté, dit Rawlins.

Non.

Tu crois qu'on a jamais fait de carte de ce coin-là ?

Bien sûr que si. Seulement t'as pas la bonne. J'en ai une dans ma sacoche.

Rawlins revint avec la carte et s'assit par terre et suivit leur itinéraire avec son doigt. Il leva les yeux.

Qu'est-ce qu'il y a ? dit John Grady.

Y a rien du tout de marqué de ce côté-là.

Ils laissèrent la rivière et suivirent une combe sèche en appuyant à l'ouest. C'était une contrée vallonnée couverte d'une herbe abondante et la journée était fraîche sous le soleil.

J'aurais cru qu'il y aurait plus de bétail que ça par ici, dit Rawlins.

Moi aussi.

Ils effarouchaient des colombes et des cailles tapies dans l'herbe le long des crêtes. De temps à autre un lapin. Rawlins mit pied à terre et dégagea sa petite carabine de calibre 25-20 de la fonte fixée à la tige de sa botte et s'éloigna le long de la crête. John Grady l'entendit tirer. Au bout d'un court instant il revint avec un lapin et il rengaina la carabine et sortit son couteau et s'éloigna de quelques pas et s'accroupit pour vider le lapin. Puis il se leva et essuya la lame contre la jambe de son pantalon et referma le couteau et revint et prit son cheval et attacha le lapin par les pattes de derrière à la sangle de son couchage et il se remit en selle et ils repartirent.

Tard dans l'après-midi ils traversèrent une route qui menait au sud et dans la soirée ils atteignirent le Johnson Run et bivouaquèrent au bord d'une mare dans les graviers du lit à part cela desséché du cours d'eau et ils abreuvèrent les chevaux et les entravèrent et les mirent à la pâture. Ils dressèrent un feu et écorchèrent le lapin et l'embrochèrent sur une mince branche de bois vert et le mirent à griller au bord du feu. John Grady ouvrit son sac de camping de toile noircie et sortit une petite cafetière en métal émaillé et alla au ruisseau pour la remplir. Ils étaient assis et regardaient le feu et ils regardaient le mince croissant de lune au-dessus des noires collines à l'ouest.

Rawlins roula une cigarette et l'alluma avec une braise et s'adossa à sa selle. Je vais te dire quelque chose.

Vas-y.

Je pourrais me faire à cette vie-là.

Il tira sur sa cigarette et écarta la main et fit tomber la cendre d'un geste délicat de l'index. Ça me prendrait pas longtemps.

Le lendemain ils passèrent toute la journée à cheval dans un paysage de collines ondulantes, les basses mesas rocailleuses piquetées de cèdres, les yuccas à fleurs blanches épanouis le long des pentes sur le versant est. Ils atteignirent la route de Pandale dans la soirée et prirent au sud et suivirent la route jusqu'à la ville.

Neuf bâtiments y compris une épicerie et un garage avec des pompes à essence. Ils attachèrent leurs chevaux devant l'épicerie et entrèrent. Ils étaient couverts de poussière et Rawlins n'était pas rasé et ils sentaient le cheval et la sueur et la fumée de bois. Des hommes assis sur des chaises au fond du magasin levèrent les yeux quand ils entrèrent puis reprirent leurs conversations.

Ils s'arrêtèrent devant le bac à viande. La femme s'écarta du comptoir et se campa derrière le bac et prit un tablier et tira sur une chaîne qui alluma l'ampoule suspendue au plafond.

T'as l'air d'un vrai desperado, dit John Grady.

Tu m'as pas l'air d'un chef de chorale toi non plus, dit Rawlins.

La femme noua le tablier derrière son dos et se retourna pour les examiner par-dessus le couvercle émaillé du bac à viande. Qu'est-ce que je vais vous servir jeunes gens ? dit-elle.

Ils achetèrent de la mortadelle et du fromage et une miche de pain et un pot de mayonnaise. Ils achetèrent une boîte de biscuits secs et une douzaine de boîtes de saucisses de Vienne. Ils achetèrent une douzaine de sachets de citronnade en poudre et le talon d'un morceau de bacon et des boîtes de haricots et ils achetèrent un sac de cinq livres de farine de maïs et une bouteille de sauce piquante. La femme enveloppa la viande et le fromage séparément et elle humecta un crayon avec le bout de sa langue et fit le total des achats puis elle fourra le tout dans un sac d'épicerie numéro quatre.

D'où est-ce que vous êtes jeunes gens ? dit-elle.

Du côté de San Angelo.

Vous avez fait tout ce chemin jusqu'ici à cheval ?

Oui madame.

Ma parole, dit-elle.

Quand ils se réveillèrent le lendemain matin ils étaient devant une maisonnette en pisé. Une femme sortit de la maison et jeta une bassine d'eau de vaisselle dans la cour. Elle tourna la tête dans leur direction puis elle rentra à l'intérieur. Ils avaient accroché leurs selles à une clôture pour les faire sécher et pendant qu'ils allaient les chercher un homme sortit et resta un moment à les regarder. Ils sellèrent les chevaux et les menèrent par la bride jusqu'à la route et se mirent en selle et prirent au sud.

Je serais curieux de savoir ce qu'ils font chez nous en ce moment, dit Rawlins.

John Grady se pencha et cracha. Tu vois, dit-il, sans doute que c'est le plus beau jour de leur vie. Sans doute qu'ils ont découvert un puits de pétrole. Je dirais qu'ils sont à la ville à l'heure qu'il est en train de choisir leurs bagnoles neuves et tout le bataclan.

Merde, dit Rawlins.

Ils continuèrent.

Tu te sens pas mal à l'aise quelquefois ? dit Rawlins.

À cause de quoi ?

J'sais pas. De n'importe quoi. Juste mal à l'aise.

Quelquefois. Quand on est quelque part où on devrait pas être je suppose qu'on peut se sentir mal à l'aise. On devrait en tout cas.

Bon mais imagine que tu sois mal à l'aise et que tu saches pas pourquoi. Est-ce que ça pourrait vouloir dire que t'es quelque part où tu devrais pas être et que tu le saurais pas ?

Nom d'un chien qu'est-ce que t'as qui se détraque ?

J'sais pas. Rien. Je crois que je vais me mettre à chanter.

Ce qu'il fit. Il chantait ; Auras-tu le temps long, auras-tu le temps long. Auras-tu le temps long quand je serai parti.

Tu connais la station de radio de Del Rio ? dit-il.

Oui, je la connais.

Il paraît que la nuit il suffit de prendre un fil de clôture entre les dents pour se brancher dessus. Même pas besoin d'avoir un poste.

Tu crois ça ?

J'sais pas.

T'as déjà essayé ?

Oui. Une fois.

Ils continuèrent. Rawlins chantait. Qu'est-ce que c'est nom d'un chien un pommier en fleur qui porte bonheur ? dit-il.

Je le sais pas plus que toi, cousin.

Ils passèrent au pied d'une haute falaise calcaire d'où descendait un ruisseau et ils traversèrent une large coulée de gravier. En amont dans des trous d'eau creusés par les récentes pluies il y avait un couple de hérons dressés sur leurs ombres allongées. L'un des oiseaux se souleva et s'envola, l'autre resta à sa place. Une heure plus tard ils passèrent le Pecos, guidant les chevaux pour traverser le gué, l'eau vive et claire et légèrement salée recouvrant les pierres calcaires du lit de la rivière et les chevaux examinant l'eau devant eux et posant leurs pieds avec une grande prudence sur les larges plaques de roche volcanique et suivant des yeux les contours des traînées de mousse dans les remous de l'autre côté du gué où elles s'étalaient et se tordaient luisant d'un vert électrique dans la lumière matinale. Rawlins se pencha du haut de sa selle et trempa sa main dans l'eau de la rivière et la goûta. C'est de l'eau de gypse, dit-il.

Ils mirent pied à terre parmi les saules sur la rive opposée et firent des sandwiches avec la charcuterie et avec le fromage et ils mangèrent et restèrent assis à fumer et à regarder l'eau de la rivière. Il y a quelqu'un qui nous suit, dit John Grady.

Est-ce que tu le vois ?

Pas encore.

Quelqu'un à cheval ?

Oui.

Rawlins examinait le chemin de l'autre côté de la rivière. Pourquoi est-ce que ce serait pas simplement quelqu'un à cheval ?

Parce qu'il serait arrivé à la rivière à présent.

Il a peut-être fait demi-tour.

Pour aller où ?

Rawlins tirait sur sa cigarette. Qu'est-ce qu'il veut, à ton avis ?

J'en sais rien.

Qu'est-ce que tu veux faire ?

Continuer c'est tout. Ou il finira par se montrer ou il se montrera pas.

Ils remontèrent les éboulis de la rivière en avançant lentement de front le long du chemin poussiéreux et arrivèrent à un haut plateau d'où ils découvraient le paysage au loin vers le sud, une contrée vallonnée couverte d'herbe et de marguerites sauvages. À un mile plus loin à l'ouest il y avait une clôture de fils de fer tendus d'un poteau à un autre comme une vilaine cicatrice à travers les prairies grisâtres et au-delà un petit troupeau d'antilopes qui avaient toutes les yeux fixés sur eux. John Grady mit son cheval de biais et resta en selle la tête tournée vers la route. Rawlins attendait.

Est-ce qu'il est plus loin derrière ? dit-il.

Oui. Quelque part.

Ils continuèrent jusqu'à ce qu'ils arrivent à une profonde dépression ou à une combe qui formait une dénivellation sur le plateau. Un peu plus loin à droite il y avait un épais bosquet de cèdres et Rawlins montra les cèdres d'un signe de tête et ralentit son cheval.

Et si on s'allongeait là-bas pour l'attendre ?

John Grady regarda la route derrière lui. Très bien, dit-il. Continuons un bout de chemin et ensuite faisons demi-tour. Quand il verra nos traces quitter la route il saura où on est.

Très bien.

Ils continuèrent encore un demi-mile puis ils quittèrent la route et revinrent en arrière en coupant en direction des cèdres et descendirent et attachèrent leurs chevaux et s'assirent par terre.

Tu crois qu'on a le temps d'en fumer une ? dit Rawlins.

Fumes-en une si t'en as, dit John Grady.

Ils attendaient en fumant, les yeux braqués sur le tronçon de route derrière eux. Ils attendaient depuis longtemps mais personne ne venait. Rawlins s'allongea sur le dos et se mit son chapeau sur les yeux. Je dors pas, dit-il. Je me repose un peu, c'est tout.

Il ne s'était pas assoupi depuis longtemps quand John Grady donna un coup de pied dans sa botte. Il se redressa et remit son chapeau et regarda autour. Un cavalier s'avançait sur la route. Même à cette distance ils remarquèrent tous deux le cheval.

Il continua jusqu'à ce qu'il arrive à une centaine de mètres à peine sur la route. Il portait un chapeau à large bord et une salopette avec une poche sur le devant. Il ralentit l'allure et son regard suivit la dénivellation et s'arrêta juste sur eux. Puis il continua.

C'est un gosse, dit Rawlins.

C'est un fameux cheval, dit John Grady.

On dirait.

Tu crois qu'il nous a vus ?

Non.

Qu'est-ce que tu veux faire ?

Donnons-lui une minute et ensuite on aura qu'à continuer sur la route derrière lui.

Ils attendirent de l'avoir pratiquement perdu de vue puis ils détachèrent les chevaux et se remirent en selle et sortirent du bosquet et regagnèrent la route.

Quand il les entendit il s'arrêta et regarda par-dessus son épaule. Il avait ajusté son chapeau en arrière sur la nuque et restait en selle au milieu de la route et les observait. Ils arrivèrent à sa hauteur et s'arrêtèrent, un de chaque côté.

T'es après nous ? dit Rawlins.

C'était un gamin d'environ treize ans.

Non dit-il. J'suis pas après vous.

Comment ça se fait que tu nous suis ?

J'vous suis pas.

Rawlins regarda John Grady. John Grady observait le gamin. Il leva les yeux sur les montagnes au loin puis son regard revint sur le gamin et finalement sur Rawlins. Rawlins restait en selle les mains sur le pommeau. Alors tu nous suivais pas ? dit-il.

Je vais à Langtry, dit le gamin. Je vous connais ni l'un ni l'autre.

Rawlins regarda John Grady. John Grady roulait

une cigarette et examinait le gamin et son équipement et son cheval.

Où est-ce que t'as pris ce cheval ? dit-il.

Ce cheval est à moi.

Il mit la cigarette dans sa bouche et sortit une allumette en bois de sa poche de chemise et la frotta contre l'ongle de son pouce et alluma la cigarette. Et ce chapeau aussi il est à toi ? dit-il.

Le gamin regarda le bord du chapeau au-dessus de ses yeux. Puis il regarda Rawlins.

Quel âge t'as ? dit John Grady.

Seize ans.

Rawlins cracha. Tout ce que tu dis c'est des mensonges de merde.

Vous savez pas tout.

Ce que je sais putain c'est que t'as certainement pas seize ans. D'où est-ce que tu viens ?

De Pandale.

Tu nous a vus hier soir à Pandale, pas vrai ?

Oui.

Qu'est-ce que tu fais, tu t'es enfui de chez toi ?

Son regard allait de l'un à l'autre. Et après ?

Rawlins regarda John Grady. Qu'est-ce que tu veux faire ?

Je me le demande.

On pourrait vendre son cheval au Mexique.

Oui.

Compte pas sur moi pour creuser une tombe comme on a fait pour le dernier.

Nom de Dieu, dit John Grady, c'était ton idée à toi. Moi je t'avais pourtant dit de le laisser aux vautours.

Tu veux tirer à pile ou face pour savoir lequel de nous deux va le descendre ?

Oui. Allons-y.

À toi de choisir, dit Rawlins.
Face.
La pièce s'éleva en tournant sur elle-même. Rawlins la saisit au vol et la rabattit sur le revers de son poignet pour que les autres puissent la voir et il tendit la main.
Face, dit-il.
Passe-moi ton fusil.
C'est pas juste, dit Rawlins. C'est toi qui as descendu les trois derniers.
Vas-y alors. Je le marque sur ton ardoise.
Bon alors tiens son cheval. Il a p't-êt' pas l'habitude des coups de feu.
Vous racontez que des blagues, tous les deux, dit le gamin.
T'es sûr que c'est des blagues ?
Vous avez jamais descendu personne.
Qu'est-ce qui te fait croire qu'on pourrait pas commencer par toi ?
Vous racontez des blagues tous les deux. Je l'ai tout de suite vu.
Sûr que tu l'as vu, dit Rawlins.
Qui est-ce que t'as aux trousses ? dit John Grady.
Personne.
Mais y a quelqu'un après ton cheval, hein ?
Il ne répondit pas.
C'est vrai que tu vas à Langtry ?
Oui.
En tout cas on veut pas de toi avec nous, dit Rawlins. On se ferait flanquer en taule à cause de toi.
Le cheval est à moi, dit le gamin.
Fiston, dit Rawlins, je m'en fous pas mal de savoir à qui il appartient. Mais ce que je sais sûr et certain c'est qu'il est pas à toi. Allons-y mon pote.
Ils tournèrent leurs chevaux et les encouragèrent

d'un claquement de langue et repartirent au trot le long de la route vers le sud. Ils ne jetèrent pas un regard en arrière.

Je croyais qu'il serait plus coriace que ça, dit Rawlins.

John Grady jeta le mégot de sa cigarette sur la route devant eux. C'est pas la dernière fois qu'on voit ses fesses d'oiseau.

Arrivé midi ils avaient laissé la route et ils chevauchaient vers le sud-ouest à travers les immenses herbages. Ils abreuvèrent les chevaux à un réservoir en acier qu'on avait installé là pour le bétail au pied d'une vieille éolienne F.X.Axtell qui grinçait doucement sous la brise. Plus au sud il y avait du bétail qui s'abritait à l'ombre d'un boqueteau de chênes Emory. Ils voulaient laisser Langtry à bonne distance et ils parlaient de traverser le fleuve de nuit. La journée était chaude et ils lavèrent leurs chemises et les enfilèrent encore mouillées et ils se remirent en selle et repartirent. La route était visible sur plusieurs miles derrière eux au nord-est mais ils ne voyaient pas de cavalier.

Ce soir-là ils traversèrent la voie ferrée du Southern Pacific juste à l'est de la bourgade texane de Pumpville et bivouaquèrent à un demi-mile de l'autre côté de la voie. Le temps de panser les chevaux et de les mettre au piquet et de préparer un feu l'obscurité était déjà tombée. John Grady planta sa selle debout devant le feu et fit quelques pas sur la prairie et s'arrêta pour écouter. Il pouvait voir le réservoir de Pumpville contre le ciel pourpre. Juste à côté le croissant de la lune. Il pouvait entendre les chevaux brouter l'herbe à une centaine de mètres plus loin. À part cela la prairie s'étendait bleue et silencieuse à perte de vue.

Ils traversèrent la route 90 dans la matinée du lendemain et continuèrent sur des terres à bétail piquetées de bovins à la pâture. Loin au sud les montagnes du Mexique se profilaient et s'estompaient semblables à des fantômes de montagnes dans l'incertaine lumière des nuages en mouvement. Deux heures plus tard ils arrivèrent au fleuve. Ils s'assirent sur un petit escarpement et retirèrent leurs chapeaux et regardèrent. L'eau avait la couleur de l'argile et elle était trouble et ils pouvaient l'entendre en aval dans les remous. Le banc de sable au-dessous d'eux était couvert d'un dense maquis de saules et de joncs carrizo et les falaises de l'autre côté étaient tavelées et trouées de grottes et constamment traversées d'une myriade d'hirondelles. Au-delà le désert continuait comme avant. Ils se retournèrent et se regardèrent et mirent leurs chapeaux.

Ils longèrent le fleuve à cheval vers l'amont jusqu'à un endroit où il y avait un ruisseau qui coupait la falaise et ils descendirent le long du ruisseau et débouchèrent sur un banc de gravier et restèrent en selle et examinèrent l'eau et la campagne alentour. Rawlins roula une cigarette et passa une jambe sur le pommeau de sa selle et resta ainsi à fumer.

De qui est-ce qu'on se cache ? dit-il.

De qui est-ce qu'on se cache pas ?

J'vois pas où on pourrait se cacher de l'autre côté.

On pourrait en dire autant en regardant de ce côté-ci.

Rawlins restait en selle et fumait. Il ne répondit pas.

On peut traverser là-bas du côté des bas-fonds, dit John Grady.

Pourquoi est-ce qu'on traverserait pas tout de suite ?

John Grady se pencha et cracha dans le fleuve. Je ferai ce que tu voudras, dit-il. Mais je croyais qu'on était d'accord pour ne pas prendre de risques.

Sûr que je serais content d'en avoir fini puisqu'il faut en finir de toute façon.

Moi aussi mon gars. Il tourna la tête vers Rawlins.

Rawlins acquiesça. D'accord, dit-il.

Ils remontèrent le ruisseau et mirent pied à terre et dessellèrent les chevaux sur le banc de gravier et les mirent au piquet dans l'herbe qui poussait dans le lit du ruisseau. Ils s'assirent à l'ombre des saules et mangèrent des saucisses de Vienne et des biscuits salés et burent de la citronnade en poudre qu'ils avaient fait fondre avec l'eau du ruisseau.

Tu crois qu'on trouve des saucisses de Vienne au Mexique ? dit Rawlins.

Tard dans l'après-midi il remonta à pied le lit du ruisseau et s'arrêta sur la prairie rectiligne avec son chapeau à la main et regarda au loin en direction du nord-est à travers l'herbe moutonnante. Il y avait un cavalier qui traversait la plaine à un mile de distance. Il resta un instant à l'observer.

Quand il fut de retour au bivouac il réveilla Rawlins.

Qu'est-ce qu'il y a ? dit Rawlins.

Il y a quelqu'un qui vient. Je crois que c'est ce demeuré.

Rawlins ajusta son chapeau et grimpa sur le talus. Il regardait.

Est-ce que tu peux le reconnaître ? cria John Grady.

Rawlins acquiesça. Il se pencha et cracha. Si j'peux pas le reconnaître lui je suis sûr de reconnaître le cheval.

Est-ce qu'il t'a vu ?

J'sais pas.

Il vient par ici.

Sans doute qu'il m'a vu.

Je crois qu'on devrait le renvoyer là d'où il vient.

Il se tourna vers John Grady. Il a quelque chose qui me met mal à l'aise ce petit fumier-là.

Moi aussi.

Et en plus il est pas aussi innocent qu'il en a l'air.

Qu'est-ce qu'il fait ? dit John Grady.

Il arrive.

Alors redescends. Il nous a peut-être pas vus.

Il s'est arrêté, dit Rawlins.

Et maintenant qu'est-ce qu'il fait ?

Il continue.

Ils prirent le parti d'attendre qu'il arrive s'il finissait par arriver.

Au bout d'un bref instant les chevaux levèrent la tête et s'immobilisèrent les yeux fixés vers l'aval. Ils entendirent le cavalier descendre dans le lit du ruisseau, un roulement de gravier remué et un vague cliquetis métallique.

Rawlins prit son fusil et ils suivirent à pied le lit du ruisseau jusqu'au fleuve. Le gamin restait en selle sur le grand cheval bai dans l'eau peu profonde à quelques pas du banc de gravier et il regardait de l'autre côté du fleuve. Quand il tourna la tête et les aperçut il repoussa son chapeau en arrière avec son pouce.

Je savais que vous aviez pas traversé les gars, dit-il. Y a deux biches en train de brouter près des mesquites là-bas de l'autre côté.

Rawlins s'accroupit sur le banc de gravier et posa le fusil debout devant lui et le maintint dans cette position et appuya son menton sur le revers de son bras. Putain je voudrais bien savoir ce qu'on va faire de toi ? dit-il.

Le gamin le regarda et il regarda John Grady. Personne viendra me chercher au Mexique.

Tout dépend de ce que t'as fait, dit Rawlins.

J'ai rien fait.

C'est comment ton nom ? dit John Grady.

Jimmy Blevins.

Du flan, dit Rawlins. Jimmy Blevins c'est le type de la radio.

C'est un autre Jimmy Blevins.

Qui est-ce qui te suit ?

Personne.

Comment tu peux le savoir ?

Parce qu'il y a personne qui me suit.

Rawlins regarda John Grady puis il regarda de nouveau le gamin. T'as quelque chose à manger ? dit-il.

Non.

T'as de l'argent ?

Non.

T'es qu'un pique-assiette.

Le gamin haussa les épaules. Le cheval avança un pied dans l'eau et s'arrêta.

Rawlins hocha la tête et cracha et regarda de l'autre côté du fleuve. Je vais te poser une question.

D'accord.

Est-ce que tu peux me dire nom de Dieu pourquoi il faudrait qu'on te prenne avec nous ?

Il ne répondit pas. Il restait en selle les yeux baissés sur l'eau sableuse qui coulait à leurs pieds et sur les ombres filiformes des saules qui s'étiraient sur le banc de sable dans la lumière du soir. Il regarda la ligne bleue des sierras vers le sud et il ajusta la bretelle de sa salopette et resta sur son cheval le pouce passé dans la poche du tablier et se tourna dans leur direction.

Parce que je suis américain, dit-il.

Rawlins recula et hocha la tête.

Quand ils traversèrent le fleuve sous un blanc quartier de lune ils étaient nus et pâles et minces sur l'échine de leurs chevaux. Ils avaient enfoncé leurs bottes tête en bas dans leurs jeans et fourré leurs chemises et leurs blousons par-dessus avec leurs sacoches qui contenaient leurs affaires à barbe et leurs munitions et ils avaient solidement serré les jeans à la taille avec leurs ceintures et ils avaient noué les jambes autour de leur cou sans serrer trop fort et vêtus seulement de leurs chapeaux ils menèrent les chevaux à l'extrémité de la langue de gravier et desserrèrent les sangles et montèrent et poussèrent les chevaux dans l'eau avec leurs talons nus.

Au milieu du fleuve les chevaux nageaient, renâclant et tendant leur longue encolure au-dessus de l'eau, leur queue flottant derrière eux. Ils allaient de biais vers l'aval poussés par le courant, les cavaliers tout nus penchés en avant et parlant aux chevaux, Rawlins tenant le fusil en l'air d'une main, tous trois en file l'un derrière l'autre et s'approchant de la rive étrangère comme une escouade de maraudeurs.

Ils sortirent du fleuve à cheval entre les saules en prenant par les bas-fonds et ils continuèrent toujours en file vers l'amont et ils arrivèrent sur une longue plage de gravier où ils enlevèrent leurs chapeaux et se retournèrent et regardèrent derrière eux le pays qu'ils quittaient. Aucun ne parlait. Puis ils lancèrent brusquement leurs chevaux au galop le long de la plage et voltèrent et revinrent, s'éventant avec leurs chapeaux et riant aux éclats et tirant sur les rênes et flattant l'épaule des chevaux.

Bon Dieu, dit Rawlins. Tu sais où on est maintenant ?

Ils restèrent en selle sur leurs chevaux dont la robe fumait au clair de lune et ils se regardèrent. Puis ils mirent pied à terre sans faire de bruit et ils détachèrent leurs vêtements suspendus à leur cou et se rhabillèrent et conduisirent les chevaux en main par les bosquets de saules et les plages de gravier jusqu'à la plaine où ils se mirent en selle et repartirent au sud vers les garrigues desséchées du Coahuila.

Ils bivouaquèrent au bord d'une plaine de mesquites et au matin ils firent cuire du lard et des haricots et du pain de maïs préparé avec de la farine et de l'eau et ils s'assirent pour manger et regardèrent le pays qui s'étendait au loin. Quand est-ce que t'as mangé pour la dernière fois ? dit Rawlins.

L'autre jour, dit le petit Blevins.

L'autre jour.

Oui.

Rawlins l'examinait. Ton nom ce serait pas plutôt Blivet par hasard ?

Non c'est Blevins.

Tu sais ce que c'est qu'un blivet ? dit Rawlins.

Qu'est-ce que c'est ?

Un blivet c'est dix livres de merde dans un sac de cinq livres.

Blevins s'arrêta de mastiquer. Il regardait au loin vers l'est la campagne où le bétail était sorti des taillis et restait debout sur la plaine au soleil matinal. Puis il se remit à mastiquer.

Vous avez même pas dit comment vous vous appelez les gars, dit-il.

Tu l'as pas demandé.

C'est pas comme ça que j'ai été élevé, dit Blevins.

Rawlins qui le dévisageait d'un regard morose détourna la tête.

John Grady Cole, dit John Grady. Et lui c'est Lacey Rawlins.

Le gamin acquiesça. Il se remit à mastiquer.

On est de quelque part du côté de San Angelo, dit John Grady.

J'ai jamais été par là.

Ils attendaient qu'il leur dise d'où il était mais il ne disait rien.

Rawlins épongea son assiette avec une molle poignée du pain de maïs qu'ils avaient préparé et avala. Suppose, dit-il, qu'on ait dans l'idée d'échanger ton cheval contre un autre avec lequel on risquerait moins de se faire descendre.

Le gamin leva les yeux sur John Grady et regarda au loin du côté où se trouvait le bétail. J'suis pas un maquignon, dit-il.

Seulement ça te dérange pas qu'on soit obligés de te défendre tous les deux ?

Je peux me défendre tout seul.

Bien sûr. Je parie que t'as un revolver et tout ce qu'il faut.

Il resta un instant sans répondre. Puis il dit ; J'ai un revolver.

Rawlins leva les yeux. Puis il se remit à manger du pain de maïs à la cuillère. C'est quoi ton revolver ? dit-il.

Un colt calibre 32-20.

Du flan, dit Rawlins. Ça c'est une cartouche de fusil.

Le gamin avait fini de manger et épongeait son assiette avec une touffe d'herbe.

Fais-le voir, dit Rawlins.

Il posa son assiette. Il regarda Rawlins puis il regarda John Grady. Puis il plongea la main dans la poche de sa salopette et produisit le pistolet. Il le fit tourner dans sa main d'un brusque élan du poignet et le tendit à Rawlins, pontet en l'air et crosse en avant.

Rawlins le regarda puis regarda le revolver. Il posa son assiette dans l'herbe et prit l'arme et la fit tourner dans sa main. C'était un vieux colt Bisley avec des plaquettes de poignée en guttapercha si usées et lisses qu'elles en avaient perdu leur quadrillage. Le métal était d'un gris mat. Il le tourna pour déchiffrer le marquage sur l'arête du canon. On pouvait lire 32-20. Il regarda le gamin et déverrouilla la porte de chargement d'un mouvement du pouce et mit le chien au demi-armé et fit tourner le barillet et fit tomber une des cartouches dans le creux de sa main à l'aide du poussoir éjecteur et l'examina. Puis il la remit en place et rabattit la porte et remit le chien au cran de sécurité.

Où est-ce que t'as trouvé un revolver pareil ? dit-il.

Là où je l'ai trouvé.

T'as déjà tiré avec ?

Bien sûr que j'ai déjà tiré avec.

Tu peux faire mouche avec ça ?

Le gamin tendit la main pour prendre le pistolet. Rawlins le soupesa dans sa paume et il le tourna et le lui tendit.

Si tu veux jette en l'air n'importe quoi et je ferai mouche, dit le gamin.

Du flan.

Le gamin haussa les épaules et remit le pistolet dans la poche de sa salopette.

Qu'est-ce que tu veux que je lance en l'air ? dit Rawlins.

N'importe quoi.

Et n'importe quoi que je lancerai en l'air tu feras mouche.

Oui.

Du flan.

Le gamin se leva. Il essuya son assiette en la frottant d'un bord à l'autre contre la jambe de sa salopette et regarda Rawlins.

Lance ton portefeuille en l'air que je fasse un trou dedans, dit-il.

Rawlins se leva. Il plongea la main dans la poche arrière de son pantalon et en sortit son portefeuille. Le gamin se pencha et posa l'assiette dans l'herbe et ressortit le revolver. John Grady posa sa cuillère dans son assiette et posa l'assiette par terre. Ils s'avancèrent tous trois sur la plaine dans la longue lumière matinale comme des hommes qui se préparent pour un duel.

Il s'arrêta avec le soleil dans le dos et le revolver qui pendait contre sa jambe. Rawlins tourna la tête et adressa un sourire à John Grady. Il tenait le portefeuille entre le pouce et l'index.

T'es prêt, Buffalo Bill ? dit-il.

Je t'attends.

Il le lança en abaissant le bras comme pour servir à la cuillère. Le portefeuille s'éleva en spirale, minuscule contre l'azur. Ils le suivaient des yeux, attendant que le gamin fasse feu. Puis le gamin tira. Le portefeuille fut projeté de biais et se mit à dériver à travers le paysage et s'ouvrit et retomba en se tordant comme un oiseau brisé.

Le bruit du coup de revolver disparut presque instantanément dans l'immense silence. Rawlins fit quelques pas dans l'herbe et se pencha pour ramasser son portefeuille et le mit dans sa poche et revint.

On ferait mieux d'y aller, dit-il.

Fais voir, dit John Grady.

Allons-y. On a intérêt à s'éloigner du fleuve.

Ils allèrent chercher leurs chevaux et les sellèrent et le gamin éteignit le feu à coups de pied et ils se remirent en selle et repartirent. Ils allaient côte à côte à une certaine distance l'un de l'autre sur la vaste plaine de gravier dont la courbure s'estompait le long de la garrigue vers l'amont. Ils allaient sans parler et leur regard s'initiait à ce nouveau pays. Un faucon se laissa tomber du haut d'un mesquite et passa très bas au-dessus du sol marécageux et remonta et disparut dans un arbre un demi-mile plus loin à l'est. Quand ils se furent éloignés il retraversa le ciel.

T'avais ce revolver dans ta chemise quand on a passé le Pecos, hein ? dit Rawlins.

Le gamin le regarda par-dessous son immense chapeau. Oui, dit-il.

Ils continuèrent. Rawlins se pencha et cracha. J'parie que t'aurais bien voulu me descendre avec.

Le gamin cracha à son tour. J'avais pas l'intention de me faire descendre, dit-il.

Ils continuèrent à travers les collines basses couvertes de buissons de nopal et de créosote. Dans la matinée ils arrivèrent à une piste où il y avait des traces de chevaux et prirent au sud et à midi ils entrèrent dans la ville de Reforma.

Ils descendirent en file le chemin de chars qui servait de rue. Une demi-douzaine de maisons basses presque effondrées aux murs en briques d'adobe. Cinq métairies faites de broussaille et de boue avec des toits de broussaille et un corral ceint d'une palissade où cinq chevaux scrofuleux à l'énorme tête regardaient d'un air solennel les chevaux qui passaient sur la route.

Ils mirent pied à terre et attachèrent leurs chevaux devant une petite épicerie aux murs d'adobe et entrèrent. Une jeune fille assise sur une chaise au dossier vertical devant un poêle en tôle au centre de la pièce lisait une bande dessinée à la lumière qui filtrait par la porte ouverte et elle leva les yeux sur eux puis se pencha sur sa bande dessinée puis releva la tête. Elle se leva et se tourna vers le fond du magasin où était accrochée une portière de couleur verte et elle posa le livre sur la chaise et s'avança jusqu'au comptoir sur le sol de terre battue et elle fit demi-tour et s'arrêta. Trois bonbonnes en argile étaient posées sur le comptoir. Il y en avait deux de vides mais la troisième était coiffée du couvercle en étain d'un seau à saindoux et le couvercle avait été taillé pour laisser passer la poignée d'une louche en métal émaillé. Le long du mur derrière la jeune fille on pouvait voir trois ou quatre rangées de planches qui supportaient des marchandises en boîte et des étoffes et du fil et des confiseries. Contre le mur opposé il y avait un coffre à farine fait à la main avec des planches de sapin. Au-dessus du coffre un calendrier cloué à la cloison d'adobe avec un bout de bois. À part le poêle et la chaise il n'y avait rien d'autre dans le bâtiment.

Rawlins enleva son chapeau et se passa le bras sur le front et remit son chapeau. Il regarda John Grady. Est-ce qu'elle a quelque chose à boire ?

Tiene algo que tomar ? dit John Grady.

Sí, dit la jeune fille. Elle fit quelques pas pour prendre sa place derrière les bonbonnes et souleva le couvercle. Les trois cavaliers étaient debout devant le comptoir et regardaient.

Qu'est-ce que c'est que ça ? dit Rawlins.

Sidrón, dit la jeune fille.

John Grady la regardait. Habla inglés ? dit-il.

Oh non, dit-elle.

Qu'est-ce que c'est ? dit Rawlins.

Du cidre.

Et il jeta un coup d'œil à l'intérieur de la bonbonne. Prenons-en, dit-il. Donnez-nous-en trois.

Mande ?

Trois, dit Rawlins. Tres. Il leva trois doigts.

Il sortit son portefeuille. Elle leva le bras vers les rayons derrière le comptoir et elle prit trois gobelets et les posa sur les planches et se saisit de la louche et ramena un mince liquide brunâtre et remplit les verres et Rawlins posa un billet d'un dollar sur le comptoir. Il y avait un trou à chaque extrémité du billet. Ils prirent les verres et John Grady montra le billet d'un signe de tête admiratif.

Il a visé en plein milieu de ton portefeuille, hein ?

Oui, fit Rawlins.

Il leva son verre et ils burent. Rawlins était pensif.

Je ne sais pas ce que c'est que cette saloperie, dit-il. Mais ça a drôlement bon goût pour un cow-boy. Prenons-en trois autres.

Ils posèrent leurs verres et la jeune fille les remplit. Qu'est-ce qu'on vous doit ? dit Rawlins.

Elle regarda John Grady.

Cuánto, dit John Grady.

Para todo ?

Sí.

Uno cincuenta.

Ça fait combien ? dit Rawlins.

Ça fait à peu près trois cents le verre.

Rawlins poussa le billet sur le comptoir. Laisse ton vieux papa payer, dit-il.

Elle alla chercher la monnaie dans une boîte à cigares posée sur le comptoir et elle étala les pièces mexicaines et leva les yeux. Rawlins posa son verre vide et le désigna d'un geste et paya trois autres verres et ramassa sa monnaie et ils prirent leurs verres et sortirent.

Ils étaient assis devant l'estaminet à l'ombre de la tonnelle faite de pieux et de broussaille et ils sirotaient leurs boissons et contemplaient le calme désolé du petit carrefour à l'heure de midi. Les huttes de terre battue. L'agave poussiéreux et plus loin les arides collines de gravier. Un mince filet bleu d'eaux-vannes s'écoulait dans la rigole d'argile devant la boutique et il y avait une chèvre sur la route défoncée les yeux fixés sur les chevaux.

Y a pas l'électricité par ici, dit Rawlins.

Il buvait à petites gorgées. Il regarda plus loin le long de la route.

Ça m'étonnerait qu'il y ait jamais eu une voiture dans ce trou.

On se demande d'où elle viendrait, dit John Grady.

Rawlins acquiesça. Il tendit le gobelet vers la lumière et agita le cidre d'un mouvement circulaire du poignet et l'examina. Vous croyez que c'est une décoction de cactus ou j'sais pas trop quoi ?

Je me le demande, dit John Grady. On dirait que ça monte un peu à la tête, tu trouves pas ?

Je crois bien que oui.

On ferait mieux de pas laisser le petit en reprendre.

J'ai déjà bu du whisky, dit Blevins. C'est rien ce machin-là.

Rawlins hocha la tête. Dire qu'on est dans ce putain de Mexique à boire du jus de cactus, dit-il. À ton avis qu'est-ce qu'ils peuvent bien se dire chez nous à l'heure qu'il est ?

J'suppose qu'ils se disent qu'on a foutu le camp, dit John Grady.

Rawlins était assis les jambes allongées devant lui et les bottes croisées et son chapeau posé sur un genou et regardait au loin cette terre étrangère et dodelinait de la tête. Hein qu'on a foutu le camp ? dit-il.

Ils abreuvèrent les chevaux et desserrèrent les sangles de selle pour qu'ils respirent plus à l'aise puis ils prirent la route du sud si on pouvait appeler ça une route, avançant en file dans la poussière. Sur la route il y avait des traces de vaches, de cochons sauvages, de biches, de coyotes. Tard dans l'après-midi ils passèrent devant un autre groupe de masures mais ils continuèrent. La route était labourée de profondes ornières et elle était lessivée dans les creux et dans les creux il y avait du bétail qui avait péri lors d'une ancienne sécheresse, juste les os des bêtes auxquels collait encore le cuir dur sec et noirci.

Ce pays te plaît ? dit John Grady.

Rawlins se pencha et cracha mais il ne répondit pas.

Le soir ils arrivèrent à une petite ferme et s'arrêtèrent devant la clôture sans descendre de cheval. Il y avait plusieurs bâtiments éparpillés derrière la maison et un enclos ceint d'une palissade de bois avec deux chevaux qui se trouvaient là. Dans la cour deux fillettes en robe blanche. Elles regardèrent les cavaliers puis elles tournèrent les talons et rentrèrent dans la maison en courant. Un homme sortit.

Buenas tardes, dit-il.

Il longea la clôture jusqu'à la grille et leur fit signe d'entrer et leur montra où abreuver leurs chevaux. Pásale, dit-il. Pásale.

Ils mangèrent à la lueur d'une lampe à pétrole à une petite table en bois de pin badigeonné. De vieux calendriers et d'anciennes illustrations de magazines étaient accrochés aux murs de pisé. Dans un cadre sur un mur un retable de la Vierge en fer-blanc. Au-dessous il y avait une planche soutenue par deux tasseaux enfoncés dans le mur et sur la planche était posé un petit verre couleur bouteille avec dedans un bout de cierge noirci. Les Américains étaient assis épaule contre épaule d'un côté de la table et les deux gamines étaient assises de l'autre côté et les observaient dans un état d'apnée. La femme mangeait en baissant la tête et l'homme plaisantait avec eux et passait les assiettes. Ils mangeaient des haricots avec des tortillas et un ragoût épicé de viande de chèvre qu'on tirait à la louche d'une marmite en terre cuite. Ils buvaient du café dans des tasses d'étain émaillé et l'homme poussait les bols vers eux et faisait de grands gestes. Deben comer, dit-il.

Il voulait qu'on lui parle de l'Amérique, le pays à une trentaine de miles au nord. Il y avait été une fois quand il était enfant, de l'autre côté du fleuve, à Acuña. Il avait des frères qui travaillaient là-bas. Il avait un oncle qui avait habité quelques années à Uvalde dans l'État du Texas mais il pensait qu'il était mort.

Rawlins finit son assiette et remercia la femme et John Grady expliqua ce que Rawlins avait dit et la femme sourit et répondit d'un modeste signe de tête. Rawlins montrait aux deux fillettes comment il pouvait s'arracher un doigt et le remettre en place aussitôt quand Blevins croisa ses couverts dans l'assiette posée devant lui et s'essuya la bouche sur sa manche et se pencha en arrière. Le banc n'avait pas de dossier et pendant un bref instant Blevins battit violemment des bras et des jambes puis il tomba à la renverse, donnant un coup de pied dans la table par en dessous et bousculant la vaisselle et faisant presque basculer le banc avec Rawlins et John Grady. Les deux fillettes se levèrent d'un bond en applaudissant et en poussant des cris de joie. Rawlins avait empoigné la table pour éviter de tomber et il regarda le gamin qui gisait à terre. Putain, dit-il. Excusez-moi m'dame.

Blevins se remit péniblement sur ses jambes et il n'y eut que l'homme pour offrir de l'aider.

Está bien ? dit-il.

Il va très bien, dit Rawlins. Les idiots ça se fait jamais de mal.

La femme s'était penchée en avant pour redresser une tasse, pour calmer les fillettes. Par politesse elle se retenait de rire, mais même Blevins remarqua le pétillement dans ses yeux. Il enjamba le banc et s'assit.

Vous êtes prêts à partir les gars ? dit-il à mi-voix.

On n'a pas fini de manger, dit Rawlins.

Blevins jetait autour de lui des regards gênés. J'peux pas rester ici, dit-il.

Il était assis tête basse et grommelait d'une voix rauque. Pourquoi est-ce que tu peux pas rester ici ? dit Rawlins.

J'aime pas qu'on se moque de moi.

Rawlins regarda les fillettes. Elles avaient repris leurs places et elles avaient de nouveau leurs grands yeux immenses et sérieux. Putain, dit-il. C'est que des gamines.

J'aime pas qu'on se moque de moi, chuchota Blevins.

L'homme et la femme les regardaient tous deux avec inquiétude.

Si t'aimes pas qu'on se moque de toi t'as qu'à pas tomber sur le cul, dit Rawlins.

Excusez-moi, dit Blevins.

Il enjamba le banc et ramassa son chapeau et se couvrit et sortit.

Le maître de maison semblait troublé et il se pencha sur John Grady et lui posa une question à voix basse. Les deux fillettes étaient assises sur le banc le nez dans leur assiette.

Tu crois qu'il va filer ? dit Rawlins.

John Grady haussa les épaules. J'en doute.

Le patron semblait attendre que l'un des deux jeunes gens se lève pour aller chercher Blevins mais aucun des deux ne se levait. Ils burent leur café et au bout d'un moment la femme se leva et débarrassa les assiettes.

John Grady le trouva assis par terre comme l'image même de la méditation.

Qu'est-ce que tu fais ? dit-il.

Rien.

Pourquoi est-ce que tu rentres pas.
J'suis bien comme ça.
Ils nous ont proposé de passer la nuit.
Allez-y.
Qu'est-ce que tu comptes faire ?
J'suis bien comme ça.
John Grady resta un instant à l'observer. Bon, dit-il, comme tu voudras.
Blevins ne répondit pas et il le laissa assis par terre là où il était.
La pièce où ils allèrent se coucher était au fond de la maison et sentait la paille ou le foin. Elle était exiguë et sans fenêtre et par terre il y avait deux paillasses et des toiles de sac avec des sarapes mexicains par-dessus. Ils prirent la lampe que le maître de maison leur tendait et le remercièrent et il sortit en se baissant pour franchir la porte basse et leur souhaita bonne nuit. Il ne posa pas de questions sur Blevins.
John Grady posa la lampe par terre et ils s'assirent sur les paillasses et retirèrent leurs bottes.
J'en peux plus, dit Rawlins.
Tu m'en diras tant.
Qu'est-ce que t'a dit le vieux rapport au travail qu'on peut trouver par ici ?
Il paraît qu'il y a de grands élevages de l'autre côté de la sierra del Carmen. À environ trois cents kilomètres d'ici.
Ça fait combien ?
Cent soixante, cent soixante-dix miles.
Tu crois qu'il nous prend pour des bandits ?
J'en sais rien. Si c'est le cas on dirait pas que ça le dérange.
On dirait pas.
À l'entendre, c'est un vrai pays de cocagne ces

montagnes-là. Il paraît qu'il y a des lacs et des rivières et des prairies si hautes qu'on a de l'herbe jusqu'aux étriers. J'ai du mal à imaginer un pays pareil d'après ce qu'on a vu jusqu'ici, et toi ?

Sans doute qu'il veut se débarrasser de nous.

C'est possible, dit John Grady. Il retira son chapeau et s'allongea et remonta le sarape sur lui.

Putain je me demande ce qu'il va faire, dit Rawlins. Passer la nuit dans la cour ?

Sans doute que oui.

P't-êt' qu'il sera parti demain matin.

Ça se peut.

Il ferma les yeux. Ne laisse pas la lampe s'éteindre. Ça noircira toute la maison.

Je vais la souffler dans une minute.

Allongé sur le dos il écoutait. Il n'y avait de bruit nulle part. Qu'est-ce que tu fais ? dit-il.

Rien.

Il ouvrit les yeux. Il tourna la tête du côté de Rawlins. Rawlins avait étalé le contenu de son portefeuille sur la couverture.

Qu'est-ce que tu fais ?

Je voudrais que tu voies ce qu'il a fait de mon putain de permis de conduire.

T'en auras pas besoin par ici.

Voilà ma carte de l'académie de billard. Elle y a eu droit aussi.

Dors.

Regarde-moi cette saloperie. Il a eu Betty Ward en plein entre les deux yeux.

Qu'est-ce qu'elle faisait là ? Je savais pas qu'elle te plaisait.

C'est elle qui m'a donné cette photo. C'est une photo qui date du lycée.

AU MATIN ils mangèrent un énorme petit déjeuner d'œufs durs et de haricots et de tortillas à la même table que la veille. Personne ne sortit pour aller chercher Blevins et personne ne demanda de ses nouvelles. La femme leur donna un pique-nique enveloppé dans un linge et ils la remercièrent et serrèrent la main de l'homme et sortirent dans la fraîcheur matinale. Le cheval de Blevins n'était pas dans le corral.

Tu crois qu'on aura cette chance ? dit Rawlins.

John Grady hocha la tête d'un air sceptique.

Ils sellèrent les chevaux et proposèrent au patron de payer leur nourriture mais il fronça les sourcils et leur fit signe de ne pas insister et ils se serrèrent de nouveau la main et il leur souhaita bon voyage et ils se mirent en selle et partirent à cheval vers le sud sur la route ravinée. Un chien les suivit un bout de chemin puis il s'arrêta et les regarda s'éloigner.

C'était un matin vif et frais et il y avait de la fumée de bois dans l'air. Quand ils arrivèrent au sommet de la première côte de la route Rawlins cracha d'un air écœuré. Regarde là-bas, dit-il.

Blevins était en selle sur le grand cheval bai en travers de la route.

Ils ralentirent l'allure. Putain qu'est-ce qu'il a qui va pas à ton avis ?

C'est qu'un gosse.

Merde, dit Rawlins.

Quand ils le rejoignirent Blevins leur sourit. Il mâchait une chique de tabac et il se pencha et cracha et se frotta la bouche du revers du poignet.

Qu'est-ce que c'est que cette grimace ?

Salut, dit Blevins.

Où est-ce que t'as trouvé ce tabac ? dit Rawlins.

On me l'a donné.

On te l'a donné ?

Oui. Où vous étiez les gars ?

Ils passèrent à cheval de chaque côté de la route et il leur emboîta le pas.

Vous avez rien à manger ? dit-il.

On a un pique-nique qu'elle nous a donné pour le dîner, dit Rawlins.

Qu'est-ce que c'est ?

J'en sais rien. On n'a pas regardé.

Et si on regardait ?

Parce que tu te figures que c'est l'heure de dîner ?

Joe, dis-lui de me donner quelque chose à manger.

D'abord il s'appelle pas Joe, dit Rawlins. Et même s'il s'appelait Evelyn il va pas te servir le repas de midi à sept heures du matin.

Merde, dit Blevins.

Ils continuèrent jusqu'à midi et passé midi. Il n'y avait rien le long de la route que la campagne qu'ils traversaient et c'était une campagne totalement vide. Les seuls bruits c'était le continuel martèlement des sabots le long de la route et le floc régulier du jus de tabac derrière eux quand Blevins crachait. Rawlins montait avec une jambe croisée devant lui, s'appuyant sur son genou et fumant d'un air pensif tout en examinant le paysage.

On dirait des peupliers là-bas, dit-il.

Oui. On le dirait, dit John Grady.

Ils prirent leur dîner sous les arbres au bord d'un petit marais. Les chevaux attendaient dans l'herbe spongieuse et aspiraient l'eau sans bruit. La femme avait enveloppé le repas dans un carré de mousseline et ils étalèrent le linge par terre et choisirent parmi les quesadillas et les tacos et les bizcochos comme s'ils avaient été à un pique-nique, penchés en arrière sur les coudes dans l'ombre avec leurs bottes croisées devant eux, mastiquant à loisir et observant les chevaux.

Dans l'ancien temps, dit Blevins, c'était dans les coins comme ça que les Comanches se mettaient en embuscade et vous tombaient dessus.

J'espère qu'ils avaient un jeu de cartes ou un damier avec eux pour se distraire, dit Rawlins. J'ai bien l'impression que personne est passé sur cette route depuis un an.

Dans l'ancien temps il passait beaucoup plus de monde, dit Blevins.

Rawlins contemplait d'un œil sombre cette étendue cautérisée. Je me demande nom d'une merde de chien pourrie ce que tu peux bien savoir de l'ancien temps, dit-il.

Quelqu'un en veut encore une portion ? dit John Grady.

J'suis gavé comme un taon.

Il renoua le linge et se leva et commença à se déshabiller et s'avança tout nu entre les herbes passé l'endroit où étaient les chevaux et entra dans l'eau et s'y assit avec de l'eau jusqu'à la ceinture. Il écarta les bras et s'allongea en arrière dans l'eau et disparut. Les chevaux l'observaient. Il reparut assis dans l'eau et rejeta ses cheveux en arrière et se frotta les yeux et se contenta de rester assis.

Ils bivouaquèrent cette nuit-là au fond d'une coulée un peu à l'écart de la route et firent un feu et s'assirent dans le sable les yeux fixés sur les braises.

Blevins est-ce que t'es un cow-boy ? dit Rawlins.

J'aime ça.

Tout le monde aime ça.

Je prétends pas être le meilleur. Je sais monter.

Ah oui ? fit Rawlins.

Y a quelqu'un là-bas qui sait monter, dit Blevins. D'un mouvement de tête il désigna John Grady de l'autre côté du feu.

Qu'est-ce qui te fait dire ça ?

Il sait monter, c'est tout.

Et si j'te disais que c'est la première fois qu'il s'y met pour de bon. Et si j'te disais qu'il a encore jamais monté de cheval qu'une gamine pourrait pas monter.

Je serais obligé de te dire que tu me fais marcher.

Et si j'te disais que c'est le meilleur que j'ai jamais vu.

Blevins cracha dans le feu.

Est-ce que t'en doutes ?

Non, j'en doute pas. Ça dépend qui t'as vu monter.

J'ai vu monter Booger Lerouge, dit Rawlins.

Ah oui ? dit Blevins.

Oui.

Crois-tu qu'il peut le battre ?

Je le crois pas je sais qu'il le peut.

Il peut peut-être le battre. Ou peut-être pas.

Tu prendrais de la merde pour de la compote de pommes, dit Rawlins. Ça fait une éternité qu'il est mort Booger Lerouge.

Fais pas attention à ce qu'il dit, dit John Grady.

Rawlins recroisa ses bottes et fit un signe de tête à l'intention de John Grady. Il peut encaisser mes salades sans rajouter les siennes, non ?

C'est qu'un petit merdeux, dit John Grady.

T'entends ça ? dit Rawlins.

Blevins inclina le menton vers le feu et cracha. Je vois pas comment on peut dire qu'un type est meilleur que tous les autres réunis.

Bien sûr qu'on peut pas, dit John Grady. Ce type-là n'est qu'un ignorant, c'est tout.

Y a pas mal de bons cavaliers, dit Blevins.

C'est juste, dit Rawlins. Y a pas mal de bons cavaliers. Mais y en a qu'un qui est le meilleur. Et c'est justement celui que tu vois assis là-bas en face de toi.

L'embête pas, dit John Grady.

Je l'embête pas, dit Rawlins. Dis-le si je t'embête.

Non.

Dis-le à Joe là-bas que je t'embête pas.

Je viens de le dire.

L'embête pas, dit John Grady.

DANS LES JOURS qui suivirent ils traversèrent les montagnes à cheval et ils franchirent une faille désolée où s'engouffrait le vent et ils restèrent en selle au milieu des rochers et regardèrent au loin le pays qui s'étendait vers le sud où les dernières ombres filaient au ras du sol poussées par le vent et la sphère sanguinolente du soleil gisant à l'ouest entre les nuages amoncelés et les lointaines cordillères alignées aux confins du ciel qui passaient du pâle au bleu pâle puis au néant.

Où est-ce qu'il est ce pays de cocagne, à ton avis ? dit Rawlins.

John Grady avait enlevé son chapeau pour laisser le vent lui rafraîchir le crâne. Impossible de dire ce qu'il y a dans un pays pareil tant qu'on l'a pas vu vraiment, dit-il.

Pour du pays sûr qu'on en voit.

John Grady acquiesça. C'est pour ça que j'y suis.

Je t'ai compris, cousin.

Ils descendirent par les fraîchissants ombrages bleus de l'ubac. Des frênes verts à feuilles pérennes qui poussaient dans les ravins rocailleux. Des ébéniers, des eucalyptus des montagnes. Un faucon prit son vol au-dessous d'eux et décrivit un cercle dans la brume de plus en plus dense et se laissa retomber et ils sortirent leurs pieds des étriers et poussèrent prudemment leurs chevaux en avant le long des lacets découpés dans la roche schisteuse. La nuit venait juste de tomber quand ils débouchèrent sur une terrasse de gravier et ils y dressèrent leur bivouac et cette nuit-là ils entendirent ce qu'ils n'avaient ni l'un ni l'autre jamais entendu auparavant, trois longs hurlements du côté du sud-ouest aussitôt suivis d'un silence.

T'entends ça ? dit Rawlins.

Oui.

C'est un loup, hein ?

Oui.

Il était allongé sur le dos dans ses couvertures et regardait là-haut le quartier de lune qui pointait au-dessus du saillant des montagnes. Dans cette fausse aube bleue les Pléiades semblaient s'élever et sombrer dans l'obscurité au-dessus du monde et emporter avec elles toutes les étoiles, le grand diamant d'Orion et Céphée et la signature de Cassiopée, toutes remontant comme une nasse marine à travers la nuit phosphoreuse. Il resta ainsi un long moment à écouter les autres respirer dans leur sommeil tandis qu'il contemplait ce monde farouche autour de lui, ce monde farouche au fond de lui.

Il fit froid dans la nuit et à l'aube avant le lever du jour quand ils se réveillèrent Blevins était déjà debout et avait allumé un feu à même le sol et était recroquevillé devant les flammes dans ses minces vêtements. John Grady émergea de son couchage et mit ses bottes et son blouson et s'avança pour reconnaître le nouveau pays dont les contours commençaient à se dessiner au-dessous d'eux dans l'obscurité.

Ils burent ce qu'il leur restait de café et mangèrent les tortillas avec au milieu un mince filet de sauce piquante en bouteille.

Jusqu'où tu crois qu'on va pouvoir tenir avec ça ? dit Rawlins.

Je m'en fais pas, dit John Grady.

Le copain là-bas m'a pas l'air très convaincu.

Il a pas trop de graisse en réserve.

Toi non plus.

Ils contemplaient le soleil qui se levait au-dessous d'eux. Les chevaux qui broutaient un peu plus loin sur un redan dressèrent la tête et le regardèrent. Rawlins but la dernière gorgée de son café et égoutta sa tasse et plongea la main dans sa poche de chemise pour chercher son tabac.

Crois-tu qu'y aura un jour où le soleil va pas se lever ?

Sûr, dit John Grady. Le jour du Jugement dernier.

Quand crois-tu que ce sera ?

N'importe quel jour qu'Il aura choisi.

Le jour du Jugement dernier, dit Rawlins. Tu crois à tout ça ?

J'sais pas. Oui. Sans doute. Et toi ?

Rawlins mit la cigarette au coin de sa bouche et l'alluma et d'une chiquenaude il jeta l'allumette. J'sais pas, dit-il. Ça se peut.

Je savais bien que t'étais un mécréant, dit Blevins.

Toi tu sais foutrement rien, dit Rawlins. Ferme-la sans en rajouter à ta connerie.

John Grady se leva et traversa le bivouac et souleva sa selle par le pommeau et jeta sa couverture sur son épaule et les regarda. Allons-y, dit-il.

Ils arrivèrent au pied des montagnes dans la matinée et continuèrent sur une vaste plaine couverte de tiges de bouteloua et d'herbe à vannier et piquetée de lechugilla. Ils y rencontrèrent les premiers cavaliers qu'ils avaient vus et ils s'arrêtèrent et les regardèrent s'approcher sur la plaine à un mile au loin, trois hommes à cheval qui conduisaient un convoi de bêtes de bât chargées de hottes vides.

Qu'est-ce que vous croyez que c'est ? dit Rawlins.

On a tort de rester arrêtés comme ça, dit Blevins. Si on peut les voir ils nous voient aussi.

Nom de Dieu qu'est-ce que tu veux dire ? dit Rawlins.

Qu'est-ce que tu te dirais si tu les voyais s'arrêter ?

Il a raison, dit John Grady. Continuons.

C'étaient des zacateros qui se rendaient dans les montagnes pour récolter de l'herbe de Chine. S'ils étaient surpris de voir des Américains à cheval dans ces parages ils n'en montrèrent aucun signe. Ils leur demandèrent s'ils avaient vu le frère de l'un des leurs qui était dans les montagnes avec sa femme et ses deux grandes filles mais ils n'avaient vu personne. Les Mexicains restaient en selle et prenaient note de leur équipement avec de lents mouvements de leurs yeux sombres. Ils formaient eux-mêmes un groupe assez pitoyable, vêtu plus ou moins de guenilles, leurs chapeaux marbrés de graisse et de sueur, leurs bottes raccommodées avec du cuir de vache brut. Ils montaient de vieilles selles à quartiers carrés où le bois était visible à travers le cuir et ils roulaient leurs cigarettes dans des fanes de maïs découpées et les allumaient avec des briquets faits de silex et d'acier et de brins de laine tassés dans un étui de cartouches vide. Il y en avait un qui portait à sa ceinture un vieux colt usé la porte de chargement ouverte pour empêcher l'arme de glisser au travers et ils sentaient la fumée et le suif et la sueur et ils avaient l'air aussi farouches et étranges que le pays où ils se trouvaient.

Son de Tejas ? dirent-ils.

Sí, dit John Grady.

Ils acquiescèrent.

John Grady fumait et les observait. Bien qu'en guenilles ils avaient de bonnes montures et il observait ces yeux noirs pour voir s'il pouvait y deviner ce qu'ils pensaient mais il ne pouvait rien deviner. Ils parlèrent du pays et du temps qu'il faisait dans le pays et ils dirent qu'il faisait encore froid dans les montagnes. Personne ne suggéra de mettre pied à terre. Ils regardaient le terrain au loin comme si le terrain leur posait un problème. Quelque chose sur quoi il leur était difficile de se prononcer. Les petites mules rangées en file derrière eux s'étaient endormies debout presque au moment où ils s'étaient arrêtés.

Le chef acheva sa cigarette et laissa tomber le mégot sur la piste. Bueno, dit-il. Vámonos.

Il adressa un signe de tête aux Américains. Buena suerte, dit-il. Il appliqua sur son cheval les longues molettes de ses éperons et ils repartirent. Les mules passèrent derrière eux en regardant du coin de l'œil les chevaux debout au bord de la route et en agitant la queue bien qu'il n'y eût apparemment pas de mouches du tout dans ces régions.

L'après-midi ils abreuvèrent les chevaux à un cours d'eau limpide qui venait du sud-ouest. Ils longèrent le cours d'eau à pied et burent et remplirent et rebouchèrent leurs gourdes. Il y avait des antilopes sur la plaine à deux miles plus loin peut-être, toutes debout la tête dressée.

Ils continuèrent. L'herbe poussait en abondance sur

le fond plat de la vallée et devant eux le bétail dont la robe allait du chat tigre à l'écaille et au calicot changeait continuellement de place entre les bourdaines ou s'arrêtait sur ce versant d'ancienne terre doucement inclinée vers l'est pour les voir passer le long de la route. Ils bivouaquèrent cette nuit-là dans les collines basses et firent rôtir un lièvre géant que Blevins avait tiré avec son revolver. Il l'apprêta sur place avec son couteau de poche et l'enfouit avec la peau dans le sol sablonneux et fit un feu par-dessus. Il dit que c'était comme ça que s'y prenaient les Indiens.

T'as déjà mangé du lièvre géant ? dit Rawlins.

Il hocha la tête. Pas encore, dit-il.

Tu ferais bien d'aller chercher un peu plus de bois si t'as l'intention de manger ce machin.

Ça sera cuit.

Qu'est-ce que c'est le truc le plus bizarre que t'as jamais mangé ?

Le truc le plus bizarre que j'ai jamais mangé, dit Blevins. Je crois que je peux dire que c'est une huître.

Une huître de montagne ou une huître de mer ?

Qu'est-ce que t'appelles une huître de montagne ?

Des couilles de taureau.

Alors c'était une huître de mer.

Comment est-ce qu'elles étaient cuites ?

Elles étaient pas cuites. Elles étaient juste dans leur coquille. On mettait de la sauce piquante dessus.

T'as mangé de ça ?

Oui.

Quel goût ça avait ?

À peu près le goût qu'on pourrait penser.

Ils restaient assis les yeux fixés sur le feu.

D'où est-ce que t'es, Blevins ? dit Rawlins.

Blevins regarda Rawlins puis de nouveau dans les

flammes. D'Uvalde County, dit-il. Là-haut sur les bords du Sabinal.

De quoi est-ce que tu t'es tiré ?

Et toi ?

J'ai dix-sept ans. Je peux aller où ça me chante.

Moi aussi.

John Grady était assis adossé à sa selle les jambes croisées devant lui et fumait une cigarette. Tu t'étais déjà tiré avant, hein ? dit-il.

Oui.

Qu'est-ce qui s'est passé, ils t'ont retrouvé ?

C'est ça. J'étais renquilleur dans un bowling à Ardmore dans l'Oklahoma et je me suis fait mordre par un bouledogue qui m'a enlevé un morceau de la jambe gros comme un rôti du dimanche et ça s'est infecté et le type pour qui je travaillais m'a amené chez le docteur et ils ont cru que j'avais la rage ou je sais pas quoi et ça a fait un pétard du diable et ils m'ont réexpédié dans le comté d'Uvalde.

Qu'est-ce que tu faisais à Ardmore dans l'Oklahoma ?

Je travaillais comme renquilleur dans un bowling.

Comment ça se fait que t'avais atterri là-bas ?

Il y avait un spectacle qui devait passer par Uvalde, la ville d'Uvalde je veux dire, et j'avais fait des économies pour y aller mais ils sont jamais venus parce que le type qui donnait le spectacle s'est fait mettre en prison à Tyler au Texas rapport à son spectacle où y avait des scènes cochonnes. Du strip-tease. Ça faisait partie du spectacle. J'y suis allé et à l'entrée il y avait un écriteau qui disait qu'ils seraient à Ardmore dans l'Oklahoma deux semaines plus tard et c'est comme ça que j'ai atterri à Ardmore dans l'Oklahoma.

T'as fait tout ce chemin jusque dans l'Oklahoma pour voir un spectacle ?

J'avais fait des économies pour y aller et j'étais bien décidé à y aller.

Est-ce que t'as vu le spectacle à Ardmore ?

Non. Ils sont jamais venus là-bas non plus.

Blevins retroussa une jambe de sa salopette et tourna sa jambe vers la flamme.

C'est ici que cette saloperie de chien m'a mordu, dit-il. J'aurais mieux aimé me faire mordre par un alligator.

Pour quelle raison est-ce que t'es parti au Mexique ? dit Rawlins.

La même raison que toi.

Et quelle raison est-ce que c'est ?

Parce que tu sais bien qu'ils te feraient voir l'enfer dans les avoines s'ils trouvaient tes fesses par ici.

Y a personne à mes trousses.

Blevins déroula la jambe de sa salopette et tisonna le feu avec un bâton. J'ai dit à ce fumier que je me laisserais plus corriger par lui et j'ai tenu parole.

Ton père ?

Mon père il est jamais revenu de la guerre.

Ton beau-père ?

Oui.

Rawlins se pencha et cracha dans le feu. Tu l'as pas descendu ?

Je l'aurais fait. Et il le savait.

Qu'est-ce qu'un bouledogue foutait dans un bowling ?

C'est pas dans le bowling que je me suis fait mordre. J'étais employé au bowling, c'est tout.

Qu'est-ce tu faisais pour t'être fait mordre par un chien ?

Rien. Je faisais rien.

Rawlins se pencha et cracha dans le feu. Où est-ce que t'étais quand c'est arrivé ?

En voilà assez de tes sales questions. Et crache pas dans le feu où je fais cuire le souper.

Comment ? fit Rawlins.

Je te dis de pas cracher dans le feu où je fais cuire le souper.

Rawlins regarda John Grady. John Grady partit d'un grand éclat de rire. Il regarda Blevins. Le souper ? dit-il. Tu parleras de souper quand t'essaieras de bouffer ta semelle de botte de gibier.

Blevins acquiesça. Fais-le-moi savoir si tu veux pas ta part, dit-il.

La chose qu'ils sortirent toute fumante de terre ressemblait à une effigie desséchée exhumée d'un tombeau. Blevins la posa sur un rocher plat et enleva la peau et fit tomber la viande dans les assiettes en grattant les os et ils l'inondèrent de sauce piquante et la roulèrent dans la dernière tortilla qui leur restait. Ils mâchèrent et se regardèrent.

Eh bien, dit Rawlins. C'est pas si mauvais que ça.

Pas du tout, dit Blevins. À vrai dire, je me doutais pas qu'on pouvait en manger.

John Grady cessa de mastiquer et les regarda. Puis il se remit à mâcher. On dirait que vous êtes ici depuis plus longtemps que moi, dit-il. Je croyais qu'on était partis tous en même temps.

Le lendemain sur la piste en continuant vers le sud ils commencèrent à croiser de misérables petites caravanes de marchands ambulants en route vers la frontière nord. Des hommes bruns et tannés avec des burros attelés trois ou quatre en flèche et chancelant sous leurs chargements de candelilla ou de fourrures ou de peaux de chèvre ou de rouleaux de corde de lechugilla tressée à la main ou sous les fûts et les bidons de la boisson fermentée et décantée nommée sotol le tout arrimé à des bâts faits de branches d'arbre. Ils transportaient de l'eau dans des peaux de goret ou dans des sacs de toile enduits de cire de candelilla et munis de robinets en corne de vache et quelques-uns étaient accompagnés de femmes et d'enfants et ils poussèrent les bêtes de bât dans les broussailles et cédèrent la voie aux caballeros et les cavaliers leur souhaitèrent une bonne journée et les regardèrent en souriant et en dodelinant du chef jusqu'à ce qu'ils aient passé leur chemin.

Ils tentèrent d'acheter de l'eau aux gens des caravanes mais ils n'avaient pas à eux tous de pièces de monnaie assez petites pour cela. Quand Rawlins offrit à un muletier cinquante centavos pour la mesure d'eau d'à peine un demi-sou qu'il leur fallait pour remplir leurs gourdes l'homme ne voulut rien entendre. Le soir venu ils avaient acheté une pleine gourde de sotol et ils se la passaient de l'un à l'autre tout en continuant à cheval et ils furent bientôt complètement saouls. Rawlins but et jeta le bouchon en l'air par son cordon puis le revissa et prit la gourde par la courroie et se tourna pour la lancer à Blevins. Puis il la reprit. Le cheval de Blevins se traînait derrière avec une selle vide. Rawlins regarda stupidement l'animal et raccourcit les rênes et appela John Grady qui était en tête.

John Grady se retourna et regarda par-dessus son épaule.

Où est-ce qu'il est ?

Qui sait ? Couché là-bas quelque part j'suppose.

Ils revinrent en arrière, Rawlins conduisant par les rênes de bride le cheval sans cavalier. Blevins était assis au milieu de la route. Il avait encore son chapeau sur la tête. Oh la la, dit-il en les voyant. J'suis saoul comme une bourrique.

Ils restaient en selle et le regardaient.

Tu peux monter oui ou non ? dit Rawlins.

Est-ce qu'un ours peut chier dans les bois ? Foutre oui que je peux monter. J'étais sur mon cheval quand je suis tombé.

Il se releva tant bien que mal et regarda autour de lui. Il passa devant eux en titubant et s'avança à tâtons entre les chevaux. De grands gestes et la pirouette, le genou de Rawlins. J'croyais que vous aviez continué les gars et que vous m'aviez laissé, dit-il.

La prochaine fois on te laissera par terre sur tes fesses d'oiseau.

John Grady tendit le bras et prit les rênes et retint le cheval pendant que Blevins se hissait à bord. Laisse-moi prendre les rênes, dit Blevins. J'suis un fameux cow-boy voilà ce que je suis.

John Grady hocha la tête. Blevins lâcha les rênes et se pencha pour les reprendre et faillit basculer par-dessus l'épaule du cheval. Il se rattrapa et s'assit avec les rênes dans la main et tira brusquement sur le mors. Un fameux cow-boy breveté dompteur de chevaux, voilà ce que j'suis, dit-il.

Il plongea les talons dans le ventre du cheval et l'animal s'accroupit et se jeta en avant et Blevins tomba à la renverse au milieu de la route. Rawlins cracha de dégoût. Laisse donc ce fils de pute là où il est, dit-il.

Remonte sur ton foutu cheval, dit John Grady. Et arrête de faire le con.

LE SOIR VENU tout le ciel s'était obscurci du côté du nord. Aussi loin que portait le regard le terrain clairsemé sur lequel ils se déplaçaient avait pris une teinte gris neutre. Ils s'arrêtèrent botte à botte sur la route au sommet d'une côte et se retournèrent. Le front de l'orage était juste au-dessus d'eux et le vent leur semblait froid sur leur visage en sueur. Ils étaient tassés dans leur selle l'œil vague et se regardaient. Enveloppés de cumulus noirs les éclairs lointains fusaient sans bruit comme d'une lampe à souder à travers la fumée d'une fonderie. Comme si des travaux étaient en cours sur quelque pièce défectueuse dans l'obscurité métallique du monde.

En voilà une belle qui se prépare, dit Rawlins.

J'peux pas rester dehors là-dedans, dit Blevins.

Rawlins éclata de rire et hocha la tête. Écoute-moi ça, dit-il.

Où crois-tu que tu vas te mettre ? dit John Grady.

J'sais pas. Mais il faut que je me mette quelque part.

Pourquoi est-ce que tu peux pas rester dehors là-dedans ?

Rapport aux éclairs.

Aux éclairs ?

Oui.

Ma parole on dirait que t'as dessaoulé pour de bon d'un seul coup, dit Rawlins.

T'as peur des éclairs ? dit John Grady.

Je vais être foudroyé aussi sûr que le monde est le monde.

D'un mouvement de tête Rawlins désigna la gourde suspendue par sa courroie au pommeau de la selle de John Grady. Lui donne plus de cette saloperie. Il va nous faire une crise de delirium tremens.

C'est dans la famille, dit Blevins. Mon grand-père a été tué dans une berline dans une mine de Virginie et la foudre est allée le chercher dans son trou à cent quatre-vingts pieds sous terre elle a même pas attendu qu'il soit remonté au jour. Il a fallu asperger la berline avec de l'eau pour la refroidir avant de pouvoir l'en sortir, lui et deux autres gars qui étaient avec lui. Ils étaient frits comme une tranche de lard. Le frère aîné de mon père a été soufflé du haut d'un derrick dans une exploitation pétrolière du côté de Batson en 1904, c'était un mât à câble avec un derrick en bois mais ça a servi à rien la foudre l'a eu quand même et il avait même pas dix-neuf ans. Un grand-oncle du côté de ma mère – du côté de ma mère vous m'entendez – a été tué sur un cheval et le cheval a même pas eu un poil de brûlé mais lui ça l'a laissé raide mort bon pour le cimetière et il a fallu couper sa ceinture pour la lui enlever parce que la boucle s'était soudée et y avait pas moyen de la rouvrir et j'ai un cousin qui avait que quatre ans de plus que moi qui a été frappé par la foudre dans la cour de sa ferme au moment où il sortait de la grange et il est resté paralysé sur tout un côté et ça a fait fondre les plombages de ses dents même que ses mâchoires en sont restées soudées et qu'il pouvait plus les rouvrir.

J'te l'avais bien dit, dit Rawlins. Une vraie cervelle d'enfoiré de merde.

On se demandait ce qui lui était arrivé. Il arrêtait pas de se tortiller et de grommeler et de montrer sa bouche tu vois.

Ça c'est un foutu mensonge ou alors j'en ai encore jamais entendu, dit Rawlins.

Blevins n'entendait pas. Il avait des gouttes de sueur sur le front. Un autre cousin du côté de mon père quand ça lui est tombé dessus ses cheveux ont commencé à prendre feu. Les pièces de monnaie qu'il avait dans sa poche se sont mises à fondre et ont percé ses poches et sont tombées par terre et ont mis le feu à la pelouse. Moi j'ai été touché deux fois pourquoi croyez-vous que je suis sourd de cette oreille-là. Des deux côtés de ma famille je suis marqué pour mourir par le feu. Quand on est comme ça il faut filer le plus loin possible de tout ce qu'il peut y avoir en métal. Tu peux pas savoir ce qui te fera repérer. Les boutons de ta combinaison. Les clous de tes bottes.

Qu'est-ce que t'as l'intention de faire ?

Il regarda du côté du nord avec des yeux déments. Essayer d'aller plus vite que l'orage pour pas me laisser prendre. C'est la seule chance que j'ai.

Rawlins regarda John Grady. Il se pencha et cracha. Eh bien, dit-il. S'il y avait encore le moindre doute tout est clair à présent.

Tu peux pas aller plus vite que l'orage, dit John Grady. C'est ta tête qui va pas ?

C'est ma seule chance.

Il avait à peine prononcé ces mots que leur parvint le premier et mince craquement de tonnerre, pas plus fort que le bruit d'un morceau de bois sec quand on marche dessus. Blevins enleva son chapeau et passa la manche de sa chemise sur son front et doubla les rênes dans son poing et jeta derrière lui un dernier regard affolé et frappa la croupe du cheval avec le chapeau.

Ils le regardèrent s'éloigner. Il tenta de mettre son chapeau mais le chapeau lui échappa des mains et roula sur la route. Blevins continua avec les coudes qui se soulevaient et s'abaissaient en cadence puis il rapetissa sur la plaine devant eux et parut plus grotesque encore.

Je veux pas en être responsable, dit Rawlins. Il étendit le bras et décrocha la gourde suspendue au pommeau de la selle de John Grady et lança son cheval en avant. Il va s'étaler quelque part sur la route et où est-ce que tu t'imagines que sera le cheval ?

Il continua, buvant et parlant tout seul. J'vais te dire où y sera le cheval, cria-t-il en se retournant.

John Grady suivait. La poussière se soulevait sous les sabots des chevaux et tourbillonnait le long de la route devant eux.

Disparu corps et biens, criait Rawlins. Voilà où il sera. En enfer d'ici vendredi. Voilà où il sera ce putain de cheval.

Ils continuèrent. Il y avait des rafales de pluie dans le vent. Le chapeau de Blevins gisait sur la route et Rawlins voulait faire passer son cheval dessus mais le cheval l'évita. John Grady dégagea une botte d'un de ses étriers et se pencha et ramassa le chapeau sans descendre. Ils pouvaient entendre la pluie qui dévalait la route derrière eux comme une migration de spectres.

Le cheval de Blevins était arrêté au bord de la route avec la selle attachée à un bouquet de saules. Rawlins se retourna et resta en selle sous la pluie et regarda John Grady. John Grady prit à travers les saules et descendit l'arroyo en suivant les traces de pieds nus qui apparaissaient çà et là dans la glaise marquée de gouttes de pluie jusqu'à ce qu'il eût découvert Blevins tapi sous les racines d'un peuplier mort dans une excavation naturelle là où l'arroyo faisait un coude et repartait vers la plaine en s'élargissant. Il était tout nu à part une paire de caleçons souillés trop grands pour lui.

Nom de Dieu, qu'est-ce que tu fabriques ? dit John Grady.

Blevins était assis les bras croisés s'agrippant des deux mains à ses maigres épaules blanches. J'attends c'est tout, dit-il.

John Grady regarda la plaine au loin là où les derniers restes de clarté refluaient vers les basses collines du sud. Il se pencha et laissa tomber le chapeau de Blevins à ses pieds.

Où est-ce que sont tes vêtements ?

Je les ai enlevés.

Je le sais. Où est-ce qu'ils sont ?

Je les ai laissés là-bas. Sur ma chemise aussi y a des agrafes en cuivre.

S'il fait un gros orage y a un torrent qui va te tomber dessus comme une locomotive. T'y as pensé ?

T'as jamais été frappé par la foudre, dit Blevins. Tu sais pas ce que c'est.

Tu vas finir noyé si tu restes assis ici.

Ça fait rien. Je me suis encore jamais noyé.

Tu comptes rester ici comme ça ?

C'est ce que je compte faire.

John Grady posa les mains sur ses genoux. Bon, dit-il. J'ai rien d'autre à dire.

Un long grondement répété de tonnerre ébranla le ciel vers le nord. Le sol trembla. Blevins mit ses bras au-dessus de sa tête et John Grady tourna bride et remonta l'arroyo. De grosses balles de pluie creusaient le sable humide. Il se retourna pour regarder Blevins. Blevins était assis comme avant. Une chose pratiquement inexplicable dans ce paysage.

Où est-ce qu'il est ? dit Rawlins.

Il est assis là-bas. Tu ferais mieux de mettre ton ciré.

J'ai tout de suite compris la première fois que je l'ai vu que ce petit fumier avait quelque chose qui tournait pas rond, dit Rawlins. C'était écrit sur sa figure.

La pluie tombait en nappes. Le cheval de Blevins attendait debout sous l'averse comme un fantôme de cheval. Ils laissèrent la route et remontèrent la coulée vers un bouquet d'arbres et se mirent à l'abri sous le plus précaire saillant de roche, assis par terre avec les genoux qui dépassaient sous la pluie et les chevaux debout près d'eux tenus en main par les rênes de bride. Les chevaux piétinaient et encensaient et le tonnerre grondait et le vent soufflait en tempête à travers les acacias et les paloverdes et la pluie déferlait sur le pays. Ils entendirent un cheval courir quelque part sous l'averse puis ils n'entendirent plus que la pluie.

Tu sais ce que c'était, hein ? dit Rawlins.

Oui.

Tu veux boire encore une gorgée de ce truc-là ?

J'crois pas. Je crois que ça commence à me tourner l'estomac.

Rawlins acquiesça et but. Je crois qu'à moi aussi, dit-il.

La nuit venue l'orage s'était apaisé et la pluie avait presque cessé. Ils débarrassèrent les chevaux de leurs selles trempées d'eau et les entravèrent et s'éloignèrent chacun de son côté dans le chaparral et s'arrêtèrent et vomirent debout jambes écartées les mains convulsivement serrées sur les genoux. Les chevaux à la pâture relevèrent brusquement la tête. Ce n'était pas un bruit qu'ils avaient déjà entendu. Dans le crépuscule grisâtre ces hoquets répercutés par l'écho étaient comme l'appel de brutales espèces éphémères lâchées sur cet espace désolé. Une chose imparfaite et difforme au cœur de l'existence. Une chose grimaçant au fond des yeux de la grâce telle une Gorgone dans une mare automnale.

Au matin ils allèrent chercher leurs chevaux et les sellèrent et attachèrent leurs couchages mouillés et conduisirent les chevaux par la bride jusqu'à la route.

Qu'est-ce que tu veux faire ? dit Rawlins.

J'crois qu'on ferait mieux d'aller chercher ses fesses d'oiseau.

Et si on s'occupait pas de lui.

John Grady se mit en selle et regarda Rawlins. J'crois pas que je peux le laisser ici sans cheval, dit-il.

Rawlins acquiesça. D'accord, dit-il. J'suppose que non.

Il longea l'arroyo à cheval vers l'amont et rencontra Blevins qui revenait dans le même état où il l'avait laissé. Il resta en selle. Blevins avançait avec prudence nu-pieds le long de la coulée, une botte à la main. Il leva la tête vers John Grady.

Où sont tes vêtements ? dit John Grady.

Emportés par les eaux.

Ton cheval est parti.

Je le sais. Je suis déjà allé voir sur la route.

Qu'est-ce que tu comptes faire ?

J'en sais rien.

On dirait pas que le démon du rhum te réussit ?

J'ai le crâne comme ça. À croire que la femme monstre s'est assise dessus.

John Grady regardait au loin le désert matinal qui scintillait dans le soleil neuf. Puis il regarda le gamin.

Rawlins en a plein le dos de toi. Je crois que tu l'as compris.

On sait jamais quand on aura besoin de ceux qu'on a méprisés, dit Blevins.

Où diable est-ce que t'es allé chercher ça ?

J'en sais rien. C'est une idée qui m'est venue.

John Grady hocha la tête. Il étendit la main et détacha sa sacoche et en sortit sa chemise de rechange et la lança à Blevins.

Enfile-moi ça avant de griller sur place. Je vais aller voir par là-bas si j'peux pas retrouver tes vêtements.

J'te remercie, dit Blevins.

Il descendit le long de la coulée et revint. Blevins était en chemise assis sur le sable.

Est-ce qu'il y avait beaucoup d'eau cette nuit dans la coulée ?

Pas mal.

Où est-ce que t'as trouvé la botte qui te reste ?

Dans un arbre.

Il descendit la coulée et remonta sur la langue de gravier et resta à cheval, scrutant les alentours. Il n'y avait de botte nulle part. Quand il rejoignit Blevins il était toujours assis comme il l'avait laissé.

Ta botte a disparu, dit-il.

Je m'en doutais.

John Grady lui tendit la main. Allons-y.

Il aida Blevins vêtu de son seul caleçon à grimper derrière lui sur le cheval. Rawlins va piquer un drôle de fou rire en te voyant, dit-il.

Rawlins quand il l'aperçut parut trop consterné pour trouver quelque chose à dire.

Il a perdu ses frusques, dit John Grady.

Rawlins tourna bride et repartit lentement sur la route. Ils suivirent. Personne ne parlait. Au bout d'un instant John Grady entendit quelque chose tomber sur la route et il regarda par-dessus son épaule et aperçut la botte de Blevins par terre. Il tourna la tête pour regarder Blevins mais Blevins regardait fixement devant lui par-dessous le bord de son chapeau et ils continuèrent. Les chevaux allaient crânement parmi les ombres qui tombaient sur la route, la fougère fumait. Ils arrivèrent bientôt à un bouquet de chollas au bord de la route auquel s'étaient empalés de petits oiseaux jetés là par l'orage. D'anonymes oiseaux gris en espalier dans les attitudes d'un vol avorté ou mollement suspendus dans leur plumage. Il y en avait qui étaient encore vivants et ils se tordirent sur leurs vertèbres au passage des chevaux et levèrent la tête et poussèrent un cri mais les cavaliers continuèrent. Le soleil montait dans le ciel et le pays prit une teinte nouvelle, flamme verte dans les acacias et les paloverdes et verte dans les langues d'herbe au bord de la route et flamme dans les ocotillos. Comme si la pluie était électrique, comme si la pluie avait enterré des circuits pour que passe l'électricité.

Ainsi montés ils arrivèrent à midi à un camp de paysans ciriers dressé dans les contreforts déchiquetés au pied d'une basse mesa pierreuse qui s'étendait vers l'est et vers l'ouest devant eux. Il y avait là un petit ruisseau d'eau limpide et les Mexicains avaient creusé un foyer à ciel ouvert et l'avaient tapissé de pierres et avaient poussé leur chaudière sur la rive par-dessus. La chaudière avait été fabriquée avec le bas d'une citerne galvanisée et pour l'amener à destination jusqu'ici ils avaient fait passer au fond de la cuve un essieu en bois et ils avaient confectionné un croisillon en bois pour loger l'essieu dans l'extrémité libre et avec un attelage de chevaux ils avaient traîné la citerne à travers le désert depuis Zaragoza à quatre-vingts miles plus à l'est. La piste était encore visible sur le chaparral écrasé et s'incurvait avant de disparaître sur le sol du désert. Quand les Américains arrivèrent au camp il y avait là plusieurs baudets qui venaient de rentrer des plateaux avec leur chargement de tiges de candelilla qu'il fallait mettre à bouillir pour en extraire la cire et les Mexicains faisaient attendre les animaux pendant qu'ils prenaient leur repas de midi. Une douzaine d'hommes la plupart vêtus de ce qui semblait être des pyjamas et tous en guenilles étaient accroupis à l'ombre de quelques saules et mangeaient avec des cuillères en fer-blanc dans des assiettes d'argile. Ils levèrent les yeux mais ne s'arrêtèrent pas de manger.

Buenos días, dit John Grady. Ils répondirent dans un bref et morose unisson. John Grady mit pied à terre et ils regardèrent l'endroit où il se trouvait et se regardèrent et continuèrent à manger.

Tienen algo que comer ?

Un ou deux hommes pointèrent leur cuillère vers le feu. Quand Blevins se laissa glisser au pied du cheval ils échangèrent de nouveau un regard.

Les cavaliers sortirent leurs assiettes et leurs couverts de leurs sacoches et John Grady prit la petite casserole émaillée qui se trouvait dans le sac de cuisine noirci et la tendit à Blevins avec sa vieille fourchette de cuisine au manche de bois. Ils s'approchèrent du feu et remplirent leurs assiettes de haricots et de ragoût et prirent chacun une ou deux tortillas de maïs carbonisées qui se trouvaient là sur un morceau de tôle découpée posé sur le feu et ils traversèrent et s'assirent sous les saules un peu à l'écart des ouvriers. Blevins s'assit avec ses jambes nues étendues devant lui mais elles étaient si blanches et si visibles allongées là à même le sol qu'il parut en avoir honte et qu'il tenta de les ramener sous lui et de cacher ses genoux sous les pans de la chemise empruntée qu'il portait. Ils mangeaient. La plupart des ouvriers avaient terminé leur repas et s'étaient accotés contre les saules la cigarette aux lèvres et rotaient doucement.

Tu vas leur demander des nouvelles de mon cheval ? dit Blevins.

John Grady mastiquait d'un air pensif. Eh bien, dit-il. S'il est ici ils ont pas de mal à deviner qu'il nous appartient.

Tu crois qu'ils sont capables de le voler ?

Tu remettras jamais la main sur ce cheval, dit Rawlins. Quand on arrivera à une ville un peu plus loin tu ferais mieux d'essayer d'échanger le revolver contre des vêtements et un ticket d'autocar pour retourner là d'où tu viens. S'il y a des autocars. Peut-être que ton copain là-bas voudra bien retraverser tout le Mexique pour ramener tes fesses à la maison mais j'te préviens qu'il faut pas compter sur moi.

J'ai perdu le revolver, dit Blevins. Il est avec le cheval.

Merde, dit Rawlins.

Blevins mangeait. Au bout d'un instant il leva les yeux. Qu'est-ce que je t'ai fait ? dit-il.

Tu m'as rien fait. Et tu vas rien me faire. C'est ça qui compte.

L'embête pas, Lacey. Ça nous coûte rien d'aider ce gosse à retrouver son cheval.

Je lui explique les faits c'est tout, dit Rawlins.

Il les connaît les faits.

À voir comme il se conduit on le dirait pas.

John Grady épongea son assiette avec les derniers restes de la tortilla et mangea la tortilla et posa l'assiette par terre et commença à rouler une cigarette.

J'ai rudement faim, dit Rawlins. Tu crois qu'ils seraient contre si on prenait une deuxième portion ?

Ils s'en fichent, dit Blevins. Allons-y.

Qui t'a sonné ? dit Rawlins.

John Grady fouillait déjà dans sa poche en quête d'une allumette mais il se leva et s'avança vers les ouvriers et s'accroupit et leur demanda du feu. Deux hommes sortirent des esclarajos de leurs vêtements et l'un d'eux lui tendit une flamme et John Grady se pencha et alluma la cigarette et remercia d'un signe de tête. Il posa des questions sur le chaudron et les charges de candelilla encore attachées sur les baudets et les ouvriers leur parlèrent de la cire et l'un d'eux se leva et s'éloigna et revint avec un petit pain de cire grisâtre et le lui tendit. On eût dit une barre de savon à lessive. Il le gratta avec l'ongle et le renifla. Il le leva devant lui et il le regarda.

Qué vale ? dit-il.

Ils répondirent d'un haussement d'épaules.

Es mucho trabajo, dit-il.

Bastante.

Un homme maigre qui portait un gilet de cuir taché avec des broderies sur le devant observait John Grady de ses yeux plissés et calculateurs. John Grady rendit la cire et l'homme émit un sifflement dans sa direction et hocha vivement la tête.

John Grady se retourna.

Es su hermano, el rubio ?

Il voulait parler de Blevins. John Grady hocha la tête. Non, dit-il.

Quién es ? dit l'homme.

Il jeta un coup d'œil de l'autre côté de la clairière. Le cuisinier avait donné un peu de saindoux à Blevins et Blevins s'était assis et le frottait sur ses jambes brûlées de soleil.

Un muchacho, no más, dit-il.

Algún parentesco ?

Non.

Un amigo.

John Grady tira sur sa cigarette et fit tomber la cendre contre le talon de sa botte. Nada, dit-il.

Personne ne parlait. L'homme au gilet dévisagea John Grady puis regarda Blevins de l'autre côté de la clairière. Puis il demanda à John Grady s'il voulait bien vendre le petit.

Il fut un instant sans répondre. L'homme pensait peut-être qu'il réfléchissait à la question. Ils attendaient. Il leva les yeux. Non, dit-il.

Qué vale ? dit l'homme.

John Grady écrasa la cigarette contre la semelle de sa botte et se leva.

Gracias por su hospitalidad, dit-il.

L'homme suggéra un échange contre de la cire. Les autres s'étaient retournés pour l'écouter. Puis ils tournèrent la tête du côté de John Grady.

John Grady les examinait. Ils n'avaient pas l'air mauvais mais il préférait ne pas s'y fier. Il tourna les talons et traversa la clairière en direction des chevaux qui attendaient. Blevins et Rawlins se levèrent.

Qu'est-ce qu'ils ont dit ? dit Blevins.

Rien.

Tu leur as demandé des nouvelles de mon cheval ?

Non.

Pourquoi pas ?

Ils l'ont pas ton cheval.

Qu'est-ce que ce type t'a dit ?

Rien. Ramasse les assiettes. Allons-nous-en.

Rawlins jeta un coup d'œil vers les hommes assis de l'autre côté de la clairière. Il saisit les rênes qui traînaient à terre et sauta en selle.

Qu'est-ce qui s'est passé, mon pote ? dit-il.

John Grady se mit en selle et tourna bride. Il regarda par-dessus son épaule dans la direction des hommes puis il regarda Blevins. Blevins restait planté là avec les assiettes.

Pourquoi est-ce qu'il me regardait comme ça ? dit-il.

Mets-les dans le sac et monte ton cul là-dessus.

Elles sont pas lavées.

Fais ce que je te dis.

Deux ou trois hommes s'étaient levés. Blevins fourra les assiettes dans le sac et John Grady lui tendit la main et le hissa derrière sur le cheval.

Il tourna bride et ils sortirent du camp et s'engagèrent

sur la route vers le sud. Rawlins jeta un coup d'œil derrière lui et mit son cheval au trot et John Grady le rejoignit et ils continuèrent de front le long de l'étroite piste ravinée. Personne ne disait mot. Quand ils furent à peu près à un mile du camp Blevins demanda ce que voulait l'homme en gilet mais John Grady ne répondit pas. Quand Blevins reposa la question Rawlins tourna la tête vers lui.

Il voulait t'acheter, dit-il. Voilà ce qu'il voulait.

John Grady ne regardait pas Blevins.

Ils continuèrent en silence.

Pourquoi est-ce que t'avais besoin de lui dire ça ? dit John Grady. C'était vraiment pas la peine.

Ils bivouaquèrent cette nuit-là dans la chaîne de collines basses qui s'étend au pied de la sierra de la Encantada et ils étaient assis tous trois en silence autour du feu. Les jambes osseuses du gamin semblaient pâles à la lueur des flammes et elles étaient recouvertes de la poussière de la route et des brins de paille qui avaient collé au saindoux. Dans le caleçon malpropre et flottant dont il était vêtu il avait bien l'air d'un serf misérable et maltraité ou pire encore. John Grady lui avait attribué la couverture de sol de son couchage et il s'y enveloppa et s'allongea auprès du feu et ne tarda pas à s'endormir. Rawlins hocha la tête et cracha.

Vraiment lamentable j'te le dis, fit-il. As-tu encore réfléchi à ce que j'ai dit ?

Oui, dit John Grady. J'y ai réfléchi.

Rawlins contempla longuement le cœur rouge du feu. J'vais te dire quelque chose, dit-il.

Vas-y.

Il va arriver un malheur.

John Grady fumait lentement, les bras noués autour de ses genoux relevés.

Ça c'est vraiment le bouquet, dit Rawlins. Voilà ce que c'est.

À midi le lendemain ils entrèrent dans le pueblo d'Encantada au pied de la chaîne basse de montagnes décapitées qu'ils venaient de longer et la première chose qu'ils virent ce fut le revolver de Blevins qui dépassait de la poche arrière d'un homme penché sur le bloc-moteur d'une Dodge. John Grady fut le premier à le voir et il aurait pu énumérer pas mal de choses qu'il eût préféré voir à la place.

Regardez voilà mon putain de revolver, s'écria Blevins.

John Grady étendit le bras derrière lui et le saisit par sa chemise, sinon il se serait laissé tomber au bas du cheval.

Du calme, idiot, dit-il.

Du calme mes fesses, dit Blevins.

Qu'est-ce que tu crois que tu vas faire ?

Rawlins avait poussé son cheval à leur hauteur. T'arrête surtout pas, dit-il à mi-voix. Bon Dieu de bon Dieu.

Des enfants les examinaient dans une embrasure et Blevins regardait par-dessus son épaule.

Si ce cheval est ici, dit Rawlins, ils ont pas besoin de Sherlock Holmes pour savoir à qui il appartient.

Qu'est-ce que tu veux faire ?

J'en sais rien. Filons de cette putain de rue. Il est peut-être déjà trop tard de toute façon. À mon avis il faut le mettre quelque part en lieu sûr et prendre le temps de tâter le terrain. Est-ce que ça te va, Blevins ?

Que ça lui aille ou pas ça y change pas un poil, dit Rawlins. Il a rien à dire. Rien à dire s'il veut que je lui donne un coup de main.

Il passa devant et ils tournèrent dans une allée de torchis qui était sans doute une rue. Te retourne pas, nom de Dieu, dit John Grady.

Ils le laissèrent avec une gourde d'eau à l'ombre de peupliers et lui dirent de ne pas se montrer puis ils retraversèrent lentement la ville. Ils cherchaient leur chemin le long d'un goulet raviné semblable à ceux dont se composait la bourgade quand ils aperçurent le cheval qui passait la tête par la fenêtre sans châssis d'une masure en torchis délabrée.

Continue, dit Rawlins.

John Grady acquiesça.

Quand ils revinrent aux peupliers Blevins était parti. Rawlins restait en selle parcourant du regard le paysage désert et poussiéreux. Il plongea la main dans sa poche pour chercher son tabac.

Je vais te dire quelque chose, cousin.

John Grady se pencha et cracha. Vas-y.

Chaque fois que j'ai fait une connerie dans ma vie c'est toujours une décision que j'avais prise avant qui me l'a fait faire. La connerie est jamais arrivée toute seule. Il y avait toujours un choix que j'avais fait avant. Est-ce que tu comprends ce que je suis en train de te dire ?

Oui. Je crois que oui. Et ça signifie quoi ?

Ça signifie que c'est maintenant ou jamais. C'est la dernière chance qu'on a. À cette minute. Le moment est arrivé et y en aura pas d'autre je te le garantis.

Tu veux dire qu'il faut le laisser tomber ?

Exactement.

Et si c'était toi ?

C'est pas moi.

Et si ça l'était ?

Rawlins planta la cigarette au coin de sa bouche

et sortit une allumette de sa poche et l'alluma contre l'ongle de son pouce. Il regardait John Grady.

Je te laisserais pas tomber et tu me laisserais pas tomber. C'est pas un argument.

Tu te rends compte dans quel merdier il est ?

Oui. Je m'en rends compte. C'est lui qui s'y est fourré.

Ils restaient en selle. Rawlins tirait sur sa cigarette. John Grady avait croisé les mains sur le pommeau de sa selle et les regardait. Au bout d'un moment il leva la tête.

J'peux pas faire ça, dit-il.

D'accord.

Qu'est-ce que ça signifie ?

Ça signifie d'accord. Si tu peux pas tu peux pas. Je savais que c'est ce que tu dirais de toute façon.

Bon, très bien. Pas moi.

Ils dessellèrent et attachèrent les chevaux et s'allongèrent dans les feuilles sèches sous les peupliers et au bout d'un instant ils s'endormirent. Quand ils se réveillèrent la nuit était presque tombée. Le gamin était là accroupi et les observait.

Vous avez de la chance que je sois pas un brigand, dit-il. J'aurais pu me tirer en emportant tout ce que vous possédez.

Rawlins tourna la tête et le regarda par-dessous son chapeau et tourna la tête de l'autre côté. John Grady se redressa.

Qu'est-ce que vous avez trouvé ? dit Blevins.

Ton cheval est ici.

Vous l'avez vu ?

Oui.

Et la selle alors ?

On a pas vu de selle.

Je m'en irai pas d'ici tant que j'aurai pas toutes mes affaires.

Ça recommence, dit Rawlins. Écoute-moi ça.

Qu'est-ce qu'il dit ? dit Blevins.

T'occupe pas, dit John Grady.

J'parie que ce serait une autre histoire si c'étaient ses affaires à lui. À ce moment-là il voudrait tout récupérer, pas vrai ?

Écrase.

Écoute, cervelle de merde, dit Rawlins. Si c'était pas à cause de ce gars-là j'serais pas ici. J'aurais laissé tes fesses l'autre jour dans l'arroyo. Non, je retire ça. Je t'aurais laissé là-bas dans les Pecos.

On va essayer de récupérer ton cheval, dit John Grady. Si ça te suffit pas fais-le-moi savoir tout de suite.

Blevins regardait obstinément par terre.

Il s'en fout comme d'une merde, dit Rawlins. C'était écrit d'avance. Qu'il se fasse tuer sur place en train de voler un cheval, lui ça lui fait ni chaud ni froid. Même qu'il y compte.

Ça s'appelle pas voler ça, dit Blevins. Ce cheval est à moi.

T'iras loin avec des arguments comme ça. Dis tout de suite à ce gars-là ce que tu comptes faire parce que moi je te le garantis ça m'intéresse pas plus que le trou du cul d'un rat.

Ça va, dit Blevins.

John Grady l'examinait. Si on récupère ton cheval t'es prêt à repartir ?

D'accord.

Tu nous en donnes ta parole ?

Sa parole mon cul, dit Rawlins.

D'accord, dit Blevins.

John Grady regarda Rawlins. Rawlins était allongé

la tête sous son chapeau. Il se tourna vers Blevins. Bon, dit-il.

Il se leva pour aller chercher son couchage et revint et tendit une couverture au gamin.

On se couche maintenant ? dit Blevins.

Moi je me couche.

Vous avez mangé ?

Oui, dit Rawlins. Sûr qu'on a mangé. T'aurais pas mangé toi ? On a bouffé un gros steak chacun et on s'en est partagé un troisième.

Merde, dit Blevins.

Ils avaient dormi jusqu'à ce que la lune eût disparu et ils étaient assis dans l'obscurité et fumaient. John Grady observait les étoiles.

Quelle heure il peut être à ton avis, mon pote ? dit Rawlins.

Là d'où je viens le premier quartier de la lune se couche à minuit.

Rawlins fumait. Merde. J'crois que je vais me recoucher.

Vas-y. Je te réveillerai.

Bon.

Blevins aussi alla dormir. John Grady restait assis à observer le firmament qui se déployait à l'est derrière les palissades noircies des montagnes. Du côté du village tout était plongé dans l'obscurité. Pas même l'aboi d'un chien. Il regardait Rawlins qui dormait enroulé dans sa couverture et il comprit qu'il avait raison dans tout ce qu'il avait dit et qu'on ne pouvait plus rien y changer et le Grand Chariot tournait lentement au bord occidental du monde et la nuit était lente à passer.

Quand il les appela pour qu'ils se lèvent il restait à peine une heure jusqu'au point du jour.

T'es prêt ? dit Rawlins.

Aussi prêt que j'peux l'être.

Ils sellèrent les chevaux et John Grady tendit à Blevins sa corde d'attache. Tu pourras en faire un hackamore, dit-il.

D'accord.

Cache-la sous ta chemise, dit Rawlins. Fais attention que personne la voie.

Y a personne pour la voir, dit Blevins.

Compte pas trop là-dessus. J'vois déjà une lumière allumée là-bas.

Allons-y, dit John Grady.

Pas un fanal n'était allumé aux portes des maisons dans la rue où ils avaient aperçu le cheval. Ils suivirent la rue lentement. Un chien qui dormait dans la saleté se leva et se mit à aboyer et Rawlins fit semblant de jeter quelque chose dans sa direction et le chien recula. Quand ils arrivèrent à la maison où le cheval était à l'écurie John Grady mit pied à terre et traversa la ruelle et regarda à l'intérieur par la fenêtre et revint.

Il est pas ici, dit-il.

Il régnait un silence de mort dans la ruelle de torchis. Rawlins se pencha et cracha. Merde alors, dit-il.

Vous êtes sûrs que c'est bien ici ? dit Blevins.

C'est bien ici.

Le gamin se laissa glisser à terre et traversa prudemment la rue sur ses pieds nus et alla jusqu'à la maison et regarda à l'intérieur. Puis il grimpa et entra par la fenêtre.

Putain qu'est-ce qu'il est en train de faire ? dit Rawlins.

J'en sais foutre rien.

Ils attendaient. Il ne revenait pas.

Il y a quelqu'un qui vient là-bas.

Des chiens s'étaient mis à aboyer. John Grady sauta

en selle et tourna bride et remonta la rue et s'arrêta dans l'obscurité. Rawlins suivit. Des chiens commençaient à aboyer d'un bout à l'autre du bourg. Une lumière s'alluma.

Cette fois on est en plein merdier, hein ? dit Rawlins.

John Grady le regarda. Il était en selle avec la carabine posée debout sur sa cuisse. De l'autre côté des bâtiments et dans le vacarme des chiens un cri retentit.

Tu sais ce que ces fils de pute vont nous faire ? dit Rawlins. T'y as pensé ?

John Grady se pencha en avant et parla à son cheval et lui mit la main sur l'épaule. Le cheval commençait à piétiner nerveusement et ce n'était pas un cheval nerveux. John Grady regarda du côté des maisons où ils avaient aperçu de la lumière. Un cheval hennissait dans l'obscurité.

Ce fils de pute de taré, dit Rawlins. Ce fils de pute de taré.

Un vacarme infernal avait envahi tout le quartier. Rawlins tourna bride et le cheval frappa du pied et partit au trot et Rawlins lui donna un coup sur la croupe avec le canon de son arme. Le cheval s'accroupit et s'immobilisa sur les sabots de ses postérieurs et Blevins vêtu de son caleçon et monté sur le grand cheval bai et talonné par une meute de chiens hurlants fit irruption dans la rue dans une averse de débris provenant de la clôture pourrie d'ocotillos par laquelle il avait fait sortir le cheval.

Le cheval passa Rawlins de biais, Blevins s'agrippant à la crinière de l'animal et retenant son chapeau. La route grouillait de chiens furieux et le cheval de Rawlins se dressa et frémit et secoua la tête et le grand cheval bai décrivit un cercle complet et trois coups de pistolet claquèrent quelque part dans l'obscurité tous trois à intervalles réguliers en faisant clac clac clac. John Grady appuya les talons de ses bottes contre les flancs de son cheval et se pencha très bas dans sa selle et lui et Rawlins remontèrent la rue au galop. Blevins les dépassa tous les deux, ses pâles genoux serrant les flancs du cheval et les pans de sa chemise flottant au vent.

Ils étaient à peine arrivés au tournant en haut de la côte quand ils entendirent trois autres coups de feu tirés sur la route derrière eux. Ils tournèrent plein sud dans la rue principale et traversèrent la ville dans un énorme fracas. Des lampes commençaient à s'allumer aux étroites fenêtres. Ils passèrent au grand galop et arrivèrent dans les collines basses. À l'est la première lueur découpait les contours du paysage. À un mile au sud de la ville ils rejoignirent Blevins. Il avait tourné son cheval au milieu de la route et il les observait et observait la route derrière eux.

Arrêtez, dit-il. Écoutons.

Ils tentèrent de calmer les chevaux haletants. Sale petit fumier, dit Rawlins.

Blevins ne répondit pas. Il se laissa glisser à terre et s'allongea sur la route pour écouter. Puis il se releva et se hissa sur son cheval.

Les gars, dit-il. Ils arrivent.

À cheval ?

Oui. J'aime mieux vous le dire tout de suite, vous pouvez pas rester avec moi. Laissez-moi prendre la route puisque c'est à moi qu'ils en veulent. Ils suivront la poussière et vous les gars vous pouvez disparaître dans la nature. Je vous retrouverai plus loin sur la route.

Sans leur laisser le temps d'approuver ou de désapprouver il fit volter le cheval en tirant sur le hackamore et partit au galop sur la piste.

Il a raison, dit John Grady. On ferait mieux de s'éloigner de cette route pourrie.

Bon.

Ils traversèrent les garrigues dans l'obscurité, prenant par les terres les plus basses où ils pouvaient passer, couchés sur l'encolure de leurs chevaux pour ne pas être trahis par leur reflet sur le ciel.

Les chevaux vont se faire piquer par les serpents aussi sûr que la terre est ronde, dit Rawlins.

Il va bientôt faire jour.

Comme ça ils pourront nous tirer dessus.

Un peu plus tard ils entendirent des chevaux sur la route. Puis ils entendirent d'autres chevaux. Puis le silence.

On ferait bien d'arriver quelque part, dit Rawlins. Il va bientôt faire jour tu peux compter dessus.

Oui, je le sais.

Tu crois qu'en revenant sur leurs pas ils pourront repérer l'endroit où on a quitté la route ?

Pas s'il y en a suffisamment qui ont passé dessus.

Suppose qu'ils l'attrapent ?

John Grady ne répondit pas.

Il hésiterait pas à leur montrer de quel côté on a filé.

Sans doute que non.

T'en es pas sûr. Il suffirait qu'ils le regardent de travers.

Alors on ferait mieux de continuer.

Je sais pas où t'en es mais moi j'aurai bientôt plus de cheval.

Alors dis-moi ce que tu veux faire.

Merde, dit Rawlins. Comme si on avait le choix. On verra ce que le jour nous apporte. Peut-être qu'on finira par trouver du fourrage quelque part dans ce pays.

Peut-être.

Ils ralentirent l'allure et arrivèrent en haut d'une arête. Rien ne bougeait dans tout ce paysage grisâtre. Ils mirent pied à terre et firent quelques pas le long de la crête. Les petits oiseaux commençaient à pépier dans le chaparral.

Tu sais depuis combien de temps on n'a rien mangé ? dit Rawlins.

J'y ai même pas pensé.

Moi non plus jusqu'à maintenant. Sûr que ça coupe l'appétit de se faire tirer dessus, tu trouves pas ?

Attends une minute.

Qu'est-ce qu'il y a ?

Attends.

Ils restaient immobiles l'oreille tendue.

J'entends rien.

Il y a des cavaliers de ce côté-là.

Sur la route ?

J'sais pas.

Tu vois quelque chose ?

Non.

Allons-y.

John Grady cracha et continua d'écouter. Puis ils repartirent.

À l'aube ils laissèrent les chevaux dans une coulée de gravier et grimpèrent au sommet d'une hauteur et s'assirent parmi les ocotillos et observèrent le pays qui s'étendait au nord-est. Ils aperçurent des biches à la pâture sur la crête d'en face. Mais ils ne virent rien d'autre.

Est-ce que tu peux voir la route ? dit Rawlins.

Non.

Ils s'assirent. Rawlins posa le fusil debout contre son genou et sortit son tabac de sa poche. Je crois que je vais fumer, dit-il.

Un long éventail de lumière s'ouvrit à l'orient et le soleil levant se mit à grandir rouge sang sur la ligne d'horizon.

Regarde là-bas, dit John Grady.

Quoi.

Là-bas.

À deux miles au loin des cavaliers étaient arrivés au sommet d'une butte. Un, puis un autre. Un troisième. Puis ils disparurent de nouveau du champ de leur vision.

Dans quelle direction vont-ils ?

Eh bien cousin j'en suis pas sûr mais je m'en doute un peu.

Rawlins était assis par terre avec sa cigarette à la main. On va crever dans ce putain de pays, dit-il.

Bien sûr que non.

Tu crois qu'ils peuvent nous suivre à la trace sur ce terrain ?

J'sais pas. J'parierais pas le contraire.

Écoute ce que je vais te dire, mon pote. S'ils nous acculent ici ou ailleurs avec les chevaux fourbus comme ils sont il faudra qu'ils passent devant le canon de mon fusil.

John Grady le regarda puis tourna la tête du côté où étaient passés les cavaliers. Ça me dit rien de rentrer au Texas en me taillant une route à coups de fusil, dit-il.

Où est-ce qu'est ton arme ?

Dans la sacoche.

Rawlins alluma la cigarette. Si jamais je revois ce petit fumier, je le tue de mes propres mains. Je te le garantis. Je veux bien être damné si je le tue pas.

Allons-y, dit John Grady. Ils ont encore pas mal de chemin à faire. Mieux vaut filer que se battre sans avoir une chance.

Ils prirent vers l'ouest avec le soleil dans le dos et

leurs ombres cheval et cavalier tombant devant eux de la taille des arbres. Le pays où ils se trouvaient était un pays d'ancienne lave et ils restaient à la limite de l'ondulante plaine noire de gravier et surveillaient le terrain derrière eux. Ils aperçurent encore une fois les cavaliers, un peu plus au sud qu'ils ne l'auraient cru. Puis encore une fois.

Si leurs chevaux n'étaient pas fourbus je crois qu'ils avanceraient plus vite que ça, dit Rawlins.

Je le crois aussi.

Dans la matinée ils arrivèrent au faîte d'une basse crête volcanique et tournèrent leurs chevaux et restèrent en selle à surveiller le paysage.

Qu'est-ce que tu crois ? dit Rawlins.

Eh bien, ils savent qu'on n'a pas le cheval. Ça, c'est certain. Ils ont peut-être encore moins envie que toi et moi de traîner leurs chevaux par ici.

J'crois bien que t'as raison.

Ils restèrent ainsi un long moment. Rien ne bougeait.

J'ai l'impression qu'ils nous ont faussé compagnie.

Moi aussi.

Continuons.

À la fin de l'après-midi les chevaux commençaient à buter. Ils les abreuvèrent dans leurs chapeaux et burent eux-mêmes l'autre gourde jusqu'à la dernière goutte et remontèrent en selle et repartirent. Ils ne revirent plus les cavaliers. Vers le soir ils rencontrèrent un groupe de bergers à leur bivouac du côté opposé d'un arroyo profondément encaissé dont le fond était tapissé de rochers blancs tout ronds. Les bergers semblaient avoir choisi ce site pour ses possibilités défensives comme faisaient les anciens habitants de ce pays et ils observaient avec une grande solennité les cavaliers qui se frayaient un chemin de l'autre côté du goulet.

Qu'est-ce que tu crois ? dit John Grady.

Je crois qu'on ferait mieux de continuer. J'en ai plein le dos des indigènes du pays.

Je crois que t'as raison.

Ils parcoururent encore un mile et descendirent dans l'arroyo pour chercher de l'eau. Ils n'en trouvèrent pas. Ils mirent pied à terre et conduisirent les chevaux par la bride, tous les quatre trébuchant dans l'obscurité de plus en plus épaisse, Rawlins portant toujours le fusil à la main, suivant les traces dérisoires d'oiseaux ou de cochons sauvages dans le sable.

La nuit tombante les trouva assis par terre sur leurs couvertures avec les chevaux au piquet à quelques pas plus loin. Assis comme ça dans l'obscurité sans feu ni parole. Au bout d'un moment Rawlins dit ; On aurait dû demander de l'eau aux bergers.

On trouvera de l'eau demain matin.

Vivement demain matin.

John Grady ne répondit pas.

Ce pauvre Junior va pisser et geindre et ça va durer toute la nuit. Je sais dans quel état il se met.

Ils croient sans doute qu'on est devenus fous.

Et c'est pas le cas ?

Tu crois qu'ils l'ont attrapé ?

J'en sais rien.

Je vais faire un somme.

Ils étaient couchés par terre dans leurs couvertures. Les chevaux mal à l'aise piétinaient dans l'obscurité.

J'ai qu'une chose à dire en sa faveur, dit Rawlins.

En faveur de qui ?

De Blevins.

Et qu'est-ce que c'est ?

Ce petit fumier permettrait à personne de lui voler son cheval.

Au matin ils laissèrent les chevaux dans l'arroyo et grimpèrent pour regarder le soleil se lever et voir ce que le pays avait à offrir. Il avait fait froid dans la nuit au fond de la gorge et quand le soleil fut assez haut ils s'assirent le dos tourné à ses rayons. Au nord une mince spirale de fumée se dressait dans l'air immobile.

Tu crois que c'est le camp des bergers ? dit Rawlins.

Espérons-le.

Tu veux retourner jusque-là à cheval pour voir s'ils veulent bien nous donner de l'eau et de la bouffe ?

Non.

Moi non plus.

Ils observaient le paysage.

Rawlins se leva et s'éloigna avec le fusil. Au bout d'un moment il revint avec des fruits de nopal dans son chapeau et les fit tomber sur un rocher plat et s'assit pour les peler avec son couteau.

T'en veux ? dit-il.

John Grady s'approcha et s'accroupit et sortit son couteau à lui. Les fruits de nopal gardaient encore la fraîcheur de la nuit et leur faisaient des taches rouge sang sur les doigts et ils étaient assis là à les peler et à les manger et à cracher les petits pépins durs et à retirer les épines de leurs doigts. D'un geste Rawlins désigna le paysage alentour. On dirait qu'il se passe pas grand-chose par là-bas, hein ?

John Grady acquiesça. Ce qui peut nous arriver de pire c'est de nous retrouver nez à nez avec eux sans nous en douter. On n'a même pas vraiment vu leurs chevaux.

Rawlins cracha. Ils courent le même risque. Eux non plus ils nous ont pas vus.

Ils nous reconnaîtraient.

Oui, dit Rawlins. Pour ça t'as raison.

Évidemment on risque pas grand-chose à côté de Blevins. Il pourrait aussi bien peindre son cheval en rouge et se promener dessus en sonnant le clairon.

Sûr que c'est la vérité.

Rawlins essuya la lame de son couteau sur son pantalon et la replia. J'crois que ces trucs-là me font tourner la tête.

Le plus curieux c'est qu'il a raison. C'est son cheval après tout.

En tout cas c'est le cheval de quelqu'un.

Ce qui est sûr c'est qu'il appartient pas aux Mexicains.

Oui. Seulement il a pas de moyen de le prouver.

Rawlins fourra le couteau dans sa poche et inspecta son chapeau pour voir s'il y restait des épines de nopal. Un beau cheval c'est comme une belle fille, dit-il. Ça cause toujours plus d'ennuis que ça en vaut la peine. Tout ce qu'un gars demande c'est que ça fasse le travail et que ça le fasse bien.

Où est-ce que t'as entendu ça ?

J'en sais rien.

John Grady plia son couteau. Bon, dit-il. Y a encore pas mal de pays à parcourir par là-bas.

Oui. Pas mal de pays.

Dieu sait où il est passé.

Rawlins acquiesça. J'vais te dire ce que tu m'as dit.

Et qu'est-ce que c'est ?

On aura encore l'occasion de les revoir ses fesses d'oiseau.

Ils furent toute la journée à cheval sur l'immense plaine en direction du sud. Il leur fallut attendre midi avant de trouver de l'eau. Un résidu vaseux au fond d'un réservoir en adobe. Dans la soirée en franchissant un col entre les collines basses ils débusquèrent un cerf aux cornes en fer de lance dans un bosquet de genévriers et Rawlins sortit la carabine de la fonte fixée à la tige de sa botte et la leva et l'arma et fit feu. Il lâcha les rênes et le cheval dressa la tête et fit un écart et resta sur place le corps frémissant et Rawlins sauta à terre et courut jusqu'à l'endroit où il avait aperçu le petit chevreuil et l'animal était là couché à terre mort dans son sang. John Grady le rejoignit à cheval conduisant par la bride le cheval de Rawlins. Le chevreuil avait eu la base du crâne transpercée et ses yeux commençaient juste à se voiler. Rawlins éjecta la douille et manœuvra le levier pour charger une nouvelle cartouche et abaissa le chien avec son pouce et leva les yeux.

C'était un fameux coup, dit John Grady.

Un fameux coup de chance c'est tout ce que c'était. J'ai juste levé le fusil et j'ai tiré.

Un fameux coup tout de même.

Passe-moi ton couteau. Si on s'en met pas plein la panse avec ce chevreuil je veux bien être chinois.

Ils vidèrent le chevreuil et le mirent à rafraîchir en l'accrochant dans des branches de genévrier et ils firent une sortie le long de la pente pour chercher du bois. Ils préparèrent un feu et coupèrent des baguettes de paloverde et taillèrent des montants en les fendant à l'extrémité pour y poser les baguettes et Rawlins dépiauta le chevreuil et découpa la viande en lamelles qu'il étendit sur les baguettes pour les fumer. Quand le feu eut diminué ils passèrent les filets sur deux bâtons de bois vert qu'ils posèrent sur des pierres au-dessus des braises. Puis ils s'assirent et restèrent là à contempler la viande qui dorait lentement et à humer la fumée de la graisse qui tombait en sifflant sur les braises.

John Grady partit desseller les chevaux et leur mit les entraves et les laissa aller et revint avec sa couverture et sa selle.

Et voilà, dit-il.

Qu'est-ce que c'est que ça ?

Du sel.

Très bien. Si seulement on avait du pain.

Et qu'est-ce que tu dirais de maïs frais et de pommes de terre et d'une gratinée aux pommes ?

Dis pas de bêtises.

C'est pas encore prêt ?

Non. Assieds-toi. Ça sera jamais prêt si tu restes planté là.

Ils mangèrent les filets un morceau chacun et tournèrent les lamelles de viande sur les baguettes et s'allongèrent sur le dos et se roulèrent des cigarettes.

J'ai vu des vaqueros qui travaillaient pour Blair découper une génisse d'un an en tranches si minces qu'on pouvait voir à travers la viande. Ils en avaient désossé une tout du long et ça faisait comme un grand drap. Ils avaient suspendu la viande à des perches tout autour du feu comme du linge et quand on passait par là la nuit on se demandait ce que c'était. C'était comme de voir à travers quelque chose jusqu'au cœur. Ils tournaient la viande et ils entretenaient le feu pendant la nuit et on les voyait s'affairer là-dedans. Tu te réveillais en pleine nuit et y avait ce truc-là un peu plus loin sur la prairie dans le vent et ça brillait comme un poêle chauffé au rouge. Tellement rouge qu'on aurait dit du sang.

Cette viande-ci aura un goût de cèdre, dit John Grady.

Je le sais.

On entendait des coyotes hurler le long de la crête vers le sud. Rawlins se pencha en avant et fit tomber la cendre de sa cigarette dans les flammes et se renversa en arrière.

T'as déjà pensé que tu pourrais mourir ?

Oui. Des fois. Et toi ?

Oui. Des fois. Tu crois qu'il y a un paradis ?

Oui. Pas toi ?

J'sais pas. Oui. Peut-être. Tu crois qu'on peut croire au paradis si on croit pas à l'enfer.

Je suppose qu'on peut croire à ce qu'on veut.

Rawlins acquiesça. Quand on pense à tous ces trucs qui peuvent vous arriver, dit-il. Ça a pas de fin.

Tu veux qu'on devienne croyants maintenant ?

Non. Mais quelquefois je me demande si je serais pas plus avancé si je l'étais.

Tu vas pas me laisser tomber ?

Je t'ai dit que non.

John Grady acquiesça.

Tu crois que ces tripes risquent d'attirer un puma ? dit Rawlins.

Ça se pourrait.

T'en as déjà vu un ?

Non. Et toi ?

Juste un qui était mort. Celui que Julius Ramsey a tué avec les chiens là-haut du côté du Grape Creek. Il a grimpé dans l'arbre et l'a fait descendre à coups de gourdin pour que les chiens se jettent dessus.

Tu crois que c'est vrai qu'il a fait ça ?

Oui. Sans doute que oui.

John Grady acquiesça. Ça m'étonne pas tellement.

Les coyotes gémirent et se turent puis recommencèrent.

Tu crois que le bon Dieu veille sur les gens ? dit Rawlins.

Oui. Je crois que oui. Et toi ?

Oui. Je le crois. À voir comme le monde est fait. Quelqu'un peut se réveiller et se mettre à éternuer quelque part dans l'Arkansas ou dans n'importe quel foutu coin et avant que t'aies le temps de te retourner une guerre éclate et c'est la ruine et tout l'enfer se déchaîne. On peut pas savoir ce qui va arriver. Je dirais qu'Il a pas le choix. Autrement on survivrait pas une journée.

John Grady acquiesça.

Crois-tu que ces fils de pute auront réussi à l'attraper ?

Blevins ?

Oui.

J'sais pas. J'croyais que t'étais content d'en être débarrassé.

J'voudrais pas qu'il lui arrive malheur. Je lui souhaite pas de mal.

Moi non plus.

Tu crois qu'il s'appelle vraiment Jimmy Blevins ?

Qui sait.

Dans la nuit ils furent réveillés par les coyotes et ils restèrent étendus dans l'obscurité et les écoutèrent là où ils s'étaient rassemblés sur la carcasse du chevreuil, se battant et feulant comme des chats.

Écoute un peu ce tapage, dit Rawlins.

Il se leva et prit un bâton dans le feu et leur cria quelque chose et jeta le bâton. Les coyotes se turent. Il ranima le feu et tourna la viande sur le râtelier de bois vert. Le temps qu'il se recouche dans ses couvertures ils avaient recommencé.

Ils furent à cheval toute la journée du lendemain à travers le pays vallonné qui s'étendait à l'ouest. Toujours en selle ils découpaient des tranches de viande de chevreuil fumée et à moitié séchée et mastiquaient et leurs mains étaient noires et grasses et ils les essuyaient aux garrots des chevaux et ils se passaient la gourde pour boire et ils admiraient le paysage. Il y avait des orages au sud et des masses de nuages qui se déplaçaient lentement sur la ligne d'horizon leurs longs tentacules sombres traînant dans la pluie. Ils bivouaquèrent cette nuit-là sur un redan de roche en surplomb des plaines et regardèrent les éclairs d'un bout à l'autre de l'horizon faire naître et renaître de l'obscurité sans faille les lointaines chaînes de montagnes interminablement. En traversant la plaine le lendemain matin ils trouvèrent de l'eau stagnante dans les bas-fonds et ils abreuvèrent leurs chevaux et burent de l'eau de pluie au creux des rochers et grimpant toujours ils continuèrent dans la fraîcheur de plus en plus vive des montagnes jusqu'au soir de cette journée où du haut des cordillères ils virent au-dessous d'eux le pays dont on leur avait parlé. Les prairies s'étendaient dans une profonde brume violette et à l'ouest de minces bandes d'oiseaux aquatiques filaient vers le nord en avant du soleil couchant dans les profondes galeries rouges sous les gradins des nuages comme des bancs de poissons dans une mer incandescente et sur la plaine au pied des monts ils virent des vachers qui menaient du bétail devant eux à travers un voile de poussière dorée.

Ils bivouaquèrent sur le versant sud de la montagne et étendirent leurs couvertures dans la boue sèche à l'abri d'une anfractuosité rocheuse. Rawlins prit son cheval et sa corde et traîna devant leur camp un arbre mort entier et ils allumèrent un énorme brasier pour se protéger du froid. Là-bas sur la plaine dans la nuit sans borne ils pouvaient voir comme un reflet de leur propre feu dans un lac noir le feu des vachers à cinq miles au loin. Il se mit à pleuvoir dans la nuit et la pluie sifflait dans les flammes et les chevaux sortirent de l'obscurité et restèrent immobiles roulant et plissant leurs yeux rouges et au matin il faisait froid et gris et le soleil fut lent à paraître.

À midi ils étaient sur la plaine et chevauchaient dans une herbe d'une essence qu'ils n'avaient encore jamais vue. La trace du convoi de bétail était visible sur l'herbe comme si une trombe d'eau était passée par là et au milieu de l'après-midi ils aperçurent devant eux le troupeau qui se dirigeait vers l'est et une heure plus tard ils l'avaient rejoint.

Les vachers les reconnurent à la façon qu'ils avaient de se tenir à cheval et les appelèrent caballeros et ils échangèrent du tabac avec eux et leur parlèrent du pays. Ils conduisaient le bétail vers l'ouest, franchissant à gué des ruisseaux et une petite rivière et débusquant devant eux des hardes d'antilopes et de biches à queue blanche tapies dans les bosquets d'énormes peupliers à travers lesquels ils passaient et ils continuèrent ainsi jusqu'à ce qu'ils arrivent en fin d'après-midi à une clôture où ils prirent au sud avec le troupeau. Il y avait une route de l'autre côté de la clôture et sur la route il y avait des traces de pneumatiques et des traces de chevaux encore visibles après les récentes pluies et une jeune fille arrivait à cheval le long de la route et les dépassa et ils interrompirent leur conversation. Elle portait des bottes et un pantalon de cheval anglais et une veste d'amazone en serge bleue et elle tenait une badine à la main et le cheval qu'elle montait était un cheval de selle arabe à robe noire. Elle était sans doute passée à cheval par la rivière ou par les bas-fonds marécageux car le cheval était mouillé jusqu'au ventre et les quartiers de cuir de la selle paraissaient plus foncés en bas sur les bords et ses bottes aussi. Elle était coiffée d'un chapeau de feutre noir à calotte plate et à large bord et ses cheveux noirs flottaient librement sous ce chapeau et lui tombaient dans le dos presque jusqu'à la taille et en passant devant eux elle tourna la tête et sourit et toucha le bord de son chapeau avec sa badine et les vachers touchèrent l'un après l'autre le bord de leurs chapeaux même ceux qui avaient fait semblant de ne pas la voir passer. Puis elle fit prendre à son cheval un amble d'école et disparut un peu plus loin sur la route.

Rawlins regarda le chef des vachers mais le chef lança son cheval en avant et remonta la file des cavaliers. Rawlins se rangea parmi les cavaliers et le long de John Grady.

T'as vu ce bijou ? dit-il.

John Grady ne répondit pas. Il gardait les yeux fixés sur la route là où elle avait disparu. Il n'y avait rien à voir mais il continuait de regarder.

Une heure plus tard dans la lumière défaillante ils aidèrent les vachers à rentrer le troupeau au parc. Le régisseur était venu à cheval depuis la maison et il restait en selle et se curait les dents et observait le travail sans faire de commentaires. Quand ils eurent terminé le chef et un autre vacher leur dirent de les suivre et les présentèrent anonymement et ils allèrent ensemble tous les cinq toujours à cheval jusqu'à la maison du régisseur et là dans la cuisine autour d'une table métallique sous une ampoule électrique sans abat-jour le régisseur les soumit à un interrogatoire serré pour savoir ce qu'ils connaissaient du travail dans un ranch tandis que le chef corroborait toutes leurs affirmations et que le vacher faisait des signes de tête approbateurs et disait que c'était bien la vérité et le chef apporta des témoignages de son cru sur les qualifications de vacher qu'ils étaient censés posséder sans le savoir eux-mêmes, dissipant les doutes d'un geste de la main comme pour dire que c'étaient là des bagatelles connues de tout un chacun. Le régisseur se renversait en arrière sur son siège et les examinait. Finalement ils dirent leurs noms et les épelèrent et le régisseur les inscrivit dans son registre après quoi ils se levèrent et leur serrèrent la main et sortirent dans la nuit tombante où la lune se levait tandis que les bêtes appelaient et que les carrés jaunes des fenêtres éclairées donnaient chaleur et forme à un monde inconnu.

Ils dessellèrent les chevaux et les firent tourner pour les conduire dans le corral et suivirent le chef dans le baraquement des vachers. Un long bâtiment de deux pièces construit en torchis avec un toit de fer-blanc et un sol de ciment. Dans une pièce une douzaine de couchettes en bois ou en fer. Un petit poêle en tôle. Dans l'autre pièce une longue table avec des bancs pour s'asseoir et une cuisinière à bois. Un vieux coffre en bois pour ranger les verres et la vaisselle en métal. Un évier en pierre grasse avec un buffet recouvert de zinc. Quand ils entrèrent les hommes étaient déjà attablés et mangeaient et ils allèrent au buffet pour prendre leur tasse et leur assiette puis à la cuisinière où ils se servirent de haricots et de tortillas et d'un appétissant ragoût de viande de chevreau puis ils se dirigèrent vers la table où les vachers les saluèrent d'un signe de tête et leur firent de grands gestes pour les inviter à s'asseoir, tout en continuant de manger d'une main.

Après le souper ils restèrent encore un moment attablés à fumer et à boire du café et les vachers leur posèrent beaucoup de questions sur l'Amérique et toutes les questions avaient trait aux chevaux et au bétail et aucune à leur personne. Quelques-uns avaient des amis ou des parents qui avaient été là-bas mais pour la plupart le pays du Nord n'était guère autre chose qu'une rumeur. Une chose dont il semblait impossible de se faire la moindre idée. Quelqu'un posa sur la table une lampe à huile de goudron et l'alluma et peu après le générateur s'arrêta et les ampoules électriques accrochées au plafond par leur cordon ne furent plus qu'un mince filament orange puis s'éteignirent. Ils écoutaient avec une grande attention quand John Grady répondait à leurs questions et ils approuvaient d'un signe de tête solennel et ils surveillaient leur comportement soucieux qu'ils étaient de ne pas donner à penser qu'ils avaient une opinion sur ce qu'ils entendaient car comme la plupart des hommes rompus à leur travail ils rejetaient avec mépris l'idée même qu'ils auraient pu connaître quelque chose autrement que par expérience.

Ils apportèrent leurs assiettes près d'un bac d'acier galvanisé rempli d'eau et de mousse de savon et posèrent les lampes à côté de leurs couchettes à l'autre extrémité du baraquement et déroulèrent les minces matelas sur les sommiers rouillés et étendirent leurs couvertures et se dévêtirent et soufflèrent la lampe. Fatigués comme ils étaient ils restèrent un long moment sans dormir allongés dans l'obscurité après que les vachers se furent assoupis. Ils pouvaient les entendre respirer profondément dans le dortoir qui sentait le cheval et le cuir et l'homme et ils pouvaient entendre les bêtes du troupeau nouvellement arrivé qui n'étaient pas encore au parc dans les enclos.

Ça m'a l'air d'être vraiment des braves gars, chuchota Rawlins.

Oui, je crois que oui.

T'as vu ces vieilles selles avec un troussequin haut comme ça et juste une sangle au milieu ?

Oui.

Tu crois qu'ils s'imaginent qu'on est en cavale ?

Et on l'est pas en cavale ?

Rawlins ne répondit pas. Au bout d'un instant il dit ; C'est chouette d'entendre le troupeau là-bas.

Oui. C'est chouette.

Il a pas dit grand-chose sur Rocha, pas vrai ?

Non pas grand-chose.

Tu crois que c'était sa fille ?

Oui, à mon avis.

Quel pays, hein !

Oui. Quel pays. Dors maintenant.

Mon pote ?

Oui.

C'est comme ça que ça devait être du temps des vieux cow-boys, tu crois pas ?

Oui.

Combien de temps tu crois que tu voudrais rester ici ?

Une centaine d'années. Dors maintenant.

II

L'HACIENDA de Nuestra Señora de la Purísima Concepción était un ranch de onze mille hectares qui longeait le bolsón de Cuatro Ciénagas dans l'État du Coahuila. Les marches occidentales du domaine pénétraient dans la sierra de Anteojo où elles atteignaient des altitudes de neuf mille pieds mais au sud et à l'est le ranch occupait une partie du vaste bassin qui constituait le fond de la cuvette et ces terres étaient abondamment arrosées de sources minérales et de ruisseaux limpides parsemées de marais et de lacs peu profonds appelés lagunas. Dans les lacs et dans les ruisseaux il y avait des espèces de poissons inconnues ailleurs sur le globe terrestre et des oiseaux et des lézards ainsi que d'autres formes de vie dont les reliques perduraient ici depuis longtemps car ces solitudes étaient de toutes parts cernées par le désert.

La Purísima était l'un des très rares domaines de cette région du Mexique à avoir conservé en totalité les six lieues carrées de terres attribuées aux bénéficiaires en vertu de la loi de 1824 sur la colonisation agraire et le propriétaire don Héctor Rocha y Villareal était l'un des rares hacendados à vivre effectivement sur les terres dont il était le maître, ces terres qui appartenaient à sa famille depuis cent soixante-dix ans. Il avait quarante-sept ans et il était le premier héritier mâle dans toute cette lignée du Nouveau Monde à atteindre un âge aussi avancé.

Il exploitait plus de mille têtes de bétail sur son domaine. Il possédait une maison à Mexico où résidait sa femme. Il pilotait son avion personnel. Il aimait les chevaux. Quand il se rendit à cheval à la maison du régisseur ce matin-là il était accompagné de quatre de ses amis et d'une suite de valets et de deux animaux de bât chargés de hottes en bois de feuillu, l'une vide l'autre remplie de provisions pour le repas de midi. Ils étaient suivis d'une meute de lévriers et les chiens étaient sveltes avec un pelage argenté et quand ils se glissaient entre les jambes des chevaux ils étaient silencieux et fluides comme des boules de mercure et les chevaux ne leur prêtaient aucune attention. Le propriétaire cria quelque chose en direction de la maison et le régisseur parut en manches de chemise et ils échangèrent quelques mots et le régisseur opina du chef et l'hacendado parla à ses amis et tout le monde repartit à cheval. Pendant qu'ils longeaient le baraquement et qu'ils franchissaient la grille et prenaient sur la route vers les hautes terres quelques-uns des vachers se saisissaient de leurs chevaux dans le corral d'où ils les faisaient sortir en les conduisant en main pour les seller avant la journée de travail. John Grady et Rawlins attendaient sur le seuil de la porte et buvaient leur café.

C'est lui là-bas, dit Rawlins.

John Grady acquiesça et jeta le marc de son café dans la cour.

Bon sang où est-ce que tu crois qu'ils vont ? dit Rawlins.

À mon avis ils vont chasser le coyote.

Ils ont pas de fusil.

Ils ont des cordes.

Rawlins le regarda. Tu me fais marcher ?

J'crois pas.

J'paierais cher pour voir ça.

Moi aussi. T'es prêt ?

Ils travaillèrent deux jours durant dans les parcs à bestiaux, deux jours passés à marquer au fer rouge et à tailler et inciser des oreilles et à châtrer et à décorner et à inoculer. Le troisième jour les vaqueros ramenèrent du plateau une petite harde de poulains sauvages de trois ans et les mirent au parc et le soir Rawlins et John Grady sortirent pour les inspecter. Ils s'étaient agglutinés contre la clôture du côté opposé de l'enclos et c'était un groupe disparate, des rouans et des louvets et des bais et quelques pintos et il y avait toutes sortes de tailles et de conformations. John Grady ouvrit la barrière et ils entrèrent lui et Rawlins et il referma la barrière derrière eux. Les animaux pris de peur commençaient à grimper les uns sur les autres et à se disperser et à s'éloigner le long de la clôture dans les deux directions.

J'ai jamais vu des chevaux aussi farouches, dit Rawlins.

Ils se demandent ce que nous sommes.

Ils savent pas ce que nous sommes ?

Ça m'étonnerait. Sans doute qu'ils ont jamais vu un homme à pied.

Rawlins se pencha et cracha.

Tu en vois un qui ferait ton affaire ?

Y a de ces chevaux là-dedans.

Où ça.

Regarde-moi ce bai foncé. Juste là-bas.

Je regarde.

Regarde bien.

Ce cheval-là doit pas peser huit cents livres.

Bien sûr que si. Regarde cette arrière-main. Ça ferait un bon cheval de vacher. Regarde le rouan là-bas.

Le petit aux pieds de raton laveur ?

Oui, c'est un peu vrai. D'accord. Mais l'autre rouan. Le troisième à droite.

Celui avec une tache blanche ?

C'est ça.

Je le trouve plutôt bizarre.

Mais non. C'est juste sa robe qui a quelque chose de curieux.

Tu crois pas que ça veut dire quelque chose ? Il a les pieds blancs.

C'est un bon cheval. Regarde sa tête. Regarde cette mâchoire qu'il a. Il faut se rappeler qu'on leur a jamais taillé la queue.

Oui. Peut-être. Rawlins hocha la tête d'un air dubitatif. Je me rappelle comme t'étais difficile pour les chevaux. C'est peut-être que t'en as pas vu depuis longtemps.

John Grady acquiesça. Oui, dit-il. D'accord. Mais j'ai pas oublié de quoi ils sont censés avoir l'air.

Les chevaux s'étaient regroupés à l'extrémité opposée du parc et ils restaient sur place, roulant des yeux, chacun se frottant la tête contre l'encolure de son voisin.

Ils ont une chose en leur faveur, dit Rawlins.

Qu'est-ce que c'est ?

Y a pas encore eu de Mexicain qui a essayé de les casser.

John Grady acquiesça.

Ils examinaient les chevaux.

Combien y en a-t-il ? dit John Grady.

Rawlins regarda les chevaux. Quinze. Seize peut-être. Disons seize.

Allons-y pour seize.

Tu crois qu'à nous deux on pourrait les débourrer tous en quatre jours ?

Ça dépend de ce que t'appelles débourrer.

Disons des chevaux à peu près présentables juste débourrés. Disons six selles. Tourner et s'arrêter et se tenir tranquilles pour qu'on leur mette la selle.

Rawlins sortit son tabac de sa poche et repoussa son chapeau en arrière.

Qu'est-ce que tu comptes faire ? dit-il.

Débourrer ces chevaux-là.

Pourquoi quatre jours ?

Tu crois qu'on pourrait y arriver ?

Ils veulent les mettre dans le troupeau des nouveaux ? Si tu veux mon avis un cheval débourré en quatre jours oubliera aussi vite tout ce qu'il a appris.

Ils sont à court de chevaux et c'est bien sûr pour ça qu'ils ont fait descendre cette harde jusqu'ici.

Rawlins fit glisser le tabac dans la feuille de papier à cigarette. Tu veux dire que ce qui nous attend c'est notre remonte à nous ?

C'est ce que je pense.

Alors ce qui nous attend c'est de monter une de ces brutes à la bouche de sauvage avec une de leurs saloperies de mors mexicains.

C'est ça.

Rawlins acquiesça. Comment est-ce que tu comptes t'y prendre ? En les entravant sur le côté avec des plates-longes ?

C'est ça.

Tu crois qu'ils auront assez de corde ?

On verra bien.

Tu seras le plus crevé des fils de pute, c'est moi qui te le dis.

Pense plutôt comme tu vas bien dormir.

Rawlins mit la cigarette dans sa bouche et fouilla dans ses vêtements pour trouver une allumette. Qu'est-ce que t'as appris d'autre que tu m'as pas dit ?

Armando dit que le patron a des chevaux partout sur cette montagne.

Combien de chevaux ?

Dans les quatre cents têtes.

Rawlins le regarda. Il frotta l'allumette contre l'ongle de son pouce et alluma la cigarette et jeta l'allumette d'une chiquenaude. Pour quoi faire, putain ?

Il avait commencé un programme de sélection avant la guerre.

Quel genre de chevaux ?

Des demi-sang.

Qu'est-ce que c'est que ça ?

Ce qu'on appelle chez nous des quarter horses.

Ah oui ?

Le rouan que tu vois là-bas, dit John Grady, c'est un vrai Billy, même s'il a le pied défectueux.

D'où est-ce qu'il vient, à ton avis ?

De là où ils viennent tous. D'un cheval nommé José Chiquito.

P'tit Jo ?

Oui.

T'en es bien sûr ?

Certain.

Rawlins fumait d'un air songeur.

Les deux chevaux ont été vendus au Mexique, dit John Grady. Le numéro un et le numéro deux. Ce qu'il a là-bas dans la montagne c'est un grand troupeau de juments issues de l'ancienne lignée de chevaux Treveler-Ronda de Sheeran.

Et quoi d'autre ? dit Rawlins.

C'est tout.

Allons parler au régisseur.

ILS ÉTAIENT dans la cuisine avec leurs chapeaux à la main et le régisseur était assis derrière la table et les examinait.

Amansadores, dit-il.

Sí.

Ambos, dit-il.

Sí. Ambos.

Il se renversa en arrière. Ses doigts tambourinaient sur le plateau métallique de la table.

Hay dieciseis caballos en el potrero, dit John Grady. On peut les casser en quatre jours.

Ils repassèrent par la cour pour rentrer au baraquement et faire un brin de toilette avant le souper.

Qu'est-ce qu'il a dit ? dit Rawlins.

Il a dit qu'on était des morveux, mais gentiment.

C'est son dernier mot, à ton avis ?

Ça m'étonnerait. J'crois pas qu'il peut en rester là.

À la pointe du jour le dimanche matin ils s'en allèrent travailler les poulains sauvages, ayant enfilé dans la pénombre des vêtements encore humides d'avoir été lavés la veille au soir et gagnant l'enclos avant que les étoiles n'aient disparu, mangeant une tortilla froide pliée sur une louchée de haricots froids et même pas une tasse de café et emportant roulés autour de leurs épaules leurs douze mètres de corde de lasso en fibre d'agave. Ils portaient des tapis de selle et un bosal qui n'était guère autre chose qu'un hackamore ordinaire muni d'une muserolle métallique et John Grady portait une paire de sacs de jute bien propres sur lesquels il avait dormi et sa selle Hamley dont les étriers étaient déjà raccourcis.

Ils s'arrêtèrent pour examiner les chevaux. Les chevaux bougeaient et restaient immobiles, formes grises dans le matin gris. Par terre devant la barrière s'entassaient des rouleaux de cordes de toute matière, coton et chanvre de Manille et cuir brut tressé et fibre d'agave et sisal, et des longueurs de vieux crin tressé et des morceaux de ficelle toronnée à la main. Les seize hackamores en corde qu'ils avaient passé la soirée à confectionner dans le baraquement étaient posés en pile contre la clôture.

Ce troupeau a déjà été sélectionné là-haut sur le plateau, hein ?

Sans doute que oui.

Qu'est-ce qu'ils veulent faire des juments ?

Ils montent les juments par ici.

Eh bien, dit Rawlins. Je comprends pourquoi ils sont si durs avec les chevaux. S'il faut en plus qu'ils supportent les juments.

Il hocha la tête et enfourna le reste de la tortilla entre ses mâchoires et s'essuya les mains à son pantalon et détacha le fil de fer et ouvrit la barrière.

John Grady entra derrière lui et posa la selle par terre et ressortit et revint avec une brassée de cordes et de hackamores et s'accroupit pour les trier. Rawlins restait debout et préparait la boucle de son lasso.

J'imagine que tu t'en fous dans quel ordre on les prend, dit-il.

Bien jugé, cousin.

Tu comptes vraiment amadouer ces brutes avec des sacs ?

Sûr.

Mon vieux papa disait toujours que si on débourre un cheval c'est pour le monter et que si on veut en débourrer un ce qu'on a de mieux à faire c'est le seller tout de suite et lui grimper dessus et en finir.

John Grady fit la grimace. Ton vieux était un dresseur professionnel ?

Il s'est jamais vanté d'en être un. Mais je peux te garantir que je l'ai vu une ou deux fois faire une drôle de voltige.

Eh bien prépare-toi pour le même numéro.

À ton avis, il faut qu'ils y passent deux fois ?

Pour quoi faire ?

J'en ai jamais vu un qui y croyait vraiment la première fois ou qui en doutait encore la seconde.

John Grady sourit. Avec moi ils vont y croire, dit-il. Tu vas voir ça.

J'aime mieux te prévenir tout de suite, cousin. T'as affaire à des drôles de sauvages.

Qu'est-ce que dit Blair ? Y a jamais de poulain vicieux ?

Y a jamais de poulain vicieux, dit Rawlins.

Les chevaux s'étaient remis à bouger. Il choisit le premier qui s'écarta du groupe et fit tournoyer son lasso et accrocha les antérieurs du poulain et le poulain tomba à terre avec un bruit fracassant. Les autres chevaux se dispersèrent et se regroupèrent en jetant des regards farouches derrière eux. Avant que le poulain eût réussi à se remettre debout John Grady s'était assis à califourchon sur son encolure et il lui avait relevé la tête en la tirant sur le côté et il tenait le cheval par le chanfrein avec la longue tête osseuse pressée contre sa poitrine et l'haleine brûlante et sucrée de l'animal remontant des fosses sombres de ses naseaux et lui enveloppant le visage et le cou comme des messages d'un autre monde. Leur odeur n'était pas celle de chevaux, mais l'odeur des animaux sauvages qu'ils étaient. Il maintenait la face du cheval contre sa poitrine et il pouvait sentir entre ses cuisses le sang qui palpitait à travers les artères et il pouvait respirer les effluves de la peur et il gardait la paume de sa main sur les yeux du cheval et les caressait et il ne cessait pas un instant de parler au cheval, chuchotant d'une voix grave et régulière et lui disant ce qu'il avait l'intention de faire et couvrant de sa main les yeux de l'animal et chassant la peur avec ses caresses.

Rawlins prit une des plates-longes qu'il portait accrochées autour du cou et il fit un nœud coulant et le passa autour du paturon d'un postérieur et souleva la jambe du cheval et attacha la plate-longe aux antérieurs en laissant suffisamment de jeu. Il dégagea le lasso et le jeta un peu plus loin et prit le hackamore et avec John Grady ils le firent passer par-dessus le chanfrein et les oreilles du cheval et John Grady passa le pouce dans la bouche de l'animal et Rawlins fixa la corde qui tenait lieu d'embouchure puis il fit glisser sur l'autre antérieur une deuxième plate-longe sur laquelle il avait fait un nœud coulant. Après quoi il noua les deux longueurs de plate-longe au hackamore.

T'es prêt ? dit-il.

Fin prêt.

Il libéra la tête du cheval et se releva et s'écarta d'un ou deux pas. Le cheval voulut se redresser et tourna et lança un postérieur et décrivit un demi-cercle dans les liens qui l'emprisonnaient et tomba. Il se releva et se remit à ruer et retomba. Quand il se releva pour la troisième fois il resta debout sur place, détachant des ruades et secouant la tête de droite et de gauche dans une petite danse. Il s'immobilisa. Puis il fit quelques pas et s'arrêta. Puis il leva un postérieur et retomba.

Il resta un moment à terre et parut réfléchir et quand il se releva il resta un instant immobile puis il fit deux ou trois bonds et resta là à les dévisager. Rawlins avait ramassé son lasso et reformait la boucle. Là où ils étaient de l'autre côté du parc les autres chevaux observaient la scène avec un grand intérêt.

Y sont complètement fadas tes fils de pute on croirait des rats dans une fosse à merde, dit-il.

Choisis-moi celui qui te paraît le plus fada, dit John Grady, et dimanche en huit même heure je t'amène un cheval fait.

Et à qui de juger ?

À toi.

Du flan, dit Rawlins.

Le temps qu'ils aient dans l'enclos trois chevaux ligotés sur le côté qui soufflaient et jetaient des regards affolés, il y avait devant la barrière plusieurs vaqueros qui buvaient tranquillement du café et suivaient des yeux les opérations. Vers le milieu de la matinée huit chevaux étaient attachés et les huit autres étaient plus farouches que des biches, se dispersant le long de la clôture et se regroupant et galopant dans une mer tourbillonnante de poussière à mesure que la chaleur du jour augmentait, comprenant peu à peu ce qu'avait d'inéluctable cette abdication de leur être fluide et collectif réduit à cet état de paralysie solitaire et impuissante qui semblait être parmi eux comme une insidieuse épidémie. L'équipe de vaqueros était venue au complet depuis le baraquement pour assister au spectacle et arrivé midi les seize mustangs étaient tous debout aux quatre coins de l'enclos entravés sur le côté avec des plates-longes à leur propre hackamore et la tête tournée dans toutes les directions et toute communion entre eux était rompue. Ils avaient l'air d'animaux dont des enfants auraient ligoté les pattes pour rire et ils restaient là dans l'attente d'ils ne savaient quoi avec la voix de leur dompteur qui tournait encore dans leurs cerveaux comme la voix d'un dieu venu jusqu'à eux pour les habiter.

Quand ils furent de retour au baraquement pour le dîner il leur sembla que les vachers les traitaient avec une certaine déférence mais était-ce la déférence que l'on accorde à des champions ou à des handicapés mentaux ils n'en étaient pas certains. Personne ne leur demandait ce qu'ils pensaient des chevaux et on ne leur posait pas de questions sur leur méthode. L'après-midi quand ils regagnèrent le parc il y avait une vingtaine de personnes autour qui regardaient les chevaux – des femmes, des enfants, des jeunes filles et des hommes – et tout le monde attendait leur retour.

Je me demande d'où est-ce qu'ils sortent putain ? dit Rawlins.

J'en sais rien.

Quand le cirque arrive à la ville ça tarde pas à se savoir, pas vrai ?

Ils traversèrent la foule en saluant d'un signe de tête et ils entrèrent dans le parc et refermèrent la barrière.

T'en as choisi un ? dit John Grady.

Oui. Je désigne roi des fadas le fils de pute à tête de tonneau qui t'attend là-bas.

Le grison ?

Celui qui a l'air d'un grison.

Voilà un homme qui sait juger les chevaux.

Plutôt juger les fadas.

Il regarda John Grady s'approcher de l'animal et fixer quatre mètres de longueur de corde au hackamore. John Grady franchit la porte du parc avec le cheval longe en main et le mena dans le corral où ils avaient décidé de monter les chevaux. Rawlins s'attendait à voir le cheval bondir ou essayer de se cabrer mais le cheval se tenait tranquille. Il prit le sac et les plates-longes et s'approcha et pendant que John Grady parlait au cheval il attacha l'un à l'autre les deux antérieurs après quoi il prit la corde de crin tressé et tendit le sac à John Grady et il maintint le cheval immobile pendant le quart d'heure qui suivit tandis que John Grady faisait flotter le sac au-dessus de l'animal et au-dessous et lui frottait la tête avec le sac et passait le sac sur la face du cheval et sur ses jambes de bas en haut et entre ses jambes sans cesser un instant de parler au cheval et en se frottant contre lui et en se pressant contre lui. Puis il prit la selle.

À quoi tu crois que ça avance ces simagrées avec un cheval ? dit Rawlins.

J'en sais rien, dit John Grady. J'suis pas un cheval.

Il prit le tapis de selle et le posa sur le dos de l'animal et le lissa avec la main et resta un instant à caresser l'animal et à lui parler puis il se pencha et ramassa la selle et la souleva avec les sangles nouées et l'étrier droit accroché au pommeau et il la posa sur le dos du cheval et la mit en place d'un léger mouvement de godille. Le cheval ne bronchait pas. Il se pencha et étendit le bras sous le ventre de l'animal et tira la sangle et la tendit. Le cheval coucha les oreilles et John Grady lui dit quelques mots puis il tendit de nouveau la sangle et se pressa de nouveau contre le cheval et se remit à lui parler comme si cette créature n'avait rien de sauvage ou de meurtrier. Rawlins tourna la tête vers la barrière du corral. Il y avait une cinquantaine de personnes ou davantage qui regardaient. Des gens assis par terre en train de pique-niquer. Des pères qui tenaient leurs marmots dans leurs bras à la bonne hauteur. John Grady décrocha l'étrier du pommeau de la selle et le laissa retomber. Puis il releva l'extrémité de la sangle et la passa dans l'anneau. Très bien, dit-il.

Tiens-le ferme, dit Rawlins.

Il gardait dans la main les rênes de crin tressé pendant que Rawlins détachait les plates-longes nouées au hackamore et s'agenouillait pour les fixer aux entraves de devant. Puis il fit glisser le hackamore de la tête du cheval et John Grady leva le bosal et le fixa doucement sur le chanfrein du cheval et ajusta l'embouchure et la têtière. Il rassembla les rênes et les croisa sur l'encolure et fit signe à Rawlins et Rawlins s'agenouilla et détacha les entraves et desserra le nœud coulant jusqu'à ce que les boucles de la plate-longe retombent à terre contre les sabots des postérieurs. Puis il s'écarta.

John Grady passa un pied dans l'étrier et se plaqua contre l'épaule du cheval tout en lui parlant puis il s'enleva en selle.

Tout d'abord le cheval se tint coi. Puis il leva violemment un de ses postérieurs comme pour tâter l'air et se figea de nouveau puis il se jeta sur le côté et se tordit et détacha une ruade et resta immobile en renâclant. John Grady le pressa sous les côtes avec les talons de ses bottes et l'animal fit un pas en avant. John Grady raccourcit les rênes et le cheval tourna. Rawlins cracha de dégoût. John Grady fit de nouveau tourner le cheval et le fit revenir sur ses pas.

Putain c'est ça que t'appelles un cheval sauvage ? dit Rawlins. Tu crois que c'est pour voir ça que ces gens-là ont donné leur argent ?

La nuit venue il avait monté onze des seize chevaux. Pas tous aussi malléables. Quelqu'un avait allumé un feu par terre à l'extérieur du corral et il y avait une centaine de personnes rassemblées là, quelques-unes venues du bourg de La Vega à six miles au sud, d'autres d'encore plus loin. Il monta les cinq derniers chevaux à la lueur de ce brasier, les chevaux dansant, tournant dans la lumière, leurs yeux rouges étincelant. Quand tout fut fini les chevaux restèrent immobiles ou se mirent à rôder dans l'enclos, traînant par terre derrière eux les cordes de leur hackamore et si préoccupés de ne pas marcher dessus et de ne pas écorcher leur chanfrein déjà à vif qu'ils se déplaçaient avec un port d'une élégance et d'une grâce accomplies. La horde sauvage et frénétique des mustangs qui le matin encore tournoyaient dans l'enclos comme des billes secouées dans un bocal semblait à peine exister et les animaux s'appelaient en hennissant dans le noir et se répondaient comme s'il y avait l'un des leurs ou quelque chose qui manquait.

Quand ils regagnèrent le baraquement dans l'obscurité le feu de camp brûlait encore et quelqu'un avait apporté une guitare et quelqu'un d'autre un harmonica. Avant qu'ils se soient éloignés trois inconnus leur proposèrent tour à tour de boire à leurs bouteilles de mescal.

La cuisine était vide et ils allèrent chercher leur souper sur le fourneau et s'attablèrent. Rawlins observait John Grady. Il mastiquait avec des mouvements d'automate et semblait tituber sur le banc.

Pas trop fatigué maintenant, pote ? dit Rawlins.

Non, dit John Grady, je l'étais il y a cinq heures.

Rawlins sourit.

Ne bois plus de café. Ça va t'empêcher de dormir.

Quand ils sortirent au point du jour le lendemain matin il y avait encore des braises dans le feu et quatre ou cinq hommes autour qui dormaient couchés par terre, quelques-uns avec des couvertures et d'autres sans. Ils franchirent la barrière sous l'œil vigilant de tous les chevaux du parc.

Tu te rappelles à quoi ils ressemblent ? dit Rawlins.

Oui. Je m'en souviens. Je suis sûr que tu te souviens de ton petit copain là-bas.

Oui. Je reconnais l'enfant de salaud.

Quand il s'approcha du cheval avec le sac le cheval tourna et partit au trot. Il le suivit jusqu'à la clôture et ramassa la corde et la tira et le cheval s'arrêta le corps frémissant et il s'approcha et commença à lui parler puis à le caresser avec le sac. Rawlins alla chercher les tapis de selle et la selle et le bosal.

À dix heures du soir il avait monté tout le troupeau des seize chevaux au complet et Rawlins les avait montés tour à tour une deuxième fois. Ils les montèrent encore le mardi et le soleil n'était pas encore levé le mercredi matin quand John Grady s'avança vers la barrière monté sur le premier cheval sellé.

Ouvre, dit-il.

Laisse-moi en seller un pour te courir après.

On n'a pas le temps.

Si ce fils de garce t'envoie le cul dans les épines t'auras sûrement le temps.

Alors j'ai intérêt à rester en selle.

Attends que je selle un de ces braves petits chevaux.

Vas-y.

Il sortit à cheval de l'enclos en conduisant le cheval de Rawlins et il attendit pendant que Rawlins refermait la barrière et se mettait en selle à côté de lui. Les chevaux à peine débourrés s'agitaient, piétinant et faisant des écarts.

On dirait que c'est l'aveugle qui conduit l'aveugle, tu trouves pas ?

Rawlins acquiesça. Ça me rappelle le vieux Watts surnommé Côte-de-bœuf quand il travaillait pour mon père et que les gens lui reprochaient d'avoir mauvaise haleine. Il leur répondait mieux vaut avoir mauvaise haleine que pas d'haleine du tout.

John Grady sourit et pressa le cheval du talon de sa botte et le cheval prit le trot et ils s'engagèrent sur la route.

Vers le milieu de l'après-midi il avait monté encore une fois tous les chevaux du troupeau et tandis que Rawlins les travaillait dans l'enclos il enfourcha le petit grison qui avait été choisi par Rawlins et partit vers les hautes terres. À deux miles au-dessus du ranch, là où la route passait par les roseaux et les saules et les pruniers sauvages qui longeaient les bords de l'étang elle le dépassa sur le cheval noir.

Il entendit le cheval derrière lui et il allait se retourner pour regarder quand il l'entendit changer d'allure. Il attendit pour la regarder que son cheval fût rejoint par l'arabe qui allait en arquant l'encolure et un œil fixé sur le mustang sans inquiétude mais avec une vague répugnance équine. Elle passa à deux mètres de lui et tourna son visage délicatement dessiné et le regarda bien en face. Elle avait les yeux bleus et elle salua d'un signe de tête ou peut-être ne fit-elle que baisser légèrement la tête pour mieux voir quelle sorte de cheval il montait, à peine la plus légère inclinaison du long chapeau noir posé à plat sur sa tête, à peine la plus légère envolée de ses longs cheveux noirs. Elle le dépassa et le cheval changea de nouveau d'allure et elle se tenait en selle presque à la perfection, le buste droit et les épaules larges et elle conduisait le cheval au trot le long de la route. Le mustang s'était arrêté au milieu de la route les pieds de devant écartés et semblait bouder et John Grady restait en selle et la suivait des yeux. L'idée lui était presque venue de lui parler mais le temps d'une pulsation et l'univers était à jamais changé par ces yeux. Elle disparut de l'autre côté des saules sur la rive du lac. Une bande de petits oiseaux prit son vol et repassa au-dessus de lui avec des cris grêles.

Ce soir-là quand Antonio et le régisseur vinrent au parc pour inspecter les chevaux il apprenait au grison à reculer avec Rawlins en selle. Les deux hommes restèrent un moment à regarder, et en même temps le régisseur se curait les dents. Antonio monta les deux chevaux qui étaient là sellés, leur sciant la bouche pour les faire aller et venir dans le corral et raccourcissant brusquement les rênes. Il sauta à terre et fit un signe de tête approbateur et ils allèrent tous deux lui et le régisseur inspecter les chevaux dans l'autre enclos du corral puis ils repartirent. Rawlins et John Grady se regardèrent. Ils dessellèrent les chevaux et les ramenèrent au parc avec le reste du troupeau et regagnèrent la maison avec leurs selles et leurs harnais et firent un peu de toilette avant d'aller souper. Les vaqueros étaient à table et ils allèrent chercher leurs assiettes et ils se servirent au fourneau et se versèrent leur café et s'approchèrent de la table et enjambèrent le banc et s'assirent. Il y avait des tortillas dans un plat d'argile au milieu de la table avec une serviette par-dessus et quand John Grady fit signe et demanda qu'on le leur passe plusieurs mains se levèrent de chaque côté de la table pour prendre le plat et le passèrent ainsi comme un vase rituel.

Trois jours plus tard ils étaient dans les montagnes. Le chef avait envoyé un mozo avec eux pour faire la cuisine et s'occuper des chevaux et il avait envoyé trois jeunes vachers qui n'étaient guère plus âgés qu'eux. Le mozo était un vieil homme du nom de Luis qui boitait d'une jambe et qui avait combattu à Torreón et à San

Pedro et plus tard à Zacatecas et les vaqueros étaient deux garçons du pays et deux d'entre eux étaient nés au domaine. Un seul des trois était jamais allé jusqu'à Monterrey. Ils gagnèrent la montagne avec une remonte de trois chevaux chacun et avec en plus des chevaux de bât pour porter la nourriture et la tente cuisine et ils pourchassaient les chevaux sauvages dans les forêts des hautes terres parmi les pins et les madroños et dans les arroyos où ils étaient allés se cacher et ils leur faisaient traverser les hauts plateaux dans un grand martèlement de sabots et les parquaient dans les ravins de pierres que l'on avait munis dix ans plus tôt de clôtures et de barrières et là les chevaux se démenaient et braillaient et tentaient d'escalader les pentes rocailleuses et se tournaient les uns contre les autres en se mordant et en ruant tandis que John Grady qui avait mis pied à terre allait et venait parmi eux avec son lasso dans la sueur et la poussière et le vacarme comme si ces créatures n'étaient guère autre chose que des chevaux de cauchemar. Ils bivouaquaient la nuit sur les hauts promontoires où leurs feux cisaillés par le vent tressautaient dans l'obscurité et Luis leur racontait le pays et les gens qui y vivaient et les gens qui y étaient morts et comment ils étaient morts. Il avait aimé les chevaux toute sa vie durant et lui et son père et ses deux frères avaient combattu dans la cavalerie et son père et ses frères étaient morts dans la cavalerie mais ils méprisaient tous Victoriano Huerta plus que quiconque et les forfaits de Huerta plus que tous les autres maux dont on peut être visité. Il dit que comparé à Huerta Judas n'était lui-même qu'un deuxième Christ et l'un des jeunes vachers détourna les yeux et un autre fit le signe de croix. Il dit que la guerre avait détruit le pays et que les hommes sont convaincus que la guerre se guérit par la guerre comme le guérisseur prescrit la chair du serpent pour guérir sa morsure. Il parla de ses campagnes dans les déserts du Mexique et il leur parla des chevaux tués sous lui et il dit que les âmes des chevaux reflètent les âmes des hommes plus fidèlement que les hommes ne l'imaginent et que les chevaux aussi aiment la guerre. Les hommes prétendent que ce n'est pour les chevaux qu'une chose qu'ils ont apprise mais il dit qu'aucune créature ne peut rien apprendre que son cœur ne soit prêt à recevoir. Son propre père disait qu'un homme qui n'a pas fait la guerre à cheval ne pourrait jamais vraiment comprendre les chevaux et il dit qu'il voudrait bien que ce ne fût pas vrai mais il en était bien ainsi.

Enfin il dit qu'il avait vu les âmes des chevaux et que c'était une chose terrible à voir. Il dit qu'on pouvait la voir dans certaines circonstances dont s'accompagne la mort d'un cheval car le cheval partage une âme commune et seule sa vie distincte le différencie de tous les autres chevaux et le rend mortel. Il dit que quelqu'un qui comprendrait l'âme du cheval comprendrait en même temps tous les chevaux qui ont jamais été.

Ils étaient assis et fumaient, les yeux fixés sur les braises les plus profondes du feu où les charbons rougis craquaient et se brisaient.

Y de los hombres ? dit John Grady.

Le vieillard hésita, modelant sa bouche à sa réponse. Il finit par dire qu'il n'y avait pas entre les humains la même communion qu'entre les chevaux et que l'idée même qu'il serait possible de comprendre les hommes était sans doute une illusion. Rawlins lui demanda dans son mauvais espagnol s'il y avait un paradis pour les chevaux mais il hocha la tête et dit qu'un cheval n'a pas besoin de paradis. Finalement John Grady lui demanda s'il était vrai que si tous les chevaux disparaissaient de la face de la terre l'âme du cheval périrait aussi car il n'y aurait plus rien pour la nourrir mais le vieil homme se contenta de répondre qu'il était absurde de parler d'un monde où il n'y aurait pas de chevaux car Dieu ne pourrait permettre une telle chose.

Ils faisaient descendre les juments des montagnes par les ravins et les arroyos et leur faisaient traverser les herbages abondamment arrosés du bolsón et les parquaient. Ils furent trois semaines à ce travail jusqu'à la fin avril où ils se retrouvèrent avec plus de quatre-vingts juments au parc, la plupart débourrées à la longe, quelques-unes déjà sélectionnées pour servir d'animaux de selle. À ce moment-là le rassemblement du bétail battait son plein et des troupeaux de bêtes arrivaient chaque jour des immenses prairies dans les pâturages du ranch et bien que certains vaqueros n'eussent à leur disposition qu'une remonte de deux ou trois chevaux les chevaux nouvellement arrivés restaient au parc. Le deuxième matin de mai le Cessna rouge arriva du sud et tourna en cercle au-dessus du ranch et s'inclina sur l'aile et descendit et disparut derrière les arbres.

Une heure plus tard John Grady était dans la cuisine du manoir avec son chapeau à la main. Une femme lavait la vaisselle à l'évier et un homme était assis derrière la table en train de lire un journal. La femme s'essuya les mains à son tablier et disparut dans une autre partie de la maison et revint au bout de quelques minutes. Un ratito, dit-elle.

John Grady fit un signe de tête. Gracias, dit-il.

L'homme se leva et plia le journal et traversa la cuisine et revint avec un râtelier en bois chargé de couteaux de boucher et de couteaux à désosser et avec une pierre à affûter et posa le tout sur le journal. Au même moment don Héctor apparut sur le seuil de la porte et s'arrêta le regard tourné sur John Grady.

C'était un homme svelte large d'épaules et les cheveux grisonnants et il était grand à la façon des gens du Nord et clair de peau. Il entra dans la cuisine et se présenta et John Grady fit passer son chapeau dans sa main gauche et ils se serrèrent la main.

María, dit l'hacendado. Café por favor.

Il désigna la porte d'un geste de la main la paume tournée vers le haut et John Grady traversa la cuisine et entra dans le couloir. La maison était fraîche et silencieuse et sentait bon la cire et les fleurs. Une horloge de parquet se dressait du côté gauche du couloir. Les poids de cuivre bougeaient derrière la porte vitrée du caisson, le balancier allait et venait doucement. Il jeta un regard derrière lui et le maître sourit et tendit la main vers la porte de la salle à manger. Pásale, dit-il.

Ils s'assirent à une longue table de noyer anglais. Les murs de la pièce étaient tendus de damas bleu et on y voyait des portraits d'hommes et de chevaux. Au fond de la pièce il y avait un buffet en noyer sur lequel étaient rangés des chauffe-plats et des carafes et sur le rebord de la fenêtre quatre chats prenaient le soleil dehors sur la corniche. Don Héctor étendit le bras derrière lui et prit un cendrier en porcelaine sur le buffet et le posa devant eux et tira de sa poche de poitrine un petit étui métallique où étaient rangées des cigarettes anglaises et il l'ouvrit et le tendit à John Grady et John Grady en prit une.

Gracias, dit-il.

Le maître posa l'étui à cigarettes entre eux sur la table et sortit de sa poche un briquet en argent et alluma la cigarette du jeune homme puis la sienne.

Gracias.

L'homme souffla un mince filet de fumée qui reflua lentement le long de la table et il sourit.

Bueno, dit-il. On peut parler anglais.

Como le convenga, dit John Grady.

D'après Armando vous vous y connaissez en chevaux.

J'ai passé pas mal de temps en leur compagnie.

Le maître fumait d'un air songeur. Il semblait attendre qu'on lui en dise davantage. L'homme qui était assis quelques instants plus tôt dans la cuisine occupé à lire le journal entra dans la pièce avec un plateau en argent où il y avait un service à café avec des tasses et un petit pichet à crème et un sucrier ainsi qu'une assiette de biscuits. Il posa le plateau sur la table et attendit et le maître le remercia et il sortit.

Don Héctor disposa lui-même les tasses sur la table et versa le café et désigna le plateau d'un signe de tête. Servez-vous, s'il vous plaît, dit-il.

Merci. Je le prends noir.

Vous êtes du Texas.

Oui m'sieu.

De nouveau, le maître fit un signe de tête approbateur. Il buvait son café à petites gorgées. Il était assis de biais par rapport à la table avec les jambes croisées. Il fléchit le pied dans la botte de veau brun chocolat et se tourna et regarda John Grady et sourit.

Pourquoi êtes-vous venu ici ? dit-il.

John Grady le regarda. Puis il tourna les yeux vers l'extrémité de la table où s'alignaient les ombres assises des chats qui se chauffaient au soleil, semblables à des maquettes de chat et toutes légèrement penchées de côté. Puis il regarda de nouveau le maître.

J'avais sans doute envie de voir le pays. Ou on en avait envie.

Puis-je vous demander quel âge vous avez ?

Seize ans.

Le maître leva les sourcils. Seize ans, dit-il.

Oui m'sieu.

Le maître se remit à sourire. Quand j'avais seize ans je disais aux gens que j'en avais dix-huit.

John Grady but une gorgée de café.

Votre ami aussi a seize ans ?

Dix-sept ans.

Mais c'est vous le chef.

Nous n'avons pas de chef. Nous sommes deux copains c'est tout.

Évidemment.

Il poussa l'assiette devant lui. S'il vous plaît, dit-il. Servez-vous.

Merci. Je viens juste de prendre mon petit déjeuner.

Le maître fit tomber la cendre de sa cigarette dans le cendrier de porcelaine et se pencha en arrière.

Qu'est-ce que vous pensez des juments, dit-il.

Il y a quelques bonnes juments dans ce lot.

Oui. Connaissez-vous un cheval du nom de Three Bars ?

C'est un pur-sang.

Vous connaissez le cheval ?

Je sais qu'il a couru dans le Grand Prix du Brésil. Je pense qu'il venait du Kentucky mais il appartient à un nommé Vail qui est de Douglas dans l'État de l'Arizona.

C'est ça. Le cheval est né au haras de Monterey à Paris dans le Kentucky. L'étalon que j'ai acheté est un demi-frère qui vient de la même jument.

Oui m'sieu. Où est-ce qu'il est ?

En route.

Où ça ?

En route. Il va arriver de Mexico. Le maître sourit. Il faisait la monte.

Vous voulez élever des chevaux de course ?

Non. Je veux élever des quarter horses.

Pour vous en servir ici au ranch ?

Oui.

Vous voulez faire saillir vos juments par cet étalon.

Oui. Qu'est-ce que vous en pensez ?

Je n'en pense rien. J'ai connu pas mal d'éleveurs et quelques-uns qui avaient tout un tas d'expérience mais j'ai constaté qu'ils n'avaient pas tellement d'opinions. Tout ce que je sais c'est qu'on est arrivé à produire quelques bons chevaux de vachers à partir de pur-sang.

C'est exact. Quelle importance accordez-vous à la jument ?

La même qu'à l'étalon. À mon avis.

La plupart des éleveurs se fient plutôt à l'étalon.

Oui m'sieu. C'est vrai.

Le maître sourit. Personnellement je suis d'accord avec vous.

John Grady se pencha et fit tomber la cendre de sa cigarette. Vous n'êtes pas obligé d'être d'accord avec moi.

Non. Ni vous avec moi.

Oui m'sieu.

Parlez-moi des chevaux qui sont là-haut sur le plateau.

Il s'arrêta. Il regarda le chapeau posé sur son genou et passa un doigt le long du pli et releva la tête. J'vous dis rien que vous ne savez déjà.

Le maître souleva la cafetière et remplit les tasses.

Savez-vous ce que c'est qu'un criollo ?

Oui m'sieu. C'est un cheval argentin.

Savez-vous qui était Sam Jones ?

Oui si vous parlez d'un cheval.

Crawford Sykes ?

C'est un autre cheval du vieux Billy Anson. J'ai entendu parler de ce cheval-là toute ma vie.

Mon père achetait des chevaux à M. Anson.

Le vieux Billy et mon grand-père étaient amis. Ils étaient nés à trois jours d'intervalle. C'était le septième fils du comte de Litchfield. Sa femme était une actrice qui jouait sur la scène.

Vous êtes de Christoval ?

De San Angelo. Ou de juste à côté de San Angelo.

Le maître l'examinait avec attention.

Connaissez-vous un livre intitulé *Le Cheval d'Amérique*, de Wallace ?

Oui m'sieu. Je l'ai lu d'un bout à l'autre.

Le maître se renversa sur sa chaise. L'un des chats se leva et s'étira.

Vous êtes venus ici à cheval depuis le Texas.

Oui m'sieu.

Vous et votre ami.

Oui m'sieu.

Rien que vous deux ?

John Grady baissa les yeux sur la table. La maquette de chat s'y déplaçait mince et de guingois entre les formes des autres chats. Il releva la tête. Oui m'sieu, dit-il. Rien que moi et lui.

Le maître acquiesça et écrasa sa cigarette et repoussa sa chaise. Venez, dit-il. Je vais vous montrer des chevaux.

ILS ÉTAIENT assis sur leurs couchettes l'un en face de l'autre penchés en avant les coudes appuyés sur les genoux et les yeux baissés sur leurs mains jointes.

Au bout d'un moment Rawlins parla. Il ne relevait pas les yeux.

C'est une chance pour toi. J'vois pas quelle raison tu pourrais avoir de la laisser échapper.

Si tu ne veux pas que j'accepte j'accepterai pas. Je partirai pas d'ici.

C'est pas comme si tu devais partir loin.

On continuera de travailler ensemble. Pour amener les chevaux et tout le reste.

Rawlins acquiesça. John Grady l'observait.

T'as qu'un mot à dire et je lui dirai non.

T'as aucune raison de faire ça, dit Rawlins. C'est une chance pour toi.

Au matin ils prirent leur petit déjeuner et Rawlins partit travailler dans le corral. Quand il revint à midi le matelas de John Grady était roulé à la tête de sa couchete et ses affaires n'étaient plus là. Rawlins alla au fond du baraquement pour faire un brin de toilette avant le repas de midi.

L'ÉCURIE était construite dans le style anglais avec une façade revêtue de planches d'usine d'un pouce sur quatre et peinte en blanc et surmontée d'une coupole avec une girouette au-dessus. John Grady avait une chambre tout au fond contre la sellerie. De l'autre côté de la travée centrale il y avait un autre cubicule où logeait un vieux palefrenier qui avait travaillé pour le père de Rocha. Quand John Grady traversa l'écurie avec son cheval en main le vieil homme sortit sur le pas de sa porte et regarda le cheval. Puis il baissa les yeux sur les pieds de l'animal. Puis il les releva sur John Grady. Puis il fit demi-tour et rentra dans sa chambre et referma la porte.

Dans l'après-midi pendant qu'il travaillait une des nouvelles juments dans le corral devant l'écurie le vieil homme sortit pour le voir à l'œuvre. John Grady lui dit bonjour et le vieil homme fit un signe de tête et lui retourna ses salutations. Il observait la jument. Il dit qu'elle était trapue. Il dit rechoncha et John Grady ne savait pas ce que ça signifiait et il le demanda au vieil homme et le vieil homme arrondit les bras pour suggérer la forme d'un tonneau et John Grady pensa qu'il voulait dire que la jument était pleine et il dit qu'elle ne l'était pas et le vieil homme haussa les épaules et rentra à l'intérieur.

Quand il ramena la jument dans l'écurie le vieil homme ajustait la sangle de selle sur l'arabe noir. La jeune fille tournait le dos à John Grady. Quand l'ombre de la jument obscurcit la porte de la travée elle se retourna et leva les yeux.

Buenas tardes, dit-il.

Buenas tardes, dit-elle. Elle tendit le bras et glissa les doigts sous la sangle pour s'assurer qu'elle était bien tendue. John Grady s'était arrêté à la porte de la travée. Elle leva les bras et fit passer les rênes par-dessus la tête du cheval et chaussa un étrier et se mit en selle et tourna le cheval et longea la travée et sortit.

Cette nuit-là étendu sur sa couchette il put entendre de la musique qui venait du manoir et ses pensées tandis qu'il cédait au sommeil le ramenaient aux chevaux et à l'immense pays et encore aux chevaux. Des chevaux encore sauvages sur le plateau et qui n'avaient jamais vu un homme à pied et qui ne savaient rien de lui ni de sa vie mais dans l'âme desquels il allait être à jamais présent.

Une semaine plus tard ils partirent pour les montagnes

avec le mozo et deux vachers et quand les vachers furent couchés dans leurs couvertures ils s'assirent lui et Rawlins près du feu à l'extrémité de la mesa pour boire leur café. Rawlins sortit son tabac et John Grady sortit ses cigarettes et lui tendit le paquet. Rawlins rentra son tabac.

Où est-ce que t'en as trouvé des toutes roulées ?

À La Vega.

Il acquiesça. Il prit un tison dans le feu et alluma sa cigarette et John Grady se pencha en avant et alluma la sienne.

Tu dis qu'elle va à un cours à Mexico ?

Oui.

Quel âge a-t-elle ?

Dix-sept ans.

Rawlins acquiesça. À quel genre de cours est-ce qu'elle va ?

J'en sais rien. C'est une école préparatoire ou quelque chose comme ça.

Une école pour snobs.

Oui. Une école pour snobs.

Rawlins tirait sur sa cigarette. Évidemment, dit-il. C'est une fille snob.

Non pas du tout.

Rawlins était assis les jambes croisées, de biais par rapport au feu et adossé à sa selle calée derrière lui. La semelle de sa botte droite avait lâché et pour la faire tenir il avait passé à travers la trépointe des anneaux comme on en met au nez des cochons. Il regarda sa cigarette.

Alors, dit-il. Je t'ai déjà parlé avant mais ça m'étonnerait que tu m'écoutes plus aujourd'hui que l'autre fois.

Oui. Je sais.

Sans doute que ça t'amuse de te faire chialer le soir pour t'endormir.

John Grady ne répondit pas.

Mais cette fille-là il y a des chances qu'elle sorte avec des gars qui ont leur aéroplane personnel et j'te parle même pas des voitures.

T'as sans doute raison.

Je suis content de te l'entendre dire.

Mais ça nous sert pas à grand-chose, pas vrai ?

Rawlins tirait sur sa cigarette. Il resta ainsi pendant un bon moment. Puis il jeta le mégot dans le feu. Je vais me coucher, dit-il.

Oui, dit John Grady. Je crois que c'est une bonne idée.

Ils étendirent leurs couvre-sol et il retira ses bottes et les posa à côté de lui et s'allongea dans ses couvertures. Le feu n'était plus qu'un tas de braises et il était allongé et contemplait les étoiles à la place qui leur était assignée et l'ardente ceinture de matière fusant là-haut sur l'arc de l'obscure voûte et il posa les mains sur le sol de chaque côté de lui et les pressa contre la terre et dans ce baldaquin de noir brûlant sans chaleur il tournait lentement au plein centre du monde qui était là tout entier tendu et frémissant et qui bougeait, énorme chose vivante sous ses mains.

Comment est-ce qu'elle s'appelle ? dit Rawlins dans l'obscurité.

Alejandra. Elle s'appelle Alejandra.

Le dimanche après-midi ils se rendirent à la ville de La Vega sur des chevaux de la nouvelle remonte qu'ils travaillaient. Ils s'étaient fait couper les cheveux au ranch par un esquilador avec des cisailles à tondre les moutons et au-dessus de leur col leur nuque était blanche comme des cicatrices et ils portaient leurs chapeaux rabattus sur le front et ils jetaient des regards de droite et de gauche tout en trottant sur leurs montures comme pour défier le pays alentour ou tout ce qu'il pourrait contenir. Ils lancèrent leurs chevaux sur la route en pariant cinquante cents pour celui qui arriverait le premier et John Grady gagna et ils échangèrent leurs chevaux et il gagna de nouveau sur le cheval de Rawlins. Ils mirent les chevaux au galop et ils les mirent au trot et les chevaux étaient en nage et écumants et s'asseyaient sur la route et frappaient du pied et les paysans qui marchaient le long de la route avec des paniers pleins de choses de leur jardin ou avec des seaux recouverts d'une mousseline se pressaient au bord de la chaussée ou se glissaient à travers les arbustes et les cactus pour regarder avec des yeux ronds les jeunes cavaliers passer sur leurs chevaux et les chevaux baver l'écume et ronger leur mors et les cavaliers s'appeler en criant dans leur langue étrangère et passer dans une sourde fureur qui semblait à peine tenir dans l'espace qu'ils occupaient et laisser intactes pourtant toutes les choses qui s'étaient trouvées sur leur chemin ; la poussière, la lumière du soleil, un oiseau qui chante.

Dans la boutique les chemises pliées tout en haut de la pile sur les rayons gardaient une fois dépliées un carré de teinte plus pâle là où la poussière s'était déposée sur la toile et là où le tissu avait déteint au soleil ou les deux. Ils cherchèrent dans la pile pour en trouver une dont les manches étaient assez longues pour Rawlins, la femme maintenant la manche sur toute la longueur de son bras tendu, serrant les épingles dans sa bouche comme une couturière, s'apprêtant à replier les chemises et à remettre les épingles, hochant la tête sans conviction. Ils emportèrent au fond du magasin des pantalons de toile neufs complètement raides et les essayèrent dans une chambre à coucher où il y avait trois lits et un sol froid en ciment qui avait été autrefois peint en vert. Ils s'assirent sur un lit pour compter leur argent.

Combien valent ces pantalons s'ils coûtent quinze pesos ?

Y a qu'à se souvenir que deux pesos ça fait vingt-cinq cents.

À toi de t'en souvenir. Combien ça fait ?

Un dollar quatre-vingt-sept cents.

Nom de Dieu, dit Rawlins. On est bien lotis. On touche la paye dans cinq jours.

Ils achetèrent des chaussettes et des caleçons et entassèrent le tout sur le comptoir pendant que la femme faisait l'addition. Puis elle enveloppa les vêtements neufs dans deux colis séparés et les attacha avec de la ficelle.

Combien y te reste ? dit John Grady.

Quatre dollars et des poussières.

Achète-toi une paire de bottes.

J'ai pas assez pour avoir le compte.

Je t'avancerai l'appoint.

T'en es bien sûr ?

Oui.

Il faut prévoir un petit fonds de roulement pour la soirée.

Il va nous rester deux dollars. Vas-y.

Et suppose que tu veuilles offrir une limonade à cette mignonne ?

Ça me coûtera dans les quatre cents. Vas-y.

Rawlins manipulait les bottes sans conviction. Il en posa une contre la semelle d'une des siennes, la jambe en avant.

Ces trucs-là sont bien trop petits.

Essaie celles-ci.

Les noires ?

Sûr. Pourquoi pas.

Rawlins enfila les bottes neuves et se mit à marcher de long en large. La femme approuvait en dodelinant de la tête.

Qu'est-ce que t'en penses, dit John Grady.

Elles sont pas mal. Il faut s'habituer à ces talons en biseau.

Montre-nous comment tu danses.

Quoi ?

Danse.

Rawlins regarda la femme puis regarda John Grady. Merde, dit-il, je vais avoir l'air malin.

Allez, fais quelques pas.

Rawlins exécuta une figure de gigue endiablée en martelant les vieilles planches du parquet et s'arrêta le sourire aux lèvres dans la poussière qu'il venait de soulever.

Qué guapo, dit la femme.

John Grady sourit et plongea la main dans sa poche pour chercher son argent.

On a oublié d'acheter des gants, dit Rawlins.

Des gants ?

Oui, des gants. Quand on aura fini de rigoler il faudra bien retourner travailler.

Très juste.

Ces vieilles cordes en sisal m'ont arraché toute la peau des mains.

John Grady regarda ses mains à lui. Il demanda à la femme où étaient les gants et ils en achetèrent une paire pour chacun.

Ils attendirent au comptoir pendant qu'elle les enveloppait. Rawlins baissa les yeux sur ses bottes.

Le vieux a de bonnes cordes toutes soyeuses en

chanvre de Manille dans l'écurie, dit John Grady. Je vais en piquer une pour toi dès que j'aurai une chance.

Des bottes noires, dit Rawlins. Si c'est pas le comble ? J'ai toujours rêvé d'être un brigand de grand chemin.

BIEN QUE la nuit fût déjà fraîche les deux vantaux de la remise étaient ouverts et l'homme qui vendait les billets était assis sur une chaise sur une plate-forme surélevée en planches juste dans l'encadrement de la porte et il lui fallait se pencher en avant dans un geste presque de bienvenue pour prendre les pièces de monnaie des clients et leur tendre leur billet ou vérifier d'un coup d'œil les talons de ceux qui rentraient d'un petit tour dehors. Les murs extérieurs du hangar de torchis s'appuyaient sur des étais qui ne faisaient pas tous partie de la construction initiale et il n'y avait pas de fenêtres et les murs étaient gondolés et fissurés. Des guirlandes d'ampoules électriques étaient accrochées de chaque côté de la salle sur toute sa longueur et les ampoules étaient recouvertes de sacs en papier badigeonnés de peinture et les coups de pinceau apparaissaient en transparence dans la lumière et les rouges et les verts et les bleus étaient sans éclat et semblaient presque se confondre. Le sol avait été balayé mais il restait par terre de petits tas de graines et des brins de paille et au fond de la salle un petit orchestre peinait sur une scène faite de palettes à grain sous un auvent de kiosque improvisé découpé dans de la toile à drap. Le long de la scène entre des feuilles de papier crêpe coloré s'alignaient des lampes posées dans des boîtes de conserve de fruits et elles brûlèrent doucement toute la nuit durant. Les ouvertures des boîtes étaient tendues de feuilles de cellophane teintée et projetaient sur la toile dans les lumières et la fumée un spectacle d'ombres chinoises où se produisaient de grotesques personnages démoniaques tandis qu'un couple de faucons barbus tournait en pépiant dans la pénombre du plafond.

John Grady et Rawlins et un gars du ranch du nom de Roberto restaient plantés devant la porte entre les voitures et les charrettes juste au-delà de la zone éclairée et se passaient de l'un à l'autre une bouteille de médicament d'un demi-litre remplie de mescal. Roberto leva la bouteille vers la lumière.

À las chicas, dit-il.

Il but et leur passa la bouteille. Ils burent. Ils versèrent du sel d'un cornet en papier sur leurs poignets et le léchèrent et Roberto enfonça dans la bouteille un épi de maïs qui tenait lieu de bouchon et cacha la bouteille derrière le pneu d'un camion garé là et ils se passèrent un paquet de chewing-gums.

Listos ? dit-il.

Listos.

Elle dansait avec un grand type qui venait du ranch de San Pablo et elle portait une robe bleue et sa bouche était rouge. Lui et Rawlins et Roberto s'étaient rangés le long du mur avec d'autres jeunes gens et regardaient les danseurs et regardaient au-delà des danseurs de l'autre côté de la salle là où se trouvaient les jeunes filles. Il se déplaçait le long des groupes. Il y avait dans l'air une odeur de paille et de sueur et d'épais effluves d'eau de Cologne. Sous l'auvent l'accordéoniste qui se démenait avec son instrument et frappait les planches à contretemps avec sa botte battit en retraite et le trompette s'avança sur le devant de la scène. Elle regardait par-dessus l'épaule de son cavalier et son regard balaya l'endroit où il se tenait immobile. Ses cheveux noirs étaient maintenus par un ruban bleu et sa nuque était pâle comme de la porcelaine. Au tour suivant elle sourit.

Il ne l'avait jamais touchée et sa main était menue et sa taille si mince et elle le regardait avec une grande sincérité et elle souriait et posait son visage contre son épaule. Ils tournaient sous les lumières. Une longue note de trompette guidait les danseurs sur leurs trajectoires distinctes et confondues. Des papillons au-dessus d'eux tournoyaient entre les lampions et les faucons barbus passaient le long des fils et s'envolaient et retournaient se perdre là-haut dans l'obscurité.

Elle parlait dans un anglais qui était surtout l'anglais des manuels et il retournait chaque phrase dans son esprit pour y trouver le sens qu'il souhaitait y entendre, se les répétant en silence et les questionnant chaque fois de nouveau. Elle dit qu'elle était contente qu'il fût venu.

Je vous avais dit que je viendrais.

Oui.

Ils tournaient, le trompette s'époumonait.

Vous ne pensiez pas que je viendrais ?

Elle rejeta la tête en arrière et le regarda, souriante, les yeux brillants. Al contrario, dit-elle. Je savais que vous viendriez.

Pendant la pause ils allèrent à la buvette et il acheta deux limonades dans des cornets en carton et ils sortirent et firent quelques pas dans l'air nocturne. Ils marchaient le long de la route et il y avait d'autres couples sur la route et ils passaient et leur souhaitaient une bonne soirée. L'air était frais et sentait la terre et le parfum et les chevaux. Elle lui donnait le bras et elle riait et l'appelait mojado-reverso, une créature si rare et si précieuse. Il lui parlait de sa vie. De son grand-père qui était mort et du ranch qui avait été vendu.

Ils s'assirent au bord d'une auge basse en ciment et ses chaussures sur ses genoux et ses pieds nus croisés dans la poussière elle traçait des figures dans l'eau noire avec son doigt. Elle était en pension loin du ranch depuis trois ans. Sa mère habitait Mexico et elle elle rentrait à la maison le dimanche pour déjeuner et quelquefois elles déjeunaient seules en ville elle et sa mère et elles allaient voir une pièce de théâtre ou un ballet. Sa mère trouvait que la vie au domaine était trop solitaire mais bien qu'habitant la ville elle semblait avoir peu d'amis.

Elle se fâche contre moi parce que je veux toujours venir ici. Elle dit que je lui préfère mon père.

Et c'est vrai ?

Elle acquiesça. Oui. Mais ce n'est pas pour ça que je viens. De toute façon, elle dit que je finirai par changer d'avis.

Au sujet d'ici ?

Au sujet de tout.

Elle le regarda et sourit. On y retourne ?

Il regarda vers les lumières. La musique avait repris.

Elle se leva et se pencha avec une main sur son épaule et remit ses chaussures.

Je vais vous présenter à mes amis. Je vais vous présenter à Lucía. Elle est très jolie. Vous verrez.

Je parie qu'elle n'est pas aussi jolie que vous.

Oh la la. Il faut faire attention à ce que vous dites. Et puis ce n'est pas vrai. Elle est plus jolie.

Il rentra seul, avec les effluves de son parfum sur sa chemise. Les chevaux étaient encore à l'attache et attendaient devant l'écurie mais il ne pouvait trouver ni Rawlins ni Roberto. Quand il détacha son cheval les deux autres secouèrent la tête et hennirent doucement pour indiquer qu'ils voulaient s'en aller. Dans la cour les voitures démarraient et il y avait des groupes de gens qui marchaient le long de la route et tenant par la bride le cheval récemment débourré il le conduisit au-delà des lumières et jusqu'à la route avant de monter en selle. À quinze cents mètres de la ville une auto remplie de jeunes gens le dépassa sur la route et ils roulaient vite et d'un mouvement des rênes il rabattit le cheval sur le bas-côté et le cheval fit un écart et se mit à danser dans l'éclat des phares et au moment où ils le dépassaient ils lui crièrent quelque chose et quelqu'un jeta une boîte de bière vide. Le cheval se cabra et plongea et détacha une ruade et il le maintenait sous lui et lui parlait comme s'il ne s'était rien passé du tout et au bout d'un instant ils repartirent. Le tourbillon de poussière soulevé par la voiture s'étalait devant eux le long de l'étroite ligne droite aussi loin qu'il pouvait voir, ondulant doucement à la lueur des étoiles comme une chose énorme montant en spirale des entrailles de la terre. Il estimait que le cheval s'était bien comporté et en chemin il le lui dit.

LE MAÎTRE avait acheté le cheval sans le voir par l'intermédiaire d'un agent lors des ventes de printemps de Lexington et il avait chargé Antonio le frère d'Armando d'aller chercher l'animal et de le ramener. Antonio quitta le ranch dans un camion plateau, un modèle international 1941, auquel était attelée une remorque improvisée en tôle et il était resté deux mois en route. Il était muni de lettres rédigées à la fois en anglais et en espagnol et signées de don Héctor qui indiquaient en quoi consistait sa mission et il emportait avec lui une enveloppe de banque en papier marron fermée avec une ficelle et contenant une grosse somme d'argent en dollars et en pesos ainsi que des effets à vue sur des banques de Houston et de Memphis. Il ne parlait pas anglais et ne savait ni lire ni écrire. Quand il revint l'enveloppe avait disparu ainsi que la lettre en espagnol mais il avait encore la lettre en anglais et elle était divisée en trois morceaux qui correspondaient aux lignes des plis et elle était écornée et tachée de café et d'autres traces de souillures dont quelques-unes étaient sans doute du sang. Il avait été en prison une fois au Kentucky, une fois au Tennessee et trois fois au Texas. Après s'être garé dans la cour il descendit et s'avança d'un pas raide vers la maison et frappa à la porte de la cuisine. María le fit entrer et il resta là avec son chapeau à la main pendant qu'elle allait chercher le maître. Quand le maître entra dans la cuisine ils se serrèrent solennellement la main et le maître s'enquit de sa santé et il lui dit qu'elle était excellente et lui tendit les morceaux de la lettre ainsi qu'une liasse de billets et de reçus provenant de cafés et de stations d'essence et de magasins de fourrage et de prisons et il lui tendit l'argent qui lui restait y compris la petite monnaie qu'il avait dans ses poches et il lui tendit les clés du camion et enfin il lui tendit la facture établie par les douanes mexicaines de Piedras Negras ainsi qu'une longue enveloppe jaune fermée avec un ruban bleu qui contenait les papiers du cheval et le contrat de vente.

Don Héctor entassa les billets et les reçus et les papiers sur le buffet et mit les clés dans sa poche. Il demanda si le camion avait donné satisfaction.

Sí, dit Antonio. Es una troca muy fuerte.

Bueno, dit le maître. Y el caballo ?

Está un poco cansado de su viaje, pero es muy bonito.

Et il l'était. Sa robe était châtain sombre et il mesurait

seize paumes au garrot et pesait environ quatorze cents livres et il était bien musclé et fortement charpenté pour sa race. Quand on le ramena du Distrito Federal dans la même remorque la troisième semaine de mai et que John Grady et le señor Rocha allèrent l'examiner dans l'écurie John Grady se contenta d'ouvrir la porte de la stalle et entra et s'approcha du cheval et se pencha contre lui et se mit à le frotter et à lui parler doucement en espagnol. Le maître s'abstint de dire quoi que ce fût sur le cheval. John Grady fit le tour de l'animal en lui parlant. Il souleva le sabot d'un antérieur et l'examina.

Est-ce que vous l'avez monté ? dit-il.

Mais bien entendu.

J'aimerais le monter. Con su permiso.

Le maître acquiesça. D'accord, dit-il. Bien entendu.

Il sortit de la stalle et referma la porte et ils restèrent un instant les yeux fixés sur l'étalon.

Le gusta ? dit le maître.

John Grady fit un signe de tête approbateur. Ça c'est un fameux cheval, dit-il.

Dans les jours qui suivirent le maître prit l'habitude de venir dans le corral où ils avaient rassemblé le troupeau de chevaux et ils en faisaient le tour lui et John Grady en passant d'une jument à une autre et John Grady donnait son avis et le maître réfléchissait et s'écartait d'une certaine distance et se retournait pour regarder et hochait la tête et se remettait à réfléchir puis repartait les yeux baissés sur le sol vers un nouveau point d'observation et relevait les yeux pour regarder la jument sous un autre angle, prêt à voir en elle une autre jument s'il la trouvait changée. Lorsqu'il ne pouvait déceler aucune qualité d'aplomb ni de conformation qui justifiât la confiance de son jeune éleveur, John Grady se soumettait volontiers à son jugement. Mais il y avait un argument qui plaidait en faveur de toutes les juments et qui reposait sur ce qu'ils en étaient venus à appeler la única cosa et cette chose unique – qui pouvait les absoudre de tout vice hormis le plus rédhibitoire – c'était le sens du bétail. Car il avait débourré les juments qui semblaient les plus prometteuses comme animaux de selle et il les conduisait dans la campagne par les prairies des bas-fonds où les vaches et les veaux étaient au pâturage dans l'herbe luxuriante le long des marécages et il leur montrait les vaches et les laissait aller et venir de l'une à l'autre. Et il y avait dans le troupeau des juments qui prenaient un grand intérêt pour ce qu'elles voyaient et quelques-unes quand leur cavalier les ramenait des pâturages jetaient un regard en arrière pour voir encore une fois les vaches. Il affirmait que l'éleveur peut développer chez le cheval le sens de la vache par croisement et sélection. Le maître en était moins certain. Mais il y avait deux choses sur lesquelles ils étaient absolument d'accord et qui n'étaient jamais discutées et c'était que Dieu avait envoyé les chevaux sur terre pour travailler le bétail et qu'hormis le bétail il n'était point de richesse digne d'un homme.

Ils logeaient l'étalon dans une écurie à l'écart des juments chez le régisseur et quand les juments entrèrent en chaleur lui et Antonio s'occupèrent des saillies. Ils menèrent les juments à la saillie presque chaque jour pendant trois semaines et parfois deux fois par jour et Antonio traitait l'étalon avec une grande déférence et un grand amour et il l'appelait caballo padre et comme John Grady il parlait au cheval et lui faisait souvent des promesses et il ne lui mentait jamais. Le cheval l'entendait venir et commençait à bouger dans la paille sur ses postérieurs et Antonio s'attardait un moment pour parler au cheval et lui décrire à mi-voix les juments. Jamais il n'accouplait le cheval deux jours de suite à la même heure et de connivence avec John Grady il disait au maître que le cheval avait besoin d'être monté pour rester docile. Parce que John Grady aimait monter ce cheval. À vrai dire il aimait qu'on le voie monter ce cheval. À vrai dire il aimait qu'elle le voie monter ce cheval.

Il allait à la cuisine dans le noir pour prendre son café et il sellait le cheval à la pointe du jour quand seules les petites colombes du désert commençaient à se réveiller dans le verger et quand l'air était encore vif et frais et ils sortaient de biais de l'écurie lui et l'étalon avec l'animal qui cabriolait et frappait le sol et arquait l'encolure. Ils allaient le long de la route des bas-fonds et prenaient au bord des marécages tandis que le soleil montait dans le ciel et ils débusquaient des nuées de canards tapis dans les creux ou des oies ou des harles qui s'envolaient en battant des ailes et en dispersant la brume au-dessus des eaux et devenaient là-haut des oiseaux d'or pur dans un soleil pas encore visible du fond de la cuvette.

Ils allaient parfois lui et le cheval jusqu'à la rive la plus éloignée du lac avant que le cheval ne cesse seulement de trembler et il lui parlait tout le temps en espagnol avec des phrases presque bibliques où se répétaient sans cesse les préceptes d'une loi encore non écrite. Soy comandante de las yequas, yo y yo sólo. Je suis le chef des juments, moi et moi seul, disait-il. Sin la caridad de estas manos no tengas nada. Ni comida ni agua ni hijos. Soy yo que traigo las yeguas de las montañas, las yeguas jóvenes, las yeguas salvajes y ardientes. Sans la charité de ces mains tu ne peux rien avoir. Ni nourriture ni eau ni descendants. C'est moi qui amène les juments des montagnes, les jeunes juments, les juments sauvages et ardentes. Tandis que sous la voûte des côtes entre ses genoux battait par la volonté de qui le cœur enveloppé de viande violette et palpitait le sang et bougeaient par la volonté de qui les entrailles dans leurs massives circonvolutions bleues et se tendaient et ployaient se tendaient et ployaient sur leurs articulations par la volonté de qui les os puissants des cuisses et le genou et le canon et les tendons semblables à des haussières de chanvre et tout cela capitonné et noyé dans la chair avec les sabots creusant des puits dans la brume matinale collée au sol et la tête qui tournait d'un côté puis de l'autre et le large l'écumant clavier de ses dents et les globes brûlants de ses yeux où flambait le monde.

Il y avait des moments en ces premières heures matinales à la cuisine quand il était de retour au manoir pour prendre son petit déjeuner et que María vaquait à ses tâches, enfournant du bois dans l'énorme cuisinière à garnitures de nickel et roulant la pâte sur le revêtement de marbre, où il lui arrivait de l'entendre chanter quelque part dans la maison ou de sentir le plus fugace effluve d'un parfum de jacinthe comme si elle venait de traverser le couloir. Les matins où Carlos faisait office de boucher il remontait l'allée au milieu d'un grand rassemblement de chats tous assis sur les carreaux à l'ombre de la pergola chacun à sa place attitrée et il en prenait un et le caressait, posté devant la grille du patio derrière laquelle il l'avait vue un jour cueillir des citrons verts et il restait un long moment le chat dans la main puis il le laissait sauter sur les carreaux et retourner aussitôt à la place d'où il l'avait enlevé et il rentrait dans la cuisine et retirait son chapeau. Certains jours elle montait dans la matinée et il savait qu'elle était seule dans la salle à manger de l'autre côté du couloir et Carlos lui apportait son petit déjeuner sur un plateau avec du café et des fruits et un jour qu'il était à cheval dans les collines basses du côté du nord il l'aperçut en bas sur la route des marais deux miles plus loin et il la vit chevaucher parmi les bosquets au-dessus des marais et un jour il la rencontra qui menait le cheval par la bride entre les joncs dans les combes le long des berges du lac ses jupes relevées au-dessus du genou tandis que les merles à ailes rouges tournoyaient, s'attardant parfois et se penchant pour cueillir des lunes d'eau avec le cheval noir debout dans le lac derrière elle patient comme un chien.

Il ne lui avait pas parlé depuis la soirée du bal à La Vega. Elle était partie pour Mexico avec son père et son père était rentré seul. Il n'y avait personne à qui demander de ses nouvelles. Il avait pris l'habitude de monter l'étalon à cru, se débarrassant de ses bottes d'un coup de pied et l'enfourchant sans attendre qu'Antonio lâche la jument frémissante qu'il tenait encore par le tord-nez, la jument debout les membres écartés et la tête baissée, aspirant l'air et l'exhalant dans un tourbillon. Sortant de l'écurie avec ses talons nus sous le ventre bombé du cheval et le cheval écumant et la robe trempée et comme fou et martelant la route des marais il montait avec un hackamore de corde pour tout harnachement avec la sueur sur lui du cheval et l'odeur de la jument et les veines palpitant sous le cuir humide et penché sur l'encolure du cheval il lui disait des paroles tendres et obscènes. Tel il était le soir où il la croisa par hasard alors qu'elle rentrait montée sur l'arabe noir par la route des marais.

Il retint le cheval et le cheval s'arrêta tremblant et piaffant, balançant d'un côté puis de l'autre sa tête baignée d'écume. Elle restait en selle. Il retira son chapeau et passa sa manche de chemise sur son front et fit signe à la jeune fille d'avancer et remit son chapeau et fit sortir le cheval de la route et prit à travers les roseaux et se tourna pour la regarder passer. Elle poussa son cheval en avant et continua et au moment où elle arrivait à sa hauteur il toucha le bord de son chapeau avec son index et fit un signe de tête et il pensait qu'elle allait continuer mais il n'en fut rien. Elle s'arrêta et tourna vers lui son large visage. Les écheveaux de lumière chatoyant sur l'eau miroitaient sur le cuir noir du cheval. Pareil à un brigand sur l'étalon en sueur il restait immobile sous son regard fixe. Elle attendait qu'il parle et plus tard il essaierait de se souvenir de ce qu'il avait dit. Il savait seulement que ça l'avait fait sourire ce qui n'avait pas été son intention. Elle détourna la tête et regarda au loin de l'autre côté du lac vers les jeux de lumière du soleil déclinant puis elle les regarda de nouveau lui et le cheval.

Je veux le monter, dit-elle.

Comment ?

Je veux le monter.

Elle le regardait droit dans les yeux par-dessous le bord noir du chapeau.

Il laissa son regard errer sur les roseaux qui ondulaient un peu plus loin au vent du lac comme s'il y avait eu quelque chose de ce côté-là qui pût lui venir en aide. Puis il la regarda.

Quand ? dit-il.

Quand ?

Quand est-ce que vous voulez le monter ?

Tout de suite. Je veux le monter tout de suite.

Il regarda le cheval comme s'il était surpris de le voir là.

Il est pas sellé.

Oui, dit-elle. Je le sais.

Il pressa le cheval entre ses talons tout en tirant sur les rênes du hackamore pour montrer comme le cheval était fantasque et difficile mais le cheval se tint coi.

Je ne sais pas si le patrón voudrait que vous le montiez. Votre père.

Elle lui sourit d'un sourire compatissant dans lequel il n'y avait pas de compassion. Elle mit pied à terre et fit passer les rênes par-dessus la tête du cheval noir et se retourna et resta un instant les yeux fixés sur John Grady avec les rênes derrière son dos.

Descendez, dit-elle.

Vous êtes vraiment décidée ?

Oui. Dépêchez-vous.

Il se laissa glisser à terre. Les jambes de son pantalon étaient brûlantes et moites en dedans.

Qu'est-ce que vous allez faire de votre cheval ?

Je veux que vous le rameniez à l'écurie à ma place.

Quelqu'un va me voir depuis la maison.

Ramenez-le à Armando.

Vous allez me faire avoir des ennuis.

Vous en avez déjà.

Elle se retourna et accrocha les rênes au pommeau de la selle et fit quelques pas en avant et lui prit des mains les rênes du hackamore et les leva et se tourna et posa une main sur son épaule. Il sentit son cœur battre plus vite. Il se pencha et joignit les doigts pour lui faire un étrier et elle posa la semelle de sa botte dans ses mains et il la souleva et elle sauta sur le dos de l'étalon et baissa les yeux sur lui puis elle lança le cheval en avant d'une pression de ses bottes et partit au galop le long de la rive du lac et disparut.

Il revint au pas monté sur l'arabe. À l'horizon le soleil déclinait lentement. Il pensait qu'elle allait peut-être le rattraper pour qu'ils échangent leurs montures mais elle ne le rejoignait pas et dans le rouge crépuscule il passa devant la maison d'Armando avec le cheval noir conduit par la bride et le ramena à l'écurie derrière la maison et enleva la bride et défit les sangles et le laissa dans la travée encore sellé et attaché à la barre d'attache avec une longe. Il n'y avait pas de lumière dans la maison et il crut qu'il n'y avait peut-être personne mais en redescendant l'allée principale et en passant devant le manoir il vit la lumière s'allumer dans la cuisine. Il pressa le pas. Il entendit la porte s'ouvrir derrière lui mais il ne se retourna pas pour voir qui ce pouvait être et qui que ce fût personne ne lui dit rien, personne ne l'appela.

La dernière fois qu'il la vit avant qu'elle ne reparte pour Mexico elle revenait des montagnes très majestueuse et droite sur son cheval, en avant d'un orage qui se préparait au nord où s'amoncelait la masse des nuages noirs. Elle allait avec son chapeau enfoncé sur son front et maintenu par une jugulaire nouée sous le menton et à chaque foulée sa noire chevelure tressautait et tourbillonnait sur ses épaules et les éclairs fusaient sans bruit à travers les nuages noirs derrière elle et elle allait apparemment sans se rendre compte de rien, descendant à travers les basses collines tandis que le vent apportait les premières rafales de pluie et débouchant sur les prairies d'en haut et continuant passé les pâles étangs bordés de roseaux toujours droite et majestueuse sur son cheval jusqu'à ce que la pluie l'ayant rejointe eût effacé sa silhouette dans ce farouche paysage d'été ; vrai cheval, vraie terre et vrai ciel et rêve malgré tout.

LA DUEÑA ALFONSA était à la fois la grand-tante et la marraine de la jeune fille et sa présence au domaine la rattachait à l'ancien continent et l'auréolait d'ancienneté et de tradition. À l'exception des antiques volumes à reliure de cuir les livres de la bibliothèque étaient ses livres et le piano était son piano. Le vieux stéréoscope du salon et la paire jumelle de fusils Greener qui se trouvait dans l'armoire italienne de la chambre de don Héctor avaient appartenu à son frère et c'était elle que l'on voyait au côté de son frère sur les photos prises devant les cathédrales des capitales européennes, elle et sa belle-sœur en tenues d'été blanches, son frère en costume trois-pièces avec une cravate et coiffé d'un panama. Sa moustache sombre. Ses sombres yeux espagnols. Un maintien de grand seigneur. Dans le salon, le plus ancien des nombreux portraits à l'huile, avec sa patine assombrie fendue comme l'émail d'une antique porcelaine, était celui de son grand-père et avait été exécuté à Tolède en 1797. Le plus récent était le sien et la montrait de plain-pied en robe d'apparat à l'occasion de son quinzième anniversaire à Rosario en 1892.

John Grady ne l'avait jamais vue. Peut-être une silhouette aperçue pendant qu'elle traversait la cour. Il ne savait pas qu'elle était au courant de son existence, jusqu'au jour où une semaine après le retour de la jeune fille à Mexico il fut invité à venir au manoir dans la soirée pour jouer aux échecs. Quand il arriva à la cuisine vêtu de la chemise neuve et du pantalon de toile neuf María n'avait pas fini de faire la vaisselle du souper. Elle se retourna et l'examina planté là comme il était avec son chapeau à la main. Bueno, dit-elle. Te espera.

Il la remercia et traversa la cuisine et longea le couloir et s'arrêta sur le seuil de la salle à manger. Elle se leva de la table derrière laquelle elle était assise. Elle inclina très légèrement la tête. Bonsoir, dit-elle. Entrez, je vous en prie. Je suis señorita Alfonsa.

Elle était vêtue d'une jupe gris foncé et d'une blouse plissée blanche et ses cheveux gris étaient noués derrière sa tête et elle avait l'air de l'institutrice qu'elle avait en fait été jadis. Elle parlait avec un accent britannique. Elle tendit une main et il allait faire un pas en avant pour la saisir quand il comprit qu'elle désignait la chaise qui se trouvait à sa droite.

B'soir, madame, dit-il. Je suis John Grady Cole.

Je vous en prie, dit-elle. Asseyez-vous. Je suis heureuse que vous soyez venu.

Merci m'dame.

Il tira la chaise en arrière et s'assit et posa son chapeau sur la chaise à côté de lui et regarda l'échiquier. Elle pressa les pouces contre le bord et poussa doucement l'échiquier vers lui. L'échiquier était taillé dans des blocs de noyer circassien et d'érable moucheté avec une bordure incrustée de nacre et les pièces étaient d'ivoire ciselé et de corne noire.

Mon neveu refuse de jouer, dit-elle. Je le bats à plate couture. C'est bien comme ça qu'il faut dire, à plate couture ?

Oui m'dame. Je crois que oui.

Comme lui elle était gauchère ; en tout cas elle jouait aux échecs de la main gauche. Il lui manquait les deux derniers doigts de la main et pourtant la partie était déjà largement entamée quand il s'en aperçut. Quand il prit sa reine elle s'avoua enfin vaincue et elle lui adressa ses compliments avec un sourire et elle désigna l'échiquier d'un geste empreint d'impatience. La seconde manche était déjà bien avancée et il lui avait pris ses deux cavaliers et un fou quand elle joua deux coups de suite qui lui donnèrent à réfléchir. Il examina l'échiquier. L'idée lui vint qu'elle se demandait peut-être s'il allait abandonner et il comprit qu'il y avait peut-être déjà songé et il fut certain qu'elle y avait pensé avant lui. Il se renversa sur sa chaise et examina l'échiquier. Elle l'observait. Puis il se pencha en avant et déplaça son fou et la mit mat en quatre coups.

C'était stupide de ma part, dit-elle. Le cavalier de la reine. C'était une gaffe. Vous jouez très bien.

Oui m'dame. Vous aussi vous jouez bien.

Elle releva la manche de sa blouse pour regarder une petite montre-bracelet en argent. John Grady se taisait. Il y avait deux heures qu'il aurait dû être couché.

Encore une partie ? dit-elle.

Oui m'dame.

Elle fit une ouverture qu'il n'avait encore jamais vue. Il finit par perdre sa reine et reconnut sa défaite. Elle sourit et leva les yeux sur lui. Carlos était entré avec le plateau du thé et il le posa sur la table et elle écarta l'échiquier et tira le plateau vers elle et disposa les tasses et les soucoupes. Il y avait des tranches de cake sur une assiette et une assiette de biscuits et plusieurs sortes de fromages et un petit bol de sauce brune avec une cuillère en argent.

Prenez-vous de la crème ? dit-elle.

Non m'dame.

Elle acquiesça. Elle versa le thé.

Je ne pourrai plus me servir de cette ouverture avec autant de succès, dit-elle.

Je ne l'avais jamais vue.

Oui. Elle a été inventée par le maître irlandais Pollock. Il l'appelait l'Ouverture Personnelle du roi. J'avais peur que vous ne la connaissiez.

Je voudrais bien la voir encore une fois.

Oui. Naturellement.

Elle poussa entre eux le plateau. S'il vous plaît, dit-elle. Servez-vous.

Il vaut mieux pas. Je ferai de drôles de rêves si je mange si tard.

Elle sourit. Elle dépliait une petite serviette en lin qu'elle avait prise sur le plateau.

J'ai toujours fait des rêves bizarres. Mais je crains qu'ils n'aient aucun rapport avec le menu de mon souper.

Oui m'dame.

Ils ont une longue vie, les rêves. Aujourd'hui encore je fais des rêves que je faisais quand j'étais jeune fille. Ils ont une curieuse pérennité pour quelque chose qui n'est pas tout à fait réel.

Vous croyez qu'ils signifient quelque chose ?

Elle paraissait surprise. Oh oui, dit-elle. Pas vous ?

Eh bien. Je me demande. Ils sont dans notre tête.

Elle se remit à sourire. Je ne crois pas que ce soit aussi rédhibitoire pour moi que pour vous. Où avez-vous appris à jouer aux échecs ?

C'est mon père qui m'a appris.

Ce doit être un excellent joueur.

C'est sans doute le meilleur que j'ai jamais vu.

Pouviez-vous le battre ?

Quelquefois. Il a fait la guerre et quand il est revenu j'étais arrivé au point où je pouvais le battre mais je crois qu'il n'y mettait plus tout son cœur. Il ne joue plus du tout à présent.

C'est dommage.

Oui m'dame. C'est vrai.

Elle remplit à nouveau leurs tasses.

J'ai perdu mes doigts dans un accident de chasse, dit-elle. La chasse aux pigeons vivants. Le canon droit a explosé. J'avais dix-sept ans. L'âge d'Alejandra. Ce n'est pas une raison pour se sentir gêné. Les gens sont bizarres. C'est pourtant bien naturel. Je parie que la cicatrice que vous avez sur la joue vous la devez à un cheval.

Oui m'dame. C'était ma faute.

Elle l'observait, non sans sympathie. Elle sourit. Les cicatrices ont l'étrange pouvoir de nous rappeler que notre passé est réel. Les événements qui les ont causées ne peuvent jamais être oubliés, n'est-ce pas ?

Non m'dame.

Alejandra va passer deux semaines à Mexico avec sa mère. Ensuite elle va revenir ici pour l'été.

Il avalait sa salive.

Quoi que mon apparence puisse donner à penser, je ne suis pas quelqu'un de particulièrement vieux jeu. Nous vivons ici dans un très petit monde. Un monde clos. Entre Alejandra et moi il y a de fortes divergences. Très fortes même. Par bien des côtés elle est comme j'étais à cet âge-là et j'ai parfois l'impression de lutter avec celle que j'étais autrefois. J'étais une enfant malheureuse pour des raisons qui n'ont plus d'importance aujourd'hui. Mais ce qui nous unit, ma nièce et moi…

Elle s'interrompit. Elle poussa la tasse et la soucoupe un peu plus loin. Le bois encaustiqué de la table gardait les contours arrondis de la buée là où elles étaient posées l'instant d'avant et la trace s'estompait depuis les bords vers l'intérieur et disparaissait. Elle leva les yeux.

Je n'avais personne pour me conseiller, voyez-vous. De toute façon je n'aurais peut-être pas écouté. J'ai grandi dans un monde d'hommes. Je croyais que cela m'avait préparée à vivre dans un monde d'hommes mais je me trompais. J'ai été rebelle moi aussi et c'est un trait que je peux reconnaître chez les autres. Mais je crois que je n'avais aucune envie de détruire quoi que ce soit. Ou peut-être seulement les choses qui voulaient me détruire moi. Les noms des entités qui ont le pouvoir de nous contraindre varient avec le temps. Les conventions et l'autorité sont remplacées par l'infirmité. Mais mon attitude envers elles n'a pas changé. Pas changé du tout.

Vous voyez que je ne peux me défendre d'une certaine complicité avec Alejandra. Même dans ce qu'elle a de pire. Mais je n'accepte pas qu'elle soit malheureuse. Je n'accepterai pas qu'on puisse en dire du mal. Ou qu'elle puisse être l'objet de rumeurs. Je sais ce que c'est. Elle s'imagine qu'il suffit de détourner la tête et de tout ignorer. Dans un monde idéal les bavardages des oisifs seraient sans conséquence. Mais j'ai vu les conséquences dans le monde réel et c'est vrai qu'elles peuvent être très graves. Il peut y avoir des conséquences si graves qu'elles n'excluent pas l'effusion de sang. Qu'elles n'excluent pas la mort. J'ai vu cela dans ma propre famille. Ce qu'Alejandra veut ignorer parce qu'elle n'y voit qu'une question d'apparence ou qu'un usage passé de mode…

Elle fit de sa main estropiée un brusque mouvement qui était à la fois une rebuffade et une conclusion. Puis elle reposa ses mains et le regarda.

Bien que vous soyez plus jeune qu'elle il n'est pas convenable qu'on vous voie ensemble vous promener à cheval dans la campagne sans surveillance. Depuis que j'en ai été avertie je me demande si je dois en parler à Alejandra et j'ai décidé que non.

Elle se renversa sur sa chaise. Il pouvait entendre le tic-tac de la pendule dans le couloir. Aucun bruit ne parvenait de la cuisine. Elle restait assise et l'observait.

Qu'est-ce que vous voulez que je fasse ?

Je veux que vous ayez des égards pour la réputation d'une jeune fille.

Je n'ai jamais eu l'intention de pas en avoir.

Elle sourit. Je vous crois, dit-elle. Mais vous devez comprendre. Ici c'est un autre pays. Ici la réputation d'une femme est tout ce qu'elle possède.

Oui m'dame.

Il n'y a pas de pardon, voyez-vous.

M'dame ?

Il n'y a pas de pardon. Pour les femmes. Un homme peut perdre son honneur et le regagner. Mais une femme ne le peut pas. Elle ne le peut pas.

Ils se turent. Elle l'observait. Du bout de ses quatre doigts il tambourinait sur la calotte de son chapeau posé sur la chaise. Il leva les yeux.

Tout ce que j'ai à dire c'est que ça ne me paraît pas juste.

Juste ? dit-elle. Ah oui. Allons donc.

Elle leva une main comme si elle venait de se souvenir de quelque chose qu'elle eût égaré. Non, dit-elle. Non. Il ne s'agit pas de savoir si c'est juste. Vous devez le comprendre. Il s'agit de savoir qui décide. Et en l'occurrence c'est moi qui décide. C'est à moi de décider.

Du couloir leur parvenait le tic-tac de l'horloge. Elle l'observait. Il prit son chapeau.

Bon. Tout ce que j'ai à dire c'est que c'était pas la peine de m'inviter rien que pour me dire ça.

Vous avez tout à fait raison, dit-elle. C'est bien pour cela que j'ai failli ne pas vous inviter.

DU HAUT DU PLATEAU ils contemplaient un orage qui progressait vers le nord. Une lumière tourmentée au soleil couchant. Au fond de la savane du désert au-dessous d'eux les formes jade sombre des lagunillas comme des trouées donnant sur un autre ciel. À l'ouest les bandes lamellaires de couleur perdant leur sang sous les nuages ouvragés. Un brusque encapuchonnement de la terre dans les tons violets.

Ils étaient assis en tailleur sur un sol qui frémissait sous les coups de tonnerre et ils entretenaient leur feu avec les restes d'une ancienne clôture. Des oiseaux descendaient de la mi-obscurité des hautes terres et viraient en arrivant au bord du plateau et la foudre au nord se dressait à la verticale le long des corniches comme une mandragore qui brûle.

Qu'est-ce qu'elle a dit d'autre ? dit Rawlins.

C'est à peu près tout.

Tu crois qu'elle parlait pour Rocha ?

J'crois pas qu'elle parle pour personne d'autre qu'elle.

Elle croit que t'as des vues sur la fille.

J'ai des vues sur la fille.

Et tu as des vues sur le ranch ?

John Grady contemplait le feu. J'en sais rien, dit-il. J'y ai pas pensé.

Bien sûr que non, dit Rawlins.

Il regarda Rawlins puis de nouveau dans les flammes.

Quand est-ce qu'elle revient ?

À peu près dans une semaine.

J'vois pas ce qui peut te faire croire que tu l'intéresses tellement.

John Grady acquiesça. Moi si. Je peux lui parler.

Les premières gouttes de pluie sifflaient dans le feu. Il regarda Rawlins.

Tu regrettes pas d'être venu ici, hein ?

Pas encore.

Il acquiesça. Rawlins se leva.

Tu veux attraper le poisson ou tu veux te faire tremper en attendant que ça morde ?

Je l'attraperai.

Compris.

Ils s'abritaient sous leurs cirés. Ils parlaient la bouche dans leurs capuchons comme s'ils s'adressaient à la nuit.

Je sais que le patron t'aime bien, dit Rawlins. Mais ça veut pas dire qu'il va rester les bras croisés pendant que tu fais la cour à sa fille.

Oui, je sais.

J'crois pas que t'as beaucoup d'atouts dans ton jeu.

Oui.

Tout ce que je vois c'est que tu vas nous faire flanquer dehors et qu'on sera forcés de déguerpir.

Ils contemplaient le feu. Le fil de fer qui s'était détaché des piquets consumés de la clôture se tordait sur le sol en d'informes sinuosités et il en restait des boucles qui palpitaient chauffées au rouge enfoncées dans les braises. Les chevaux s'étaient approchés du fond de l'obscurité et restaient sous l'averse à la limite de la zone éclairée sombres et lisses leurs yeux rouges brûlant dans la nuit.

Tu m'as pas encore dit ce que tu lui as répondu, dit Rawlins.

Je lui ai dit que je ferais tout ce qu'elle demandait.

Qu'est-ce qu'elle demandait ?

Je n'en suis pas sûr.

Ils restaient immobiles les yeux fixés sur le feu.

T'as donné ta parole ? dit Rawlins.

J'en sais rien. J'sais pas si je l'ai donnée ou non.

C'est l'un ou l'autre. Tu l'as donnée oui ou non ?

C'est ce que j'aurais pensé. Mais j'en sais rien.

CINQ NUITS plus tard il dormait sur sa couchette dans l'écurie quand il entendit frapper à la porte. Il se redressa. Il y avait quelqu'un dehors devant la porte. Il pouvait voir une lumière à travers les interstices des planches.

Momento, dit-il.

Il se leva et enfila son pantalon dans l'obscurité et ouvrit la porte. Elle était debout dans la travée de l'écurie une lampe électrique à la main le faisceau lumineux pointé vers le sol.

Il chuchota ; Qu'est-ce qui se passe ?

C'est moi.

Elle leva la lampe comme pour confirmer la vérité de ces paroles. Il ne trouvait rien à dire.

Quelle heure est-il ?

Je ne sais pas. À peu près onze heures.

Il jeta un coup d'œil vers la porte du palefrenier de l'autre côté de l'étroit couloir.

On va réveiller Estéban, dit-il.

Alors faites-moi entrer.

Il fit un pas en arrière et elle passa près de lui tout entière dans le froissement de ses vêtements et la riche parure de ses cheveux et de son parfum. Il tira la porte et poussa la clenche de bois avec la paume de sa main et se retourna et la regarda.

Il vaut mieux que je n'allume pas, dit-il.

Ça ne fait rien. De toute façon le générateur est coupé. Qu'est-ce qu'elle vous a dit ?

Elle vous a sans doute dit ce qu'elle m'avait dit.

Évidemment qu'elle me l'a dit. Qu'est-ce qu'elle a dit ?

Voulez-vous vous asseoir ?

Elle se retourna et s'assit de biais sur le lit un pied ramené au-dessous d'elle. Elle avait posé sur le lit la lampe électrique allumée mais elle la poussa sous la couverture d'où une lueur diffuse se répandit dans la pièce.

Elle ne veut pas qu'on me voie avec vous. Dans la campagne.

Armando lui a dit que vous étiez rentré avec mon cheval.

Je le sais.

Je ne veux pas être traitée de cette façon-là, dit-elle.

Elle semblait étrange et théâtrale dans cette lumière. Elle passa une main sur la couverture comme pour balayer quelque chose d'un geste. Elle leva les yeux sur lui et son visage était pâle et austère dans la lumière qui l'éclairait d'en bas et ses yeux sauf l'éclat qui en émanait disparaissaient dans leurs orbites auréolées d'ombre noire et il pouvait voir sa gorge se soulever dans la lumière et il voyait dans son visage et sa silhouette quelque chose qu'il n'avait encore jamais vu et le nom de cette chose était la tristesse.

Je croyais que vous étiez mon ami, dit-elle.

Dites-moi ce que je dois faire, dit-il. Je ferai tout ce que vous direz.

L'humidité de la nuit retenait la poussière sur la route des marais et ils allaient au pas jambe à jambe sur leurs chevaux, montant à cru et les conduisant avec des hackamores. Menant les chevaux pour franchir la barrière et arrivant à la route avec les chevaux en main et enfourchant leurs montures et chevauchant jambe à jambe sur la route des marais avec la lune à l'ouest et des chiens qui aboyaient là-bas du côté des laineries et les lévriers qui leur répondaient depuis leurs cages et lui sautant à terre pour refermer la barrière et faisant demi-tour et tendant ses mains jointes pour lui servir de montoir et la hisser sur le dos nu du cheval noir puis détachant l'étalon de la barrière et posant un pied sur la traverse et l'enfourchant d'un seul coup et tournant le cheval et tous deux chevauchant jambe à jambe sur la route des marais avec la lune à l'ouest comme une lune de toile blanche accrochée à des fils et les chiens qui aboyaient.

Parfois ils restaient dans la campagne jusqu'au point du jour ou presque et il ramenait l'étalon dans son box et il allait au manoir pour prendre son petit déjeuner et une heure plus tard il retrouvait Antonio à l'écurie et il passait devant la maison du régisseur pour aller dans le corral où attendaient les juments.

Ils allaient la nuit le long du plateau qui se trouvait à l'ouest à deux heures de cheval du ranch et parfois il faisait un feu et ils pouvaient voir au portail de la propriété les lanternes à pétrole qui semblaient flotter loin au-dessous d'eux dans un bief d'ombre et parfois la lumière semblait se déplacer comme si le monde là-bas avait tourné sur un autre centre et ils voyaient les étoiles tomber vers la terre par centaines et elle lui parlait de la famille de son père et de l'histoire du Mexique. Sur le chemin du retour ils conduisaient dans le lac les chevaux tenus en main et les chevaux restaient debout et buvaient avec l'eau qui leur venait jusqu'à la poitrine et là où ils buvaient les étoiles dans le lac tressautaient et chaviraient et soubresautaient et s'il pleuvait dans les montagnes l'air devenait compact et la nuit plus chaude et une nuit il la laissa et continua à cheval au bord du lac à travers les roseaux et les saules et se laissa glisser de l'échine du cheval et retira ses bottes et ses vêtements et il entra dans le lac où la lune se dérobait devant lui tandis que les canards nasillaient un peu plus loin dans l'obscurité. L'eau était noire et chaude et il s'allongea sur le dos dans l'eau du lac et il étendit les bras dans l'eau et l'eau était tellement sombre et tellement soyeuse et il regarda par-dessus l'immobile surface noire là où elle était sur la rive avec le cheval et il regarda là où elle sortait de la flaque de ses vêtements, si pâle, si pâle, comme une chrysalide qui émerge, et elle pénétra dans l'eau.

Elle s'arrêta à mi-chemin pour regarder en arrière. Restant là debout et tremblante dans l'eau et pas à cause du froid car il ne faisait pas froid. Ne lui parle pas. Ne l'appelle pas. Quand elle fut près de lui il tendit sa main et elle la saisit. Elle était si pâle dans l'eau du lac qu'on eût dit une flamme qui brûle. Comme une phosphorescence de bois mort en forêt la nuit. Une flamme froide. Comme la lune qui brûle froid. Ses cheveux noirs flottant autour d'elle à la surface de l'eau, tombant et flottant sur l'eau. Elle passa son autre bras autour de son épaule et leva les yeux vers la lune du côté de l'ouest Ne lui parle pas Ne l'appelle pas et elle tourna vers lui son visage. Plus douce encore à cause de la fuite du temps et à cause de la chair dérobée, plus douce à cause de la trahison. Des grues sauvages qui étaient au nid debout sur un pied parmi les roseaux de la rive sud du lac avaient sorti leurs becs effilés du creux de leurs ailes pour regarder. Me quieres ? dit-elle. Oui, dit-il. Il dit son nom. Oh mon Dieu oui, dit-il.

IL ÉTAIT REVENU de l'écurie lavé et coiffé et avec une chemise propre et ils étaient assis lui et Rawlins sur des caisses sous la pergola du baraquement et ils fumaient en attendant le souper. Il y avait des conversations et des rires dans le baraquement puis tout s'arrêta. Deux vachers s'avancèrent sur le seuil et restèrent plantés là. Rawlins se retourna et regarda vers le nord le long de la route. Cinq gendarmes mexicains à cheval arrivaient en file indienne. Ils étaient vêtus d'uniformes kaki et ils montaient de robustes chevaux et ils portaient leur revolver à leur ceinturon dans des baudriers et ils avaient des carabines dans leurs fontes de selle. Rawlins se mit debout. Les autres vachers s'étaient approchés de la porte et restaient sur le seuil à regarder. Quand les cavaliers arrivèrent à leur hauteur sur la route le chef tourna la tête vers le baraquement et regarda les hommes sous la pergola, puis les hommes qui se tenaient sur le seuil. Puis ils disparurent au-delà de la maison du régisseur, cinq cavaliers venus du nord descendant en file indienne au crépuscule vers le manoir au toit de tuiles qui se dressait un peu plus bas.

Quand il regagna l'écurie dans l'obscurité les cinq chevaux étaient encore sous les pécaniers de l'autre côté du manoir. Ils n'avaient pas été dessellés et au matin ils étaient partis. La nuit suivante elle vint le rejoindre dans son lit et elle vint chaque nuit pendant neuf nuits de suite, refermant la porte et poussant la clenche et s'en retournant à Dieu sait quelle heure dans la lueur striée et sortant de ses vêtements et se glissant fraîche et nue contre lui sur l'étroite couchette toute douceur et parfum le couvrant de sa luxuriante chevelure noire et toute prudence oubliée. Disant ça m'est égal ça m'est bien égal. Enfonçant ses dents jusqu'au sang là où il pressait la paume de sa main sur sa bouche pour arrêter son cri. Dormant contre sa poitrine quand il n'arrivait pas à s'endormir et se levant quand l'aube grisâtre commençait à poindre à l'est et allant à la cuisine pour y prendre son petit déjeuner comme si elle n'avait fait que se lever un peu plus tôt.

Puis elle repartit pour la ville. Le lendemain soir quand il arriva dans l'écurie il croisa Estéban dans la travée et parla au vieil homme et le vieil homme répondit mais sans le regarder. Il fit sa toilette et il entra dans le manoir et prit son souper à la cuisine et quand il eut terminé ils s'assirent lui et le maître à la table de la salle à manger et ils mirent à jour le registre des saillies et le maître lui posa des questions et prit des notes sur les juments puis se renversa sur sa chaise et resta un moment à fumer son cigare, tapotant le rebord de la table avec son crayon. Il releva les yeux.

Bon, dit-il. Où en êtes-vous du Guzmán ?

Eh bien, je n'en suis pas encore au tome deux.

Le maître sourit. Guzmán est excellent. Vous ne lisez pas le français ?

Non monsieur.

Ces chenapans de Français sont vraiment remarquables sur tout ce qui concerne les chevaux. Jouez-vous au billard ?

Pardon ?

Jouez-vous au billard ?

Oui m'sieu. Un peu. Au billard américain en tout cas.

Au billard américain. C'est ça. Ça vous dirait de faire une partie ?

Oui m'sieu.

Bon.

Le maître referma le livre et repoussa sa chaise et se leva et il le suivit le long du couloir et ils traversèrent le salon et la bibliothèque jusqu'à la double porte à panneaux qui se trouvait de l'autre côté de la pièce. Le maître l'ouvrit et ils entrèrent dans une pièce plongée dans l'obscurité où ça sentait le moisi et le bois ancien.

Il tira sur un cordon à gland et alluma un lustre métallique aux formes compliquées qui pendait au plafond. Au-dessous une table ancienne faite d'une essence de bois sombre et aux pieds taillés en forme de lions. La table était recouverte d'une toile cirée jaune et comme la pièce faisait plus de cinq mètres de haut sous plafond la suspension avait été abaissée avec un morceau de vulgaire chaîne de harnais. À l'extrémité opposée de la pièce se trouvait un très ancien autel en bois peint sculpté au-dessus duquel était accroché un Christ grandeur nature en bois peint sculpté. Le maître se retourna.

Je joue rarement, dit-il. J'espère que vous n'êtes pas un expert ?

Non m'sieu.

J'ai demandé à Carlos s'il pouvait remettre la table d'aplomb. La dernière fois qu'on a joué elle était toute de guingois. Voyons ce qui aura été fait. Vous n'avez qu'à prendre ce coin-là. Je vais vous montrer.

Ils se postèrent de chaque côté du billard et ils plièrent la toile cirée vers le milieu et la replièrent puis ils la soulevèrent et longèrent le billard et quand ils eurent dépassé l'extrémité de la table ils s'avancèrent l'un vers l'autre et le maître prit la toile et alla la poser sur un siège.

C'était la chapelle comme vous pouvez le voir. Vous n'êtes pas superstitieux ?

Non m'sieu. Je ne crois pas.

En principe elle devrait être sécularisée. Le prêtre vient dire quelques mots. Alfonsa connaît bien ces choses-là. Mais évidemment le billard est ici depuis des années et il reste encore à déconsacrer la chapelle ou appelez ça comme vous voudrez. À faire venir le prêtre pour qu'il fasse le nécessaire et que la chapelle cesse d'en être une. Personnellement je doute qu'une chose pareille soit possible. Ce qui est sacré est sacré. Les pouvoirs des prêtres sont plus limités que les gens se l'imaginent. Bien entendu on n'a pas célébré de messe ici depuis pas mal d'années.

Depuis combien d'années ?

Le maître triait les queues de billard rangées dans leur râtelier d'acajou dans un angle de la pièce ou à côté du râtelier. Il se retourna. J'ai fait ma première communion dans cette chapelle. Je crois bien que c'est la dernière messe qu'on y a célébrée. Ce devait être en 1911.

Il se tourna de nouveau vers les queues de billard. Je ne laisserai pas un prêtre venir ici pour faire ça, dit-il. Pour séculariser la chapelle. Pourquoi est-ce que je ferais une chose pareille ? J'aime sentir que Dieu est ici. Dans ma maison.

Il disposa les billes en triangle sur le billard et tendit la bille de choc à John Grady. Elle était en ivoire et jaunie par le temps et le grain de l'ivoire y était visible. Il brisa le triangle et ils jouèrent à l'américaine, sans variante, et le maître gagna facilement, allant et venant le long de la table et passant le procédé à la craie d'un agile mouvement du poignet et annonçant les coups en espagnol. Il jouait lentement et étudiait chaque coup et la disposition des billes sur la table et tout en réfléchissant et tout en jouant il parlait de la révolution mexicaine et de l'histoire du Mexique et il parlait de dueña Alfonsa et de Francisco Madero.

Il était né à Parras. Dans le même État. À une

certaine époque nos familles étaient très proches. Il se peut qu'Alfonsita ait été fiancée au frère de Francisco et il a peut-être été question de mariage. Je n'en suis pas certain. En tout cas mon grand-père n'aurait jamais consenti au mariage. Les opinions politiques de la famille étaient tout à fait radicales. Alfonsita n'était pas une enfant. Il aurait fallu la laisser prendre elle-même sa décision et on ne l'a pas laissée et quelles qu'aient été les circonstances je crois qu'elle n'a jamais pardonné à son père et ça a été un grand chagrin pour lui, un chagrin qu'il a emporté dans sa tombe. El cuatro.

Le maître se pencha en avant et pointa et envoya la bille numéro quatre sur la bande à l'autre bout du billard et s'arrêta pour passer le procédé à la craie.

Finalement ça n'a pas eu tellement d'importance, bien sûr. La famille était ruinée. Les deux frères assassinés.

Il examina le billard.

Comme Madero elle avait fait ses études en Europe. Comme lui elle avait appris ces idées, ces…

Il fit un geste de la main que le jeune homme avait déjà remarqué chez la tante.

Elle a toujours eu ces idées-là. Catorce.

Il se pencha et joua et se redressa et passa le procédé à la craie. Il hocha la tête. Chaque pays est différent. Le Mexique n'est pas l'Europe. Mais c'est une histoire compliquée. Le grand-père de Madero était mon padrino. Mon parrain. Don Evaristo. Pour cette raison et pour d'autres mon grand-père lui est resté loyal. Ce qui n'était pas une chose tellement difficile. C'était un homme admirable. Très bon. Loyal au régime de Díaz. Même ça. Quand Francisco a publié son livre don Evaristo a refusé de croire qu'il l'avait écrit. Et pourtant ce livre ne contenait rien de bien terrible. Mais c'était sans doute parce que c'était l'œuvre d'un riche et jeune propriétaire terrien. Siete.

Il se pencha et joua la sept et l'envoya dans une poche sur le côté de la table. Il passa de l'autre côté.

Ils étaient allés en France pour faire leurs études. Lui et Gustavo. Et d'autres. Tous ces jeunes gens. Ils sont tous revenus la tête pleine d'idées. Pleine d'idées et pourtant ils ne semblaient pas d'accord entre eux. Comment expliquez-vous cela ? Leurs parents les avaient envoyés là-bas pour qu'ils apprennent ces idées-là, hein ? Et ils sont allés là-bas et ils les ont bel et bien apprises. Mais quand ils sont rentrés et qu'ils ont ouvert leurs valises, pour ainsi dire, il n'y en avait pas deux qui contenaient la même chose.

Il hocha gravement la tête. Comme si la disposition des billes sur la table était un sujet d'inquiétude pour lui.

Ils étaient d'accord sur les faits bruts. Le nom des gens. Ou des bâtiments. Les dates de certains événements. Mais les idées… Les gens de ma génération sont plus prudents. Il me semble que nous ne croyons plus que la raison puisse améliorer la nature humaine. C'est une idée bien française à mon avis.

Il passa le procédé à la craie, il changea de place. Il se pencha et joua puis il examina la nouvelle disposition du jeu sur la table.

Prenez garde brave chevalier. Il n'y a pas plus terrible monstre que la raison.

Il regarda John Grady et sourit et regarda la table.

Ça naturellement c'est l'idée espagnole. Vous voyez. L'idée du Quijote. Mais même Cervantes ne pouvait pas imaginer un pays comme le Mexique. Alfonsita me dit que ce n'est que de l'égoïsme de ma part de ne pas vouloir envoyer Alejandra là-bas. Elle a peut-être raison. Elle a peut-être raison. Diez.

L'envoyer où ?

Le maître s'était penché en avant pour jouer. Il se releva et regarda son invité. En France. De l'envoyer en France.

De nouveau il passa le procédé à la craie. Il examinait la table.

Mais pourquoi m'en soucier ? N'est-ce pas ? Elle ira de toute façon. Qui suis-je ? Un père. Un père n'est rien.

Il se pencha pour jouer et manqua son coup et s'écarta de la table.

Voilà, dit-il. Vous voyez ? Vous voyez comme c'est mauvais pour jouer au billard ? De trop penser ? Il fallait que les Français viennent dans ma maison pour me gâcher mon jeu de billard. Ils ne reculent devant aucun forfait.

IL ÉTAIT ASSIS dans le noir sur sa couchette, serrant son oreiller à deux mains et y plongeant son visage et buvant le parfum qui restait d'elle, et il tentait de recréer en pensée son être et sa voix. Il chuchotait presque à voix haute les paroles qu'elle lui avait dites. Dis-moi ce que je dois faire. Je ferai tout ce que tu diras. Les mêmes mots qu'il lui disait. Elle avait pleuré contre sa poitrine nue pendant qu'il la tenait contre lui mais il n'y avait rien qu'il pût lui dire et il n'y avait rien à faire et au matin elle était partie.

Le dimanche suivant Antonio l'invita chez son frère pour le dîner et après le repas ils s'assirent à l'ombre de la pergola devant la cuisine et roulèrent une cigarette et fumèrent et discutèrent des chevaux. Puis ils discutèrent d'autres choses. John Grady lui dit qu'il avait joué au billard avec le maître et Antonio – assis les mains jointes et son chapeau sur les genoux sur un vieux fauteuil de mennonite à haut dossier dont le cannage avait été remplacé par de la toile – reçut cette nouvelle avec la gravité qu'elle exigeait, les yeux baissés sur sa cigarette qui se consumait et opinant du chef. John Grady regardait au loin à travers les arbres vers le manoir, les murs blancs et les tuiles d'argile rouge de la toiture.

Digame, dit-il. Cuál es lo peor ; que soy pobre o que soy americano ?

Le vaquero hocha la tête. Una llave de oro abre cualquier puerta, dit-il.

Il regarda le jeune homme. Il fit tomber la cendre de l'extrémité de sa cigarette et il dit que le jeune homme voulait connaître sa pensée. Voulait peut-être son avis. Mais que personne ne pouvait lui donner de conseils.

Tienes razón, dit John Grady. Il regarda le vacher. Il dit qu'il comptait parler très sérieusement à la jeune fille quand elle serait de retour. Il dit qu'il voulait connaître son cœur. Le vacher le regarda. Il regarda vers la maison. Il semblait déconcerté et il dit qu'elle était ici. Qu'elle était ici en ce moment.

Cómo ?

Sí. Ella está aquí. Desde ayer.

IL RESTA ÉVEILLÉ toute la nuit jusqu'à l'aube. À écouter le silence dans la travée de l'écurie. Le remuement des chevaux couchés sur leurs litières. Leur respiration. Au matin il alla dans le baraquement pour prendre son petit déjeuner. Rawlins qui se tenait sur le seuil de la cuisine l'examinait.

Ma parole ! On dirait qu'on t'a lâché la bride et qu'on t'a rentré fourbu, dit-il.

Ils s'attablèrent et mangèrent. Rawlins se renversa sur sa chaise et sortit son tabac de sa poche de poitrine.

J'attends que tu me dises ce que t'as sur le cœur, dit-il. J'ai que quelques minutes avant d'aller travailler.

J'suis venu pour te voir.

Au sujet de quoi ?

Il faut que ce soit au sujet de quelque chose ?

Non. C'est pas nécessaire. Il frotta une allumette sur le dessous de la table et alluma sa cigarette et secoua l'allumette et la posa dans son assiette.

J'espère que tu sais ce que tu fais, dit-il.

John Grady but les dernières gouttes de son café et posa la tasse sur son assiette avec les couverts. Il ramassa son chapeau sur le banc à côté de lui et le mit et se leva pour déposer sa vaisselle dans l'évier.

T'avais dit que si j'allais travailler là-bas tu ne m'en voudrais pas.

Je t'en veux pas d'être allé travailler là-bas.

John Grady acquiesça. Très bien, dit-il.

Rawlins le regarda s'approcher de l'évier et le regarda s'approcher de la porte. Il pensait qu'il allait peut-être se retourner et dire encore quelque chose mais il n'en fit rien.

Il travailla toute la journée avec les juments et le soir il entendit l'avion décoller. Il sortit de l'écurie pour regarder. L'avion surgit derrière les arbres et monta dans la lumière du soleil déclinant et se pencha sur l'aile et vira et se redressa en mettant le cap sur le sud-ouest. Il ne pouvait pas voir qui était dans l'avion mais il regarda quand même jusqu'à ce que l'avion eût disparu.

Deux jours plus tard ils retournèrent dans les montagnes lui et Rawlins. Ils travaillaient dur à cheval du matin au soir pour ramener les hardes des hautes vallées et ils bivouaquaient à leur ancien campement sur la pente sud des Anteojos où ils avaient bivouaqué avec Luis et ils mangeaient des haricots et de la viande de chèvre grillée enroulée dans des tortillas et ils buvaient du café noir.

On n'a plus guère d'excursions à faire par ici, hein ? dit Rawlins.

John Grady hocha la tête. Non, dit-il. Sans doute que non.

Rawlins sirotait son café et observait le feu. Soudain trois lévriers arrivèrent au trot l'un derrière l'autre dans la lumière et tournèrent autour du feu, formes pâles et squelettiques avec le cuir tendu qui leur collait sur les côtes et leurs yeux rouges à la lueur des flammes. Rawlins se dressa à demi, renversant son café.

Nom de Dieu qu'est-ce que c'est que ça, dit-il.

John Grady se leva et se mit à scruter l'obscurité. Les chiens disparurent aussi soudainement qu'ils étaient venus.

Ils restaient debout et ils attendaient. Il ne venait personne.

Qu'est-ce que c'est nom de Dieu, dit Rawlins.

Il s'éloigna un peu du feu et tendit l'oreille. Il tourna la tête vers John Grady.

Tu veux appeler ?

Non.

Ces chiens ne sont pas venus ici tout seuls, dit-il.

Je sais.

Tu crois qu'il est après nous ?

S'il nous cherche il peut nous trouver.

Rawlins retourna près du feu. Il se reversa du café et tendit l'oreille.

Il est sans doute par ici avec quelques-uns de ses copains.

John Grady ne répondait pas.

Tu crois pas ? dit Rawlins.

Quand ils repartirent le lendemain matin vers les parcs à chevaux ils s'attendaient à rencontrer le maître et ses amis mais il n'en fut rien. Les jours suivants ils n'en virent aucun signe. Trois jours plus tard ils commencèrent à descendre des montagnes poussant devant eux une harde de onze jumentins et ils arrivèrent au domaine à la nuit tombée et ils parquèrent les juments et regagnèrent le baraquement et mangèrent. Quelques vachers étaient encore à table et buvaient du café et fumaient des cigarettes mais ils s'esquivèrent les uns après les autres.

Le lendemain matin dans la lueur grise de l'aube deux hommes entrèrent dans son cubicule avec des revolvers au poing et lui mirent une lampe électrique dans les yeux et lui enjoignirent de se lever.

Il se redressa, projetant les jambes par-dessus le bord de la couchette. L'homme qui tenait la lampe n'était qu'une forme derrière le faisceau lumineux mais il pouvait distinguer le revolver qu'il tenait dans son poing. C'était un colt automatique de modèle réglementaire. Il mit sa main en visière sur ses yeux. Il y avait des hommes avec des fusils debout dans la travée.

Quién es ? dit-il.

L'homme braqua la lumière sur ses jambes et lui ordonna de mettre ses bottes et ses vêtements. Il se leva et saisit son pantalon et l'enfila et s'assit et chaussa ses bottes et tendit le bras et prit sa chemise.

Vámonos, dit l'homme.

Il boutonnait sa chemise.

Dónde están sus armas ? dit l'homme.

No tengo armas.

L'homme dit quelque chose à celui qui se trouvait derrière et deux hommes s'avancèrent et commencèrent à fouiller dans ses affaires. Ils renversèrent la boîte en bois où il gardait son café et dispersèrent à coups de pied ses vêtements et ses affaires à barbe et ils retournèrent le matelas sur le plancher. Ils étaient vêtus d'uniformes kaki crasseux et noircis et ils sentaient la transpiration et la fumée de bois.

Dónde está su caballo ?

En el segundo puesto.

Vámonos, vámonos.

Ils le conduisirent le long de la travée jusqu'à la sellerie et il prit sa selle et ses couvertures et maintenant Redbo était là, dans la travée de l'écurie, frappant nerveusement du pied. En revenant ils passèrent devant le cubicule d'Estéban mais il n'y avait aucun signe indiquant que le vieil homme fût seulement réveillé. Ils levèrent la lampe pour l'éclairer pendant qu'il sellait son cheval puis ils sortirent dans le jour naissant là où attendaient les autres chevaux. L'un des gendarmes portait le fusil de Rawlins et Rawlins était à cheval, affalé dans la selle avec les mains posées devant lui dans une paire de menottes et les rênes qui traînaient à terre.

Ils le poussèrent dans les côtes avec un fusil.

Qu'est-ce qui se passe, l'ami ? dit-il.

Rawlins ne répondit pas. Il se pencha et cracha et regarda d'un autre côté.

No hable, dit le chef. Vámonos.

Il se mit en selle et ils lui passèrent les menottes aux poignets et lui lancèrent les rênes et tous se mirent en selle et ils tournèrent leurs chevaux et ils sortirent deux par deux de la cour par le grand portail. Quand ils passèrent devant le baraquement les lumières étaient allumées et les vachers étaient debout sur le seuil ou accroupis le long de la pergola. Ils regardaient passer les cavaliers, les Américains derrière le chef et son adjoint, les autres au nombre de six allant deux par deux avec leurs képis et leurs uniformes et leurs carabines posées sur leurs selles en travers du pommeau, tous prenant à cheval la route des marais puis au nord vers l'intérieur.

III

ILS FURENT toute la journée à cheval, montant par les collines basses et arrivant dans les montagnes et prenant au nord le long du plateau bien au-delà de l'aire de parcours des chevaux et arrivant dans la contrée par laquelle ils étaient passés pour la première fois quatre mois plus tôt. Ils firent halte à midi près d'une source et s'accroupirent autour des morceaux de bois refroidis et carbonisés d'un ancien feu et mangèrent des haricots froids et des tortillas froides dans du papier journal. Il se dit que les tortillas venaient peut-être de la cuisine du ranch. Le journal était une feuille de Monclova. Il mangeait lentement avec ses mains captives dans les menottes et buvait de l'eau dans une tasse en fer-blanc qu'on ne pouvait pas remplir jusqu'au bord parce que le rivet de l'anse laissait passer l'eau. Le cuivre était visible à travers le revêtement de nickel des menottes là où il était usé à l'intérieur par le frottement et la peau de ses poignets prenait déjà une teinte verdâtre pâle et vénéneuse. Il mangeait et observait Rawlins qui était accroupi un peu plus loin mais Rawlins fuyait son regard. Ils firent une petite sieste couchés par terre sous les peupliers puis ils se levèrent et burent encore un peu d'eau et remplirent les gourdes et des bouteilles et repartirent.

Dans la contrée qu'ils traversaient la saison était déjà avancée et les acacias étaient en fleur et il avait plu dans les montagnes et l'herbe aux flancs des ravines était verte et luxuriante dans le long crépuscule où ils allaient sur leurs chevaux. À part quelques remarques sur la campagne qu'ils traversaient leurs gardiens ne se disaient pas grand-chose et aux Américains ils n'adressaient pas la parole. Ils traversèrent à cheval le long coucher de soleil rouge et ils continuèrent dans l'obscurité. Les gendarmes avaient depuis longtemps rengainé leurs fusils dans leurs fontes et ils chevauchaient avec insouciance, comme avachis dans la selle. Vers dix heures ils s'arrêtèrent et dressèrent le bivouac et préparèrent un feu. Les prisonniers s'assirent dans le sable parmi de vieilles boîtes métalliques rouillées et des morceaux de charbon de bois leurs mains devant eux toujours tenues par les menottes et les gendarmes installèrent une vieille cafetière en pierre de granit bleu et une marmite faite de la même matière et ils burent du café et mangèrent un plat contenant on ne sait quel tubercule, on ne sait quelle viande, on ne sait quelle volaille. Et tout cela filandreux, tout cela avec une saveur aigre.

Ils passèrent la nuit avec les mains attachées par des chaînes aux étriers de leurs selles, s'efforçant de garder la chaleur sous l'unique couverture. Quand ils reprirent la piste le soleil était levé depuis une heure à peine et ils étaient contents de repartir.

Ils vécurent ainsi trois jours durant. L'après-midi du troisième jour ils entrèrent dans la ville d'Encantada de récente mémoire.

Ils s'assirent côte à côte sur un banc fait de plaques métalliques dans la petite alameda. Deux gendarmes se postèrent un peu plus loin avec leurs fusils et une douzaine d'enfants de tous âges vinrent se planter dans la poussière de la rue le regard braqué sur eux. Il y avait parmi les enfants deux fillettes d'une douzaine d'années et quand les prisonniers les regardèrent elles détournèrent timidement la tête et se mirent à chiffonner leurs jupes. John Grady les appela pour leur demander si elles pouvaient leur trouver des cigarettes.

Les gendarmes le regardaient fixement. Il faisait des gestes à l'intention des jeunes filles comme s'il était en train de fumer et elles firent demi-tour et sortirent en courant. Les autres gosses restaient immobiles comme avant.

Un homme à femmes, dit Rawlins.

T'as pas envie d'une cigarette ?

Rawlins cracha lentement entre ses bottes et releva les yeux. Putain si tu crois qu'elles vont t'apporter une cigarette, dit-il.

Tu veux parier.

Nom de Dieu qu'est-ce qui te reste encore à parier ?

Je te parie une cigarette.

Et comment tu comptes t'y prendre ?

Je te parie une cigarette qu'elle va en apporter. Si elle en apporte je garde la tienne.

Et qu'est-ce que tu me donnes si elle en apporte pas ?

Si elle en apporte pas tu garderas la mienne.

Rawlins regarda de l'autre côté de la salle.

Je me demande ce qui me retient de te botter le cul, tu sais.

Tu crois pas que si on veut se sortir de ce merdier on ferait mieux de trouver un moyen de s'en sortir ensemble ?

Tu veux dire de la même façon qu'on s'y est mis ?

Tu vas pas tout ressasser et te demander quand ça a mal tourné et tout faire tomber sur ton pote.

Rawlins ne répondit pas.

Fais pas la gueule. Dis plutôt ce que t'as sur le cœur.

Bon. Quand ils t'ont arrêté qu'est-ce que tu as dit ?

Je n'ai rien dit. À quoi est-ce que ça aurait servi ?

Très juste. À quoi ça aurait servi.

Qu'est-ce que ça veut dire ?

Ça veut dire que tu leur as pas demandé d'aller réveiller le patrón, pas vrai ?

Non.

Je leur ai demandé, moi.

Qu'est-ce qu'ils ont dit ?

Rawlins se pencha et cracha et s'essuya la bouche.

Ils ont dit qu'il était réveillé. Ils ont dit qu'il était réveillé depuis pas mal de temps. Et ensuite ils se sont tapé sur les cuisses.

Tu crois qu'il nous a vendus ?

Pas toi ?

J'en sais rien. S'il l'a fait c'est à cause d'un mensonge.

Ou d'une vérité.

John Grady contemplait ses mains.

Est-ce que tu seras satisfait, dit-il, si je reconnais que je suis un salaud plaqué or dix-huit carats ?

J'ai jamais dit ça.

Ils ne faisaient pas un geste. Au bout d'un moment John Grady leva les yeux.

J'peux pas revenir en arrière et tout recommencer. Mais j'vois pas à quoi ça nous avance de pleurnicher sur ce qui s'est passé. Et j'crois pas que ça me soulagerait de pouvoir montrer quelqu'un du doigt.

Ça me soulage pas. J'ai essayé de te raisonner, c'est tout. Combien de fois est-ce que j'ai essayé.

Je le sais. Mais il y a des choses qui ne se raisonnent pas. Pense ce que tu voudras, mais je suis toujours celui que j'étais quand on a traversé le fleuve ensemble. Tel j'étais tel je suis et tout ce que je peux faire c'est serrer les dents. Je t'ai jamais promis que tu risquais pas d'y laisser ta peau en venant par ici. Et je t'ai jamais demandé non plus de m'en donner ta parole. J'crois pas qu'on se lance dans quelque chose pour laisser tomber dès que ça commence à aller de travers. Ou on serre les dents ou on laisse tomber et moi quoi que t'aies pu faire je te laisserai jamais tomber. Et c'est à peu près tout ce que j'ai à dire.

Je t'ai jamais laissé tomber, dit Rawlins.

Bon.

Au bout d'un moment les deux fillettes revinrent. La plus grande leva la main avec deux cigarettes entre les doigts.

John Grady regarda les gendarmes. Ils firent signe aux fillettes d'approcher et examinèrent les cigarettes et opinèrent du chef et les fillettes s'avancèrent vers le banc et tendirent les cigarettes aux prisonniers avec quelques allumettes en bois.

Muy amable, dit John Grady. Muchas gracias.

Ils allumèrent les cigarettes avec une seule allumette et John Grady mit les autres allumettes dans sa poche et regarda les fillettes. Elles souriaient timidement.

Son americanos ustedes ? dirent-elles.

Sí.

Son ladrones ?

Sí. Ladrones muy famosos. Bandoleros.

Elles en avaient le souffle coupé. Qué precioso, dirent-elles. Mais les gendarmes les appelèrent et leur firent signe de s'en aller.

Ils restaient assis, penchés en avant sur les coudes, la cigarette aux lèvres. John Grady regardait les bottes de Rawlins.

Où est-ce que sont les bottes neuves ? dit-il.

Elles sont restées dans le baraquement.

Il acquiesça. Ils fumaient. Au bout d'un moment les autres revinrent et appelèrent les gendarmes. Les gendarmes firent signe aux prisonniers et se levèrent et firent un signe de tête aux enfants et gagnèrent la rue.

Ils traversèrent à cheval le quartier nord de la ville et ils s'arrêtèrent devant une construction en torchis au toit de tôle ondulée surmonté d'un clocheton vide. Sur les murs des écailles de vieux plâtre peint pendaient encore aux briques d'adobe. Ils descendirent de cheval et entrèrent dans une grande pièce qui avait peut-être servi autrefois de salle d'école. Il y avait une barre le long du mur de façade et un cadre où il y avait peut-être eu jadis un tableau noir. Le parquet était fait d'étroites planches de sapin et tant de sable y avait été piétiné au cours des ans que le grain en était complètement rongé et les carreaux qui manquaient aux fenêtres avaient été remplacés par des morceaux de fer-blanc tous découpés dans la même longue enseigne pour former une mosaïque irrégulière entre les vitres. À un bureau gris en métal dans un angle de la pièce était assis un homme corpulent vêtu lui aussi d'un uniforme kaki avec un foulard de soie jaune autour du cou. Il dévisageait les prisonniers d'un regard sans expression. Il tourna vaguement la tête vers le fond du bâtiment et l'un des gendarmes prit un trousseau de clés accroché au mur et les prisonniers furent conduits par une cour poussiéreuse couverte de mauvaises herbes vers un petit bâtiment de pierre fermé par une massive porte de bois encastrée dans un cadre de fer.

Il y avait un judas carré découpé dans la porte à hauteur de l'œil et fixé à ce judas et soudé au cadre de fer un treillis fait de barres d'armature de faible diamètre. L'un des gendarmes dégagea le vieux cadenas de cuivre et ouvrit la porte. Puis il prit un autre trousseau de clés qui pendait à sa ceinture.

Las esposas, dit-il.

Rawlins tendit ses menottes. Le gendarme les détacha et Rawlins entra et John Grady suivit. La porte gémit et grinça et se referma derrière eux avec un bruit sourd.

Il n'y avait pas de lumière dans la pièce à part ce qui pouvait filtrer par le grillage de la porte et ils attendirent un moment avec leurs couvertures sous le bras que leurs yeux s'ajustent à l'obscurité. Le sol de la cellule était cimenté et il y avait dans l'air une odeur d'excréments. Au bout d'un moment une voix s'éleva au fond de la pièce.

Cuidado con el bote.

Mets pas le pied dans le seau, dit John Grady.

Où est-ce qu'il est ?

J'en sais rien. Mais marche pas dedans.

Je vois rien dans ce foutu trou.

Une autre voix se fit entendre dans l'obscurité. Elle disait ; Mais bon Dieu c'est vous les gars ?

John Grady pouvait voir une partie du visage de Rawlins divisée en carrés dans la lueur blafarde qui venait du grillage. Pivotant lentement sur lui-même. La douleur dans ses yeux. Nom de Dieu, dit-il.

Blevins ? dit John Grady.

Oui. C'est moi.

Il s'avançait prudemment vers le fond de la cellule. Une jambe tendue se replia le long du sol de ciment comme un serpent qui se contracte dans l'herbe. Il s'accroupit et regarda Blevins. Blevins avait bougé et il pouvait distinguer ses dents dans la lumière douteuse. Comme s'il souriait.

Qu'est-ce qu'on en fait voir à un type qui a pas d'arme, dit Blevins.

Depuis combien de temps est-ce que t'es ici ?

J'en sais rien. Depuis pas mal de temps.

Rawlins se fraya un chemin vers le mur du fond et s'arrêta les yeux baissés sur Blevins. C'est toi qui leur as dit de nous courir après, hein ? dit-il.

J'ai jamais rien fait de pareil, dit Blevins.

John Grady se tourna vers Rawlins.

Ils savaient qu'on était trois, dit-il.

Oui, dit Blevins.

Merde, dit Rawlins. Ils nous auraient jamais recherchés une fois qu'ils avaient retrouvé le cheval. Il a dû faire quelque chose.

Nom de Dieu c'était mon cheval à moi, dit Blevins.

Ils pouvaient le voir à présent. Squelettique et dépenaillé et crasseux.

C'était mon cheval et ma selle et mon revolver.

Ils s'assirent sur les talons. Personne ne parlait.

Qu'est-ce que t'as fait ? dit John Grady.

J'ai fait ce que n'importe qui d'autre aurait fait.

Qu'est-ce que t'as fait ?

Tu le sais bien ce qu'il a fait, dit Rawlins.

Tu es revenu ici ?

J'te crois que je suis revenu ici.

P'tit con. Qu'est-ce que t'as fait ? Raconte-moi la suite.

J'ai rien à raconter.

Bien sûr que non, fit Rawlins. Rien à raconter.

John Grady se retourna. Il regarda derrière Rawlins. Un vieillard était paisiblement assis contre le mur et les regardait.

De qué crimen queda acusado el joven ? dit-il.

L'homme plissa les paupières. Asesinato, dit-il.

El ha matado un hombre ?

L'homme plissa de nouveau les paupières. Il leva trois doigts.

Qu'est-ce qu'il a dit ? dit Rawlins.

John Grady ne répondit pas.

Qu'est-ce qu'il a dit ? Je sais ce que ce fils de pute a dit.

Il a dit qu'il a tué trois hommes.

C'est un sale mensonge, dit Blevins.

Rawlins s'assit lentement sur le ciment.

On est morts, dit-il. On est des hommes morts. J'savais qu'on en arriverait là. Depuis la minute où je l'ai vu la première fois.

C'est pas ça qui va nous aider, dit John Grady.

Y en a qu'un des trois qui est mort, dit Blevins.

Rawlins leva la tête et le regarda. Puis il se leva et passa de l'autre côté de la cellule et se rassit.

Cuidado con el bote, dit le vieillard.

John Grady se tourna vers Blevins.

Je lui ai rien fait à lui, dit Blevins.

Dis-moi ce qui s'est passé, dit John Grady.

Il avait travaillé pour une famille allemande dans la ville de Palau à quatre-vingts miles à l'est et au bout de deux mois il avait pris l'argent qu'il avait gagné et il était retourné par le même désert par lequel ils étaient venus et il avait mis le cheval à l'attache auprès de la même source et vêtu du costume habituel des gens du pays il était allé à pied à la ville et il avait guetté deux jours de suite assis devant l'épicerie jusqu'à ce qu'il ait vu le même homme descendre la rue avec le Bisley dont les plaquettes de crosse usées en gutta-percha dépassaient de son ceinturon.

Qu'est-ce que t'as fait ?

Vous avez pas une cigarette des fois ?

Non. Qu'est-ce que t'as fait ?

J'pensais bien que vous en auriez pas.

Qu'est-ce que t'as fait ?

Seigneur qu'est-ce que je donnerais pas pour une chique de tabac.

Qu'est-ce que t'as fait ?

Je l'ai suivi et je lui ai arraché le revolver de son ceinturon. Voilà ce que j'ai fait.

Et tu l'as descendu.

C'est lui qui m'a attaqué.

Attaqué !

Oui.

Alors tu l'as descendu.

Comme si j'avais le choix ?

Le choix, dit John Grady.

J'avais pas l'intention de le tuer ce fils de pute. Ça n'a jamais fait partie de mes plans.

Et ensuite qu'est-ce que t'as fait ?

Le temps que je retourne à la source où j'avais laissé mon cheval ils étaient après moi. Celui qui était en selle quand j'l'ai abattu s'est jeté sur moi avec un fusil.

Et ensuite qu'est-ce qui s'est passé ?

J'avais plus de cartouches. Je les avais toutes tirées. Ça c'est bien ma faute. Tout ce que j'avais c'est ce qu'il y avait dans le revolver.

T'as tiré sur un des gendarmes ?

Oui.

Et tu l'as tué ?

Oui.

Ils restaient assis dans l'obscurité et se taisaient.

J'aurais pu acheter des cartouches à Muñoz, dit Blevins. Avant de venir ici. J'avais assez d'argent.

John Grady le regarda. As-tu seulement idée dans quel pétrin tu t'es fourré ?

Blevins ne répondit pas.

Qu'est-ce qu'ils vont faire de toi d'après ce qu'ils t'ont dit ?

M'envoyer dans un pénitencier je crois.

Ils vont pas t'envoyer dans un pénitencier.

Pourquoi pas ?

T'auras pas cette chance, dit Rawlins.

J'ai pas encore l'âge d'être pendu.

Ils pourront toujours mentir sur ton âge.

Ils n'ont pas la peine de mort dans ce pays, dit John Grady. L'écoute pas.

Tu savais qu'ils étaient après nous, hein ? dit Rawlins.

Oui, je le savais. Qu'est-ce que tu voulais que je fasse, vous envoyer un télégramme ?

John Grady attendit que Rawlins réponde mais Rawlins ne dit rien.

L'ombre de la grille métallique qui barrait l'orifice du judas se reflétait de biais sur le mur d'en face comme une marelle qu'on aurait dessinée là avec de la craie ses lignes déformées par l'espace de l'obscure et puante cellule. Il replia sa couverture et s'assit dessus et s'adossa au mur.

Est-ce qu'ils te font sortir de temps en temps ? Est-ce qu'ils te laissent aller à la promenade ?

J'en sais rien.

Comment ça t'en sais rien ?

J'peux pas marcher.

Tu peux pas marcher ?

C'est ce que j'ai dit.

Comment ça se fait que tu peux pas marcher, dit Rawlins.

Parce qu'ils m'ont mis les pieds en compote, voilà comment ça se fait.

Ils restaient assis. Personne ne parlait. Il fit bientôt

nuit. Le vieillard de l'autre côté de la cellule s'était mis à ronfler. On pouvait entendre les bruits qui parvenaient du village au loin. Des chiens. Une mère qui appelait. À un poste de radio nasillard quelque part dans l'innommable nuit une musique de gardiens de bétail ses cris aigus pareils à des cris de souffrance.

CETTE NUIT-LÀ il rêva de chevaux dans un champ sur une haute plaine où les pluies printanières avaient fait surgir de terre l'herbe et les fleurs sauvages et les fleurs s'étendaient au loin rien que du bleu et du jaune à perte de vue et dans le rêve il était parmi les chevaux qui passaient au galop et dans le rêve il pouvait courir lui aussi avec les chevaux et il poursuivait les jeunes juments et les jumentins à travers la plaine où leurs somptueuses robes baies et leurs somptueuses robes châtaines chatoyaient au soleil et les jeunes poulains couraient aux côtés de leurs mères et piétinaient les fleurs dans un brouillard de pollen qui restait suspendu dans les rayons du soleil comme des grains d'or broyé et ils couraient lui et les chevaux le long des hauts plateaux où le sol grondait sous leurs rapides sabots et ils déferlaient et tournaient et couraient et leurs crinières et leurs queues flottaient autour d'eux comme de l'écume et il n'y avait rien d'autre en ce monde d'en haut et tous tant qu'ils étaient ils se déplaçaient dans une résonance qui était entre eux comme une musique et nul parmi eux cheval poulain ou jument ne connaissait la peur et ils passaient au galop dans cette résonance qui est le monde lui-même et qui ne peut être dite mais seulement célébrée.

Au matin deux gendarmes vinrent ouvrir la porte et passèrent les menottes à Rawlins et l'emmenèrent.

John Grady se leva et demanda où ils le conduisaient mais la question resta sans réponse. Rawlins ne jeta même pas un regard en arrière.

Le capitaine était assis à son bureau, en train de boire un café et de lire un journal de Monterrey qui datait de trois jours. Il leva les yeux. Pasaporte, dit-il.

J'ai pas de passeport, dit Rawlins.

Le capitaine le regarda. Il haussa les sourcils, feignant la surprise. T'as pas de passeport, dit-il. T'as une pièce d'identité ?

Rawlins essaya d'atteindre sa poche arrière gauche avec ses mains emprisonnées dans les menottes. Il réussit à atteindre la poche mais il ne pouvait y plonger la main. Le capitaine fit un signe de tête et l'un des gendarmes s'avança et sortit le portefeuille et le lui tendit. Le capitaine se renversa dans son fauteuil. Quita las esposas, dit-il.

Le gendarme brandit son trousseau de clés et se saisit des poignets de Rawlins et ouvrit les menottes et fit un pas en arrière et les suspendit à son ceinturon. Rawlins se frottait les poignets. Le capitaine tripotait le cuir noirci par la sueur. Il en examina les deux côtés puis il leva les yeux sur Rawlins. Après quoi il ouvrit le portefeuille et en retira les cartes et en retira la photo de Betty Ward et il en retira l'argent américain puis les coupures libellées en pesos mexicains, les seules à ne pas être mutilées. Il étala le tout sur le bureau et se renversa dans son fauteuil et joignit les mains et se tapota le menton avec ses deux index puis regarda de nouveau Rawlins. Rawlins pouvait entendre le bêlement d'une chèvre dehors. Il pouvait entendre des enfants. Le capitaine décrivit un petit cercle avec le doigt. Tourne-toi, dit-il.

Rawlins s'exécuta.

Baisse ton pantalon.

Comment ?

Baisse ton pantalon.

Pour quoi faire nom de Dieu ?

Le capitaine avait sans doute fait un autre geste car le gendarme s'avança et sortit une lanière de cuir de sa poche arrière et en frappa Rawlins derrière la tête. La pièce où se trouvait Rawlins devint soudain d'une éclatante blancheur et ses genoux fléchirent et il chercha un point d'appui dans le vide autour de lui.

Il gisait à terre le visage contre les planches épineuses du parquet. Il ne se rappelait pas être tombé. Le plancher sentait la poussière et les graines. Il fit un effort pour se relever. Les autres attendaient. Ils ne semblaient pas avoir autre chose à faire.

Il se remit sur ses jambes et se campa face au capitaine. Il avait l'estomac retourné.

Il faut coopérer, dit le capitaine. Comme ça t'auras pas d'ennuis. Tourne-toi. Baisse ton pantalon.

Il se retourna et ouvrit la boucle de sa ceinture et baissa son pantalon jusqu'aux genoux puis le caleçon de coton bon marché qu'il avait acheté au magasin de La Vega.

Relève ta chemise, dit le capitaine.

Il releva la chemise.

Retourne-toi, dit le capitaine.

Il se retourna.

Rhabille-toi.

Il laissa retomber sa chemise et tendit le bras et releva son pantalon et le boutonna et referma la boucle de sa ceinture.

Le capitaine tenait le permis de conduire qu'il avait sorti du portefeuille.

Quelle est ta date de naissance, dit-il.

26 septembre 1932.

Ton adresse.

4, route Knickerbocker Texas. États-Unis d'Amérique.

Combien est-ce que tu mesures.

Un mètre quatre-vingts.

Combien est-ce que tu pèses.

Soixante-douze kilos.

Le capitaine tapota le permis de conduire posé sur son bureau. Puis il regarda Rawlins. T'as une bonne mémoire. Où est-ce qu'est ce type ?

Quel type ?

Il leva le permis de conduire. Ce type-là. Rawlins.

Rawlins avala sa salive. Il regarda le gendarme puis il regarda de nouveau le capitaine. C'est moi Rawlins, dit-il.

Le capitaine eut un sourire peiné. Il hocha la tête.

Rawlins restait cloué sur place, les bras ballants.

Pourquoi est-ce que je serais quelqu'un d'autre, dit-il.

Pourquoi est-ce que t'es venu ici ? dit le capitaine.

Venu où ?

Ici. Dans ce pays.

On est venus ici pour travailler. Somos vaqueros.

Parle anglais s'il te plaît. Vous êtes venus pour acheter du bétail ?

Non m'sieu.

Non. T'as pas de permis, c'est bien ça ?

On est juste venus ici pour travailler.

À La Purísima.

N'importe où. C'est là qu'on a trouvé du travail.

Combien est-ce qu'ils vous payaient ?

On touchait deux cents pesos par mois.

Au Texas qu'est-ce qu'ils paient pour ce travail-là.

J'en sais rien. Une centaine par mois.

Une centaine de dollars.
C'est ça.
Huit cents pesos.
Oui m'sieu. Je crois.
Le capitaine se remit à sourire.
Pourquoi vous avez quitté le Texas ?
On est juste partis. On n'était pas obligés.
C'est comment ton vrai nom.
Lacey Rawlins.
Il pressa sa manche de chemise contre son front et le regretta aussitôt.
Blevins c'est ton frère.
Non. On n'a rien à voir avec lui.
Combien vous avez volé de chevaux ?
On n'a jamais volé de chevaux.
Vos chevaux portent pas de marque.
Ils viennent des États-Unis.
Vous avez une facture pour ces chevaux-là ?
Non. On est venus ici à cheval depuis San Angelo, Texas. On n'a pas de papiers pour les chevaux. C'est nos chevaux, voilà tout.
Et où vous avez passé la frontière.
Juste à la sortie de Langtry, Texas.
Combien d'hommes est-ce que t'as tués.
J'ai jamais tué personne. J'ai jamais rien volé de ma vie. C'est la vérité.
Pour quoi faire est-ce que vous avez des armes.
Pour tirer le gibier.
Le quoi ?
Le gibier. Pour chasser. Cazador.
Voilà que vous êtes des chasseurs maintenant. Où est Rawlins.
Rawlins était au bord des larmes. Vous l'avez devant vous, nom de Dieu.

C'est comment le vrai nom de l'assassin Blevins.

J'en sais rien.

Depuis combien de temps est-ce que tu le connais.

Je le connais pas. Je sais rien de lui.

Le capitaine repoussa son fauteuil et se leva. Il tira sur le bord de sa veste pour rectifier les plis et leva les yeux sur Rawlins. T'es vraiment idiot, dit-il. Pourquoi te mettre tous ces embêtements sur le dos ?

Ils lâchèrent Rawlins aussitôt la porte franchie et il s'affaissa sur le sol et resta un instant assis puis il se pencha lentement en avant en se laissant aller sur le côté et il s'allongea par terre en se tenant avec les mains. Le gendarme fit signe avec son doigt à John Grady qui les regardait en clignant des yeux dans la brutale lumière. Il se leva. Il regarda Rawlins qui gisait à ses pieds.

Enfants de putains, dit-il.

Dis-leur tout ce qu'ils veulent entendre, mon pote, chuchota Rawlins. Ça fera pas un poil de différence.

Vámonos, dit le gendarme.

Qu'est-ce que tu leur as dit ?

Je leur ai dit qu'on est des voleurs de chevaux et des assassins. Tu feras pareil.

Cependant un gendarme s'était avancé et l'avait empoigné par le bras et l'avait poussé dehors et l'autre gendarme referma la porte et poussa la tige dans le cadenas.

Quand ils entrèrent dans le bureau le capitaine était assis comme avant. La chevelure gominée de frais. John Grady s'arrêta devant lui. Dans la pièce à part le bureau et le fauteuil où était assis le capitaine il y avait trois chaises pliantes en métal disposées contre le mur du fond et il en émanait une déplaisante impression de vide. Comme si des gens venaient de se lever pour partir. Comme si des gens étaient attendus et ne venaient pas. Un vieux calendrier d'une maison de semences de Monterrey était cloué au mur au-dessus et dans le coin une cage à oiseaux vide en fil de fer était accrochée à une colonne de plain-pied qui évoquait une torchère baroque.

Sur le bureau du capitaine il y avait une lampe à pétrole en verre au manchon noirci. Un cendrier. Un crayon taillé au couteau. Las esposas, dit-il.

Le gendarme s'avança et ouvrit les menottes. Le capitaine regardait par la fenêtre. Il avait pris le crayon posé sur son bureau et s'en tapotait les dents du bas. Il se retourna et donna deux coups de crayon sur la table puis reposa le crayon. Comme quelqu'un qui ouvrirait une séance.

Ton copain nous a tout raconté, dit-il.

Il leva les yeux.

Tu vas comprendre que tu as intérêt à tout dire tout de suite. Comme ça tu t'éviteras des ennuis.

Vous aviez pas le droit de frapper ce garçon, dit John Grady. On sait rien de Blevins. Il nous a demandé de le laisser nous accompagner, c'est tout. On sait rien du cheval. Le cheval s'était enfui pendant un orage et on l'a revu ici et c'est à ce moment-là que les ennuis ont commencé. On avait rien à voir avec. On travaillait pour le señor Rocha depuis près de trois mois à La Purísima. Vous êtes allé le voir là-bas et vous lui avez raconté des tas de mensonges. Lacey Rawlins est le meilleur garçon qui est jamais sorti du comté de Tom Green.

C'est un criminel du nom de Smith.

C'est pas Smith son nom c'est Rawlins. Et c'est pas un criminel non plus. Je le connais depuis toujours. On a été élevés ensemble. On est allés en classe ensemble.

Le capitaine se renversa dans son fauteuil. Il déboutonna sa poche de chemise et pressa sur le fond de son paquet de cigarettes et il en prit une sans sortir le paquet et reboutonna sa chemise. La chemise était de coupe militaire et elle était ajustée sur la poitrine et les cigarettes étaient serrées dans la poche. Il se pencha dans son fauteuil et sortit un briquet de sa veste et alluma la cigarette et posa le briquet sur le bureau à côté du crayon et tira vers lui le cendrier avec un seul doigt et s'adossa dans son fauteuil et prit une pose qui ne lui était pas naturelle, le bras levé et la cigarette se consumant à quelques centimètres de son oreille. Peut-être l'avait-il admirée ici ou là chez d'autres.

Quel âge tu as, dit-il.

Seize ans. J'en aurai dix-sept dans six semaines.

Et l'assassin Blevins quel âge est-ce qu'il a.

J'en sais rien. Je sais rien de lui. Il dit qu'il a seize ans. Moi je dirais quatorze. C'est plus probable. Treize même.

Il est pas garni.

Il est pas quoi ?

Il est pas garni.

Qu'est-ce que j'en sais. Ça m'intéresse pas.

Le visage du capitaine se rembrunit. Il tira sur sa cigarette. Puis il posa la main sur le bureau la paume tournée vers le haut et fit claquer ses doigts.

Deme su billetera.

John Grady sortit son portefeuille de sa poche de pantalon et s'avança et le posa sur le bureau et recula. Le capitaine l'examinait. Il se pencha en avant pour prendre le portefeuille et se redressa et l'ouvrit et commença à sortir l'argent et les cartes et les photos. Il étala le tout et leva les yeux.

Où est-ce qu'est ton permis de travail.

J'en ai pas.

Tu l'as détruit.

J'en ai pas. J'en ai jamais eu.

L'assassin Blevins a pas de papiers.

Sans doute que non.

Comment ça se fait qu'il a pas de papiers.

Il a perdu ses vêtements.

Perdu ses vêtements ?

Oui.

Pourquoi est-ce qu'il est venu ici pour voler des chevaux ?

C'était son cheval.

Le capitaine se renversa dans son fauteuil, tirant sur sa cigarette.

Ce cheval-là c'est pas son cheval.

Bon, croyez ce que vous voulez même si vous savez rien.

Cómo ?

À ce que je sais ce cheval est à lui. Il l'avait avec lui au Texas et je sais qu'il l'a amené au Mexique parce que je l'ai vu traverser le fleuve monté sur ce cheval-là.

Le capitaine tambourinait avec les doigts sur le bras de son fauteuil. Je te crois pas, dit-il.

John Grady ne répondit pas.

C'est pas ça les faits.

Il exécuta un demi-tour dans son fauteuil pour regarder par la fenêtre.

C'est pas ça les faits, dit-il. Il tourna le buste et regarda le prisonnier par-dessus son épaule.

T'as une chance de dire la vérité ici. Ici. Dans trois jours vous irez à Saltillo et alors vous aurez plus cette chance-là. Elle sera perdue. Alors la vérité sera en d'autres mains. Vous verrez. Ici on peut établir la vérité. Ou la perdre. Mais une fois que vous serez partis d'ici ce sera trop tard. Trop tard pour la vérité. Alors vous serez en d'autres mains. Alors qui peut dire ce que sera la vérité. À ce moment-là ? Quand vous en serez arrivés là ? Alors vous vous ferez des reproches. Vous verrez.

Il n'y a qu'une vérité, dit John Grady. La vérité c'est ce qui s'est passé. C'est pas ce qui sort de la bouche de n'importe qui.

Cette petite ville te plaît ? dit le capitaine.

Plutôt.

C'est très tranquille ici.

Oui.

Les gens de cette ville sont des gens tranquilles. Ici tout le monde se tient tranquille tout le temps.

Il se pencha en avant et écrasa la cigarette dans le cendrier.

Et un beau jour l'assassin Blevins vient ici pour voler des chevaux et tuer les gens. Comment ça se fait ? C'est un garçon tranquille et il a jamais fait de mal et voilà qu'il vient ici pour faire des trucs comme ça.

Il se renversa dans son fauteuil et hocha la tête avec la même expression de tristesse.

Non, dit-il. Il l'admonestait du doigt. Non.

Il observait John Grady.

La vérité je vais te la dire ; c'était pas un p'tit gars bien tranquille. Ça a toujours été un autre genre de garçon. Tout le temps. Tout le temps.

Quand les gardiens eurent ramené John Grady ils repartirent avec Blevins. Il pouvait marcher mais à peine. Il y eut un claquement sec puis les chocs réguliers du cadenas se balançant contre la porte et une fois le silence revenu John Grady s'accroupit face à Rawlins.

Comment ça va ? dit-il.

Ça peut aller. Et toi ?

Ça va.

Qu'est-ce qui s'est passé ?

Rien.

Qu'est-ce que tu lui as dit ?

Je lui ai dit que t'es qu'un petit merdeux.

Il t'a pas fait passer par la salle des douches ?

Non.

T'es resté parti un bout de temps.

Oui.

Il y garde une blouse blanche accrochée à un portemanteau. Il la prend et il la met et il se l'attache autour de la taille avec une ficelle.

John Grady acquiesça. Il regarda le vieillard. Le vieillard les observait bien qu'il ne comprît pas l'anglais.

Blevins est malade.

Oui, je le sais. Je crois qu'on va aller à Saltillo.

Qu'est-ce qu'il y a à Saltillo ?

J'en sais rien.

Rawlins changea de position contre le mur. Il ferma les yeux.

Tu te sens bien ? dit John Grady.

Oui, ça va.

Je crois qu'il veut nous proposer comme qui dirait un marché.

Le capitaine ?

Le capitaine. Si c'est ce qu'il est.

Quelle sorte de marché ?

Pour qu'on la ferme. Un marché comme ça.

Comme si on avait le choix. La fermer à quel sujet ?

Rapport à Blevins.

La fermer à propos de quoi rapport à Blevins ?

John Grady regardait le petit carré de lumière découpé dans la porte et son reflet de guingois sur le mur au-dessus de la tête du vieillard là où le vieillard était assis. Il regarda Rawlins.

J'ai l'impression qu'ils ont décidé de le tuer. J'ai l'impression qu'ils ont décidé de tuer Blevins.

Rawlins fut un long moment sans réagir. Il était assis la tête tournée de l'autre côté appuyée contre le mur. Quand il regarda de nouveau John Grady ses yeux étaient humides.

Peut-être qu'ils feront pas ça, dit-il.

Je crois que si.

Putain, dit Rawlins. Dans quel putain d'enfer on est allés se foutre.

Quand ils ramenèrent Blevins il s'assit dans le coin et n'ouvrit pas la bouche. John Grady parlait avec le vieillard. Il s'appelait Orlando. Il ne savait pas de quel crime il était accusé. On lui avait dit qu'il pourrait partir quand il aurait signé les papiers mais il était incapable de lire les papiers et personne ne voulait les lui lire. Il ne savait pas depuis combien de temps il était ici. Sans doute depuis l'hiver. Pendant qu'ils parlaient les gendarmes revinrent et le vieillard se tut.

Ils ouvrirent le cadenas et entrèrent et posèrent deux seaux par terre avec une pile d'assiettes en fer-blanc émaillé. Un gendarme jeta un coup d'œil dans le seau d'eau et l'autre prit le seau hygiénique qui se trouvait dans le coin et ils ressortirent. Ils avaient l'air indifférent d'hommes habitués à s'occuper du bétail. Quand ils furent partis les prisonniers s'accroupirent autour des seaux et John Grady tendit les assiettes. Qui étaient au nombre de cinq. Comme s'il y avait un inconnu qui allait encore venir. Il n'y avait pas de couverts et les tortillas leur servaient de cuillères pour prendre les haricots dans le seau.

Blevins, dit John Grady. T'as l'intention de manger ?

J'ai pas faim.

Tu ferais mieux de prendre un peu de ce truc-là.

Vous pouvez manger, les gars.

John Grady fit glisser des haricots dans une des assiettes qu'on leur avait données en trop et plia la tortilla sur le bord de l'assiette et se leva et apporta l'assiette à Blevins et retourna s'asseoir à sa place. Blevins restait immobile tenant l'assiette d'une main sur ses genoux.

Au bout d'un moment il dit ; Qu'est-ce que vous leur avez dit sur moi ?

Rawlins cessa de mastiquer et tourna la tête vers John Grady. John Grady regardait Blevins.

On leur a dit la vérité.

Tu parles, dit Blevins.

Tu crois que ça peut y changer quelque chose ce qu'on leur a dit ? dit Rawlins.

Vous auriez pu dire un mot en ma faveur.

Rawlins regarda John Grady.

Vous auriez pu dire un mot en ma faveur, dit Blevins.

Un mot en ta faveur, dit Rawlins.

Ça vous aurait rien coûté.

Ferme-la à la fin, dit Rawlins. Ferme-la putain de merde. Si t'ouvres encore la bouche je vais venir te les botter moi tes fesses d'oiseau. Tu m'entends ? Si tu dis encore un seul mot.

Laisse-le tranquille, dit John Grady.

Enfoiré de fils de pute. Tu te figures que ce type-là connaît pas ton matricule ? Il le connaissait bien avant d'avoir jamais posé les yeux sur toi. Avant que tu sois né. Va te faire foutre en enfer. Va te faire foutre en enfer et crèves-y.

Il était presque en larmes. John Grady lui posa une

main sur l'épaule. Laisse tomber, Lacey, dit-il. Laisse tomber, ça vaudra mieux.

Dans l'après-midi les gendarmes revinrent et laissèrent le seau hygiénique et emportèrent les assiettes et les autres récipients. Comment tu crois que se portent les chevaux ? dit Rawlins.

John Grady hocha la tête.

Les chevaux, dit le vieillard. Caballos.

Sí. Caballos.

Ils étaient assis dans le silence brûlant et ils écoutaient les bruits du village. Le passage de chevaux le long de la route. John Grady demanda au vieillard s'il avait été maltraité mais le vieillard leva la main et ignora la question. Il dit qu'ils ne s'intéressaient guère à lui. Que son affaire ne pouvait pas leur rapporter grand-chose. Les lamentations d'un vieillard aux larmes taries. Il dit que les vieux la douleur n'a rien qui peut encore les surprendre.

Trois jours plus tard on les fit sortir de leur cellule les yeux papillotant dans le soleil matinal et on leur fit traverser la cour et la maison d'école et ils arrivèrent dans la rue. Un camion Ford d'une tonne et demie modèle à plateau y était stationné. Ils attendaient dans la rue sales et pâles avec leurs couvertures sous le bras. Au bout d'un instant un des gendarmes leur fit signe de grimper sur le camion. Un autre sortit du bâtiment et leur passa aux poignets les mêmes menottes au métal usé puis on les attacha ensemble tous les trois avec un câble de remorquage qui était enroulé dans la roue de secours posée à l'avant du plateau. Le capitaine sortit à son tour et resta au soleil à se balancer sur les talons et à siroter une tasse de café. Il portait un ceinturon et un baudrier astiqués à la terre de pipe, l'automatique calibre 45 passé crosse en avant à sa hanche gauche avec le chien carrément au cran de l'armé. Il dit quelques mots aux gendarmes et ils levèrent le bras et un homme qui était monté sur le pare-chocs avant du camion émergea du compartiment du moteur et gesticula et dit quelques mots puis replongea sous le capot.

Qu'est-ce qu'il a dit ? dit Blevins.

Personne ne répondit. Il y avait des colis et des caisses entassés à l'avant sur le plateau du camion avec des bidons militaires de vingt litres. Des gens de la ville continuaient d'arriver avec des paquets et tendaient des bouts de papier au chauffeur qui les fourrait dans sa poche de poitrine sans faire de commentaires.

Voilà tes copines là-bas, dit Rawlins.

Je les vois, dit John Grady.

Elles se tenaient côte à côte, chacune s'agrippant au bras de l'autre et toutes deux en larmes.

Putain qu'est-ce que ça signifie ? dit Rawlins.

John Grady hocha la tête.

Les gamines continuèrent de les regarder pendant qu'on chargeait le camion et que les gendarmes restaient assis à fumer avec leurs fusils appuyés contre leur épaule et elles étaient encore là une heure plus tard quand le moteur démarra enfin et que le capot retomba et que le camion avec les prisonniers légèrement ballottés dans leurs chaînes commença à s'éloigner le long de l'étroite rue de terre battue et disparut dans un sillage ondulant de poussière et de gaz d'échappement.

Il y avait trois gendarmes sur le plateau du camion avec les prisonniers, des jeunes gars de la campagne dans des uniformes pas à leur taille et pas repassés. Ils avaient sans doute reçu l'ordre de ne pas parler aux détenus car ils prenaient soin d'éviter leur regard. Ils saluaient d'un signe de tête et d'un geste solennel les gens qu'ils connaissaient et qui regardaient debout sur le pas de leur porte le camion passer dans la rue poussiéreuse. Le capitaine était monté dans la cabine avec le chauffeur. Des chiens s'élancèrent à la poursuite du camion et le chauffeur donna un brusque coup de volant pour tenter de les écraser et les gendarmes sur le plateau cherchèrent éperdument quelque chose à quoi se retenir et le chauffeur les regarda en rigolant par la lucarne arrière de la cabine et tous se mirent à rire en se donnant des bourrades puis ils reprirent leur pose solennelle assis avec leurs fusils.

Ils bifurquèrent dans une ruelle et firent halte devant une maison peinte en bleu vif. Le capitaine se pencha à travers la cabine pour donner un coup de klaxon. Au bout d'un moment la porte de la maison s'ouvrit et un homme sortit. Il était assez élégamment vêtu à la façon d'un charro et il fit le tour du camion et le capitaine descendit et l'homme monta dans la cabine et le capitaine grimpa derrière lui et referma la porte et ils repartirent.

Ils descendirent la rue et dépassèrent la dernière maison et les derniers corrals et les derniers parcages de torchis et traversèrent un gué peu profond où l'eau paresseuse qui luisait comme de l'huile dans ses reflets se referma derrière eux avant même que retombent les gerbes soulevées par les pneus du camion. Le camion remonta péniblement du gué sur la roche scarifiée du soubassement puis il se redressa et continua à travers le désert dans la plate lumière matinale.

Les prisonniers regardaient le tourbillon de poussière soulevé par le camion monter comme un rideau au-dessus de la route puis dériver lentement sur le désert. Ils étaient secoués et cognés sur les rudes planches de chêne du plateau et s'efforçaient de maintenir au-dessous d'eux leurs couvertures pliées. À un embranchement ils prirent la piste qui allait les mener à Cuatro Ciénagas puis à Saltillo à quatre cents kilomètres plus au sud.

Blevins avait déplié sa couverture et s'était allongé dessus avec ses bras comme oreiller. Il était couché les yeux fixés sur le ciel bleu pur du désert où il n'y avait pas un nuage, pas un oiseau. Quand il parla, sa voix tremblait sous les chocs du plateau du camion qui lui martelaient le dos.

Les gars, dit-il. Ça m'a l'air d'un sacré long voyage. Ils le regardèrent, ils se regardèrent. Ils ne dirent pas s'ils pensaient que ce serait un long voyage.

Le vieux m'a dit que ça prendrait toute la journée pour arriver là-bas, dit Blevins. Je lui ai demandé. Il a dit toute la journée.

Avant midi ils débouchèrent sur la route principale qui venait de Boquillas sur la frontière et ils s'y engagèrent en direction des plaines. Par les pueblos de San Guillermo, San Miguel, Tanque el Rey. Les quelques véhicules qu'ils croisaient sur cette piste brûlante et éventrée passaient dans une tempête de poussière et de cailloux projetés en l'air et les voyageurs sur le plateau du camion détournaient la tête le visage enfoui dans les coudes de leur chemise. Ils s'arrêtèrent à Ocampo et déchargèrent quelques caisses et du courrier et continuèrent vers El Oso. Dans l'après-midi ils se garèrent devant un petit café au bord de la route et les gendarmes descendirent et entrèrent avec leurs fusils. Les prisonniers restèrent assis enchaînés sur le plateau du camion. Des gosses qui jouaient dans la sinistre cour de terre battue s'arrêtèrent pour les regarder et un chien blanc squelettique qui n'attendait sans doute qu'une arrivée comme la leur vint uriner longuement contre un pneu arrière du camion et repartit.

Quand les gendarmes ressortirent ils riaient et roulaient des cigarettes. Il y en avait un qui tenait à la main trois bouteilles de soda à l'orange et il les passa aux prisonniers et attendit les bouteilles pendant qu'ils buvaient. Quand le capitaine parut sur le pas de la porte ils remontèrent sur le camion. Le gendarme qui était allé rendre les bouteilles sortit du café suivi de l'homme en costume de charro puis du chauffeur. Quand ils eurent tous repris leur place le capitaine quitta le seuil ombragé de la porte et traversa le talus de gravier et grimpa dans la cabine et on repartit.

À CUATRO CIÉNAGAS ils rejoignirent la route empierrée et tournèrent au sud vers Torreón. L'un des gendarmes se souleva et se retenant à l'épaule de son compagnon il regarda le panneau de signalisation qu'ils venaient de passer. Il se rassit et ils jetèrent un coup d'œil sur les prisonniers et ils restèrent à leur place à regarder défiler la campagne à mesure que le camion prenait de la vitesse. Une heure plus tard ils quittèrent carrément la route, le camion ahanant sur une piste de terre à travers des champs vallonnés, vastes étendues en friche comme il y en a tant dans ce pays où du bétail à l'état sauvage à la robe couleur de suif remonte des ravines pour se nourrir la nuit comme des princes étrangers. Au nord s'amoncelaient des cumulus précurseurs d'un orage et Blevins scrutait l'horizon et observait les minces filaments des éclairs et observait la poussière pour voir d'où soufflait le vent. Ils traversèrent le large lit d'une rivière au gravier sec et blanc sous le soleil et ils remontèrent dans une prairie où l'herbe était aussi haute que les pneus et se couchait sous le camion avec un bruit de houle et ils pénétrèrent dans un bosquet d'ébéniers et débusquèrent un couple de faucons qui étaient au nid et s'arrêtèrent dans la cour d'une propriété abandonnée, un quadrilatère de constructions en torchis avec les vestiges de quelques parcs à moutons.

Sur le plateau du camion personne ne bougeait. Le capitaine ouvrit la portière et descendit. Vámonos, dit-il.

Ils descendirent avec leurs fusils. Blevins promenait son regard sur les bâtiments en ruine.

Qu'est-ce qu'on fait ici ? dit-il.

L'un des gendarmes posa son fusil debout contre le camion et chercha parmi son trousseau de clés et tendit la main et déverrouilla la chaîne et rejeta les extrémités libres sur le plateau du camion et reprit son fusil et fit signe aux détenus de descendre. Le capitaine avait envoyé un gendarme en éclaireur et il fallait attendre qu'il revienne. Le charro était descendu et s'appuyait au pare-chocs avant du camion avec un pouce passé dans sa ceinture en cuir ouvragé et fumait une cigarette.

Qu'est-ce qu'on fait ici ? dit Blevins.

J'en sais rien, dit John Grady.

Le chauffeur n'était pas descendu du camion. Il était affalé adossé à son siège son chapeau sur les yeux et paraissait dormir.

Il faut que j'aille pisser, dit Rawlins.

Ils s'éloignèrent dans l'herbe, avec Blevins qui les suivait en boitant. Personne ne les regardait. Le gendarme revint et fit son rapport au capitaine et le capitaine prit son fusil au gendarme et le tendit au charro et le charro le souleva dans ses mains comme si c'était un fusil de chasse. Les prisonniers revenaient au camion en traînant la jambe. Blevins s'assit un peu à l'écart et le charro le regarda puis il retira sa cigarette de sa bouche et la jeta dans l'herbe et l'écrasa sous sa semelle. Blevins se leva et s'avança vers l'arrière du camion là où se tenaient John Grady et Rawlins.

Qu'est-ce qu'ils vont faire ? dit-il.

Le gendarme qui n'avait pas de fusil s'approcha de l'arrière du camion.

Vámonos, dit-il.

Rawlins qui s'était adossé au plateau du camion se redressa.

Sólo el chico, dit le gendarme. Vámonos.

Rawlins regarda John Grady.

Qu'est-ce qu'ils vont faire ? dit Blevins.

Ils vont rien faire du tout, dit Rawlins.

Il regarda John Grady. John Grady ne desserrait pas les dents. Le gendarme avança la main et saisit Blevins par le bras. Vámonos, dit-il.

Attendez une minute, dit Blevins.

Están esperando, dit le gendarme.

Blevins se dégagea et s'assit par terre. Le visage du gendarme se rembrunit. Il regarda vers l'avant du camion où se tenait le capitaine. Blevins s'était débarrassé d'une de ses bottes et il en palpait le fond. Il arracha la semelle intérieure qui était noire et décomposée par la sueur et il la jeta et sa main replongea au fond de la botte. Le gendarme se pencha en avant et l'empoigna par son maigre bras. Il força Blevins à se relever. Blevins gesticulait et tentait de passer quelque chose à John Grady.

Tiens, dit-il d'une voix sifflante.

John Grady le regarda. Qu'est-ce que tu veux que j'en fasse ? dit-il.

Prends ça, dit Blevins.

Il lui jeta dans la main une liasse de billets mexicains sales et froissés et le gendarme lui fit faire demi-tour en le tirant par le bras et le poussa en avant. La botte était tombée par terre.

Attendez, dit Blevins. Y me faut ma botte.

Mais le gendarme le poussait de l'autre côté du camion et il s'éloignait en boitant, jetant encore une fois derrière lui un regard muet et terrifié puis continuant avec le capitaine et le charro qui lui firent traverser la clairière vers les arbres. Le capitaine avait passé un bras autour des épaules du petit, ou peut-être une main au creux de son dos. Conseiller débonnaire qu'il était. L'autre suivait avec le fusil et Blevins disparut derrière les ébéniers, en boitant dans son unique botte ce qui leur rappelait beaucoup le matin où ils l'avaient vu revenir de l'arroyo après l'orage sur cette terre inconnue un jour déjà si lointain.

Rawlins regarda John Grady. Il pinçait les lèvres. John Grady regardait la petite silhouette déguenillée disparaître en boitant entre les arbres avec son escorte. Il semblait d'une matière trop insubstantielle pour attirer la colère des hommes. Il semblait ne rien y avoir en lui qui eût assez de substance pour justifier une entreprise quelconque.

Dis rien, dit Rawlins.

Ça va.

Pour l'amour de Dieu ne dis rien.

John Grady fit volte-face et le dévisagea. Il regarda les gendarmes puis il regarda l'endroit où ils se trouvaient, l'étrange pays, l'étrange ciel.

Ça va, dit-il. Je ne dis rien.

À un moment le chauffeur était descendu et était allé un peu plus loin inspecter les bâtiments. Les autres ne bougeaient pas, les deux prisonniers, les trois gendarmes dans leurs uniformes froissés. Le seul gendarme qui ne portait pas de fusil restait accroupi près du pneu. Ils attendirent un long moment. Rawlins se pencha en avant et posa ses poings fermés sur le plateau du camion et baissa la tête et serra très fort les paupières. Au bout d'un moment il se redressa. Il regarda John Grady.

Ils peuvent quand même pas l'emmener comme ça et le descendre, dit-il. Nom de Dieu. Ils peuvent pas l'emmener comme ça et le descendre.

John Grady le regarda. Au même moment la détonation leur parvint depuis le bosquet d'ébéniers. Pas très forte. Juste une sorte de claquement assourdi. Puis une autre. Quand ils revinrent du bouquet d'arbres le capitaine tenait les menottes à la main. Vámonos, cria-t-il. Les gendarmes s'agitèrent. L'un d'eux posa le pied sur le carter de pont arrière et tendit le bras sur les planches du plateau pour prendre la chaîne. Le chauffeur sortit des ruines de la ferme.

On va s'en tirer, chuchota Rawlins. On va s'en tirer.

John Grady ne répondit pas. Il faillit lever le bras pour rabattre le bord de son chapeau sur le devant mais il se souvint qu'il n'avait plus de chapeau et il se retourna et grimpa sur le plateau du camion et s'assit en attendant qu'on lui passe la chaîne. La botte de Blevins était restée dans l'herbe. Un gendarme se baissa pour la ramasser et la jeta dans le chiendent.

Quand ils repartirent en sens inverse de la clairière le soir tombait déjà et les longs rayons du soleil passaient au ras de l'herbe, enjambant les combes peu profondes où la terre plongeait dans des flaques d'obscurité. Des petits oiseaux venus se nourrir dans la fraîcheur du soir en terrain découvert s'envolèrent et se dispersèrent au faîte de l'herbe et des faucons découpés à contre-jour dans le soleil couchant attendirent dans les hautes branches d'un arbre mort que le camion et les hommes aient disparu.

Quand ils arrivèrent à Saltillo à dix heures du soir, la foule était dehors pour la promenade, les cafés pleins.

Ils se garèrent sur la place en face de la cathédrale et le capitaine descendit et traversa la rue. Il y avait des vieux messieurs assis sur des bancs sous la lumière jaune d'un réverbère qui se faisaient cirer leurs chaussures et il y avait des petits écriteaux invitant le public à ne pas marcher sur les pelouses soigneusement entretenues. Des marchands ambulants vendaient des pains de jus de fruits gelés et des jeunes filles aux visages poudrés se promenaient deux par deux la main dans la main et regardaient par-dessus leurs épaules avec de sombres yeux craintifs. John Grady et Rawlins étaient assis dans le camion enveloppés dans leurs couvertures. Personne ne leur accordait la moindre attention. Au bout d'un moment le capitaine revint et grimpa dans le camion et ils repartirent.

Ils firent le tour des rues et s'arrêtèrent devant d'humbles porches mal éclairés et devant des maisonnettes et des boutiques jusqu'à ce que les colis qui se trouvaient sur le plateau du camion aient été presque tous distribués et quelques nouveaux colis pris en charge. Quand ils se garèrent devant le portail massif de la vieille prison du Castelar il était minuit passé.

On les conduisit dans une pièce au sol dallé où ça sentait le désinfectant. Le gendarme leur enleva les menottes et les laissa et ils s'accroupirent et s'adossèrent au mur avec leurs couvertures sur les épaules comme des mendiants. Ils passèrent ainsi un long moment. Quand la porte se rouvrit le capitaine entra et resta un instant à les regarder dans la vilaine lumière crue de l'unique ampoule qu'il y avait au plafond. Il ne portait pas son revolver. Il tourna le menton et le gardien qui avait ouvert la porte se retira et referma la porte derrière lui.

Le capitaine continuait de les contempler les bras croisés et un pouce sous le menton. Les prisonniers le regardèrent. Ils virent ses pieds, ils détournèrent leur regard. Il continua de les observer pendant un long moment. Ils avaient tous l'air d'attendre quelque chose. Comme des voyageurs dans un train à l'arrêt. Pourtant le capitaine habitait un autre espace et c'était un espace de son choix en dehors du monde commun des hommes. Un espace privilégié réservé aux hommes de l'irrémédiable et si cet espace englobait tous les mondes inférieurs qui y étaient contenus il n'offrait pas d'accès pouvant y conduire. Car les termes du choix allaient de pair avec la fonction et ce monde une fois choisi il n'y avait plus moyen d'en sortir.

Il marchait de long en large. Il s'arrêta. Il dit que l'homme qu'ils appelaient le charro avait eu une crise nerveuse là-bas dans le bosquet d'ébéniers derrière les ruines de l'ancienne ferme et pourtant c'était un homme dont le frère avait trouvé la mort de la main de l'assassin Blevins et c'était un homme qui avait donné de l'argent pour que soient prises certaines dispositions et le capitaine lui-même s'était donné bien du mal pour conclure ces arrangements.

Cet homme il est venu me trouver. C'est pas moi qui ai été le voir. Il est venu me trouver lui. Il parlait de justice. Il parlait de l'honneur de sa famille. À votre avis les gens ça compte beaucoup pour eux ces choses-là ? Moi j'en connais pas beaucoup pour qui ça compte ces choses-là.

Même moi ça m'a étonné. Oui j'étais étonné. Ici il y a pas la peine de mort pour les criminels. Il faut prendre d'autres dispositions. Je vous le dis parce que vous autres aussi vous aurez d'autres dispositions à prendre.

John Grady leva les yeux.

Vous êtes pas les premiers Américains à venir ici,

dit le capitaine. Dans cet endroit. J'ai des amis dans cet endroit et il va falloir vous arranger avec ces gens-là. Je veux pas que vous fassiez d'erreur.

On n'a pas d'argent, dit John Grady. On n'a pas l'intention de faire des arrangements avec personne.

Excusez-moi mais il faudra faire certains arrangements. Vous connaissez rien. Rien du tout.

Qu'est-ce que vous avez fait de nos chevaux ?

Il s'agit pas de chevaux pour l'instant. Ces chevaux-là il va falloir qu'ils attendent. Ces chevaux-là il faut qu'on trouve leurs vrais propriétaires.

Rawlins contemplait John Grady d'un air sinistre. Ferme ta grande gueule à la fin, dit-il.

Il peut parler, dit le capitaine. C'est mieux si tout est bien clair pour tout le monde. Vous pouvez pas rester ici. Dans cet endroit. Vous restez ici vous êtes morts. Et après ça encore des problèmes. Les papiers perdus. Pas moyen de retrouver les gens. Des gens viennent ici pour chercher quelqu'un mais on trouve personne. Les papiers on les trouve pas non plus. Des choses comme ça. Vous voyez. Y a personne qui veut de ces embêtements-là. Qui peut dire que quelqu'un est passé par ici ? Le quelqu'un y est pas. Des fous peuvent bien dire que Dieu est ici. Mais tout le monde le sait y a pas de Dieu ici.

Le capitaine étendit la main et tambourina contre la porte avec les phalanges.

Vous aviez pas besoin de le tuer, dit John Grady.

Cómo ?

Vous auriez pu le ramener. Il vous suffisait de le ramener au camion. Vous aviez pas besoin de le tuer.

Le ferraillement d'un trousseau de clés à l'extérieur. La porte s'ouvrit. Le capitaine leva une main vers un personnage invisible dans la pénombre du couloir.

Momento, dit-il.

Il s'était retourné et il les scrutait.

J'vais vous raconter une histoire, dit-il. Parce que je vous aime bien. J'étais un jeune gars comme vous. Vous me comprenez. Et en ce temps-là j'étais toujours avec des types plus âgés parce que je voulais tout apprendre. Alors cette nuit-là à la fête de San Pedro dans la ville de Linares dans le Nuevo León j'étais avec ces types et ils ont du mescal et tout le tremblement – vous savez ce que c'est que le mescal ? – et il y a cette femme et tous les types s'en vont la retrouver et ils couchent tous avec. Et moi j'suis le dernier. Alors je vais retrouver la femme à mon tour là où elle est et voilà qu'elle m'envoie promener parce que j'suis trop jeune qu'elle disait ou un truc comme ça.

Qu'est-ce qu'un homme doit faire ? Vous voyez. Je pouvais pas retourner parce que les autres auraient tous vu que j'avais pas couché avec la femme. Parce que la vérité ça se voit toujours. Vous voyez un homme peut pas s'en aller pour faire une chose et revenir en arrière après. Pourquoi revenir en arrière ? Parce qu'il a changé d'avis ? Un homme ça change pas d'avis.

Le capitaine ferma son poing et le brandit.

C'est peut-être eux qui ont dit à cette femme de pas aller avec moi. Pour pouvoir se payer ma tête. Ils lui ont peut-être donné de l'argent ou quelque chose comme ça. Mais moi je me laisse pas avoir par des putains. Quand je suis revenu y avait pas de quoi rire. Et y avait personne qui riait. Vous voyez. C'est toujours comme ça que j'ai fait dans la vie. Je suis comme ça moi quand j'arrive quelque part y a pas de quoi rire. Quand j'arrive quelque part on n'a plus envie de rire.

On leur fit monter quatre étages d'un escalier aux marches de pierre et franchir une porte d'acier qui donnait sur une passerelle métallique. Le gardien se retourna en leur souriant dans l'éclat de l'ampoule accrochée au-dessus de la porte. Au-delà c'était le ciel nocturne des montagnes du désert. Au-dessous d'eux c'était la cour de la prison.

Se llama la periquera, dit-il.

Ils le suivirent le long de la passerelle. La sensation d'une vie sournoise et maléfique sommeillant dans les cages enténébrées devant lesquelles ils passaient. Ici et là à chaque niveau de la passerelle de l'autre côté du quadrilatère une lumière sale dessinait le grillage des cellules où des lampes votives brûlaient toute la nuit aux pieds d'un saint. Au clocher de la cathédrale trois rues plus loin la cloche retentit avec une profonde, une orientale solennité.

On les enferma dans une cellule située dans l'angle le plus élevé de la prison. La porte bardée de fer claqua violemment et la gâche se remit en place en grinçant et ils écoutèrent les pas du gardien qui s'éloignait le long de la passerelle et ils écoutèrent la porte de fer qui se refermait puis il n'y eut que le silence.

Ils dormirent sur les couchettes de fer fixées au mur par des chaînes, allongés sur des grabats ou de minces matelas crasseux, immondes, infestés de vermine. Au matin ils descendirent les quatre étages d'échelles d'acier et ils entrèrent dans la cour et restèrent debout parmi les prisonniers pendant l'appel matinal. L'appel se faisait par étages mais durait quand même une bonne heure et leurs noms ne furent pas appelés.

On dirait qu'on n'est pas ici, dit Rawlins.

Pour le petit déjeuner on leur donna un mince pozole sans rien d'autre après quoi on les envoya simplement se débrouiller dans la cour. Ils passèrent la totalité de la première journée à se battre et quand ils se retrouvèrent le soir enfin bouclés dans leur cellule ils étaient en sang et à bout de force et Rawlins avait le nez cassé et salement enflé. La prison n'était guère autre chose qu'un petit village entouré d'un mur d'enceinte et à l'intérieur c'était une continuelle effervescence de troc et d'échange de n'importe quoi depuis les postes de radio et les couvertures jusqu'aux allumettes et aux boutons en passant par les clous de savetier et ce marchandage s'accompagnait d'une lutte continuelle pour le prestige et le pouvoir. Ce qui sous-tendait tout cela c'était comme la morale financière des sociétés marchandes un substrat de dépravation et de violence où dans un égalitarisme absolu tout homme était jugé sur un critère unique sa prédisposition à tuer.

Ils dormirent et au matin tout recommença. Ils se battaient dos à dos et s'aidaient mutuellement à se relever et recommençaient à se battre. À midi Rawlins ne pouvait plus mâcher. Ils vont nous tuer, dit-il.

John Grady écrasa des haricots avec de l'eau dans une boîte en fer jusqu'à ce qu'il les eût réduits en bouillie et passa la boîte à Rawlins.

Écoute-moi bien, dit-il. Les laisse surtout pas croire qu'ils auront pas besoin de nous tuer. Tu m'entends ? J'ai bien l'intention de faire ce qu'il faut pour qu'ils essaient d'avoir ma peau. Rien de moins. Ou ils nous font la peau ou ils nous foutent la paix. Y a pas de milieu.

Y a pas un endroit de mon corps qui me fait pas mal.

Je le sais. Je le sais et je m'en fous.

Rawlins aspirait la bouillie. Il regarda John Grady par-dessus le bord de la boîte. T'as une vraie gueule de raton laveur, dit-il.

John Grady eut un sourire goguenard. Et toi nom d'un chien quelle gueule tu crois que t'as ?

Merde, qu'est-ce que tu veux que j'en sache.

T'aurais de la chance d'avoir une gueule de raton laveur.

J'peux pas rire. J'crois que j'ai la mâchoire cassée.

Mais non t'as trois fois rien.

Merde, dit Rawlins.

John Grady sourit. Tu vois le grand type là-bas qui est debout en train de nous lorgner ?

Oui je vois ce fils de pute.

Tu le vois qui regarde de notre côté ?

Je le vois.

Qu'est-ce que tu crois que je vais faire ?

J'suis pas assez malin pour le deviner.

Je vais me lever d'ici et je vais aller le trouver et lui faire cracher toutes ses dents.

Tu te fous de moi.

Regarde-moi.

Et pourquoi tu ferais ça ?

Rien que pour lui épargner le déplacement.

À la fin du troisième jour la partie semblait à peu près jouée. Ils étaient tous les deux à moitié nus et John Grady s'était fait assommer avec une chaussette bourrée de gravier qui lui avait cassé deux dents du bas et son œil gauche était complètement fermé. Le quatrième jour était un dimanche et ils achetèrent des vêtements avec l'argent de Blevins et ils achetèrent un morceau de savon et prirent des douches et ils achetèrent une boîte de soupe à la tomate et firent chauffer la soupe dans la boîte sur un chicot de bougie et ils enroulèrent autour la manche de la vieille chemise de Rawlins qui leur servit de poignée et ils se la passèrent à tour de rôle tandis que le soleil se couchait au-dessus de la haute muraille du quartier ouest de la prison.

Tu sais, on va p't-êt' s'en tirer, dit Rawlins.

Commence pas à te faire des illusions. Chaque chose en son temps.

Combien d'argent tu crois qu'il faudrait pour sortir d'ici ?

J'en sais rien. Une jolie somme j'dirais.

Moi aussi.

S'il y a ici des copains du capitaine ils ont pas donné signe de vie. J'suppose qu'ils attendent pour voir s'il reste encore quelque chose à faire sortir d'ici.

Il tendit la boîte à Rawlins.

Finis-la, dit Rawlins.

Prends-la. Il reste qu'une gorgée.

Il prit la boîte et la vida et y versa un peu d'eau et l'agita et but et contempla l'intérieur de la boîte vide.

S'ils s'imaginent qu'on est riches comment ça se fait qu'ils s'occupent pas mieux de nous ? dit-il.

J'en sais rien. Tout ce que je sais c'est que c'est pas eux qui décident ici. Tout ce qu'ils décident c'est ce qui y entre et ce qui en sort.

Et encore, dit Rawlins.

Les projecteurs s'allumèrent en haut des murs. Des silhouettes qui marchaient dans la cour se figèrent puis se remirent à marcher.

La sirène va bientôt sonner.

On a encore une ou deux minutes.

J'savais pas que ça pouvait exister un endroit pareil.

J'suppose qu'on peut imaginer toutes sortes d'endroits.

Rawlins acquiesça. J'aurais jamais imaginé celui-ci, dit-il. Il pleuvait quelque part au loin dans le désert. Ils pouvaient sentir une odeur de créosote humide dans le vent. Des lumières s'allumèrent dans un logis improvisé fait de briques de mâchefer érigé dans un angle du mur de la prison là où un détenu mieux nanti vivait comme un satrape exilé avec une suite composée d'un cuisinier et d'un garde du corps. Il y avait à l'entrée une porte en treillis derrière laquelle une silhouette passait et repassait. Sur le toit une corde à linge où les vêtements du détenu flottaient doucement dans la brise nocturne comme des fanions. Rawlins montra les lumières d'un signe de tête.

Tu l'as jamais vu ?

Oui. Une fois. Il était debout sur le pas de la porte un soir et il fumait un cigare.

T'as réussi à saisir un peu du charabia d'ici ?

Un peu.

Qu'est-ce que c'est qu'un pucha ?

Un mégot.

Et une tecolata alors ?

Même chose.

Merde. Combien de mots est-ce qu'ils ont pour un mégot ?

J'en sais rien. Tu sais ce que c'est qu'un papazote ?

Non, qu'est-ce que c'est ?

Une grosse légume.

C'est comme ça qu'ils appellent le type qui habite là-haut ?

Oui.

Et nous autres on n'est qu'une paire de gabachos.

Bolillos.

Pendejos.

Tout le monde peut être un pendejo, dit John Grady. Ça veut seulement dire trouduc.

Ah oui ? Alors ici c'est sûrement nous les plus grands.

J'dirais pas le contraire.

Ils restaient assis sans bouger.

À quoi est-ce que tu penses, dit Rawlins.

Je pense à ce qu'il va falloir encore encaisser pour sortir d'ici.

Rawlins acquiesça. Ils observaient les détenus qui allaient et venaient sous l'éclat des projecteurs.

Tout ça à cause d'un maudit cheval, dit Rawlins.

John Grady se pencha en avant et cracha entre ses bottes et se redressa. Le cheval y est pour rien, dit-il.

Cette nuit-là ils étaient étendus dans leur cellule semblables à des acolytes sur leurs chevalets de fer et ils écoutaient le silence et un ronflement rauque quelque part dans le bâtiment et un chien qui aboyait doucement au loin et ils s'écoutaient respirer l'un et l'autre dans le silence encore éveillés tous deux.

On se prend pour des durs de durs de cow-boys, dit Rawlins.

Oui. Ça se peut.

Ils peuvent nous tuer quand ça leur chante.

Oui. Je sais.

Deux jours plus tard le papazote les envoya chercher. Dans la soirée un grand maigre traversa le quadrilatère et vint les trouver là où ils étaient assis et s'inclina et leur demanda de le suivre puis il se redressa et repartit d'un pas vif. Il ne se retourna même pas pour voir s'ils s'étaient levés pour le suivre.

Qu'est-ce que tu veux faire ? dit Rawlins.

John Grady se releva péniblement et épousseta d'une main le fond de son pantalon.

Magne-toi le cul, dit-il.

L'homme s'appelait Pérez. Son logis se composait d'une seule pièce au centre de laquelle se dressaient une table pliante en métal et quatre chaises. Il y avait un petit lit en fer contre un mur et dans un coin une armoire et une étagère avec un peu de vaisselle et un réchaud à gaz à trois brûleurs. Pérez se tenait devant sa petite fenêtre et regardait dans la cour. Quand il se retourna il fit un geste désinvolte avec deux doigts et l'homme qui était venu les chercher sortit et referma la porte.

Je m'appelle Emilio Pérez. Je vous en prie. Asseyez-vous.

Ils écartèrent les chaises de la table et s'assirent. Le sol de la pièce était en planches mais elles n'étaient clouées à rien. Les parpaings des murs n'étaient pas cimentés et les montants du toit étaient encore couverts d'écorce et s'emboîtaient librement dans la corniche supérieure et les tôles de la toiture étaient maintenues par des pierres empilées le long des bords. Quelques hommes auraient pu démonter et ranger le tout en une demi-heure. Pourtant il y avait un éclairage électrique et un radiateur à gaz. Un tapis, des illustrations de calendriers épinglées aux murs.

Alors jeunes gens, dit-il. Vous aimez bien vous battre. Hein ?

Rawlins dit quelque chose mais John Grady lui coupa la parole. Oui, dit-il. On aime beaucoup ça.

Pérez sourit. C'était un homme dans la quarantaine avec des cheveux et une moustache qui grisonnaient, à l'allure souple et soignée. Il tira la troisième chaise et en enjamba le dossier avec une désinvolture calculée et s'assit et se pencha en avant avec les coudes sur la table. La table avait été peinte en vert au pinceau et l'emblème d'une brasserie était en partie visible à travers la peinture. Il joignit les mains.

Toutes ces bagarres, dit-il. Ça fait combien de temps que vous êtes ici ?

À peu près une semaine.

Et combien de temps est-ce que vous comptez rester ?

Premièrement on n'a jamais eu l'intention d'y venir,

dit Rawlins. J'crois pas que nos intentions aient beaucoup d'importance.

Pérez souriait. Les Américains ne restent pas tellement de temps avec nous, dit-il. Quelquefois ils viennent ici pour quelques mois. Deux ou trois. Puis ils repartent. La vie ici n'est pas très bonne pour les Américains. Ils ne s'y plaisent pas tant que ça.

Est-ce que vous pouvez nous faire sortir d'ici ?

Pérez écarta les mains et haussa les épaules. Oui, dit-il. Je le peux, bien sûr.

Alors pourquoi est-ce que vous en sortez pas vous-même, dit Rawlins.

Il se renversa sur sa chaise. Il se remit à sourire. Le geste qu'il fit en rejetant brusquement ses mains de côté comme des oiseaux effarouchés s'accordait mal avec son comportement plutôt réservé. Peut-être s'imaginait-il que c'était un geste d'Américain qu'il leur serait plus facile de comprendre.

J'ai des ennemis politiques. Quoi d'autre ? Je veux être clair avec vous. Je n'ai pas la vie tellement facile ici. J'ai besoin d'argent pour tous mes arrangements personnels et ça coûte très cher. Ça coûte très cher.

Vous vous trompez de forage, dit John Grady. On n'a pas d'argent.

Pérez les examinait gravement.

Si vous avez pas d'argent comment voulez-vous vous faire libérer de prison ?

Dites-le-nous.

Mais il n'y a rien à dire. Sans argent vous ne pouvez rien faire.

Alors y a pas de solution.

Pérez les examinait. Il se pencha en avant et joignit de nouveau les mains. Il semblait réfléchir sur la façon dont il devait s'exprimer. Vous êtes dans une situation sérieuse, dit-il. Vous ne comprenez pas ce qu'est la vie ici. Vous croyez que toutes ces bagarres c'est pour avoir des choses. Des lacets de soulier ou des cigarettes ou je ne sais quoi. La lucha. C'est une vue naïve. Vous savez ce que ça veut dire naïve. La réalité est toujours différente. Vous ne pouvez pas rester ici et être indépendants. Vous ne savez pas comment ça se passe ici. Vous ne parlez pas la langue.

Il la parle, dit Rawlins.

Pérez hocha la tête. Non, dit-il. Vous ne la parlez pas. Peut-être qu'au bout d'un an ici vous arriveriez à comprendre. Mais vous n'avez pas un an devant vous. Vous n'avez pas le temps. Si vous ne me faites pas confiance je ne peux pas vous aider. Vous me comprenez ? Je ne peux pas vous offrir mon aide.

John Grady regarda Rawlins. T'es prêt, pote ?

Oui. J'suis prêt.

Ils repoussèrent les chaises et se mirent debout.

Pérez leva les yeux sur eux. Asseyez-vous, je vous en prie, dit-il.

Nous rasseoir. Pour quoi faire.

Ses doigts tambourinaient sur la table. Vous n'êtes vraiment pas raisonnables, dit-il. Vraiment pas raisonnables.

John Grady s'arrêta une main posée sur la porte. Il se retourna et regarda Pérez. Avec sa figure abîmée et sa mâchoire pendante et son œil encore enflé fermé et bleu comme une prune.

Pourquoi est-ce que vous ne nous dites pas ce qui se passe ici ? dit-il. Vous parlez de confiance. Si nous ne savons rien pourquoi est-ce que vous ne nous mettez pas au courant ?

Pérez ne s'était pas levé. Il se penchait en arrière sur sa chaise et les regardait.

Je ne peux rien vous dire, dit-il. C'est la vérité. Je peux dire certaines choses sur les gens qui se placent sous ma protection. Mais les autres ?

Du revers de la main il esquissa un geste d'impuissance.

Les autres sont ailleurs, c'est tout. Ils vivent dans un monde de possibilités sans limites. Dieu peut-être pourrait dire ce qui va leur arriver. Mais pas moi.

Le lendemain matin en traversant la cour Rawlins fut pris à partie par un homme armé d'un couteau. C'était un type qu'il n'avait encore jamais vu et le couteau n'était pas une trucha improvisée découpée dans une cuillère de tranchée mais un couteau italien à cran d'arrêt, au manche plaqué de corne noire et aux mitres nickelées, et il le tenait à la hauteur de la taille et le passa par trois fois en travers de la chemise de Rawlins et Rawlins fit trois bonds en arrière les épaules rentrées et les bras projetés en avant comme un homme qui arbitre son propre assassinat. À la troisième passe il tourna les talons et prit la fuite. Il courait en se tenant l'estomac d'une main et sa chemise était poisseuse et mouillée.

Quand John Grady le rejoignit il était assis le dos au mur et les bras croisés sur son estomac et se balançait d'avant en arrière comme s'il avait froid. John Grady s'agenouilla et tenta de lui écarter les bras.

Laisse-moi voir, nom de Dieu.

L'enfant de salaud. L'enfant de salaud.

Laisse-moi voir.

Rawlins se pencha en arrière. Merde à la fin, dit-il.

John Grady souleva la chemise baignée de sang.

C'est pas trop grave, dit-il. C'est pas trop grave.

Il plia les doigts et passa la main sur l'estomac de Rawlins pour enlever le sang. L'entaille la plus basse était la plus profonde et les faisceaux extérieurs étaient déchirés mais la lame n'avait pas pénétré à l'intérieur de la paroi stomacale. Rawlins baissa la tête pour examiner les blessures. Ça n'a pas l'air fameux, dit-il. L'enfant de salaud.

Est-ce que tu peux marcher ?

Oui, j'peux marcher.

Viens.

Merde à la fin, dit Rawlins. L'enfant de salaud.

Viens, mon pote. Tu peux pas rester ici.

Il aida Rawlins à se mettre debout.

Viens, dit-il. Je te soutiens.

Ils traversèrent le quadrilatère jusqu'au poste de garde. Le gardien jeta un coup d'œil par l'ouverture du guichet. Il regarda John Grady et il regarda Rawlins. Puis il ouvrit la grille et John Grady remit Rawlins entre les mains de ses geôliers.

Ils le firent asseoir sur une chaise et envoyèrent chercher l'alcade. Le sang s'égouttait lentement sur le sol de pierre au-dessous de lui. Il se tenait l'estomac à deux mains. Au bout d'un moment quelqu'un lui tendit une serviette.

Dans les jours qui suivirent John Grady se déplaça le moins possible à travers la cour. Il guettait partout cherchant du regard le cuchillero prêt à surgir parmi les yeux anonymes qui lui retournaient son regard. Il ne se passait rien. Il avait quelques amis parmi les détenus. Un homme plus âgé de l'État du Yucatán qui se tenait à l'écart des factions mais que l'on traitait avec respect. Un Indien basané de la sierra León. Deux frères du nom de Bautista qui avaient tué un policier à Monterrey et mis le feu au cadavre et qui s'étaient fait prendre avec l'aîné chaussé des chaussures du gendarme. Tous étaient convaincus que Pérez était quelqu'un dont on pouvait à peine imaginer le pouvoir. Certains disaient que ses déplacements n'étaient nullement limités à la prison mais qu'il sortait la nuit. Qu'il avait une femme et une famille en ville. Une maîtresse.

Il essaya d'avoir des nouvelles de Rawlins par les gardiens mais ils prétendaient ne rien savoir. Dans la matinée du troisième jour qui suivit l'attaque au couteau il traversa la cour et frappa à la porte de Pérez. Le bourdonnement dans la cour derrière lui en fut presque interrompu. Il pouvait sentir les regards braqués sur lui et quand le grand type qui servait à Pérez de chambellan ouvrit la porte il ne lui accorda qu'un bref coup d'œil puis il regarda plus loin et balaya des yeux la cour de la prison.

Quisiera hablar con el señor Pérez, dit John Grady.

Con respecto de que ?

Con respecto de mi cuate.

Il referma la porte. John Grady attendit. Au bout d'un instant la porte se rouvrit. Pásale, dit le chambellan.

John Grady entra dans la pièce. L'homme de Pérez referma la porte et s'y adossa. Pérez était assis à sa table.

Dans quel état est votre ami ? dit-il.

C'est ce que je suis venu vous demander.

Pérez sourit.

Asseyez-vous. Je vous en prie.

Est-il en vie ?

Asseyez-vous. J'insiste.

Il s'approcha de la table et écarta une chaise et s'assit.

Vous voulez peut-être du café.

Non merci.

Pérez se renversa sur sa chaise.

Dites-moi ce que je peux faire pour vous, dit-il.

Vous pouvez me dire comment va mon ami.

Mais si je réponds à cette question alors vous vous en irez.

Pour quoi faire voudriez-vous que je reste ?

Pérez sourit. Eh bien mon Dieu, dit-il. Pour me raconter des épisodes de votre vie de criminel. Naturellement.

John Grady le scrutait.

Comme tous les gens riches, dit Pérez, je n'ai qu'un désir c'est qu'on me distraie.

Me tome el pelo.

Oui. En anglais vous dites faire marcher, je crois.

C'est ça. Vous êtes un homme riche ?

Non. C'est une plaisanterie. J'aime bien pratiquer mon anglais. Ça passe le temps. Où avez-vous appris l'espagnol ?

Chez nous.

Au Texas.

Oui.

Vous l'avez appris avec les domestiques ?

On n'avait pas de domestiques. Seulement des gens qui travaillaient avec nous.

Vous avez déjà été en prison avant ?

Non.

Vous êtes l'oveja negra, c'est ça ? La brebis galeuse ?

Vous savez rien de moi.

Peut-être pas. Dites-moi pourquoi vous vous imaginez que vous pourrez sortir d'ici par des moyens pas catholiques ?

Je vous l'ai dit, vous vous trompez de forage. Vous savez rien de ce que je m'imagine.

Je connais les États-Unis. J'y ai été plusieurs fois. Vous êtes comme les juifs. Il y a toujours un riche parent. Dans quelle prison avez-vous été ?

Vous savez bien que j'ai jamais été en prison. Où est-ce qu'est Rawlins ?

Vous croyez que je suis responsable de ce qui est arrivé à votre ami. Mais ce n'est pas vrai.

Et vous vous croyez que je suis venu ici pour négocier. Tout ce que je veux c'est savoir ce qui lui est arrivé.

Pérez hocha la tête d'un air pensif. Même dans un endroit comme celui-ci où on devrait s'occuper de l'essentiel l'esprit de l'Anglo-Saxon reste toujours typiquement fermé. Pendant un certain temps j'ai cru que ce n'était que la conséquence de sa vie de privilégié. Mais ce n'est pas ça. C'est son esprit qui est fait comme ça.

Il se cala confortablement sur sa chaise. Il se mit à se tapoter la tempe. Ce n'est pas qu'il est stupide. C'est sa représentation du monde qui est incomplète. Si typiquement incomplète. Il ne regarde que ce qu'il veut voir. Vous me comprenez ?

Je vous comprends.

Bien, dit Pérez. En général plus un type est intelligent moins il me trouve bête. C'est à ça que je le juge.

J'vous trouve pas bête. Simplement je ne vous trouve pas sympathique.

C'est ça, dit Pérez. Très bien. Très bien.

John Grady regarda l'homme de Pérez qui se tenait adossé contre la porte. Il restait immobile avec ses yeux emmurés qui ne regardaient rien.

Il ne comprend pas ce que nous disons, dit Pérez. Vous pouvez vous exprimer en toute liberté.

Je me suis déjà exprimé.

Oui.

Il faut que je parte.

Croyez-vous que vous pouvez partir si je ne veux pas que vous partiez ?

Oui.

Pérez sourit.

Êtes-vous un cuchillero ?

John Grady se renversa sur sa chaise.

Une prison c'est comme un… comment appelez-vous ça ? Un salón de belleza.

Un institut de beauté.

Un institut de beauté. C'est un endroit idéal pour les ragots. Tout le monde connaît l'histoire de tout le monde. Parce que c'est une chose très intéressante le crime. Tout le monde sait ça.

On n'a jamais commis de crime.

Peut-être pas encore.

Qu'est-ce que ça signifie ?

Pérez haussa les épaules. Ils continuent de chercher. Votre affaire n'est pas encore close. Vous croyiez que votre affaire était close ?

Ils ne trouveront rien.

Ma parole, dit Pérez. Ma parole. Croyez-vous qu'il n'y a pas de crime sans propriétaire ? Il ne s'agit pas de trouver. Il s'agit seulement de choisir. C'est comme de repérer dans une boutique le costume qui vous convient.

Ils ont pas l'air de beaucoup se presser.

Même au Mexique on ne peut pas vous garder indéfiniment. C'est pour ça que vous devez agir. Une fois que vous serez inculpé il sera trop tard. Ils délivreront ce qu'on appelle les previas. À ce moment-là il y aura des tas de problèmes.

Il tira ses cigarettes de sa poche de poitrine et les tendit par-dessus la table. John Grady ne fit pas un geste.

Je vous en prie, dit Pérez. Ça ne compte pas. Ce n'est pas la même chose que de rompre le pain. Ça n'impose d'obligations à personne.

Il se pencha en avant et prit une cigarette et se la

mit dans la bouche. Pérez sortit un briquet de sa poche et l'ouvrit et l'alluma et le tendit par-dessus la table.

Où avez-vous appris à vous battre ? dit-il.

John Grady tira une longue bouffée de sa cigarette et se renversa en arrière sur sa chaise.

Qu'est-ce que vous voulez savoir ? dit-il.

Rien de plus que ce que les gens veulent savoir.

Qu'est-ce que les gens veulent savoir.

Les gens veulent savoir si vous avez des cojones. Si vous avez du courage.

Il alluma sa propre cigarette et posa le briquet sur le paquet de cigarettes sur la table et souffla un mince filet de fumée.

Alors ils pourront fixer votre prix, dit-il.

Il y a des gens qui n'ont pas de prix.

C'est vrai.

Et qu'est-ce qui arrive à ces gens-là ?

Ces gens-là meurent.

J'ai pas peur de mourir.

C'est bien. Ça vous aidera à mourir. Ça ne vous aidera pas à vivre.

Est-ce que Rawlins est mort ?

Non il n'est pas mort.

John Grady repoussa la chaise.

Pérez eut un sourire serein. Vous voyez ? dit-il. Vous allez faire exactement ce que je vous dis.

J'crois pas.

Il faut vous décider. Vous n'avez pas tellement de temps. On n'a jamais autant de temps qu'on le croit.

Le temps est bien la seule chose que j'ai suffisamment depuis que je suis arrivé ici.

J'espère que vous allez un peu réfléchir à votre situation. Les Américains ont parfois des idées pas très réalistes. Ils croient qu'il y a des choses bonnes et des choses mauvaises. Ce sont des gens très superstitieux, vous savez.

Vous ne croyez pas qu'il y a des choses bonnes et des choses mauvaises ?

Des choses, non. À mon avis c'est une superstition. C'est la superstition d'un peuple d'athées.

Vous croyez que les Américains sont athées ?

Oh oui. Pas vous ?

Non.

Je les ai vus s'attaquer à leurs propres biens. Une fois j'ai vu un homme détruire sa voiture. Avec un gros martillo. Comment dites-vous ?

Marteau.

Parce qu'elle ne voulait pas démarrer. Vous croyez qu'un Mexicain ferait ça ?

J'en sais rien.

Un Mexicain ne ferait pas ça. Le Mexicain ne croit pas qu'une voiture peut être bonne ou mauvaise. Il sait que si le mal s'est mis dans la voiture ça ne servira à rien de la détruire. Parce qu'il sait où se nichent le bien et le mal. L'Anglo-Saxon, c'est tout à fait typique de sa mentalité, s'imagine que le Mexicain est superstitieux. Mais lequel est superstitieux ? On sait qu'une chose possède certaines caractéristiques. Cette voiture est verte. Ou elle a un certain type de moteur à l'intérieur. Mais elle ne peut pas être corrompue, voyez-vous. Ou un homme. Même un homme. Il peut y avoir une part de mal chez un homme. Mais nous ne croyons pas que ce mal vienne de lui. Où l'a-t-il attrapé ? Comment se l'est-il approprié ? Non. Le mal est une chose tangible au Mexique. Il se déplace sur ses propres pattes. Peut-être qu'un jour il viendra vous rendre visite. C'est peut-être déjà fait.

Peut-être.

Pérez sourit. Vous êtes libre de partir, dit-il. Je vois bien que vous ne croyez pas ce que je vous dis. C'est la même chose pour l'argent. Je crois que les Américains ont toujours ce problème. Ils parlent d'argent sale. Mais l'argent ne possède pas cette qualité particulière. Et le Mexicain n'aurait jamais l'idée de donner aux choses des propriétés particulières ou de les placer dans un endroit spécial où l'argent ne sert à rien. À quoi ça pourrait servir ? Si l'argent a cours l'argent est bon. Pour le Mexicain l'argent ne peut pas être mauvais. C'est un problème qu'il ne connaît pas. C'est une idée anormale.

John Grady se pencha en avant et écrasa sa cigarette dans le cendrier en fer-blanc posé sur la table. Dans ce monde-là les cigarettes étaient elles-mêmes une monnaie d'échange et celle qu'il abandonnait cassée et mal éteinte devant le maître de maison avait à peine été fumée. Écoutez, dit-il.

Je vous écoute.

On se reverra par ici.

Il se leva et il regarda l'homme de Pérez debout contre la porte. L'homme de Pérez regarda Pérez.

Je croyais que vous vouliez savoir ce qui allait se passer ? dit Pérez.

John Grady se retourna. Est-ce que ça y changerait quelque chose ? dit-il.

Pérez sourit. Vous m'accordez trop de crédit. Il y a trois cents hommes dans cet établissement. Personne ne peut savoir ce qui est possible.

Il y a quelqu'un qui tire les ficelles.

Pérez haussa les épaules. Peut-être, dit-il. Mais un monde comme celui-ci, vous voyez, le monde de la prison. Ça donne une fausse impression. Comme si les choses étaient gouvernables. Si ces hommes étaient gouvernables ils ne seraient pas ici. Vous voyez le problème.

Oui.

Vous pouvez partir. Je serai moi-même curieux de voir comment ça va tourner pour vous.

Il fit un petit geste de la main. L'homme s'écarta de la porte et l'ouvrit.

Joven, dit Pérez.

John Grady se retourna. Oui, dit-il.

Prenez garde avec qui vous rompez le pain, dit-il.

Entendu. Je prendrai garde.

Puis il tourna les talons et descendit dans la cour.

Il lui restait encore quarante-cinq pesos sur l'argent que Blevins leur avait donné et il tenta d'acheter un couteau avec mais personne ne voulait lui en vendre un. Il ne pouvait savoir s'il n'y en avait pas à vendre ou pas à vendre seulement pour lui. Il se déplaçait à travers la cour avec une lenteur calculée. Il trouva les Bautista à l'ombre du mur sud de la prison et il s'arrêta et attendit qu'ils lèvent les yeux et lui fassent signe d'approcher.

Il s'accroupit devant eux.

Quiero comprar una trucha, dit-il.

Ils acquiescèrent. Celui qui s'appelait Faustino prit la parole.

Cúanto dinero tienes ?

Cuarenta y cinco pesos.

Ils restèrent un long moment silencieux. Le sombre visage d'Indien réfléchissait. Méditatif. Comme si la complexité de cette transaction était lourde de toutes sortes de conséquences. Faustino tournait et retournait les mots dans sa bouche. Bueno, dit-il. Dámelo.

John Grady les regardait. Les éclairs dans leurs yeux noirs. S'il y avait de la dissimulation dans ces yeux-là elle était d'une nature qui le dépassait et il s'assit dans la poussière et enleva sa botte gauche et y plongea la main et en sortit la petite liasse humide de billets. Ils l'observaient. Il remit sa botte et resta un instant assis avec l'argent serré entre l'index et le médius puis d'un geste rapide de joueur de cartes il abattit les billets pliés sous le genou de Faustino. Faustino ne bougea pas d'un pouce.

Bueno, dit-il. La tendré esta tarde.

Il acquiesça et se leva et traversa la cour en sens inverse.

L'odeur des gaz de diesels dérivait à travers le quadrilatère et il pouvait entendre les autobus dans la rue de l'autre côté de la grille et il comprit que c'était un dimanche. Il s'assit à l'écart le dos au mur. Il entendait un enfant pleurer. Il vit l'Indien de la sierra León traverser la cour et il l'appela.

L'Indien s'approcha.

Siéntate, dit-il.

L'Indien s'assit. Il sortit de dessous sa chemise un petit sac en papier ramolli par la sueur et le lui tendit. Il y avait à l'intérieur une poignée de punche et une liasse de fanes de maïs découpées en feuilles.

Gracias, dit-il.

Il prit une feuille et la plia et y poussa le tabac fibreux et roula la feuille et la ferma avec sa langue. Il rendit le tabac à l'Indien et l'Indien roula une cigarette et remit le sac sous sa chemise et sortit un briquet de fortune bricolé dans une bague de plomberie d'un centimètre et demi et en fit jaillir une étincelle et l'abrita entre ses mains et souffla sur la flamme et la tendit à John Grady puis il alluma sa cigarette.

John Grady le remercia. No tienes visitantes ? dit-il.

L'Indien hocha la tête. Il ne demanda pas à John

Grady s'il avait des visites. John Grady pensait qu'il pourrait avoir quelque chose à lui dire. Des nouvelles qui avaient circulé dans la prison mais n'étaient pas arrivées jusqu'à lui dans son exil. Mais l'Indien semblait n'avoir aucune nouvelle de rien et ils restèrent ainsi à fumer assis contre le mur jusqu'à ce que les cigarettes se soient consumées et qu'il n'en reste rien et l'Indien laissa les cendres tomber entre ses pieds puis il se leva et traversa la cour.

À midi il n'alla pas déjeuner. Il restait assis à la même place et observait la cour et tentait de déchiffrer l'atmosphère. Il eut l'impression que des hommes le regardaient en passant. Puis il eut l'impression qu'ils faisaient un effort pour ne pas le regarder. Il dit presque à haute voix qu'à trop réfléchir on risquait de se faire tuer. Puis il dit que parler tout seul risquait aussi de vous faire tuer. Un peu plus tard il se réveilla en sursaut et leva la main. Il tremblait à l'idée qu'il s'était assoupi dans un pareil endroit.

Il surveillait la largeur de l'ombre que le mur projetait devant lui. Quand l'ombre arriverait au milieu de la cour il serait quatre heures. Au bout d'un moment il se leva et marcha jusqu'à l'endroit où étaient assis les Bautista.

Faustino leva les yeux sur lui. Il lui fit signe d'approcher. Il lui dit d'avancer un peu sur la gauche. Puis il lui dit qu'il avait le pied dessus.

Il faillit regarder par terre mais il se retint. Faustino opina du chef. Siéntate, dit-il.

Il s'assit.

Hay un cordón. Il regarda par terre. Il y avait un petit bout de ficelle sous sa botte. Quand il tira dessus en le dissimulant avec sa main un couteau apparut entre les graviers et il le saisit dans sa paume et le glissa sous l'élastique de son pantalon. Puis il se leva et repartit.

C'était mieux que ce qu'il avait espéré. C'était un couteau à cran d'arrêt auquel manquaient les plaquettes du manche, de fabrication mexicaine, le laiton visible sous le bruni des mitres. Il défit le nœud du morceau de ficelle qui était enroulé autour et essuya le couteau à sa chemise et souffla dans la feuillure de la lame et en frappa délicatement le talon de sa botte et souffla encore une fois. Il poussa le bouton et la lame s'ouvrit d'un coup sec. Il humecta une touffe de poils sur le revers de son poignet et vérifia le fil de la lame. Il était debout sur un pied avec la jambe croisée par-dessus son genou la lame pressée contre la semelle de sa botte quand il entendit quelqu'un qui approchait et il referma le couteau et le glissa dans sa poche et fit demi-tour et repartit, croisant deux types qui le toisèrent sur le chemin des immondes latrines.

Une demi-heure plus tard la sirène annonçant le repas du soir retentit dans la cour. Il attendit que le dernier homme fût entré dans la salle du réfectoire puis il entra à son tour et prit son plateau et longea le comptoir. Comme c'était dimanche et que beaucoup de prisonniers avaient mangé les provisions que leur avait apportées leur femme ou leur famille le réfectoire était à moitié vide et il tourna et s'arrêta un instant avec son plateau, les haricots et les tortillas et l'anonyme ragoût, et choisit une table dans le coin où un jeune type qui n'était guère plus âgé que lui était assis à l'écart et fumait et buvait de l'eau dans une tasse.

Il s'arrêta au bout de la table et posa son plateau. Con permiso, dit-il.

Le type le regarda et souffla deux minces volutes de fumée par le nez et opina du chef et tendit la main pour prendre sa tasse. À l'intérieur de son bras droit au-dessous du coude il y avait un jaguar bleu qui se débattait dans les anneaux d'un anaconda. Entre son pouce et son index gauches la croix pachuco et les cinq marques. Rien d'anormal. Mais au moment où il s'assit il comprit soudain pourquoi cet homme mangeait seul. Il était trop tard pour se relever. Il prit la cuillère dans sa main gauche et commença à manger. Même dans le grincement et le cliquètement assourdi des cuillères sur les plateaux métalliques il entendit le loquet se refermer sur la porte à l'autre extrémité du réfectoire. Il jeta un coup d'œil sur le devant de la salle. Il n'y avait personne derrière le comptoir. Les deux gardiens étaient partis. Il continuait de manger. Son cœur cognait dans sa poitrine et il avait la bouche sèche et la nourriture était comme de la cendre. Il sortit le couteau de sa poche et le passa sous la ceinture de son pantalon.

Le type écrasa sa cigarette et posa sa tasse sur le plateau. Dehors quelque part dans les rues de l'autre côté des murs de la prison un chien aboyait. Une tamalera annonçait sa marchandise. John Grady comprit qu'il n'aurait pas pu entendre toutes ces choses si tout autre bruit n'avait cessé dans le réfectoire. Il ouvrit doucement le couteau contre sa jambe et ainsi ouvert le fit passer dans le sens de la longueur sous la boucle de sa ceinture. Le type s'était levé et il enjamba le banc et prit son plateau et tourna et s'avança le long de la table du côté opposé. John Grady tenait sa cuillère dans la main gauche et serrait son plateau. Le type arrivait en face de lui. Il continua. John Grady l'observait les yeux baissés. Quand le type atteignit l'extrémité de la table il tourna brusquement et tenta de le frapper à la tête avec son plateau. John Grady vit tout cela se dérouler lentement devant lui. Le plateau qui approchait bord en avant en direction de ses yeux. La tasse en fer-blanc légèrement de biais avec la cuillère dedans légèrement dressée presque immobile et comme suspendue et la crasseuse chevelure noire du type retombant sur son visage taillé à la serpe. Il leva violemment son plateau et le plateau du type y fit une profonde entaille en le heurtant du coin par en dessous. Il se laissa rouler en arrière par-dessus le banc et se remit sur ses pieds. Il pensait que le plateau allait s'abattre sur la table mais le type ne l'avait pas lâché et il tenta encore une fois de le frapper avec, en avançant le long de l'arête du banc. Il para en se rejetant en arrière et les plateaux s'entrechoquèrent et il vit pour la première fois le couteau passer sous les plateaux comme une froide salamandre d'acier cherchant avidement la chaleur qu'il y avait en lui. Il se dégagea d'un bond et glissa dans la nourriture répandue sur le sol bétonné. Il tira le couteau qu'il avait passé sous sa ceinture et projeta le plateau d'un mouvement de revers et atteignit le cuchillero au front. Le cuchillero parut surpris. Il essayait d'obstruer la vision de John Grady avec son plateau. John Grady recula. Il avait le dos au mur. Il fit un pas de côté et serra son plateau et le projeta en avant contre le plateau du cuchillero en visant les doigts. Le cuchillero se déplaçait entre lui et la table. Il repoussa le banc d'un coup de pied derrière lui. Les plateaux cliquetaient et s'entrechoquaient dans le silence à part cela total du réfectoire et le front du cuchillero avait commencé à saigner et le sang dégoulinait le long de son œil gauche. Il fit encore une feinte avec le plateau. John Grady pouvait sentir son odeur. Le cuchillero feinta et son couteau passa d'un bord à l'autre de la chemise de John Grady. John Grady abaissa le plateau à la hauteur de sa taille et fit quelques pas le long du mur en regardant au fond de ces yeux noirs. Le cuchillero ne proférait pas une parole. Ses mouvements étaient précis et sans haine. John Grady savait qu'il avait été payé. Il tenta de le frapper à la tête avec le plateau et le cuchillero esquiva et rompit et fit un pas en avant. John Grady serra le plateau et recula le long du mur. Il se passa la langue dans la commissure des lèvres et sentit la saveur du sang. Il savait qu'il avait une coupure au visage mais il ne savait pas si c'était vraiment grave. Il se dit que si le cuchillero avait été payé c'était à cause de sa réputation et il se dit qu'il allait mourir ici. Il regardait au fond de ces sombres yeux où il y avait des abîmes à découvrir. Toute une histoire maléfique qui brûlait d'une flamme froide et lointaine et noire. Il se déplaçait le long du mur, repoussant le cuchillero avec son plateau. Il fut de nouveau touché, en haut du bras sur toute la largeur. Il fut touché au bas de la poitrine, une entaille qui allait d'un côté à l'autre du thorax. Il tourna et donna deux coups de couteau en direction du cuchillero. Le type déjouait la lame en s'effaçant avec l'aisance désarticulée d'un derviche. Les hommes assis à la table dont ils approchaient commençaient à se lever les uns après les autres sans bruit de leurs bancs comme des oiseaux qui s'envolent d'un fil télégraphique. De nouveau John Grady pivota et voulut frapper le cuchillero avec son plateau et le cuchillero s'accroupit et l'espace d'une brève seconde immobile il le vit là devant lui maigre et les jambes arquées sous son bras tendu, sombre et frêle homuncule résolu à l'envahir. Le couteau passa d'un bord à l'autre de sa poitrine et repassa et la silhouette s'esquiva avec une incroyable rapidité pour reparaître aussitôt devant lui, accroupie dans un total silence, animée d'un vague roulis, guettant ses yeux. Ils guettaient pour voir si la mort approchait. Ces yeux qui l'avaient déjà vue avant et savaient sous quelles couleurs elle voyageait et à quoi elle ressemblait quand elle arrivait là.

Le plateau s'abattit sur les dalles. Il comprit qu'il l'avait lâché. Il posa la main sur sa chemise. Il la retira gluante de sang et il l'essuya sur le côté de son pantalon. Le cuchillero tenait son plateau à la hauteur de ses yeux pour lui cacher ses mouvements. Il semblait le supplier de lire quelque chose qui était écrit là mais il n'y avait rien à voir d'autre que les creux et les bosses occasionnés par les dix mille repas qu'on y avait pris. John Grady fit un pas en arrière. Il s'assit par terre, lentement. Il avait les jambes pliées sous lui en chien de fusil et il s'affaissa contre le mur avec les bras qui pendaient de chaque côté de son corps. Le cuchillero abaissa le plateau. Il le posa doucement sur la table. Il se pencha et empoigna John Grady par les cheveux et lui renversa la tête en arrière pour lui trancher la gorge. Au même moment John Grady leva le couteau resté par terre sous sa main et le plongea dans le cœur du cuchillero. Il le plongea dans son cœur et fit tourner le manche d'une brusque torsion du poignet et la lame se rompit et resta à l'intérieur.

Puis il y eut le choc du couteau du cuchillero sur les dalles. De la fleur écarlate qui s'épanouissait sur la poche gauche de sa chemise de travail bleue jaillit un mince filet de sang artériel rouge vif. Il tomba à genoux et bascula en avant mort dans les bras de son ennemi. Parmi les hommes qui se trouvaient dans le réfectoire quelques-uns s'étaient déjà levés pour sortir. Comme dans un théâtre le public pressé d'éviter la cohue. John Grady lâcha le manche du couteau et repoussa la tête gominée qui dodelinait contre sa poitrine. Il se tourna sur le côté et chercha à tâtons jusqu'à ce qu'il eût trouvé le couteau du cuchillero. Il écarta le mort et s'agrippa à la table et fit un effort pour se lever. Ses vêtements pendaient sur son corps, lourds de sang. Il fit quelques pas à reculons le long des tables et fit demi-tour et gagna la porte en titubant et tira le loquet et sortit en titubant dans le crépuscule indigo.

La lumière qui provenait du réfectoire projetait à travers la cour un étroit couloir de plus en plus pâle. Quand les hommes s'agglutinèrent sur le seuil pour observer John Grady la zone éclairée s'altéra et s'obscurcit dans la pénombre. Personne ne sortit du réfectoire pour le suivre. Il marchait avec beaucoup de précautions, une main pressée contre son ventre. Les projecteurs en haut des murs allaient s'allumer d'un instant à l'autre. Il marchait avec une grande prudence. Le sang clapotait dans ses bottes. Il regarda le couteau qu'il tenait à la main et le jeta. Les premiers coups de sirène n'allaient pas tarder à retentir et les lumières s'allumeraient le long des murs. Il avait la tête légère et chose étrange il ne sentait pas la douleur. Ses mains étaient poisseuses de sang et le sang suintait entre ses doigts pressés contre son ventre. Les lumières allaient s'allumer et la sirène ne tarderait pas à retentir.

Il était à mi-chemin de la première échelle d'acier quand un homme de haute taille le dépassa et lui parla. Il se retourna, recroquevillé sur lui-même. Dans la lumière mourante on ne verrait peut-être pas qu'il n'avait pas de couteau. On ne verrait peut-être pas qu'il était ensanglanté dans ses vêtements.

Ven conmigo, dit l'homme. Está bien.

No me moleste.

Les noirs gradins des murs de la prison tombaient à n'en plus finir du haut de l'intense ciel cyanurique. Un chien s'était mis à aboyer.

El padrote quiere ayudarle.

Mande ?

L'homme se campa devant lui. Ven conmigo, dit-il.

C'était l'homme de Pérez. Il tendit sa main. John Grady recula. Ses bottes laissaient des traces humides de sang sur le sol sec de la cour. Les lumières allaient s'allumer. La sirène allait retentir. Il se tourna pour partir, ses genoux chancelant sous lui. Il tomba et se releva. Le mayordomo voulut l'aider et il se déroba à son emprise et retomba. Le monde chavirait. Il était à genoux et poussait contre le sol pour se relever. Le sang dégoulinait entre ses mains écartées. Le noir remblai du mur s'érigea devant lui. L'intense ciel cyanurique. Il était couché sur le côté. L'homme de Pérez se pencha sur lui. Il se baissa et le prit dans ses bras et le souleva et l'emporta de l'autre côté de la cour dans la maison de Pérez et referma la porte derrière lui d'un coup de pied à l'instant où les lampes s'allumaient et où retentissait la sirène.

IL SE RÉVEILLA dans une pièce aux murs de pierre dans une complète obscurité et une odeur de désinfectant. Il avança la main pour voir ce qu'elle toucherait et il sentit la douleur sur tout son corps comme une chose qui se serait tapie là sans bruit en attendant qu'il fasse un mouvement. Il reposa sa main. Il tourna la tête. Une mince barre luminescente se dessinait dans l'obscurité. Il tendit l'oreille mais il n'y avait pas un son. Chaque bouffée d'air qu'il aspirait était comme un coup de rasoir. Au bout d'un moment il tendit la main et toucha le mur froid de parpaings.

Holà, dit-il. Sa voix était sans force et grêle, son visage raide et tordu. Il essaya encore une fois. Holà. Il y avait quelqu'un. Il sentait une présence.

Quién está ? dit-il, mais personne ne répondit.

Il y avait quelqu'un et il y avait eu quelqu'un. Il n'y avait personne. Il y avait quelqu'un et il y avait eu quelqu'un et personne n'était parti mais il n'y avait personne.

Il regardait bouger la barre de lumière. C'était une lumière qui filtrait par-dessous une porte. Il écoutait. Il retenait sa respiration et il écoutait parce que la pièce était petite et semblait petite et si la pièce était petite il aurait pu les entendre respirer dans l'obscurité pour peu qu'ils respirent mais il n'entendait rien. Il se demandait presque s'il n'était pas mort et dans son désespoir il sentit monter en lui une vague de chagrin comme un enfant qui va se mettre à pleurer mais elle apportait avec elle une telle douleur qu'il l'arrêta net et qu'il commença aussitôt sa nouvelle vie et commença à la vivre souffle après souffle.

Il savait qu'il allait se lever pour essayer la porte et il prit un long moment pour se préparer. Il commença par se mettre à plat ventre. Il s'était tourné d'un seul coup pour en finir au plus vite et il fut littéralement assommé par la douleur. Il resta un moment sans bouger, haletant. Puis il allongea le bras et chercha le sol à tâtons. Sa main se balançait dans le vide. Il passa une jambe par-dessus le bord de la couchette et se redressa d'une traction des bras et son pied toucha le sol et il s'appuya sur les coudes pour reprendre ses forces.

Quand il atteignit la porte elle était verrouillée. Il resta debout, le sol semblait frais sous ses pieds. Il était emmailloté dans des sortes de langes et il s'était remis à saigner. Il s'en rendait compte. Il restait debout le visage pressé contre la fraîcheur de la porte métallique. Au contact de la porte il sentit le pansement sur son visage et il le toucha et il avait anormalement soif et il attendit un long moment avant de retraverser la pièce.

Quand la porte s'ouvrit enfin ce fut sur une aveuglante lumière et ce n'était pas pour livrer passage à une officiante en blanc mais à un maton vêtu d'un uniforme kaki taché et fripé, porteur d'un plateau métallique du réfectoire sur lequel il y avait une double cuillerée de pozole qui avait débordé et un verre de soda à l'orange. Il n'était pas beaucoup plus âgé que John Grady et il entra dans la pièce à reculons avec le plateau à la main et se retourna, ses yeux regardant partout sauf du côté du lit. À part un seau en acier posé par terre il n'y avait rien d'autre dans la pièce que le lit et il n'y avait pas d'autre endroit où poser le plateau.

Il s'approcha et s'arrêta. Il paraissait tout à la fois mal à l'aise et menaçant. Il fit un geste avec le plateau. John Grady se mit sur le côté et se redressa en s'aidant des bras. La sueur lui perlait sur le front. Il portait une sorte de surtout primitif en coton et il avait saigné au travers et le sang avait séché.

Dame el refresco, dit-il. Nada más.

Nada más ?

No.

Le maton lui tendit le verre de soda à l'orange et il le prit et s'assit avec le verre dans la main. Il examinait la petite cellule aux murs de parpaings. Il n'y avait au plafond qu'une ampoule électrique suspendue dans une cage de fil de fer.

La luz, por favor, dit-il.

Le maton fit oui de la tête et se dirigea vers la porte et se retourna et la referma derrière lui. Le claquement du verrou dans l'obscurité. Puis la lumière s'alluma.

Il entendit les pas s'éloigner dans le couloir. Puis

le silence. Il leva le verre et but lentement le soda. Il était tiède, juste un rien pétillant, délicieux.

Il passa trois jours ainsi. Il dormait et se réveillait et se rendormait. On avait éteint la lumière et il se réveilla dans le noir. Il appela mais personne ne répondit. Il pensa à son père à Goshee. Il connaissait les choses terribles qu'il avait subies là-bas et il avait toujours pensé qu'il ne voulait rien en connaître mais en fait il voulait savoir. Il restait allongé dans l'obscurité et pensait à toutes les choses qu'il ignorait sur son père et il comprit que le père qu'il connaissait était le seul père qu'il connaîtrait jamais. Il ne voulait pas penser à Alejandra parce qu'il ne savait pas ce qui allait se passer ou s'il fallait s'attendre au pire et aussi parce qu'il pensait qu'Alejandra c'était quelque chose qu'il valait mieux sauvegarder pour plus tard. Alors il pensa aux chevaux et les chevaux ça faisait toujours du bien d'y penser. Plus tard quelqu'un ralluma la lumière et après ça elle ne s'éteignit plus. Il dormit et quand il se réveilla il avait rêvé des morts qui se tenaient debout tout autour rien qu'avec leurs squelettes et les sombres orbites de leurs yeux, vides assurément de toute réflexion enfoncées qu'elles étaient dans le vide où reposait un terrible savoir commun à tous mais dont nul ne voulait parler. Quand il se réveilla il savait que des hommes étaient morts dans cette pièce.

Quand la porte se rouvrit ce fut pour laisser passer un homme en costume bleu qui tenait un sac de cuir à la main. L'homme lui sourit et s'enquit de sa santé.

Mejor que nunca, dit-il.

L'homme se remit à sourire. Il posa le sac sur le lit et l'ouvrit et en sortit une paire de ciseaux de chirurgien et repoussa le sac vers le pied du lit et souleva le drap souillé de sang.

Quién es usted ? dit John Grady.

L'homme le regarda d'un air surpris. Je suis le médecin, dit-il.

Les ciseaux avaient une pointe en spatule qui lui parut froide contre sa peau et le médecin les fit glisser sous l'écharpe de gaze maculée de sang et commença à la couper. Il tira le pansement par-dessous et ils examinèrent les sutures.

Bien, bien, dit le médecin. Il pressa deux doigts sur les points de suture. Bueno, dit-il.

Il passa un antiseptique sur les plaies cousues et mit par-dessus des tampons de gaze qu'il colla avec du sparadrap et l'aida à s'asseoir. Il sortit un large rouleau de gaze de son sac et passa un bras autour de la taille de John Grady et commença à le bander.

Mettez les mains sur mes épaules, dit-il.

Quoi ?

Mettez les mains sur mes épaules. Ça ira bien.

Il mit ses mains sur les épaules du médecin et le médecin enroula la bande sur le pansement. Bueno, dit-il. Bueno.

Il se leva et referma le sac et regarda son malade.

Je vais vous faire apporter du savon et des serviettes, dit-il. Comme ça vous pourrez vous laver.

Très bien.

Vous cicatrisez vite.

Comment ?

Vous cicatrisez vite. Il fit un signe de tête et sourit et fit demi-tour et sortit. John Grady ne l'entendit pas pousser le verrou mais de toute façon il n'aurait pas su où aller.

Le visiteur suivant était un homme qu'il n'avait encore jamais vu. Il portait un uniforme qui avait quelque chose de militaire. Il ne se présenta pas. Le gardien qui le fit entrer referma la porte et resta à l'extérieur. L'homme se posta au chevet du lit et retira son couvre-chef comme par déférence pour un héros blessé. Puis il sortit un peigne de la poche de poitrine de sa tunique et le passa une fois de chaque côté de sa chevelure gominée puis il se recouvrit.

Dans combien de temps est-ce que vous pourrez marcher, dit-il.

Pour aller où est-ce que j'aurais besoin de marcher ?

Chez vous.

Je peux y aller tout de suite.

L'homme pinçait les lèvres, les yeux fixés sur lui.

Montrez-moi comment vous marchez.

Il repoussa les draps et se mit sur le côté et posa les pieds sur le sol. Il traversa la pièce et revint. Ses pieds laissaient sur les dalles polies par l'usure d'humides traces froides qui s'effaçaient et disparaissaient comme la rumeur du monde. Des gouttes de sueur tremblaient sur son front.

Vous êtes des garçons qui ont de la chance, dit-il.

Je ne trouve pas que j'en ai tellement.

Il répéta des garçons qui ont de la chance et fit un signe de tête et sortit.

Il dormait et se réveillait. Le seul repère pour distinguer la nuit du jour c'étaient les repas. Il mangeait peu. On finit par lui apporter un demi-poulet rôti avec du riz et deux moitiés d'une poire en conserve et il mangea lentement le tout, savourant chaque bouchée et envisageant et rejetant divers scénarios qui avaient pu se produire dans le monde extérieur ou qui étaient peut-être en train de se produire. Ou qui étaient encore à venir. Il continuait de penser qu'il serait peut-être conduit en rase campagne pour y être abattu.

Il s'entraînait à la marche en faisant le tour de la

cellule. Il astiqua le dessous du plateau du réfectoire avec la manche de sa chemise et debout au milieu de la pièce sous l'ampoule électrique il scruta le visage flou qui l'observait depuis la plaque d'acier cabossée et c'était comme le visage d'un djinn estropié et rageur conjuré là. Il défit le pansement qu'il avait sur la figure et inspecta les agrafes et les palpa avec les doigts.

La prochaine fois qu'il se réveilla le maton avait ouvert la porte et attendait debout avec une pile de vêtements et avec ses bottes. Il les laissa tomber sur le sol. Su ropa, dit-il, et il referma la porte.

Il enleva la chemise et se lava avec du savon et un chiffon et se sécha avec la serviette et s'habilla et chaussa les bottes. On les avait lavées pour enlever le sang et elles étaient encore humides et il voulut les retirer mais il n'y arrivait pas et il s'allongea sur la couchette avec ses vêtements et ses bottes pour attendre Dieu sait quoi.

Deux gardiens vinrent le chercher. Ils restèrent dans l'encadrement de la porte ouverte et l'attendirent. Il se leva et sortit.

Ils prirent un couloir et traversèrent un petit patio et pénétrèrent dans une autre section du bâtiment. Ils longèrent un autre couloir et les gardiens frappèrent à une porte puis l'ouvrirent et l'un d'eux lui fit signe d'entrer.

Derrière le bureau était assis le comandante qui était venu dans sa cellule pour s'assurer qu'il pouvait marcher.

Asseyez-vous, dit le comandante.

Il s'assit.

Le comandante ouvrit le tiroir de son bureau et en sortit une enveloppe et la lui tendit par-dessus le bureau.

C'est à vous, dit-il.

John Grady prit l'enveloppe.

Où est Rawlins ? dit-il.

Excusez-moi ?

Dónde está mi compadre ?

Votre ami.

Oui.

Il attend dehors.

Où allons-nous ?

Vous partez. Vous partez pour rentrer chez vous.

Quand.

Excusez-moi ?

Cuándo.

Vous vous en allez maintenant. Je ne veux plus vous voir ici.

Le comandante fit un grand geste de la main. John Grady posa une main sur le dossier de sa chaise et se leva et fit demi-tour et passa la porte et ils longèrent le couloir lui et les gardiens et traversèrent le bureau qui communiquait avec le poste de garde où Rawlins attendait dans un costume pratiquement identique au sien. Cinq minutes plus tard ils étaient dans la rue devant les grandes portes de bois à garnitures de fer à l'entrée de la prison.

Il y avait un autobus arrêté dans la rue et ils grimpèrent péniblement à bord. Les femmes assises sur les banquettes avec leurs paniers et leurs hottes vides leur parlèrent doucement tandis qu'ils se frayaient un chemin le long de l'allée centrale.

J'croyais que t'étais mort, dit Rawlins.

J'croyais que toi aussi.

Qu'est-ce qui s'est passé ?

Je te raconterai. Tenons-nous bien tranquilles. Ne parlons pas. Tenons-nous bien tranquilles et taisons-nous.

Tu te sens bien ?

Oui. Ça peut aller.

Rawlins se tourna et regarda par la fenêtre. Tout était gris et paisible. Quelques gouttes de pluie s'étaient mises à tomber dans la rue. Elles tambourinaient sur le toit de l'autobus, désolées comme le tintement d'une cloche. Au bout de la rue il pouvait voir les arcs-boutants du dôme de la cathédrale et le minaret du clocher un peu plus loin.

Toute ma vie j'ai eu l'impression que les embêtements me guettaient. Pas que j'allais me fourrer droit dedans. Mais qu'ils étaient toujours à portée de main.

Tenons-nous bien tranquilles et taisons-nous, dit John Grady.

Ils regardaient la pluie tomber dans la rue. Les femmes étaient assises sur leurs sièges et ne disaient rien. Dehors l'obscurité commençait à tomber et il n'y avait ni soleil ni tache plus pâle dans le ciel avec peut-être un reste de soleil. Deux autres femmes montèrent et s'assirent puis le chauffeur grimpa et referma la porte et regarda dans le rétroviseur et engagea la vitesse puis ils démarrèrent. Quelques femmes avaient essuyé la vitre avec leurs mains et regardaient en arrière vers la prison qui se dressait dans la pluie grisâtre du Mexique. Tellement semblable à une forteresse de l'ancien temps, dans un ancien pays où les ennemis venaient tous de l'extérieur.

Ils n'étaient qu'à quelques rues du centre de la ville et quand ils descendirent de l'autobus les becs de gaz étaient déjà allumés sur la place. Ils traversèrent lentement vers les arcades du mur nord et s'arrêtèrent pour regarder la pluie. Quatre hommes vêtus de l'uniforme pourpre des fanfares s'étaient mis à l'abri le long du mur avec leurs instruments. John Grady regarda Rawlins.

Rawlins semblait désemparé de se retrouver là nu-tête et à pied dans ses vêtements trop petits.

Allons manger quelque chose.

On n'a pas d'argent.

J'en ai.

Où est-ce que t'as trouvé de l'argent ? dit Rawlins.

J'en ai une pleine enveloppe.

Ils entrèrent dans un café et s'installèrent dans un box. Un garçon s'approcha et posa les menus devant eux et se retira. Rawlins regardait par la fenêtre.

Prends un steak, dit John Grady.

Très bien.

On va manger et on va prendre une chambre d'hôtel et se débarbouiller et faire un petit somme.

Très bien.

Il commanda des steaks et des frites et du café pour tous les deux et le garçon acquiesça et remporta les menus. John Grady se leva et alla lentement au comptoir et acheta deux paquets de cigarettes et une boîte d'allumettes d'un centime pour chacun. Les clients attablés le suivirent des yeux pendant qu'il traversait la salle.

Rawlins alluma une cigarette et le regarda. Comment ça se fait qu'on n'est pas morts ? dit-il.

Elle a payé pour nous faire sortir.

La señora ?

La tante. Oui.

Pourquoi ?

J'en sais rien.

C'est comme ça que tu as eu l'argent ?

Oui.

C'est à cause d'Alejandra, hein ?

Sans doute que oui.

Rawlins fumait. Il regardait par la fenêtre. Dehors il faisait déjà nuit. Les rues étaient humides de pluie et les lumières qui venaient du café et des réverbères de la place perdaient leur sang dans les flaques noires.

Y a pas d'autre explication, hein ?

Non.

Rawlins acquiesça. J'aurais pu m'évader là où ils me gardaient. C'était qu'une salle d'hôpital.

Pourquoi tu t'es pas évadé ?

J'en sais rien. Tu trouves que c'est idiot ?

J'en sais rien. Oui. Peut-être.

Qu'est-ce que t'aurais fait ?

Je t'aurais pas laissé tomber.

Oui. Je le savais.

Ça veut pas dire que ce n'était pas idiot.

Rawlins faillit sourire. Puis il détourna les yeux.

Le garçon apporta le café.

Il y avait un autre type là-bas, dit Rawlins. Des coups de couteau partout. Sans doute pas un mauvais bougre. Il était sorti un samedi soir avec quelques dollars en poche. Quelques pesos. Une sacrée malchance.

Qu'est-ce qui lui est arrivé ?

Il est mort. Quand ils sont venus le chercher pour l'emporter j'me suis dit quel drôle d'effet ça lui aurait fait s'il avait pu se voir. Moi ça m'a fait un drôle d'effet et c'était même pas moi. C'est dans les plans de personne de mourir, pas vrai ?

Non.

Il acquiesça. Ils m'ont mis du sang mexicain dans les veines, dit-il.

Il leva les yeux. John Grady allumait une cigarette. Il secoua l'allumette pour l'éteindre et la posa dans le cendrier et regarda Rawlins.

Alors.

Alors qu'est-ce que ça veut dire ? dit Rawlins.

Comment ça qu'est-ce que ça veut dire ?

Eh bien est-ce que ça veut dire que j'suis un peu mexicain ?

John Grady tira une bouffée de sa cigarette et se cala sur sa chaise et exhala la fumée. Un peu mexicain ? dit-il.

Oui.

Combien est-ce qu'ils t'en ont mis ?

À ce qu'ils m'ont dit ça faisait plus d'un litre.

Beaucoup plus d'un litre ?

J'en sais rien.

Eh bien s'ils t'en ont mis un litre t'es pratiquement un demi-sang.

Rawlins le regarda. T'en es bien sûr ? dit-il.

Non. Et puis merde, ça compte pas. Du sang c'est toujours du sang. Ça sait pas d'où c'est venu.

Le garçon avait apporté les steaks. Ils mangeaient. Il observait Rawlins. Rawlins leva la tête.

Qu'est-ce qu'il y a ? dit-il.

Rien.

Tu devrais te réjouir plus que ça d'être sorti de là-dedans.

C'est ce que j'étais en train de me dire à propos de toi.

Rawlins acquiesça. Oui, dit-il.

Qu'est-ce que tu veux faire ?

Rentrer chez moi.

Très bien.

Ils mangeaient.

Toi tu vas retourner là-bas, hein ? fit Rawlins.

Oui. Je crois que oui.

À cause d'elle ?

Oui.

Et les chevaux alors ?

À cause d'elle et des chevaux.

Rawlins acquiesça. Tu crois qu'elle a envie de te voir revenir ?

J'en sais rien.

À mon avis la vieille dame sera plutôt étonnée de te voir.

Non, j'crois pas. C'est une femme intelligente.

Et Rocha ?

Il fera ce qu'il estime avoir à faire.

Rawlins disposa les couverts en croix sur son assiette à côté des os et sortit ses cigarettes.

N'y va pas, dit-il.

Je suis décidé.

Rawlins alluma la cigarette et éteignit l'allumette. Il leva les yeux.

À mon avis elle a conclu un marché avec sa tante et à une seule condition.

Je sais. Mais il va falloir qu'elle me le dise elle-même.

Si elle te le dit est-ce que tu rentreras ?

Oui. Je rentrerai.

Très bien.

Je veux quand même les chevaux.

Rawlins hocha la tête et détourna les yeux.

Je te demande pas de venir avec moi, dit John Grady.

Je le sais.

Tout se passera bien pour toi.

Oui. Je sais.

Il fit tomber la cendre de sa cigarette et se frotta les yeux avec le gras de la paume et regarda par la fenêtre. Dehors il s'était remis à pleuvoir. Il n'y avait pas de circulation dans les rues.

Y a un gamin là-bas qui essaie de vendre des journaux, dit-il. Y a pas un chat en vue et il reste là à gueuler avec ses journaux sous sa chemise.

Il se frotta les yeux du revers de la main.

Ah merde, dit-il.

Quoi ?

Rien. Merde c'est tout.

Qu'est-ce qu'il y a ?

J'peux pas m'empêcher de penser à ce pauvre Blevins.

John Grady ne répondit pas. Rawlins tourna la tête et le regarda. Il avait les yeux humides et il avait l'air vieux et triste.

J'arrive pas à croire qu'ils l'ont emmené faire un tour et qu'ils l'ont descendu comme ça.

Oui.

Tu te rappelles comme il avait l'air d'avoir peur. J'y pense tout le temps.

Tu te sentiras mieux une fois que tu seras rentré.

Rawlins hocha la tête et regarda de nouveau par la fenêtre. J'crois pas, dit-il.

John Grady fumait. Il l'observait. Au bout d'un moment il dit ; J'suis pas Blevins.

Oui, dit Rawlins. Je sais que t'es pas Blevins. Mais je me demande si t'as plus de chance que lui.

John Grady écrasa le mégot de sa cigarette. Allons-y, dit-il.

Ils achetèrent des brosses à dents et un pain de savon et un rasoir de sécurité à une farmacia et ils trouvèrent une chambre dans un hôtel deux rues plus loin sur l'Aldama. La clé était une banale clé de porte attachée à une lamelle de bois et le numéro de la chambre avait été inscrit dans le bois avec un fil de fer chauffé au rouge. Ils traversèrent la cour carrelée où tombait un léger crachin et trouvèrent la chambre et ouvrirent la porte et tournèrent l'interrupteur. Un homme se dressa sur le lit et les regarda. Ils battirent en retraite et éteignirent la lumière et refermèrent la porte et retournèrent au comptoir où l'employé leur donna une autre clé.

Les murs de la chambre étaient peints en vert vif et il y avait une douche dans un coin avec un rideau en toile cirée suspendu à un anneau. John Grady tourna le robinet de la douche et au bout d'un moment l'eau chaude arriva dans les tuyaux. Il ferma le robinet.

Vas-y, dit-il.

Vas-y toi.

Il faut que je me débarrasse de ces bandages.

Il s'assit sur le lit et défit les pansements tandis que Rawlins prenait une douche. Rawlins coupa l'eau et écarta le rideau et se sécha avec une des serviettes minces et usées qui se trouvaient là.

On a bonne mine tous les deux, hein ? dit-il.

Oui.

Comment est-ce que tu vas faire pour enlever les agrafes ?

J'suppose qu'il va falloir que je trouve un médecin.

Ça fait plus mal pour les enlever que pour les mettre.

Oui.

Tu le savais ?

Oui. Je le savais.

Rawlins s'enroula dans la serviette et s'assit sur le lit de l'autre côté. L'enveloppe qui contenait l'argent était posée sur la table.

Combien est-ce qu'il y a là-dedans ?

John Grady leva les yeux. J'en sais rien, dit-il. Beaucoup moins qu'il devrait y en avoir, j'te le parie. Vas-y, compte. Rawlins prit l'enveloppe et compta les billets en les posant au fur et à mesure sur le lit.

Neuf cent soixante-dix pesos, dit-il.

John Grady acquiesça.

Combien ça fait ?

Environ cent vingt dollars.

Rawlins égalisa la pile de billets en la tapotant sur la plaque de verre de la table puis il remit les billets dans l'enveloppe.

Fais-en deux piles, dit John Grady.

J'ai pas besoin d'argent.

Bien sûr que si.

Je rentre chez moi.

Ça fait pas de différence. La moitié est à toi.

Rawlins se leva et suspendit la serviette aux montants de fer du lit et ouvrit les couvertures. J'crois que t'en auras besoin jusqu'au dernier centime, dit-il.

Quand il sortit de la douche il croyait que Rawlins était endormi mais Rawlins ne dormait pas. Il traversa la chambre et éteignit la lumière et revint et se glissa dans le lit. Étendu dans l'obscurité il écoutait les bruits de la rue, les gouttes de pluie tombant dans la cour.

Ça t'arrive de prier ? dit Rawlins.

Oui. Des fois. J'crois que j'en ai plutôt perdu l'habitude.

Rawlins resta un long moment silencieux. Puis il dit ; Qu'est-ce que c'est ce que t'as fait de pire dans ta vie ?

J'sais pas. Je crois que si j'avais fait quelque chose de vraiment moche j'aimerais mieux ne pas le dire. Pourquoi ?

J'sais pas. Quand j'me suis retrouvé à l'hôpital à cause des coups de couteau j'ai commencé à me dire ; je serais pas ici si j'étais pas censé y être. Ça t'est jamais arrivé de penser des trucs comme ça ?

Si. Des fois.

Ils étaient allongés dans l'obscurité, guettant les bruits. Quelqu'un traversa le patio. Une porte s'ouvrit et se referma.

T'as jamais rien fait de mal, dit John Grady.

Un jour moi et Lamont on a conduit une pleine camionnette de fourrage à Sterling City et on a vendu le fourrage à des Mexicains et on a gardé les sous.

C'est pas ce que j'ai entendu de pire.

J'ai fait d'autres choses aussi.

Si tu veux parler j'vais fumer une cigarette.

J'vais la fermer.

Ils étaient allongés en silence dans l'obscurité.

Tu sais ce qui s'est passé, hein ? dit John Grady.

Au réfectoire tu veux dire ?

Oui.

Oui.

John Grady tendit la main et prit ses cigarettes sur la table et en alluma une et souffla l'allumette.

J'aurais jamais cru que je ferais un truc pareil.

T'avais pas le choix.

Quand même je l'aurais jamais cru.

Il t'aurait fait pareil.

Il tirait sur la cigarette et soufflait l'invisible fumée dans l'obscurité.

C'est pas la peine d'essayer de me justifier. Ça change rien à ce qui s'est passé.

Rawlins ne répondit pas. Au bout d'un moment il dit ; Où est-ce que tu t'étais procuré le couteau ?

Je l'ai acheté aux Bautista. Je l'ai acheté avec les quarante-cinq pesos qui nous restaient.

L'argent de Blevins.

Oui. L'argent de Blevins.

Rawlins était allongé sur le côté dans le lit de fer au sommier à ressorts et l'observait dans l'obscurité. La cigarette brilla d'un éclat rouge vif quand John Grady tira une bouffée et son visage à la joue marquée de points de suture émergea des ténèbres son profil rouge sombre pareil à un masque de théâtre mal recollé puis replongea dans le noir.

Quand j'ai acheté le couteau je savais pourquoi je l'achetais.

J'vois pas ce que tu peux te reprocher.

La cigarette brilla puis pâlit. Je sais, dit-il. Mais c'est pas toi qui as fait ça.

Au matin il s'était remis à pleuvoir et ils étaient debout devant le même café avec des cure-dents entre leurs dents et ils regardaient la pluie tomber sur la place. Rawlins examinait son nez dans la vitre.

Tu sais ce qui me fait le plus horreur ?

Quoi ?

De me montrer chez moi avec une gueule pareille.

John Grady le regarda et détourna les yeux. J'te comprends, dit-il.

Toi non plus t'as pas l'air si brillant que ça.

John Grady sourit. Viens, dit-il.

Ils achetèrent des vêtements et des chapeaux neufs dans une mercerie de la rue Victoria et ressortirent habillés de neuf et dans la pluie qui tombait lentement ils allèrent à pied à la gare routière où ils achetèrent le billet de Rawlins pour Nuevo Laredo. Ils attendirent au café de la gare attablés dans leurs vêtements neufs encore raides avec leurs chapeaux neufs posés de chaque côté sur les chaises calotte en bas et ils restèrent ainsi à boire leur café jusqu'à ce que le départ soit annoncé dans le haut-parleur.

C'est pour toi, dit John Grady.

Ils se levèrent et mirent leurs chapeaux et marchèrent jusqu'aux portillons.

Bon, dit Rawlins. J'suppose que j'te reverrai un de ces jours.

Fais gaffe.

Oui. Fais gaffe toi aussi.

Il se retourna et tendit son billet au chauffeur et le chauffeur le poinçonna et le lui rendit et il grimpa à bord les jambes raides. John Grady le regarda s'avancer le long de l'allée centrale. Il croyait qu'il allait prendre une place près de la fenêtre mais non. Rawlins alla s'asseoir de l'autre côté du car et John Grady resta encore un instant puis il tourna les talons et retraversa la gare et sortit dans la rue et retourna lentement à l'hôtel sous la pluie qui tombait.

Dans les jours qui suivirent il épuisa la liste des chirurgiens de cette petite métropole des plateaux désertiques sans en trouver un seul qui accepte de faire ce qu'il demandait. Il passait ses journées à arpenter les rues étroites et finit par connaître chaque recoin et la moindre venelle. Au bout d'une semaine il réussit à se faire enlever les agrafes de son visage, assis dans une banale chaise métallique, le chirurgien fredonnant une ritournelle pendant qu'il coupait avec ses ciseaux et qu'il tirait avec sa pince. Le chirurgien expliqua que l'aspect de la cicatrice finirait par s'améliorer. Il lui conseilla de ne pas la regarder parce que ça s'arrangerait avec le temps. Puis il mit un bandage par-dessus et lui compta cinquante pesos d'honoraires et lui dit de revenir cinq jours plus tard pour qu'il enlève les agrafes de son ventre.

Une semaine plus tard il quitta Saltillo à l'arrière d'un camion plateau qui allait vers le nord. C'était une journée fraîche avec un ciel couvert. Il y avait un gros moteur diesel arrimé avec des chaînes sur le plateau du camion. Il tentait de rester assis sur le plateau tandis que le camion avançait en cahotant à travers les rues, faisant un effort pour garder l'équilibre, se cramponnant des deux mains aux planches rugueuses. Au bout d'un moment il enfonça son chapeau très bas sur son front et se mit debout les bras écartés en se retenant au toit de la cabine et continua le voyage de cette façon. Comme un personnage porteur de nouvelles pour la contrée par laquelle il passait. Comme un novice ramené des montagnes pour être conduit vers le nord par les mornes terres plates jusqu'à Monclova.

IV

À UN CARREFOUR quelque part de l'autre côté de Paredón ils firent halte à une station-service pour prendre à bord cinq ouvriers agricoles qui grimpèrent sur le plateau du camion et saluèrent John Grady d'un signe de tête et lui parlèrent avec beaucoup de circonspection et une grande courtoisie. Il faisait presque nuit et il pleuvait un peu et ils étaient mouillés et leurs visages mouillés luisaient dans la lumière jaunâtre qui venait du garage. Ils s'étaient agglutinés de l'autre côté du moteur arrimé avec des chaînes au plancher du camion et il leur offrit ses cigarettes et ils le remercièrent et en prirent chacun une et ils mirent leurs mains en gouttière au-dessus de la petite flamme pour la protéger de la pluie qui tombait et ils dirent encore une fois merci.

De dónde viene ? dirent-ils.

De Tejas.

Tejas, dirent-ils. Y dónde va ?

Il tirait sur sa cigarette. Il regardait leurs visages. L'un des journaliers qui était plus âgé que les autres désigna d'un signe de tête ses vêtements neufs bon marché.

El va a ver su novia, dit-il.

Ils l'observaient d'un air grave et il fit oui de la tête et dit qu'il en était bien ainsi.

Ah, dirent-ils. Qué bueno. Et plus tard et longtemps après il aurait de bonnes raisons d'évoquer le souvenir de ces sourires et de méditer sur la bonté dont ils étaient le fruit car elle avait le pouvoir de protéger et de conférer honneur et dignité et d'affermir les résolutions et elle avait le pouvoir de vous guérir et de vous guider en lieu sûr quand toute autre ressource était épuisée depuis longtemps.

Quand le camion se fut enfin remis en route et qu'ils virent qu'il était toujours debout ils lui proposèrent de s'asseoir sur leurs paquetages et c'est ce qu'il fit et il commença à dodeliner de la tête et il se mit à somnoler bercé par le murmure des pneus sur le revêtement et la pluie cessa et la nuit s'éclaircit et la lune déjà levée prit de la vitesse là-haut entre les fils télégraphiques sur le côté de la route comme une note de musique solitaire brûlant d'une lueur argentée dans la constante et luxuriante obscurité et les champs qu'ils longeaient étaient riches sous la pluie de l'odeur de la terre et des graines et des poivriers et d'anciennes odeurs de chevaux. Il était minuit quand ils arrivèrent à Monclova et il serra successivement la main des journaliers et fit le tour du camion et remercia le chauffeur et salua d'un signe de tête les deux hommes qui étaient avec lui dans la cabine puis il regarda la mince lueur rouge des feux arrière s'éloigner le long de la rue et disparaître plus loin vers la grand-route, le laissant seul dans la ville enténébrée.

La nuit était tiède et il dormit sur un banc de l'alameda et quand il se réveilla le soleil était déjà haut et le va-et-vient de la journée avait commencé. Des écoliers vêtus d'uniformes bleus passaient sur le trottoir. Il se leva et traversa la rue. Des femmes lavaient par terre devant les boutiques et des marchands étalaient leurs marchandises sur de petits tréteaux ou sur des tables en se demandant ce que la journée allait leur apporter.

Pour son petit déjeuner il commanda un café et du pan dulce au comptoir d'un estaminet dans une rue qui prenait sur la place et entra dans une pharmacie et acheta un morceau de savon et le fourra dans la poche de sa veste avec son rasoir et sa brosse à dents puis il prit la route qui menait vers l'ouest.

Il héla un véhicule qui le conduisit jusqu'à Frontera et un autre jusqu'à San Buenaventura. À midi il prit un bain dans une rigole d'irrigation et il se rasa et se débarbouilla et dormit allongé au soleil sur sa veste pendant que ses vêtements séchaient. En amont il y avait une petite digue en bois et quand il se réveilla il y avait des enfants tout nus qui s'ébrouaient dans l'eau du bief et il se leva et avec sa veste nouée autour de la taille il s'avança le long de la berge pour s'asseoir et les regarder. Deux jeunes filles arrivaient sur le sentier le long de la rive et elles portaient entre elles un bac recouvert d'un linge et tenaient chacune un seau dans leur main libre. Elles apportaient leur repas aux journaliers qui travaillaient aux champs et elles lui sourirent timidement en le voyant assis là à moitié nu et la peau si pâle avec les marques rouge vif des points de suture qui lui sillonnaient la poitrine et l'estomac. En train de fumer tranquillement. En train de regarder les enfants se baigner dans l'eau fangeuse de la rigole.

Il fut à pied tout l'après-midi sur la route torride et desséchée qui menait à Cuatro Ciénagas. Des gens qu'il croisait nul ne passait sans dire un mot. Il allait à pied le long des champs où des hommes et des femmes sarclaient la terre et ceux qui travaillaient au bord de la route s'arrêtaient un instant et lui adressaient un signe de tête et lui disaient qu'il faisait vraiment une belle journée et il acquiesçait à tout ce qu'ils disaient. Le soir il prit son souper avec des journaliers dans leur campement, cinq ou six familles assises ensemble à des tables faites de rondins découpés attachés avec des ficelles de chanvre. La table était dressée sous un auvent de toile au-dessous duquel le soleil du soir répandait une profonde lumière orangée où les coutures et les points se reflétaient en ombres chinoises sur les visages et les vêtements quand les gens bougeaient. Les jeunes filles disposèrent les assiettes sur de petits dessous-de-plat façonnés avec des morceaux de caisses pour que rien ne bascule sur la surface inégale de la table et un vieil homme qui était assis à l'autre bout de la table dit une prière pour tous. Il demandait que Dieu se souvienne de ceux qui étaient morts et il demandait que les vivants réunis ici se souviennent que le blé pousse par la volonté de Dieu et que sans cette volonté il n'y a ni blé ni pousse ni lumière ni air ni pluie rien sinon les ténèbres. Puis ils mangèrent.

Ils voulaient lui faire un lit mais il les remercia et il repartit dans l'obscurité et suivit la route jusqu'à un bouquet d'arbres où il dormit. Au matin il y avait des moutons sur la route. Deux camions qui transportaient des ouvriers agricoles approchaient derrière le troupeau et il alla jusqu'à la route et demanda au chauffeur de le prendre. Le chauffeur lui fit signe de monter et il retomba contre le plateau du camion en marche et tenta un rétablissement. Il n'y arrivait pas et quand les ouvriers virent dans quel état il était ils se levèrent sans hésiter et le hissèrent sur le plateau. Ainsi à bord de plusieurs véhicules et en faisant une bonne partie du chemin à pied il traversa vers l'ouest la chaîne de montagnes basses jusqu'à Nadadores et au-delà et il arriva dans le barrial et prit la route de terre à la sortie de La Madrid et en fin d'après-midi il entra une fois de plus dans le bourg de La Vega.

Il acheta un Coca à l'épicerie et le but accoudé au comptoir. Puis il en prit un autre. La jeune femme qui se tenait derrière le comptoir l'observait d'un œil inquisiteur. Il examinait un calendrier fixé au mur. Il ne connaissait pas la date à une semaine près et quand il la demanda à la jeune femme elle ne la connaissait pas non plus. Il posa la deuxième bouteille sur le comptoir à côté de la première et ressortit dans la rue boueuse et prit à pied la route vers La Purísima.

Il était parti depuis sept semaines et la campagne était changée, l'été fini. Il ne vit pratiquement personne sur la route et il arriva à l'hacienda juste après la tombée de la nuit.

Quand il frappa à la porte du gérant il aperçut de l'autre côté la famille attablée pour le souper. La femme vint à la porte et en le voyant elle alla chercher Armando. Il s'approcha et resta sur le seuil à se curer les dents. Personne ne l'invita à entrer. Quand Antonio sortit ils s'assirent sous la pergola et se mirent à fumer.

Qui est-ce qui est à la maison ? demanda John Grady.

La patronne.

Et le señor Rocha ?

Il est à Mexico.

John Grady acquiesça.

Il est allé à Mexico avec la demoiselle. En avion. Il fit de la main un geste qui imitait le vol d'un avion.

Quand est-ce qu'il sera rentré ?

Qui sait ?

Ils tiraient sur leurs cigarettes.

Tes affaires sont toujours ici.

Ah oui ?

Oui. Ton pistolet. Toutes tes affaires et celles de ton camarade.

Merci.

De rien.

Ils restèrent un instant silencieux. Antonio le regarda.

Moi je sais rien, petit.

Compris.

C'est sérieux.

Entendu. Je peux coucher dans l'écurie.

Oui. Si tu me le dis pas.

Comment vont les juments ?

Antonio sourit. Les juments, dit-il.

Il lui apporta son paquetage. Le revolver avait été déchargé et les cartouches étaient dans la mochila avec ses affaires à barbe, le vieux couteau de chasse Marble de son père. Il remercia Antonio et alla jusqu'à l'écurie dans le noir. Le matelas était roulé sur son lit et il n'y avait ni oreiller ni couchage. Il retira le matelas et s'assit et se débarrassa de ses bottes et s'allongea. Quelques-uns des chevaux qui se trouvaient dans les stalles s'étaient approchés quand il était entré dans l'écurie et il pouvait les entendre souffler et bouger et ça lui faisait du bien de les entendre et ça lui faisait du bien de les sentir et au bout d'un instant il s'endormit.

À l'aube le vieux palefrenier poussa la porte et resta sur le seuil à le regarder. Puis il referma la porte. Quand il fut parti John Grady se leva et prit son savon et son rasoir et se dirigea vers le robinet au fond de l'écurie.

Quand il alla au manoir il y avait des chats qui venaient de l'écurie et du verger et des chats qui venaient le long de la haute muraille ou qui attendaient leur tour de passer sous le bois usé de la grille. Carlos avait tué un mouton et sur le sol moucheté de la galerie d'autres chats se prélassaient dans la lumière du matin naissant qui tombait entre les hortensias. Carlos dans son tablier jeta un coup d'œil par la porte de la loge au bout de la galerie. John Grady lui souhaita le bonjour et il inclina gravement la tête et s'éclipsa.

María ne parut pas surprise de le voir. Elle lui servit son petit déjeuner et il l'observa et l'écouta parler comme une automate. La señorita ne serait pas levée avant une bonne heure. Une voiture devait venir la chercher à dix heures. Elle serait toute la journée en visite à la villa Margarita. Elle rentrerait avant la nuit. Elle n'aimait pas circuler sur les routes après la nuit tombée. Elle pourrait peut-être le recevoir avant de partir.

John Grady restait tranquillement assis et buvait son café. Il lui demanda une cigarette et elle prit son paquet d'El Toros sur le rebord de la fenêtre au-dessus de l'évier et le posa pour lui sur la table. Elle ne lui demandait ni où il avait été ni comment les choses s'étaient passées pour lui mais quand il se leva pour partir elle lui mit la main sur l'épaule et lui versa encore du café dans sa tasse.

Puedes esperar aquí, dit-elle. Se levantará pronto.

Il attendit. Carlos entra et posa ses couteaux dans l'évier et ressortit. À sept heures elle sortit de la cuisine avec le plateau du petit déjeuner et quand elle revint elle lui dit qu'il était prié de venir au manoir ce soir-là à dix heures, que la señorita le recevrait à ce moment-là. Il se leva pour partir.

Quisiera un caballo, dit-il.

Un caballo.

Sí. Por el día, no más.

Momentito, dit-elle.

Quand elle revint elle opina de la tête. Tu l'as ton cheval. Espérate un momento. Siéntate.

Merci, dit-il.

De rien.

Il attendit pendant qu'elle lui préparait un déjeuner et l'enveloppait dans du papier et y mettait une ficelle et faisait un nœud et lui tendait le paquet.

Gracias, dit-il.

De nada.

Elle prit les cigarettes et les allumettes sur la table et les lui tendit. Il s'efforçait de deviner à son attitude l'état d'esprit de la patronne qu'elle venait de voir à l'instant et ce qu'il pouvait en attendre pour son destin. Dans tout ce qu'il voyait il espérait se tromper. Elle poussa les cigarettes vers lui. Andale pues, dit-elle.

Il y avait de nouvelles juments dans plusieurs stalles et en traversant l'écurie il s'arrêta pour les examiner. Dans la sellerie il tira sur le cordon pour allumer et prit un tapis de selle et la bride dont il s'était toujours servi et il sortit ce qui semblait être la meilleure de la demi-douzaine de selles rangées dans le râtelier et il l'inspecta et souffla pour enlever la poussière et vérifia les sangles et la fit basculer sur son épaule par le pommeau et sortit vers le corral.

Dès qu'il le vit approcher l'étalon prit le trot. Il restait debout devant la barrière et le regardait. L'étalon passa avec sa tête inclinée et ses yeux roulant dans leurs orbites et le siphon de ses narines aspirant l'air matinal et alors il reconnut John Grady et il tourna et vint vers lui et John Grady ouvrit la barrière et le cheval se mit à hennir et à secouer la tête et à renâcler et poussa son long chanfrein soyeux contre sa poitrine.

Quand il passa devant le baraquement Morales était assis dehors sous la pergola en train de peler des oignons. Il lui fit signe nonchalamment avec son couteau et cria quelque chose. John Grady répondit en remerciant le vieil homme avant d'avoir compris que le vieil homme n'avait pas dit qu'il était content de le voir mais que le cheval était content. Il fit encore un signe de la main et il mit le cheval en avant et ils partirent piaffant et caracolant comme si le cheval n'avait pu trouver dans son répertoire d'allure qui s'accorde avec cette journée jusqu'à ce qu'il lui ait fait franchir le portail et que disparaissent le manoir et l'écurie et le cuisinier et qu'il gifle le flanc lisse frémissant sous lui et qu'ils s'éloignent tous deux cheval et cavalier dans un ferme galop régulier sur la route des marais. Il alla sur la mesa là où étaient les chevaux les conduisant à la longe pour les faire sortir des creux et des boqueteaux de cèdres où ils étaient allés se cacher et il mit l'étalon au trot le long des corniches à l'herbe épaisse pour se rafraîchir au souffle du vent. Il débusqua d'une ravine des busards en train de se nourrir d'un poulain mort et il resta en selle et regarda la triste forme gisant sans yeux et nue allongée sur l'herbe souillée.

À midi il s'assit avec ses bottes qui se balançaient dans le vide au bord des rochers de l'escarpement et pendant que le cheval au piquet broutait l'herbe il mangea le poulet froid et le pain que María lui avait préparés. Le paysage se déroulait à l'ouest à travers les fragments de lumière et d'ombre et les lointains orages d'été à une centaine de miles à l'intérieur là-bas où les cordillères se dressaient et plongeaient dans la brume dans une ultime fragile et frémissante hésitation aussi bien de la terre que de l'œil qui regardait. Il fuma une cigarette puis il aplatit d'un coup de poing la calotte de son chapeau et y posa une grosse pierre et s'allongea dans l'herbe sur le dos et mit sur son visage le chapeau ainsi lesté. Il se demandait quelle sorte de rêve pourrait lui porter bonheur. Il la vit à cheval avec cette façon qu'elle avait de se tenir en selle le dos très droit et le chapeau noir posé bien droit sur sa tête et ses cheveux flottant au vent et cette façon qu'elle avait de se tourner avec les épaules et de sourire et ses yeux. Il pensa à Blevins. Il pensa à son visage et à ses yeux quand il l'avait forcé à prendre tout ce qui lui restait de ses biens. Il avait rêvé de lui une nuit à Saltillo et Blevins était venu s'asseoir à côté de lui et ils avaient parlé de l'effet que ça faisait d'être mort et Blevins avait dit que ça ne faisait rien du tout et il l'avait cru. Il se dit que peut-être s'il rêvait assez souvent de lui il disparaîtrait à jamais et qu'il serait mort parmi ses pareils et l'herbe ondulait dans le vent contre son oreille et il s'endormit et ne rêva plus de rien.

Quand il redescendit par les prairies dans la soirée il y avait à chaque instant du bétail qui sortait devant lui d'entre les arbres où le troupeau s'était abrité pendant la journée. Il traversa un bosquet de pommiers retournés à l'état sauvage et couverts d'épines et il cueillit une pomme sans descendre de cheval et y mordit et elle était dure et verte et acide. Il mit le cheval au pas dans l'herbe avec l'espoir de trouver des pommes tombées à terre mais le bétail les avait toutes mangées. Il passa à cheval devant les ruines d'une ancienne cabane. La porte avait perdu son linteau et il entra au pas sans descendre de cheval. Les poutres étaient en partie tombées et des chasseurs ou des bouviers avaient fait des feux par terre. Un vieux cuir de veau cloué à un mur et plus de verre aux fenêtres dont les cadres et les châssis avaient Dieu sait quand servi de bois de chauffage. L'endroit avait quelque chose d'irréel. Comme un lieu où la vie n'aurait pas réussi à prendre. Le cheval ne s'y plaisait pas du tout et il lui tapota l'encolure avec les rênes et le toucha avec le talon de sa botte et ils firent prudemment demi-tour dans la masure et traversèrent le verger et continuèrent vers la route au-delà des marais. Des colombes roucoulaient dans la lumière vineuse. Il menait le cheval en virant de quart et de bord pour éviter qu'il passe et repasse sur son ombre ce qui semblait le mettre mal à l'aise.

Il se lava au robinet du corral et enfila sa chemise de rechange et épousseta ses bottes et se dirigea vers le baraquement. Il faisait déjà nuit. Les vaqueros avaient fini leur repas et étaient assis sous la pergola et fumaient.

Buenas noches, dit-il.

Eres tú, Juan.

Claro.

Il y eut un moment de silence. Puis quelqu'un dit ; Estás bienvenido aquí.

Gracias, dit-il.

Il s'assit et fuma avec eux et leur raconta tout ce qui s'était passé. Ils se faisaient du souci pour Rawlins qui était plus un ami pour eux que John Grady. Ils étaient peinés qu'il ne revienne pas mais ils dirent qu'un homme laisse derrière lui beaucoup de choses en quittant son pays. Ils dirent que ce n'est pas par accident que l'on vient au monde dans un pays plutôt que dans un autre et ils dirent que les humeurs et les saisons qui font un pays font aussi le sort profond des hommes de génération en génération et passent à leurs enfants sinon ça ne se transmettrait pas si facilement.

Ils parlèrent du bétail et des chevaux et des jeunes juments sauvages qui étaient en chaleur et d'une noce à La Vega et d'un décès à Vibora. Personne ne parla du patron ou de la dueña. Personne ne parla de la jeune fille. Pour finir il leur souhaita bonne nuit et retourna à l'écurie et s'étendit sur la couchette mais il n'avait aucun moyen de savoir l'heure et il se leva et se dirigea vers le manoir et frappa à la porte de la cuisine.

Il attendit et frappa de nouveau. Quand María ouvrit la porte pour le faire entrer il comprit que Carlos venait de quitter la pièce. Elle regarda la pendule murale au-dessus de l'évier.

Ya comiste ? dit-elle.

No.

Siéntate. Hay tiempo.

Il s'assit devant la table et elle lui prépara une assiette de mouton rôti avec de la sauce adobada et elle la mit à chauffer dans le four et au bout de quelques minutes elle la lui apporta avec une tasse de café. Elle finit de laver la vaisselle dans l'évier et un peu avant dix heures elle s'essuya les mains à son tablier et elle sortit. Quand elle revint elle s'arrêta dans l'encadrement de la porte. Il se leva.

Está en la sala, dit-elle.

Gracias.

Il longea le vestibule jusqu'au salon. Elle était debout dans une attitude presque solennelle et elle était vêtue avec une élégance qui le glaça. Elle traversa la pièce et s'assit et d'un signe de tête elle lui désigna une chaise en face d'elle.

Asseyez-vous s'il vous plaît.

Il s'avança lentement sur le tapis à motif et s'assit. Derrière elle il y avait au mur une grande tapisserie qui représentait une rencontre entre deux cavaliers sur une route dans un paysage du temps passé. Au-dessus de la double porte donnant sur la bibliothèque la tête empaillée d'un taureau de corrida auquel manquait une oreille.

Héctor disait que vous ne viendriez pas ici. Je l'ai assuré qu'il se trompait.

Quand est-ce qu'il revient ?

Il ne sera pas de retour avant quelque temps. De toute façon il ne vous verra pas.

Je crois qu'on me doit une explication.

Il me semble que les comptes ont été réglés, et tout à fait à votre avantage. Vous avez causé une grosse déception à mon neveu et en ce qui me concerne vous m'avez causé des dépenses considérables.

Je vous demande pardon, madame. Mais j'ai eu moi aussi pas mal d'ennuis.

La gendarmerie était déjà venue ici une fois avant, vous savez. Mon neveu les a renvoyés pour se donner le temps de faire faire sa propre enquête. Il était tout à fait convaincu que les choses s'étaient passées autrement. Tout à fait convaincu.

Comment ça se fait qu'il ne m'a rien dit ?

Il avait donné sa parole au comandante. Sinon ils vous auraient arrêté tout de suite. Il voulait faire procéder à sa propre enquête. Je crois que vous pouvez comprendre que le comandante ne tient pas à prévenir les gens avant de les arrêter.

Il aurait fallu me laisser donner ma version de ce qui s'était passé.

Vous lui aviez déjà menti deux fois. Comment pouvait-il croire que vous ne recommenceriez pas une troisième ?

J'lui ai jamais menti.

L'affaire du cheval volé était connue ici avant même que vous arriviez. On savait que les voleurs étaient des Américains. Quand il vous a interrogé là-dessus vous avez tout nié.

Quelques mois plus tard votre camarade est retourné à la ville d'Encantada et a commis un meurtre. La victime appartenait aux forces de l'ordre. Personne ne peut contester ces faits.

Quand est-ce qu'il revient ?

Il ne vous verra pas.

Vous croyez que je suis un criminel.

Je suis prête à croire que certaines circonstances ont sans doute conspiré contre vous. Mais quand une chose est faite on ne peut pas la défaire.

Pourquoi avez-vous payé pour me faire sortir de prison ?

Je crois que vous savez pourquoi.

À cause d'Alejandra.

Oui.

Et qu'est-ce qu'il a fallu qu'elle promette en échange ?

Je crois que ça aussi vous le savez.

De ne plus me revoir.

C'est ça.

Il se renversa en arrière et regarda le mur du fond. La tapisserie. Un vase ornemental bleu posé sur un bahut sculpté.

Je peux à peine compter sur les doigts de mes deux mains le nombre des femmes de cette famille qui ont été victimes de catastrophiques aventures avec des hommes d'une moralité douteuse. Bien entendu l'époque permettait à quelques-uns de ces hommes de se présenter comme des révolutionnaires. Ma sœur Mathilde était déjà deux fois veuve à l'âge de vingt et un ans, ses deux maris tués par balle. Des choses comme ça. Des bigames. On n'accepte pas volontiers l'idée d'un sang souillé. L'idée d'une famille maudite. Mais non, elle ne vous verra pas.

Vous avez profité de la situation pour l'obliger à faire une promesse.

J'avais de la chance d'avoir un atout dans mon jeu.

Me demandez pas de vous remercier.

Je n'en ai pas l'intention.

Vous aviez pas le droit. Il fallait me laisser là-bas.

Vous seriez mort.

Et après.

Ils se turent. On entendait le tic-tac de la pendule du couloir.

Nous sommes d'accord qu'il vous faut un cheval. Je vais charger Antonio d'en choisir un. Avez-vous de l'argent ?

Il la regarda. J'aurais pu penser que les déceptions que vous avez vous-même connues dans votre vie vous auraient peut-être rendue plus compréhensive pour les autres.

Vous vous seriez trompé.

J'en ai l'impression.

L'expérience m'a appris que les difficultés de la vie ne rendent pas les gens plus charitables.

Ça dépend qui, j'suppose.

Vous vous imaginez connaître quelque chose de ma vie. Une vieille femme que son passé a sans doute laissée amère. Jalouse du bonheur des autres. C'est une histoire banale. Mais ce n'est pas la mienne. J'ai plaidé votre cause et pour cela j'ai dû affronter les plus violentes colères de la mère d'Alejandra – que vous avez la chance de n'avoir jamais rencontrée. Cela vous surprend ?

Oui.

Oui. Si c'était quelqu'un de plus courtois j'aurais peut-être été un défenseur moins énergique. Je ne suis pas une femme du monde. Ce que j'ai vu de la bonne société m'a généralement fait l'effet d'une machine conçue pour l'oppression des femmes.

Le monde est une chose très importante au Mexique. Où les femmes n'ont même pas le droit de vote. Au Mexique on raffole du monde et de la politique et on réussit très mal dans l'une comme dans l'autre. Ici les gens de ma famille sont considérés comme des Gachupines, comme on appelle ici les émigrés d'Espagne, mais la folie de l'Espagnol n'est pas tellement différente de la folie du Créole. Ce qui s'est passé vingt ans plus tôt sur le sol mexicain a été une répétition générale de la tragédie politique de l'Espagne. Pour ceux qui ont des yeux pour voir. Rien n'était pareil et tout l'était pourtant. Dans le cœur de l'Espagnol il y a une grande soif de liberté, mais seulement de la sienne. Un grand amour de la vérité et de l'honneur sous toutes ses formes, mais pas dans sa substance. Et une profonde conviction qu'on ne peut pas prouver quelque chose tant qu'on ne l'a pas fait saigner. Les vierges, les taureaux, les hommes. Dieu lui-même pour finir. Quand je regarde ma petite-nièce je vois une enfant. Et pourtant je sais très bien qui et ce que j'étais à son âge. Dans une vie différente j'aurais pu être une soldadera. Elle aussi peut-être. Et je ne saurai jamais ce qu'est sa vie. S'il y a un motif, quand il aura pris forme, il ne ressemblera à rien de ce que ces yeux peuvent reconnaître. Parce que je me suis toujours demandé si cette forme que nous voyons dans nos vies y était depuis le début ou si ces événements aléatoires ne forment un motif qu'après coup. Parce que sinon nous ne sommes rien. Croyez-vous au destin ?

Oui m'dame. J'crois que oui.

Mon père était profondément convaincu de l'interdépendance des choses. Je ne crois pas que je partage sa conviction. Il affirmait que la responsabilité d'une décision ne peut jamais être abandonnée à une puissance aveugle mais qu'elle ne peut être attribuée qu'à des décisions humaines de plus en plus éloignées de leurs conséquences. L'exemple qu'il donnait était celui d'une pièce qu'on lance en l'air pour tirer au sort et qui a été jadis un morceau de métal dans l'atelier où l'on frappe les monnaies et de l'ouvrier monnayeur qui a pris ce morceau de métal sur le plateau où il était posé et l'a placé dans la matrice dans l'une ou l'autre de deux positions possibles et de son geste découle tout ce qui va suivre, cara y cruz. Peu importe par quels détours on est passé et par combien. Jusqu'à ce que notre tour arrive enfin et que notre tour passe.

Elle sourit. D'un sourire mince. Ephémère.

C'est un argument absurde. Mais l'image de ce petit bonhomme anonyme penché sur son établi ne m'a jamais quittée. Je crois que si c'était le destin qui régissait nos existences on arriverait peut-être à le flatter ou à le raisonner. Mais on ne peut ni flatter ni raisonner l'ouvrier qui frappe les monnaies. Qui contemple de ses mauvais yeux à travers de mauvaises lunettes les tablettes aveugles de métal posées devant lui. Qui fait son choix. Qui hésite peut-être un moment. Pendant que le sort d'on ne sait quels univers inconnus encore à venir est suspendu dans la balance. Mon père voyait sans doute dans cette parabole le signe qu'il est possible de remonter à l'origine des choses, mais je n'y vois rien de tel. Pour moi c'est plutôt à un spectacle de marionnettes que le monde m'a toujours fait penser. Mais quand on regarde derrière le rideau et qu'on lève les yeux pour voir jusqu'où remontent les ficelles on s'aperçoit qu'elles aboutissent dans les mains d'encore d'autres marionnettes qui tiennent elles-mêmes leurs propres ficelles et que ces ficelles-là viennent à leur tour de plus haut et ainsi de suite. Dans ma propre vie j'ai vu ces ficelles dont les origines sont en nombre infini mettre en scène la mort de grands hommes dans la violence et la folie. Mettre en scène la ruine d'une nation. Je vais vous expliquer ce qu'était le Mexique. Ce qu'il était et ce qu'il redeviendra. Vous verrez qu'en fin de compte les choses qui me disposaient en votre faveur étaient justement celles qui m'ont amenée à me prononcer contre vous.

À l'époque où j'ai grandi la pauvreté dans ce pays était quelque chose d'absolument effroyable. Ce que vous voyez aujourd'hui ne peut même pas en donner idée. Et j'en étais très impressionnée. Dans les villes il y avait des échoppes qui louaient des vêtements aux paysans les jours où ils allaient au marché. Parce qu'ils n'avaient pas de vêtements à eux et on leur en louait pour la journée et ils rentraient chez eux le soir dans leurs couvertures et leurs guenilles. Ils n'avaient rien. Chaque centavo qu'ils pouvaient gagner tant bien que mal était destiné aux funérailles. Une famille ordinaire ne possédait rien qui soit sorti d'une machine, à part un couteau de cuisine. Rien. Même pas une épingle ou une assiette ou une casserole ou un bouton. Rien. Jamais. On les voyait dans les villes essayer de vendre des choses qui n'avaient aucune valeur. Un écrou tombé d'un camion et ramassé sur la route ou une pièce usée provenant d'on ne savait quelle machine et dont on n'imaginait même pas à quoi elle pouvait bien servir. Des choses comme ça. Des choses pathétiques. Ils croyaient qu'il y avait quelqu'un qui était à la recherche de ces choses-là et qui saurait en estimer la valeur pour peu qu'on puisse trouver cette personne. C'était une foi qu'aucune déception ne semblait capable d'ébranler. Qu'est-ce qu'ils avaient d'autre ? Pour quoi d'autre l'auraient-ils abandonnée ? Le monde industriel était pour eux une chose inimaginable et pour ceux qui l'habitaient une chose absolument étrangère. Et pourtant ils n'étaient pas stupides. Ça jamais. On pouvait le voir chez les enfants. Leur intelligence avait quelque chose de terrifiant. Et ils avaient une liberté que nous autres on leur enviait. Il y avait si peu de contraintes qui pesaient sur eux. Et si peu d'espoirs. Puis à l'âge de onze ou douze ans ils cessaient d'être des enfants. Ils perdaient leur enfance du jour au lendemain et ils n'avaient pas de jeunesse. Ils devenaient très sérieux. Comme si une terrible vérité leur avait été révélée. Une terrible vision. À un certain moment de leur vie ils revenaient à la réalité d'un seul coup et c'était une chose qui me rendait perplexe mais bien entendu je ne pouvais pas savoir ce que c'était qu'ils voyaient. Ce que c'était qu'ils savaient.

Arrivée à l'âge de seize ans j'avais déjà lu beaucoup de livres et j'étais devenue libre penseur. En tout cas je refusais de croire en un Dieu qui pouvait permettre l'injustice que je voyais sous mes yeux dans un monde qui était sa propre création. J'étais très idéaliste. Très libre dans mes paroles. Mes parents étaient horrifiés. Et ensuite l'été de l'année de mes dix-sept ans ma vie a changé à jamais.

Dans la famille de Francisco Madero il y avait treize enfants et j'avais beaucoup d'amis parmi eux. Rafaela avait le même âge que moi à trois jours près et nous étions très proches. Beaucoup plus que nous ne l'étions des filles de Carranza. Teníamos compadrazgo con su familia. Vous comprenez ? Il n'y a pas de traduction. La famille avait organisé les fêtes de mon quinzième anniversaire à Rosario. La même année don Evaristo nous a accompagnées en groupe en Californie. Rien que des jeunes filles des haciendas. De Parras et de Torreón. Déjà en ce temps-là il était très âgé et je m'étonnais de son courage. Mais c'était un homme magnifique. Il avait servi le temps d'un mandat comme gouverneur de l'État. Il était très riche et il m'aimait beaucoup et il n'était nullement dérouté par mes discours philosophiques. J'aimais bien aller à Rosario. En ce temps-là on recevait davantage dans les haciendas. On donnait des fêtes tout à fait somptueuses avec des orchestres et du champagne et il y avait des visiteurs européens et ces soirées-là se prolongeaient jusqu'à l'aube. À ma propre surprise j'ai constaté que j'étais très appréciée et je me serais sans doute guérie de ma sensibilité exacerbée s'il ne s'était passé deux choses. D'abord il y a eu le retour des deux fils aînés, Francisco et Gustavo.

Ils avaient été à l'université en France pendant cinq ans. Avant cela ils avaient fait des études aux États-Unis. En Californie et à Baltimore. Quand je les ai retrouvés j'ai eu l'impression de retrouver de vieux amis. Presque de la famille. Pourtant le souvenir que j'en avais conservé était un souvenir d'enfant et pour eux je devais être quelque chose de totalement inconnu.

Francisco, du fait qu'il était le fils aîné, avait une position spéciale dans la maison. Il y avait une table sous l'arcade où il s'entretenait avec ses amis. À l'automne de cette année-là j'ai été bien souvent invitée chez eux et c'est dans cette maison que j'ai entendu pour la première fois exprimer dans toute leur plénitude les choses qui me tenaient le plus à cœur. J'ai commencé à voir ce qu'il fallait que le monde devienne pour que je puisse y vivre.

Francisco a commencé à organiser des écoles pour les enfants pauvres du district. Il distribuait des médicaments. Plus tard sa propre cuisine a servi à nourrir des centaines de personnes. Il n'est pas facile de donner aux gens d'aujourd'hui une idée de l'enthousiasme de ces années-là. Francisco avait un grand pouvoir d'attraction sur les gens. Ils se plaisaient en sa compagnie. À cette époque-là il n'était pas question qu'il fasse de la politique. Il essayait seulement de mettre en pratique les idées qu'il avait découvertes. De faire en sorte qu'elles donnent des résultats dans la vie de tous les jours. On commençait à venir de Mexico pour le voir. Dans toutes ses entreprises il pouvait compter sur Gustavo.

Je ne suis pas certaine que vous puissiez comprendre ce que je suis en train de vous dire. J'avais dix-sept ans et ce pays était pour moi comme un vase précieux entre les mains d'un enfant. Il y avait de l'électricité dans l'air. Tout paraissait possible. Je croyais qu'on était des milliers comme nous. Comme Francisco. Comme Gustavo. Je me trompais. Quand la fin est arrivée on a eu l'impression qu'il n'y avait personne.

Gustavo avait un œil de verre à la suite d'un accident qui s'était produit quand il était petit. Cela n'enlevait rien au charme qu'il exerçait sur moi. Je crois que c'était sans doute le contraire. Il n'y avait certainement pas de compagnie que je préférais à la sienne. Il me donnait des livres à lire. On parlait pendant des heures entières. Il avait beaucoup de sens pratique. Beaucoup plus que Francisco. Il ne partageait pas le goût de Francisco pour l'occulte. Il parlait toujours de choses sérieuses. Puis à l'automne de cette année-là je suis allée avec mon père et mon oncle dans une hacienda de San Luis Potosí et c'est là que j'ai été blessée à la main à la suite de l'accident dont je vous ai parlé.

Pour un garçon ç'aurait été un événement plus ou moins grave. Pour une jeune fille c'était une catastrophe. Je ne voulais pas être vue en public. Je croyais même remarquer un changement dans l'attitude de mon père à mon égard. Comme s'il ne pouvait s'empêcher de me considérer comme une créature défigurée. Je pensais qu'il était maintenant admis que je ne pourrais pas faire un beau mariage et le monde était peut-être de cet avis. Il ne restait même plus de doigt où passer l'alliance. On me traitait avec une grande délicatesse. Peut-être comme quelqu'un qui rentre à la maison après être passé par une institution. J'aurais voulu de tout mon cœur être née parmi les pauvres où ces choses-là sont plus facilement acceptées. C'est dans cet état d'esprit que j'attendais la vieillesse et la mort.

Quelques mois ont passé. Puis un jour juste avant Noël Gustavo est venu me voir. J'étais terrorisée. J'ai appelé ma sœur pour qu'elle le supplie de s'en aller. Il refusait. Quand mon père est rentré très tard cette nuit-là ça lui a plutôt fait un choc de le trouver assis tout seul au salon avec son chapeau sur les genoux. Il est venu dans ma chambre pour me parler. Je me suis bouché les oreilles. Je ne me souviens pas de ce qui s'est passé. Seulement que Gustavo était toujours assis dans le fauteuil. Il a passé la nuit dans le salon comme un mozo. Ici. Dans cette maison.

Le lendemain mon père était furieux contre moi. Je ne vais pas vous parler de la scène qui a suivi. Je suis certaine que mes hurlements de colère et de douleur sont arrivés jusqu'aux oreilles de Gustavo. Mais bien entendu je ne pouvais pas m'opposer à la volonté de mon père et finalement j'ai fait mon apparition. Assez élégamment vêtue si je m'en souviens. J'avais appris à tenir un mouchoir dans ma main gauche pour cacher ma difformité. Gustavo s'est levé et m'a souri. On a fait un tour au jardin. Qui était plutôt mieux entretenu en ce temps-là. Il m'a parlé de ses projets. De son travail. Il m'a donné des nouvelles de Francisco et de Rafaela. De nos amis. Il me traitait de la même manière qu'avant. Il m'a raconté comment il avait perdu son œil et il m'a parlé de la cruauté des enfants de son école avec lui et il m'a dit des choses qu'il n'avait jamais dites à personne, même pas à Francisco. Parce qu'il disait que je comprendrais.

Il m'a parlé des choses dont nous avions parlé si souvent à Rosario. Si souvent et si tard dans la nuit. Il disait que ceux auxquels il est arrivé malheur seront toujours placés à part mais que c'est justement ce malheur qui est leur chance et qui est leur force et qu'ils doivent trouver le moyen de se joindre à l'action commune des hommes car s'ils n'y parvenaient pas cette action ne pourrait pas se poursuivre et ils finiraient eux-mêmes par sombrer dans l'amertume et par dépérir. Il me disait ces choses-là avec un grand sérieux et une grande gentillesse et à la lumière qui venait des arcades je pouvais voir qu'il pleurait et je savais que c'était pour mon âme qu'il pleurait. Jamais on ne m'avait témoigné tant d'estime. Voir un homme se mettre dans une telle situation. Je ne savais pas quoi dire. Cette nuit-là j'ai longuement réfléchi non sans un certain désespoir à celle que je devais devenir. Je voulais de toutes mes forces devenir une personne de mérite et j'étais bien obligée de me demander comment cela est possible si l'on n'a pas dans sa vie quelque chose comme une âme ou comme un esprit qui est en nous et qui peut subir n'importe quel malheur ou n'importe quelle difformité sans en être diminué. Pour une personne de mérite ce mérite ne peut être un état tributaire des caprices du hasard. Il faut que ce soit une qualité qui ne peut pas changer. Quoi qu'il arrive. Bien avant le lever du jour je savais que ce que je cherchais à découvrir c'était quelque chose que j'avais toujours su. Que tout courage est une forme de fidélité. Que c'est toujours à soi-même que le lâche renonce en premier. Après cela toutes les autres trahisons deviennent faciles.

Je savais que le courage coûte moins d'efforts à certains qu'à d'autres mais j'étais convaincue que quiconque y aspire peut y accéder. Que le désir est la chose même. La chose même. Je ne pouvais rien imaginer d'autre à propos de quoi c'était vrai.

Tant de choses dépendent du hasard. Ce n'est que des années plus tard que j'ai compris quelle détermination il a fallu à Gustavo pour me parler comme il l'a fait. Venir comme ça chez mon père. Sans se décourager à l'idée d'être repoussé ou de paraître ridicule. Et surtout j'ai compris que le don qu'il me faisait n'était même pas dans les mots. Les nouvelles qu'il m'apportait il ne pouvait pas les dire avec des paroles. Mais c'est depuis ce jour-là que j'ai commencé à aimer l'homme qui m'avait apporté ces nouvelles et bien qu'il soit mort aujourd'hui depuis près de quarante ans ces sentiments n'ont pas changé.

Elle sortit un mouchoir de sa manche et s'en tamponna le bord de chaque œil. Elle leva la tête.

Eh bien, vous voyez. En tout cas vous êtes très patient. La suite de l'histoire n'est pas tellement difficile à imaginer puisque les faits sont connus. Dans les mois qui ont suivi mon esprit révolutionnaire s'est rallumé et les aspects politiques des activités de Francisco Madero sont devenus plus manifestes. Comme on commençait à le prendre au sérieux des ennemis commençaient à apparaître et son nom n'a pas tardé à être connu du dictateur Díaz. Francisco a été forcé de vendre le domaine qu'il avait acquis à Australia pour financer son action. Il n'a pas eu longtemps à attendre pour être arrêté. Quelque temps après il a fui aux États-Unis. Il n'a jamais chancelé dans sa détermination. Pourtant pendant ces années-là peu de gens auraient pu prévoir qu'il deviendrait président du Mexique. Quand lui et

Gustavo sont rentrés ils sont rentrés avec des fusils. La révolution avait commencé.

Pendant ce temps-là on m'avait envoyée en Europe et en Europe j'étais restée. Mon père exprimait franchement ses idées sur les responsabilités de l'aristocratie terrienne. Mais la révolution c'était une tout autre affaire. Il refusait de me faire rentrer à la maison tant que je n'aurais pas promis de rompre avec les Madero et ça je ne le voulais pas. Gustavo et moi nous n'avions jamais été fiancés. Les lettres qu'il m'écrivait sont devenues moins fréquentes. Puis elles ont cessé tout à fait. On a fini par me dire qu'il s'était marié. Je ne lui en ai pas voulu alors et je ne lui en veux toujours pas. Il y a eu des mois pendant la révolution où toute la campagne était financée avec l'argent qu'il sortait de sa poche. La moindre balle. La moindre croûte de pain. Quand Díaz a été enfin obligé de fuir et qu'il y a eu des élections libres Francisco est devenu le premier président de ce pays qui ait jamais accédé à son poste à la suite d'un vote populaire. Et le dernier.

Je vais vous parler du Mexique. Je vais vous parler de ce qui est arrivé à ces hommes courageux et bons et honorables. À ce moment-là je travaillais à Londres comme professeur. Ma sœur est venue me rejoindre et elle est restée avec moi jusqu'à l'été. Elle me suppliait de rentrer avec elle mais je ne voulais pas. J'étais très fière. Très têtue. Je ne pouvais pardonner à mon père ni son aveuglement politique ni la façon dont il m'avait traitée.

Francisco Madero a été entouré de comploteurs et d'intrigants dès le premier jour de son mandat. Sa foi en la bonté fondamentale de l'espèce humaine est devenue sa perte. Un jour Gustavo lui a amené le général Huerta à la pointe de son fusil et l'a dénoncé comme traître mais Francisco n'a rien voulu entendre et l'a rétabli dans ses fonctions. Huerta. Un assassin. Une brute. C'était en février 1913. Il y a eu une rébellion armée. Évidemment Huerta était un complice caché. Quand il a estimé que sa position était sûre il a capitulé devant les rebelles et il s'est mis à leur tête contre le gouvernement. Gustavo a été arrêté. Puis Francisco et Pino Suárez. Gustavo a été livré à la foule dans la cour de la ciudadela. Ils se sont massés autour de lui avec des torches et des lanternes. Ils le harcelaient et ils l'insultaient en le traitant d'Ojo Parado. Quand il leur a demandé de lui laisser la vie sauve à cause de sa femme et de ses enfants ils l'ont traité de lâche. Lui, un lâche. Ils l'ont bousculé et frappé. Ils l'ont brûlé. Quand il les a de nouveau suppliés d'arrêter il y en a un qui s'est avancé avec un pic et il lui a crevé son œil valide et lui il a fait quelques pas en titubant et en gémissant dans ses ténèbres et il n'a plus rien dit. Quelqu'un s'est approché avec un revolver et lui a pressé le canon contre la tête et a fait feu mais la foule a tiré le bras du type et Gustavo a eu la mâchoire arrachée. Il s'est effondré au pied de la statue de Morelos. Finalement ils lui ont tiré une rafale de balles de fusil dans le corps. Il a été déclaré mort. En tout cas un ivrogne est sorti de la foule et lui a encore tiré dessus. Ils ont frappé son cadavre à coups de pied et craché dessus. Quelqu'un lui a arraché son œil de verre et les gens se le sont passé de main en main dans la foule comme une curiosité.

Ils restaient assis en silence, on entendait le tic-tac de la pendule. Au bout d'un instant elle leva les yeux sur lui.

Voilà. C'était ça la communauté dont il parlait. Ce splendide garçon. Qui avait tout donné.

Qu'est-ce qui est arrivé à Francisco ?

Ils ont été conduits derrière le pénitencier lui et Pino Suárez et abattus. Leurs assassins ont donné la mesure de leur cynisme en prétendant qu'ils avaient été abattus lors d'une tentative d'évasion. La mère de Francisco a adressé au président Taft un télégramme où elle lui demandait d'intervenir pour sauver la vie de son fils. Sarah a remis personnellement le télégramme à l'ambassadeur à l'ambassade américaine. Il est plus que probable qu'il n'a jamais été expédié. La famille est partie en exil. Ils sont allés à Cuba. Aux États-Unis. En France. Il y avait toujours eu des rumeurs qui leur attribuaient une ascendance juive. Il se peut que ce soit vrai. Ils étaient tous très intelligents. Moi en tout cas il m'a toujours semblé voir dans leur destin un destin juif. Une diaspora tardive. Le martyre. La persécution. L'exil. Sarah habite aujourd'hui Colonia Roma. Elle a ses petits-enfants. Nous nous voyons rarement mais nous partageons une complicité tacite. Une complicité de sœurs. Ici cette nuit-là chez mon père dans le jardin Gustavo m'a dit que ceux qui ont connu une grande douleur à la suite d'un affront ou d'un deuil sont unis l'un à l'autre par des liens d'un pouvoir exceptionnel et il en a été ainsi en réalité. Les liens les plus étroits que nous connaîtrons jamais sont les liens du chagrin. La communion la plus profonde est celle de la douleur. Je ne suis pas rentrée d'Europe avant la mort de mon père. Je regrette à présent de ne pas l'avoir mieux connu. Je crois qu'il était lui aussi à bien des égards mal adapté à la vie qu'il avait choisie. Ou qui l'avait choisi. C'est peut-être notre cas à tous. Il lisait toujours des livres sur l'horticulture. Ici. Dans ce désert. Il avait déjà commencé ici la culture du coton et il aurait été heureux de voir quelle réussite c'est devenu. Des années plus tard j'ai fini par comprendre à quel point ils se ressemblaient lui et Gustavo. Qui n'a jamais été fait pour être soldat. Je crois qu'ils ne comprenaient pas le Mexique. Comme mon père il détestait le sang et la violence. Mais peut-être qu'il ne les détestait pas suffisamment. Mais de tous c'est Francisco qui se trompait le plus avec ses illusions. Il n'a jamais été fait pour être président du Mexique. Il était à peine fait pour être mexicain. À la fin tout le monde finit par se guérir de ses sentiments. Ceux que la vie ne guérit pas la mort va s'en charger. Le monde est tout à fait impitoyable quand il faut choisir entre le rêve et la réalité, même si nous ne voulons pas choisir. Entre le désir et la chose il y a le monde qui attend. J'ai beaucoup réfléchi sur ma vie et sur mon pays. Je crois qu'il y a peu de choses que l'on peut vraiment connaître. Ma famille a eu de la chance. D'autres en ont eu moins. Comme ils s'empressent souvent de le rappeler.

Quand j'étais étudiante j'ai fait de la biologie. J'ai appris que pour faire leurs expériences les savants prennent un groupe – de bactéries, de souris, d'humains – et soumettent ce groupe à certaines conditions. Ils comparent les résultats avec ceux obtenus sur un deuxième groupe qui n'a subi aucune modification. Ce deuxième groupe s'appelle groupe témoin. C'est ce groupe témoin qui permet au chercheur de mesurer l'effet de son expérience. De juger de l'importance de ce qui s'est produit. Dans l'histoire il n'y a pas de groupes témoins. Il n'y a personne pour nous dire ce qui aurait pu se passer. On se lamente sur ce qui aurait pu se passer mais il n'y a pas d'aurait-pu-se-passer. Il n'y en a jamais eu. C'est une vérité admise que ceux qui ne connaissent pas l'histoire sont condamnés à la répéter. Je ne crois pas que le fait de connaître puisse nous sauver. Ce qu'il y a de constant dans l'histoire c'est la cupidité et la bêtise et un amour du sang et c'est une chose que même Dieu – qui connaît tout ce qui peut être connu – semble être impuissant à changer.

Mon père est enterré à moins de deux cents mètres de l'endroit où nous sommes assis en ce moment. Je vais souvent jusque-là et je lui parle. Je lui parle comme je n'ai jamais pu le faire dans la vie. Il a fait de moi une exilée dans mon propre pays. Ce n'était pas son intention. Quand je suis venue au monde dans cette maison elle était déjà remplie de livres en cinq langues et comme je savais qu'étant femme je me verrais pour l'essentiel refuser l'accès au monde je me suis jetée sur cet autre monde. Je savais déjà lire quand j'ai eu cinq ans et personne ne m'a jamais enlevé un livre des mains. Jamais. Ensuite mon père m'a envoyée dans deux des meilleures écoles d'Europe. Avec toute sa rigueur et son autorité il s'est révélé un libertin de la plus dangereuse espèce. Vous avez parlé de mes déceptions. Si ce sont des déceptions elles n'ont fait que me rendre impitoyable. Ma petite-nièce est le seul avenir que j'ai devant moi et quand il s'agit d'elle je mise tout ce que j'ai. Il est possible que la vie que j'ai choisie pour elle n'existe même plus, mais je sais ce qu'elle ne sait pas. Qu'il n'y a rien à perdre. En janvier je vais avoir soixante-treize ans. J'ai connu beaucoup de gens pendant tout ce temps-là et bien peu ont eu des vies satisfaisantes pour eux. Je voudrais que ma petite-nièce ait la chance de faire un mariage très différent de celui que son monde va fatalement exiger d'elle. Je n'accepterai pas pour elle un mariage de convention. Je vous le répète, je sais ce qu'elle ne peut pas savoir. Qu'il n'y a rien à perdre. Je ne sais pas dans quelle sorte de monde elle vivra et je n'ai pas d'idées bien arrêtées sur la façon dont elle devrait y vivre. Je sais seulement que si elle n'arrive pas à placer ce qui est vrai au-dessus de ce qui est utile ça ne fera guère de différence qu'elle vive ou non. Et par vrai je ne veux pas dire ce qui se fait mais seulement ce qui est vrai. Vous croyez que j'ai rejeté votre demande parce que vous êtes jeune ou sans éducation ou parce que vous venez d'un autre pays mais ce n'est pas le cas. Je n'ai jamais hésité à mettre Alejandra en garde contre les vanités de soupirants comme ceux qui se présentent à elle et depuis longtemps nous sommes prêtes toutes les deux à accepter l'idée d'un sauvetage sous quelque déguisement qu'il puisse choisir. Mais je vous ai aussi parlé d'une certaine extravagance dans le sang féminin de cette famille. Quelque chose d'obstiné. D'imprévoyant. Connaissant cela chez elle j'aurais dû me montrer plus vigilante en ce qui vous concernait. J'aurais dû vous juger plus clairement. À présent je le fais.

Vous ne me laisserez pas plaider ma cause.

Je connais votre cause. Votre cause c'est qu'il s'est passé certaines choses sur lesquelles vous n'avez aucun pouvoir.

C'est vrai.

Je suis certaine que c'est vrai. Mais ça ne fait pas une cause. Je n'ai pas de sympathie pour les gens auxquels des choses arrivent. C'est peut-être la malchance, mais est-ce que cela doit compter en leur faveur ?

J'ai l'intention de la voir.

Dois-je m'en étonner ? Je vous donnerai même ma permission. Bien que cela semble être quelque chose dont vous n'avez jamais eu besoin. Elle ne manquera pas à la parole qu'elle m'a donnée. Vous verrez.

Oui m'dame. On verra.

Elle se leva et lissa sa jupe derrière elle pour qu'elle retombe et tendit la main. Il se leva et la prit dans la sienne, très brièvement, si fraîche, les os si délicats.

Je regrette de ne pas vous revoir. J'ai fait pas mal d'efforts pour vous parler de moi, entre autres parce que je crois qu'on devrait savoir qui sont nos ennemis. J'ai connu des gens qui ont passé leur vie à entretenir leur haine à l'égard de fantômes et ce n'étaient pas des gens heureux.

Je ne vous hais pas.

Vous me haïrez.

On verra.

Oui. On verra ce que le destin tient pour nous en réserve, n'est-ce pas ?

Je pensais que vous ne croyiez pas au destin.

Elle agita la main. Ce n'est pas tellement que je n'y crois pas. Je n'accepte pas que ce soit lui qu'on désigne. Si le destin est la loi alors est-ce que le destin aussi est soumis à cette loi ? Il arrive un moment où l'on ne peut faire autrement que désigner un responsable. C'est dans notre nature. Quelquefois je crois que nous sommes tous comme ce monnayeur myope devant sa presse, qui prend les morceaux de métal aveugles un par un sur le plateau, tous tant que nous sommes si jalousement penchés sur notre besogne, résolus à faire que même le chaos ne soit pas autre chose que l'ouvrage de nos mains.

AU MATIN il alla au baraquement et prit son petit déjeuner avec les vaqueros et leur dit au revoir. Puis il passa chez le régisseur et ils allèrent dans l'écurie lui et Antonio et sellèrent des montures et traversèrent le parc pour regarder les chevaux récemment débourrés. Il savait lequel il voulait. Quand le cheval les aperçut il commença à s'ébrouer et tourna et partit au trot. C'était le grison de Rawlins et ils lui passèrent une longe et l'amenèrent dans le corral et arrivé midi l'animal se laissait plus ou moins manier et il lui fit faire le tour du corral à la longe et il le laissa se calmer. L'animal n'avait pas été monté depuis des semaines et il ne portait aucune marque de sangle et il savait à peine comment manger le grain. Il descendit à pied au manoir et dit au revoir à María et elle lui donna le repas qu'elle avait enveloppé pour lui et elle lui tendit une enveloppe en papier rose avec l'emblème de La Purísima gravé en relief dans le coin gauche. Une fois dehors il l'ouvrit et sortit l'argent et le plia et le mit dans sa poche sans le compter et plia l'enveloppe et la mit dans sa poche de chemise. Puis il traversa les pécaniers devant le manoir pour rejoindre Antonio qui attendait là avec les chevaux et ils restèrent un moment dans une silencieuse accolade puis il se mit en selle et tourna le cheval dans la direction de la route.

Il traversa La Vega sans descendre de cheval, l'animal soufflant et roulant des yeux devant tout ce qu'il apercevait. Quand un camion démarra dans la rue et commença à avancer dans leur direction l'animal fit entendre un couinement désespéré et voulut faire demi-tour et John Grady lui scia la bouche au point que le cheval faillit s'arrêter sur les hanches et il lui donna des petites tapes amicales et lui parla sans arrêt jusqu'à ce que le véhicule eût disparu puis ils repartirent. Une fois sorti de la ville il laissa carrément la route et prit à travers l'immense et préhistorique lit lacustre du bolsón. Il traversa une aride playa de gypse où la croûte de sel enfonçait sous les sabots du cheval comme s'ils avaient marché dans de la gélatine et il remonta par de blanches collines de gypse où poussait la baïonnette espagnole et par un pâle glacis encombré de fleurs de gypse comme le parterre d'une grotte ouverte à la lumière. Des arbres et des jas frémissaient au loin le long des minces anses de la prairie pâles et dentelés presque éphémères dans l'air matinal. Le cheval avait une bonne allure naturelle et il lui parlait en chemin et il lui disait des choses sur le monde qui étaient vraies d'après l'expérience qu'il en avait et il lui disait des choses dont il pensait qu'elles pourraient être vraies pour voir de quoi elles auraient l'air si jamais elles étaient dites. Il dit au cheval pourquoi il l'aimait et pourquoi il l'avait choisi pour être son cheval et il dit qu'il ne permettrait pas qu'on lui fît du mal.

Arrivé midi il s'était engagé sur un chemin de ferme où les rigoles d'irrigation amenaient l'eau le long des bords piétinés des champs et il arrêta le cheval pour l'abreuver et le tenant par la bride il le fit aller et venir sous l'ombrage d'un peuplier pour le rafraîchir. Il partagea son déjeuner avec des enfants qui étaient venus s'asseoir à côté de lui. Il y en avait qui n'avaient jamais mangé de pain au levain et ils demandèrent à ce sujet l'avis d'un garçon plus âgé qui se trouvait parmi eux. Ils étaient assis en rang au bord du chemin, cinq en tout, et les moitiés de sandwichs au jambon fumé qui provenaient de l'hacienda passèrent de gauche à droite et les enfants mangèrent avec une grande solennité et quand les sandwichs furent terminés il partagea avec son couteau les tartes aux pommes et aux agaves récemment sorties du four.

Dónde vive ? dit le plus âgé.

Il réfléchit à la question. Ils attendaient. Il leur dit ;

Avant j'habitais dans une grande hacienda, mais à présent je n'ai nulle part où habiter.

Les visages des enfants l'examinaient avec une grande inquiétude. Puede vivir con nosotros, dirent-ils, et il les remercia et il leur dit qu'il avait une novia qui était dans une autre ville et qu'il était parti à cheval pour la retrouver et lui demander d'être sa femme.

Es bonita, su novia ? demandèrent-ils, et il leur dit qu'elle était très belle et qu'elle avait les yeux bleus ce qu'ils pouvaient à peine croire mais il leur dit aussi que le père de sa novia était un riche hacendado alors qu'il était lui-même très pauvre et ils écoutèrent cette nouvelle en silence et parurent extrêmement attristés à l'idée de son avenir. La fillette la plus âgée dit que si sa novia l'aimait vraiment elle l'épouserait quand même mais le garçon n'était pas réconfortant et il dit que même dans les familles des riches une fille ne pouvait pas aller contre la volonté de son père. La fillette dit qu'il fallait consulter la grand-mère parce qu'elle comptait beaucoup dans ces cas-là et qu'il fallait lui apporter des présents et tenter de la gagner à sa cause car sans l'aide de la grand-mère il n'y avait pas grand-chose à espérer. Elle dit que tout le monde savait qu'il en était ainsi.

D'un signe de tête John Grady reconnut la sagesse de ces paroles mais il dit qu'en ce qui concernait la grand-mère il s'en était déjà fait une ennemie et qu'il ne pouvait pas compter sur son aide et en entendant cela les enfants cessèrent de manger et baissèrent les yeux.

Es un problema, dit le garçon.

De acuerdo.

Une fillette, l'une des plus jeunes, se pencha en avant. Qué ofensa le dio a la abuelita ? dit-elle.

Es une historia larga, dit-il.

Hay tiempo, dirent-ils.

Il sourit et les regarda et comme il y avait assurément le temps il leur raconta tout ce qui s'était passé. Il leur raconta comment ils étaient venus d'un autre pays, deux jeunes cavaliers montés sur leurs chevaux, et qu'ils en avaient rencontré un troisième qui n'avait pas d'argent et rien à manger et à peine de vêtements pour se vêtir et qu'il avait finalement continué avec eux et partagé avec eux tout ce qu'ils avaient. C'était un très jeune cavalier et il montait un splendide cheval mais parmi les peurs qui le hantaient il y avait la peur que Dieu cherche à le tuer avec un éclair et à cause de cette peur il avait perdu son cheval dans le désert. Il leur raconta ensuite ce qui s'était passé avec le cheval et comment ils avaient repris le cheval au bourg d'Encantada et il raconta que le gamin était retourné au village d'Encantada et y avait tué un homme et que les gendarmes étaient venus à l'hacienda et les avaient arrêtés lui et son camarade et que la grand-mère avait payé leur amende et avait ensuite interdit à la novia de jamais le revoir.

Quand il eut terminé ils gardèrent un moment le silence et finalement la fillette dit que la seule chose qu'il avait à faire c'était d'amener le gamin devant la grand-mère pour qu'il lui dise que tout était arrivé par sa faute et John Grady expliqua que ce n'était pas possible parce que le gamin était mort. Quand les enfants entendirent cette nouvelle ils firent le signe de la croix et portèrent leurs doigts à leurs lèvres. Le garçon le plus âgé dit que la situation était difficile mais qu'il devait trouver quelqu'un qui intercède en sa faveur parce que si l'on pouvait faire comprendre à la grand-mère qu'il n'était pas coupable alors elle changerait d'avis. L'aînée des fillettes dit que la famille était riche et lui pauvre et que ce problème-là il était en train de l'oublier. Le garçon dit qu'il ne pouvait pas être si pauvre que ça puisqu'il avait un cheval et ils se tournèrent vers John Grady dans l'attente d'une décision sur ce point et il leur dit qu'en dépit des apparences il était en réalité très pauvre et que le cheval c'était la grand-mère elle-même qui le lui avait donné. À ces mots quelques-uns de ses auditeurs poussèrent un grand soupir et hochèrent la tête. La fillette dit qu'il lui fallait trouver un homme d'une grande sagesse avec lequel il pourrait s'entretenir de ses problèmes ou peut-être une curandera et la plus jeune fut d'avis qu'il devait prier Dieu.

La soirée était déjà bien avancée et il faisait noir quand il entra dans Torreón. Il attacha le cheval devant un hôtel avec un licou et entra et demanda s'il y avait une écurie où l'on prenait les chevaux en pension mais l'employé ne connaissait rien à ces choses-là. Il regarda le cheval par la fenêtre donnant sur la rue puis il regarda John Grady.

Puede dejarlo atrás, dit-il.

Atrás ?

Sí. Afuera. Il fit un geste vers le fond du bâtiment.

John Grady tourna la tête de ce côté-là.

Por dónde ? dit-il.

L'employé haussa les épaules. Il passa le plat de sa main sur le comptoir pour indiquer la direction du corridor. Por aquí.

Dans le hall il y avait assis sur un canapé un vieil homme qui venait de jeter un coup d'œil par la fenêtre et il se tourna vers John Grady et lui dit de ne pas s'en faire et que des choses bien pires que des chevaux étaient passées par le hall de cet hôtel et John Grady regarda l'employé puis il sortit et détacha le cheval et rentra avec lui dans l'hôtel. L'employé l'avait précédé dans le couloir et il ouvrit les portes du fond et attendit pendant que John Grady menait le cheval dans la cour. Il avait acheté un petit sac de grain à Tlahualilo et il abreuva le cheval dans un lavoir et déchira le sac à grain et versa le grain dans le couvercle retourné d'une boîte à ordures et il détacha le cheval et mouilla le sac vide et en frotta le cheval puis il emporta la selle à l'intérieur de l'hôtel et prit sa clé et monta se coucher.

Quand il se réveilla il était midi. Il avait dormi presque douze heures. Il se leva et alla à la fenêtre et regarda dehors. La fenêtre donnait sur la petite cour derrière l'hôtel et le cheval faisait patiemment le tour de l'enclos avec trois gosses à califourchon sur son dos et un autre qui le conduisait et un autre encore suspendu à sa queue.

Il passa presque toute la matinée au central téléphonique à attendre son tour devant l'une des quatre cabines et quand il finit par obtenir sa communication il n'y eut pas moyen de la joindre. Il retourna au guichet pour placer un nouvel appel et la jeune femme derrière la vitre lut sur son visage et lui dit qu'il aurait plus de chance l'après-midi et elle avait raison. Une femme répondit au téléphone et envoya quelqu'un la chercher. Il attendit. Quand elle prit l'appareil elle dit qu'elle savait que ce serait lui.

Il faut que je te voie, dit-il.

Je ne peux pas.

Il le faut. Je vais venir te voir.

Non. Tu ne peux pas.

Je partirai demain matin. Je suis à Torreón.

Est-ce que tu as parlé à ma tante ?

Oui.

Elle fut un instant avant de parler. Puis elle dit : Je ne peux pas te voir.

Si. Tu peux.

Je ne serai pas ici. Je m'en vais après-demain à La Purísima.

Je vais venir te chercher à la gare.

Ce n'est pas possible. Antonio va venir me chercher.

Il ferma les yeux et serra très fort le téléphone et il lui dit qu'il l'aimait et qu'elle n'avait pas le droit dût-il être tué de faire la promesse qu'elle avait faite et qu'il ne partirait pas sans l'avoir vue même si c'était la dernière fois de sa vie qu'il la voyait et elle fut un long moment sans parler et ensuite elle dit qu'elle partirait un jour plus tôt. Qu'elle dirait que sa tante était malade et qu'elle partirait le lendemain matin et le rejoindrait à Zacatecas. Puis elle raccrocha.

Il mit le cheval en pension dans une écurie de l'autre côté des barrios au sud des voies de chemin de fer et il dit au remiseur de se méfier du cheval parce que c'était au mieux une brute à moitié débourrée et l'homme opina du chef et appela le garçon d'écurie mais John Grady comprit qu'il avait ses idées à lui sur les chevaux et qu'il arriverait à ses propres conclusions. Il prit la selle et la porta dans la sellerie et l'accrocha et le palefrenier ferma la porte à clé derrière lui et il retourna au bureau.

Il proposa de payer d'avance mais le propriétaire écarta son offre d'un geste bref. Il sortit et se retrouva au soleil et descendit la rue où il prit l'autocar pour retourner à la ville.

Il acheta un petit sac de permissionnaire dans une boutique et il acheta deux chemises neuves et une paire de bottes neuves et alla à la gare et prit son billet et entra dans un café et mangea un morceau. Il fit un tour pour assouplir les bottes et rentra à l'hôtel. Il enveloppa le revolver et le couteau et ses vieux vêtements dans son couchage et il demanda à l'employé de mettre le tout dans le réduit à bagages et il lui dit de le réveiller à six heures du matin puis il monta se coucher. Il ne faisait même pas encore nuit.

Il faisait frais et le ciel était gris quand il sortit de l'hôtel le lendemain matin et le temps qu'il s'installe dans le wagon il y avait des gouttes de pluie qui s'écrasaient sur les vitres. Un jeune garçon et sa sœur étaient assis sur la banquette en face de lui et quand le train eut démarré le garçon lui demanda d'où il était et où il allait. Ils ne parurent pas surpris d'entendre qu'il était du Texas. Quand le chasseur passa en annonçant le petit déjeuner il les invita à manger avec lui mais le garçon parut gêné et dit non. Il était gêné lui aussi. Il alla s'asseoir au wagon-restaurant et mangea une grande assiette de huevos rancheros et but du café et regarda les champs grisâtres défiler derrière la vitre humide et dans ses bottes et sa chemise neuves il commençait à se sentir mieux qu'il s'était senti depuis longtemps et le poids qui pesait sur son cœur avait commencé à se soulever et il se répétait ce que son père lui avait dit une fois, que l'argent peureux ne gagne jamais et qu'un inquiet ne peut pas aimer. Le train traversa une morne plaine où ne poussait que le cholla et entra dans une vaste forêt de yucca dragon. Il ouvrit le paquet de cigarettes qu'il avait acheté au kiosque de la gare et en alluma une et posa le paquet sur la nappe et souffla la fumée vers la vitre et le paysage qui défilait sous la pluie.

Le train arriva à Zacatecas en fin d'après-midi. Il sortit de la gare et remonta la rue par les hautes arcades de l'ancien aqueduc de pierre et entra dans la ville. La pluie les avait suivis depuis le nord et les étroites rues empierrées étaient mouillées et les boutiques fermées.

Il continua sur l'Hidalgo passé la cathédrale jusqu'à la plaza de Armas et prit une chambre à l'hôtel Reina Cristina. C'était un vieil hôtel colonial et c'était un bâtiment calme et frais et les dalles sur le sol du hall étaient sombres et lisses et il y avait un cacatoès dans une cage qui regardait les gens entrer et sortir. Dans la salle à manger qui donnait sur le hall il y avait encore des gens en train de déjeuner. Il prit sa clé et monta, accompagné d'un garçon d'hôtel qui portait son petit sac. La chambre était spacieuse et haute de plafond et il y avait une couverture en peluche sur le lit et une carafe d'eau en cristal sur la table. Le garçon ouvrit grands les rideaux et entra dans la salle de bains pour vérifier que tout était en ordre. John Grady se pencha sur la balustrade de la fenêtre. En bas dans la cour un vieil homme était à genoux entre des pots de géraniums rouge et blanc et s'occupait des fleurs en fredonnant un unique couplet d'un ancien corrido.

Il donna un pourboire au garçon et posa son chapeau sur la commode et ferma la porte. Il s'allongea sur le lit et regarda les poutres ouvragées du plafond. Puis il se leva et mit son chapeau et descendit à la salle à manger pour prendre un sandwich.

Il longea les étroites ruelles tortueuses de la ville avec ses antiques bâtiments et ses petites places closes. Les gens semblaient habillés avec une certaine élégance. La pluie avait cessé et l'air était frais. Les boutiques commençaient à ouvrir. Il s'assit sur un banc de la plaza et fit cirer ses bottes et regarda les vitrines des magasins dans l'espoir de trouver quelque chose pour elle. Il finit par acheter un collier tout simple en argent et paya ce que la femme demandait et la femme enveloppa le collier dans du papier noué avec un ruban et il le mit dans la poche de sa chemise et retourna à l'hôtel.

Le train en provenance de San Luis Potosí et Mexico devait arriver à huit heures. John Grady était à la gare à sept heures et demie. Il était près de neuf heures quand le train arriva. Il attendait sur le quai avec les autres et regardait les voyageurs descendre du train. Quand elle apparut sur les marches il faillit ne pas la reconnaître. Elle portait une robe bleue dont la jupe lui descendait presque jusqu'aux chevilles et un chapeau bleu à large bord et elle n'avait rien d'une écolière ni pour lui ni pour les autres hommes qui se trouvaient sur le quai. Elle tenait à la main une mallette en cuir et le contrôleur la lui prit au moment où elle descendait puis la lui rendit et toucha son képi. Quand elle se tourna et regarda vers l'endroit où il se tenait sur le quai il comprit qu'elle l'avait vu par la vitre du wagon. Quand elle s'avança vers lui il se dit que sa beauté était une chose littéralement inconcevable. Une présence inexplicable en ce lieu ou n'importe quel autre lieu. Elle s'approcha de lui et elle lui sourit tristement et elle leva les doigts pour toucher la cicatrice sur sa joue et elle se pencha et y posa ses lèvres et il l'embrassa et lui prit la mallette.

Comme tu es maigre, dit-elle. Il regarda dans ses yeux bleus comme un homme qui cherche une vision de l'avenir encore incréé de l'univers. Il trouvait à peine son souffle pour parler et il lui dit qu'elle était très belle et elle sourit et il y avait dans ses yeux la tristesse qu'il avait vue pour la première fois la nuit où elle était venue dans sa chambre et il savait que s'il était une part de cette tristesse il ne l'était pas toute.

Tu vas bien ? dit-elle.

Oui. Je vais bien.

Et Lacey ?

Ça va. Il est rentré chez lui.

Ils traversèrent la petite gare et elle lui prit le bras.

Je vais chercher un taxi, dit-il.

Mais non. Allons à pied.

Bon.

Les rues étaient pleines de monde et sur la plaza de Armas il y avait des charpentiers qui montaient l'échafaudage d'une estrade décorée de crêpe devant le palais du gouverneur où des orateurs devaient prendre la parole le surlendemain à l'occasion de la Journée de l'Indépendance. Il lui prit la main et ils traversèrent la rue en direction de l'hôtel. Il tenta de deviner son cœur à la pression de sa main mais il ne put rien savoir.

Ils prirent leur dîner dans la salle à manger de l'hôtel. Il n'avait jamais été avec elle dans un lieu public et il ne s'attendait pas aux regards insolents des hommes plus âgés assis aux tables voisines ni à la grâce avec laquelle elle les acceptait. Il avait acheté un paquet de cigarettes américaines à la réception et quand le garçon apporta le café il en alluma une et la posa dans le cendrier et dit qu'il fallait qu'il lui raconte ce qui s'était passé.

Il lui parla de Blevins et du pénitencier du Castelar et il lui raconta ce qui était arrivé à Rawlins et finalement il lui dit ce qui s'était passé avec le cuchillero qui s'était écroulé mort dans ses bras avec son couteau à lui John Grady cassé en deux dans son cœur. Il lui dit tout. Puis ils restèrent assis en silence. Quand elle leva les yeux elle pleurait.

Dis-moi, dit-il.

Je ne peux pas.

Dis-moi.

Comment est-ce que je peux savoir qui tu es ? Comment est-ce que je peux savoir quelle sorte d'homme tu es ? Quelle sorte d'homme peut être mon père ? Est-ce que tu bois du whisky ? Est-ce que tu vas chez les putains ? Et lui ? Qu'est-ce que c'est que les hommes ?

Je t'ai dit des choses que je n'avais jamais dites à personne. Je t'ai dit tout ce qu'il y avait à dire.

À quoi ça nous avance ? À quoi ?

J'en sais rien. J'suppose que j'y crois, c'est tout.

Ils restèrent un long moment silencieux. Elle finit par lever les yeux sur lui. J'ai dit à mon père qu'on était amants, dit-elle.

Le frisson qui le traversa lui parut tellement froid. La pièce tellement silencieuse. Elle n'avait guère fait plus que chuchoter pourtant il sentait le silence tout autour de lui et il pouvait à peine regarder. Quand il parla il était sans voix. Pourquoi ?

Parce qu'elle menaçait de le lui dire. Ma tante. Elle m'a dit qu'il fallait que je cesse de te voir qu'autrement elle le lui dirait.

Elle ne le lui aurait pas dit.

Non. J'en sais rien. Je ne pouvais pas supporter qu'elle ait ce pouvoir sur moi. Alors je l'ai dit moi-même à mon père.

Pourquoi ?

J'en sais rien. J'en sais rien.

C'est bien vrai ? C'est toi qui le lui as dit ?

Oui. C'est vrai.

Il se renversa sur sa chaise. Il se pressa les deux mains contre son visage. Puis il la regarda de nouveau.

Comment est-ce qu'elle a su ?

J'en sais rien. Différentes choses. Estéban peut-être. Elle m'a entendue quitter le manoir. Elle m'a entendue rentrer.

T'as pas nié.

Non.

Qu'est-ce qu'a dit ton père ?

Rien. Il a rien dit.

Pourquoi est-ce que tu m'as rien dit ?

Tu étais parti sur le plateau. Je t'aurais parlé. Mais quand tu es revenu ils t'ont arrêté.

C'est lui qui m'a fait arrêter.

Oui.

Comment est-ce que tu as pu dire ça à ton père ?

J'en sais rien. J'ai été tellement idiote. C'est à cause de son arrogance à elle. Je lui ai dit que je n'accepterai pas qu'on me fasse du chantage. Elle m'a rendue folle.

Tu la détestes ?

Non. Je ne la déteste pas. Mais elle me dit que je dois être moi-même et elle fait tout pour que je sois sa propre créature. Je ne la déteste pas. C'est plus fort qu'elle. Mais j'ai brisé le cœur de mon père. Je lui ai brisé le cœur.

Il n'a rien dit du tout ?

Non.

Qu'est-ce qu'il a fait ?

Il s'est levé de table. Il est allé dans sa chambre.

Tu le lui as dit à table ?

Oui.

Devant elle ?

Oui. Il est allé dans sa chambre et le lendemain matin il est parti avant le lever du jour. Il a sellé un cheval et il est parti. Il a pris les chiens. Il est allé dans les montagnes, tout seul. Je crois qu'il voulait te tuer.

Elle pleurait. Les gens tournaient la tête du côté de leur table. Elle baissa les yeux et resta ainsi à sangloter en silence, il n'y avait que ses épaules qui bougeaient et les larmes qui coulaient le long de son visage.

Ne pleure pas. Alejandra. Ne pleure pas.

Elle hochait la tête. J'ai tout détruit. Tout ce que je voulais c'était mourir.

Ne pleure pas. Je vais arranger tout ça.

C'est impossible, dit-elle. Elle releva les yeux et le regarda. Il n'avait encore jamais vu le désespoir. Il croyait l'avoir vu, mais il se trompait.

Il est venu sur le plateau. Pourquoi est-ce qu'il ne m'a pas tué ?

J'en sais rien. Je crois qu'il avait peur que j'en finisse avec la vie.

Tu aurais fait ça ?

J'en sais rien.

Je vais arranger tout ça. Il faut que tu me laisses faire.

Elle hocha la tête. Tu ne comprends pas.

Qu'est-ce que je ne comprends pas ?

Je ne savais pas qu'il allait cesser de m'aimer. Je ne savais pas que c'était possible. Maintenant je le sais.

Elle sortit un mouchoir de son sac. Je te demande pardon, dit-elle. Les gens nous regardent.

IL SE MIT À PLEUVOIR pendant la nuit et les rideaux claquaient au vent dans la chambre et il pouvait entendre le clapotis de la pluie dans la cour et il la tenait pâle et nue serrée contre lui et elle pleurait et il lui demandait de l'épouser. Il lui dit qu'il pourrait gagner sa vie et qu'ils pourraient aller s'installer dans son pays et y vivre et que là-bas on ne pourrait pas leur faire de mal. Elle n'arrivait pas à dormir et à l'aube quand il se réveilla elle était debout à la fenêtre dans sa chemise d'homme.

Viene la madrugada, dit-elle.

Oui.

Elle s'approcha du lit et s'assit. Je t'ai vu en rêve. Je t'ai vu mort dans un rêve.

Cette nuit ?

Non. Il y a longtemps. Avant tout cela. Hice una manda.

Une promesse.

Oui.

Pour toute ma vie.

Oui. On te portait à travers les rues d'une ville que je n'avais jamais vue. Les enfants priaient. Lloraba tu madre. Con más razón tu puta.

Il lui mit la main sur la bouche. Ne dis pas ça. Tu ne peux pas dire ça.

Elle prit sa main et la garda dans la sienne et lui toucha les veines.

Ils sortirent à l'aurore dans la ville et ils marchèrent dans les rues. Ils parlèrent aux balayeurs et aux femmes qui ouvraient les petites échoppes et lavaient les marches. Ils mangèrent dans un café et firent le tour des petits paseos et des callejones où de vieilles marchandes de bonbons, melcochas et charamuscas, disposaient leurs marchandises sur les pavés et il acheta pour elle des fraises à un jeune garçon qui les pesa dans une petite balance en cuivre et fit un tortillon d'un cône en papier pour les verser dedans. Ils entrèrent dans les jardins de l'Indépendance où très haut au-dessus de leurs têtes se dressait un ange de pierre blanche qui avait une aile cassée. À ses poignets de pierre pendaient les chaînes brisées des menottes qu'il portait. Il comptait dans son cœur les heures qui restaient jusqu'à ce que revienne du sud le train qui au moment du départ pour Torreón ou bien l'emporterait ou bien ne l'emporterait pas et il lui dit que si elle lui confiait sa vie il ne lui ferait jamais défaut et ne l'abandonnerait jamais et qu'il l'aimerait jusqu'à ce qu'il meure et elle dit qu'elle le croyait.

L'après-midi pendant qu'ils rentraient à l'hôtel elle lui prit la main et le conduisit de l'autre côté de la rue.

Viens, dit-elle. Je vais te montrer quelque chose.

Elle le conduisit le long du mur de la cathédrale et par les arcades voûtées jusqu'à la rue qui se trouvait derrière.

Qu'est-ce que c'est ? dit-il.

Juste un endroit.

Ils remontèrent l'étroite rue tortueuse. Passèrent une tannerie. L'échoppe d'un ferblantier. Ils arrivèrent à une petite plaza et arrivée là elle se retourna.

Mon grand-père est mort ici, dit-elle. Le père de maman.

Où ?

Ici. Sur cette place. Plazuela de Guadalajarita.

Pendant la révolution.

Oui. En 1914. Le 23 juin. Il était avec la brigade Zaragoza sous le commandement de Raúl Madero. Il avait vingt-quatre ans. Ils venaient du nord de la ville. De Cerro Loreto. De Tierra Negra. Au-delà à cette époque il n'y avait que la campagne. Il est mort ici dans cet endroit bizarre. Esquina de la calle del Deseo y el callejón del Pensador Mexicano. Il n'y a pas eu de mère pour pleurer. Comme dans les corridos. Pas non plus de petit oiseau qui s'est envolé. Rien que le sang sur les pierres. Je voulais te montrer. On peut s'en aller.

Qui était le Pensador Mexicano ?

Un poète. Joaquín Fernández de Lizardi. Il a eu une vie très dure et il est mort jeune. La rue du désir c'est comme la calle de Noche Triste. La rue de la nuit triste. Ce ne sont que des noms pour le Mexique. On peut s'en aller maintenant.

Quand ils remontèrent dans la chambre la femme de chambre était en train de faire le ménage et elle sortit et ils fermèrent les rideaux et firent l'amour et dormirent dans les bras l'un de l'autre. Quand ils se réveillèrent c'était le soir. Elle sortit de la douche enveloppée dans une serviette et elle s'assit sur le lit et lui prit la main et baissa la tête vers lui et le regarda. Je ne peux pas faire ce que tu me demandes, dit-elle. Je t'aime. Mais je ne peux pas.

Il distinguait très clairement comment sa vie tout entière aboutissait à cet instant et tout ce qui pourrait venir ensuite n'aboutissait absolument nulle part. Il sentait quelque chose de froid et sans âme le pénétrer comme une autre créature et il imaginait que cette chose souriait d'un sourire mauvais et il n'avait aucune raison de croire qu'elle le quitterait jamais. Quand elle ressortit de la salle de bains elle était habillée et il la fit asseoir sur le lit et il lui prit les mains les deux et les garda dans les siennes et il lui parla mais elle ne fit que hocher la tête et elle détourna son visage souillé de larmes et lui dit qu'il était temps de partir et qu'elle ne pouvait pas manquer le train.

Ils allaient à pied et elle lui donnait la main et il portait sa mallette. Ils traversèrent l'alameda au-dessus des vieilles arènes de pierre et descendirent l'escalier de l'autre côté du kiosque à musique en pierre ouvragée. Un vent sec s'était mis à souffler du sud et dans les eucalyptus les quiscales vacillaient et s'égosillaient. Le soleil était bas dans le ciel et un crépuscule bleu emplissait l'espace du parc et les lueurs jaunes des réverbères à gaz s'allumèrent le long des murs de l'aqueduc et plus loin le long des allées entre les arbres.

Ils étaient sur le quai et elle pressait son visage contre son épaule et il lui parlait mais elle ne répondait pas. Le train arriva du sud en haletant et s'arrêta en crachant de la vapeur et en frémissant avec les vitres des wagons alignées sur la courbe de la voie pareilles à de grands dominos se consumant dans l'obscurité et il ne pouvait s'empêcher de comparer cette arrivée à celle d'il y avait juste vingt-quatre heures et elle toucha la chaînette d'argent qu'elle avait au cou et elle se retourna et se baissa pour saisir la mallette puis elle se pencha et lui donna un dernier baiser le visage tout en larmes et ensuite elle fut partie. Il la regarda partir comme s'il avait été lui-même dans un rêve. Tout le long du quai il y avait des familles et des amoureux qui venaient de se retrouver. Il vit un homme avec une petite fille dans ses bras et l'homme lui faisait faire le tourbillon et elle riait et quand elle vit son visage elle cessa de rire. Il ne voyait pas comment il pourrait rester là à attendre jusqu'au départ du train mais en fait il attendit et quand le train eut disparu il fit demi-tour et sortit de la gare et se retrouva dans la rue.

Il régla sa note à l'hôtel et prit ses affaires et partit. Il entra dans un bar dans une petite rue où l'hybride et rauque musique du Nord comme on en joue dans les tavernes sortait avec un grand vacarme par une porte ouverte et il se saoula et se prit de querelle et se réveilla dans l'aube grisâtre sur un lit de fer dans une chambre peinte en vert avec des rideaux en papier à une fenêtre au-delà de laquelle il pouvait entendre chanter les coqs.

Il examina son visage dans une vitre embrumée. Il avait la mâchoire meurtrie et enflée. En inclinant la tête dans le miroir dans une certaine position il pouvait rétablir un peu de symétrie entre les deux côtés de sa figure et la douleur était supportable à condition de garder la bouche fermée. Sa chemise était déchirée et ensanglantée et son sac avait disparu. Il se rappelait des détails de la nuit mais il doutait de leur réalité. Il se souvenait d'un homme debout découpé en silhouette à l'extrémité de la rue dans une pose qui rappelait beaucoup l'attitude de Rawlins la dernière fois qu'il l'avait vu, tourné de profil pour un adieu, une veste négligemment jetée sur une épaule. Qui était venu sans aucune intention de ruiner le foyer de personne. La fille de personne. Il voyait une lumière au-dessus d'une porte dans le mur de tôle ondulée d'un entrepôt où personne n'entrait et d'où personne ne sortait. Il voyait un terrain dans une ville sous la pluie et sur le terrain une caisse en bois et il voyait un chien sortir de la caisse pour entrer dans la molle et cireuse lueur de la lampe comme un chien perdu de carnaval et chercher timidement son chemin parmi les gravats de la parcelle pour disparaître sans tapage entre les bâtiments noircis.

Dehors une fois la porte franchie il ne savait pas où il était. Il tombait une pluie fine. Il tenta de se repérer par rapport à La Bufa qui se dressait au-dessus de la ville à l'ouest mais il s'égarait facilement dans les rues tortueuses et il demanda à une femme le chemin pour aller au centre et d'un geste elle lui montra la rue puis le suivit des yeux pendant qu'il s'éloignait. Quand il arriva à l'Hidalgo une meute de chiens remontait la rue au grand trot et au moment où ils traversaient devant lui l'un des chiens glissa et commença à patiner sur les pavés humides et culbuta. Les autres firent volte-face masse grondante de crocs et de fourrure mais le chien tombé à terre se remit debout avant que les autres soient sur lui et tous continuèrent comme avant. Il marcha jusqu'aux confins de la ville le long de la route du nord et il leva le pouce. Il n'avait presque pas d'argent et il avait un long chemin devant lui.

Il roula toute la journée dans un vieux cabriolet Lassalle à la capote baissée conduit par un type en costume blanc. Le type disait que sa voiture était la seule de ce modèle dans tout le Mexique. Il disait qu'il avait voyagé partout dans le monde quand il était jeune et qu'il avait étudié l'art lyrique à Milan et à Buenos Aires et pendant qu'ils roulaient à travers la campagne il chantait des arias et gesticulait avec beaucoup d'énergie.

Ainsi et par d'autres moyens il arriva à Torreón vers midi le lendemain et il alla à l'hôtel pour prendre son couchage. Puis il alla chercher son cheval. Il ne s'était ni rasé ni baigné et n'avait pas d'autres vêtements à se mettre et l'aubergiste en le voyant inclina la tête avec compassion et ne parut guère surpris de son état. Il sortit monté sur le cheval dans la circulation de midi et le cheval était craintif et grincheux et courait d'un côté à l'autre de la rue et creusa d'une ruade une large soucoupe au flanc d'un autocar à la grande joie des voyageurs qui se penchaient au-dehors et le provoquaient à l'abri des vitres du véhicule.

Il y avait une armería dans la calle Degollado et il descendit de cheval devant la boutique et attacha le cheval au fût d'un réverbère et entra et acheta une boîte de cartouches pour colt calibre 45 à canon long. Il fit halte à une tienda à l'orée de la ville et acheta des tortillas et des boîtes de haricots et de salsa et du fromage et roula le tout dans sa couverture et rattacha le couchage derrière la selle et refit le plein de la gourde et monta et tourna le cheval vers le nord. La pluie avait fait mûrir toute la campagne alentour et l'herbe au bord de la route était lumineuse et verte et les fleurs sous l'effet du ruissellement s'épanouissaient d'un bout à l'autre du paysage qu'on découvrait au loin. Il dormit cette nuit-là dans un champ à l'écart de toute agglomération. Il ne fit pas de feu. Allongé par terre il écoutait le cheval au piquet brouter l'herbe près de sa corde et il écoutait le vent dans le vide et il regardait les étoiles filer sur la courbe de l'hémisphère et mourir dans l'obscurité aux confins du monde et tandis qu'il gisait là il sentait la souffrance dans son cœur comme une lance. Il imaginait la douleur du monde comme une sorte d'informe créature parasite cherchant la chaleur des âmes humaines pour y couver et il croyait savoir ce qui vous exposait à ses visites. Ce qu'il avait ignoré c'était que cette créature-là était dénuée de raison et n'avait donc aucun moyen de connaître les limites de ces âmes et ce qui l'effrayait c'était qu'il n'y eût peut-être pas de limites.

Quand arriva l'après-midi du lendemain il était déjà loin sur le bolsón et une journée plus tard il abordait la zone des pâturages et les terres fracturées servant d'entablement aux montagnes désertiques qui se dressaient au nord. Le cheval n'était pas en état de supporter le parcours auquel il le contraignait et il devait souvent lui accorder un moment de répit. Il le montait la nuit pour que ses sabots puissent profiter de l'humidité ou de ce qu'il pouvait y avoir d'humidité et chemin faisant il apercevait du haut de sa selle de petits villages au loin sur la plaine qui projetaient une faible lueur jaune dans l'inégale obscurité et il savait qu'il y avait là-bas une vie inconcevable pour lui. Cinq jours plus tard il arriva de nuit à un carrefour où il y avait un petit pueblo dont il ignorait le nom et il y arrêta son cheval et resta en selle et à la lueur d'une lune pleine il déchiffra les noms de bourgades marqués en creux au fer rouge sur des lattes de caisse clouées à un poteau. San Jeronimo. Los Pintos. La Rosita. En bas une planche avec la flèche pointée dans l'autre direction indiquait La Encantada. Il resta en selle un long moment. Il se pencha et cracha. Il regarda du côté de l'ouest vers l'obscurité. Merde à la fin, dit-il. J'vais pas laisser mon cheval ici.

Il fut à cheval toute la nuit et à la première lueur grise sur le cheval atrocement fourbu il arriva au pas au sommet d'une crête au pied de laquelle il pouvait distinguer la forme de la ville, les fenêtres jaunes dans les vieux murs de torchis où les premières lampes étaient allumées, les minces flèches de fumée qui se dressaient verticales dans l'aube sans un souffle de vent si totalement immobiles que le bourg semblait suspendu par des fils à l'obscurité. Il mit pied à terre et déballa ses emplettes et ouvrit la boîte de cartouches et en mit la moitié dans sa poche et vérifia le revolver pour s'assurer que toutes les chambres étaient chargées et referma la porte du barillet et passa le revolver sous sa ceinture et refit un rouleau avec ses affaires et rattacha le rouleau derrière la selle et remonta à cheval et entra dans la ville.

Il n'y avait personne dans les rues. Il mit le cheval à l'attache devant l'épicerie et s'avança à pied le long de l'ancienne école et s'arrêta sur la galerie et regarda à l'intérieur. Il essaya la porte. Il fit le tour et une fois derrière le bâtiment il cassa la vitre et passa la main à l'intérieur et poussa la clenche de la porte et entra avec le revolver à la main. Il traversa la pièce et jeta un coup d'œil par la fenêtre dans la rue. Puis il fit demi-tour et alla au bureau du capitaine. Il ouvrit le tiroir du haut et en sortit les menottes et les posa sur le bureau. Puis il s'assit et mit les pieds sur la table.

Une heure plus tard la bonne arriva et ouvrit la porte avec sa clé. Elle sursauta en le voyant assis là et parut hésiter.

Pásale, pásale, dit-il. Está bien.

Gracias, dit-elle.

Elle aurait continué jusqu'au fond de la pièce s'il ne l'avait arrêtée au passage pour la faire asseoir sur une des chaises métalliques pliantes qu'il y avait le long du mur. Elle était tout à fait calme. Elle ne lui posait aucune question. Ils attendaient.

Il vit le capitaine traverser la rue. Il entendit ses bottes sur les planches. Il entra avec son café dans une main et le trousseau de clés dans l'autre et le courrier sous le bras et il s'arrêta les yeux fixés sur John Grady et le revolver que John Grady tenait à la main la poignée appuyée sur le dessus du bureau. Cierra la puerta, dit John Grady.

Le capitaine jeta un regard vers la porte. John Grady se leva. Il arma le revolver. Le déclic de la gâchette et le déclic du doigt élévateur se mettant en place firent un bruit sec et clair dans le silence matinal. La bonne se plaqua les mains sur les oreilles et ferma les yeux. Le capitaine referma doucement la porte avec le coude.

Qu'est-ce que tu veux ? dit-il.

J'suis venu chercher mon cheval.

Ton cheval ?

Oui.

Je l'ai pas ton cheval.

Tu ferais mieux de te rappeler où il est.

Le capitaine regarda la bonne. Elle avait encore les mains sur les oreilles mais elle avait levé les yeux.

Viens ici et pose tout ça, dit John Grady.

Le capitaine s'avança jusqu'au bureau et posa son café et le courrier et resta planté là avec les clés dans la main.

Pose les clés.

Il posa les clés sur le bureau.

Tourne-toi.

Tu vas te met' dans de drôles d'ennuis.

Des ennuis j'en ai eu comme tu pourrais jamais l'imaginer.

Le capitaine fit demi-tour. John Grady se pencha en avant et tira sur le rabat du baudrier et sortit le revolver du capitaine et le mit au cran de sécurité et le passa sous sa ceinture.

Tourne-toi, dit-il.

Le capitaine fit demi-tour. Personne ne lui avait dit de mettre les mains en l'air mais il les avait quand même levées. John Grady prit les menottes sur le bureau et les fourra sous sa ceinture.

Où est-ce que tu veux mettre la criada ? dit-il.

Mande ?

Ça fait rien. Allons-nous-en.

Il prit les clés et fit le tour du bureau en poussant le capitaine devant lui. D'un mouvement du menton il fit signe à la femme de sortir.

Vámonos, dit-il.

La porte du fond était encore ouverte et ils sortirent et prirent l'allée qui menait à la prison. John Grady fit jouer le cadenas et ouvrit la porte. Clignant des yeux dans la pâle lumière triangulaire le vieillard était assis comme avant.

Ya estás, viejo ?

Sí. Cómo no.

Ven aquí.

Il lui fallut un bon moment pour se lever. Il s'avança en traînant les pieds et en s'appuyant au mur d'une main et John Grady lui dit qu'il était libre de partir. Il fit signe à la bonne d'entrer et il s'excusa du désagrément qu'il lui causait et elle dit que ce n'était même pas la peine d'y penser et il poussa la porte et referma le cadenas.

Quand il se retourna le vieillard était encore là. John

Grady lui dit de rentrer chez lui. Le vieillard regarda le capitaine.

No lo mire a él, dit John Grady. Te lo digo yo. Andale.

Le vieillard lui saisit la main et allait la baiser quand John Grady se dégagea brusquement.

File d'ici plus vite que ça, dit-il. T'occupe pas de lui. Fous-moi le camp.

Le vieillard s'approcha de la grille en boitillant et souleva le loquet et sortit dans la rue et se retourna et referma la grille et cette fois il était parti.

Quand John Grady et le capitaine remontèrent la rue John Grady était à cheval avec les revolvers passés dans sa ceinture et sa veste par-dessus. Ses mains étaient tendues devant lui emprisonnées dans les menottes et le capitaine conduisait le cheval. Ils tournèrent dans la rue où était la maison peinte en bleu qui était la maison du charro et le capitaine frappa à sa porte. Une femme vint ouvrir et regarda le capitaine et repartit le long du zaguán et au bout d'un moment le charro parut sur le seuil et opina du chef et resta là à se curer les dents. Il regarda John Grady et il regarda le capitaine. Puis il regarda de nouveau John Grady.

Tenemos un problema, dit le capitaine.

Le charro léchait son cure-dents. Il n'avait pas vu le revolver à la ceinture de John Grady et il avait du mal à comprendre l'attitude du capitaine.

Ven aquí, dit John Grady. Cierra la puerta.

Quand le charro leva les yeux sur le canon du revolver braqué sur lui John Grady put voir les mécaniques embrayer dans sa tête et tout cela tourner et se mettre en place. Il tendit la main derrière lui et tira la porte. Il leva la tête vers le cavalier. Il avait le soleil dans les yeux et il s'écarta un peu sur le côté et releva la tête.

Quiero mi caballo, dit John Grady.

Il regarda le capitaine. Le capitaine haussa les épaules. Il releva la tête vers le cavalier et ses yeux commencèrent à pointer vers la droite puis il baissa la tête. John Grady regarda de ce côté-là derrière la clôture d'ocotillo où il apercevait du haut de sa monture des remises en torchis et le toit de tôle rouillée d'un bâtiment qui paraissait plus grand. D'un bond il descendit de cheval avec les menottes qui se balançaient à son poignet.

Vámonos, dit-il.

Le cheval de Rawlins était dans une remise en torchis sur le terrain qu'il y avait derrière la maison. Il lui parla et le cheval leva la tête au son de sa voix et le salua d'un hennissement. Il dit au charro d'aller chercher une bride et il attendit le revolver à la main pendant que le charro bridait le cheval puis il lui prit les rênes. Il lui demanda où étaient les autres chevaux. Le charro avala sa salive et regarda le capitaine. John Grady tendit le bras et saisit le capitaine par le col et pressa le revolver contre la tête du capitaine et il dit au charro que s'il regardait encore une fois le capitaine il le tuerait. Le charro restait immobile les yeux baissés. John Grady lui dit qu'il était à bout de patience et qu'il n'avait plus de temps à perdre et que le capitaine était de toute façon un homme mort mais que lui il pouvait encore avoir la vie sauve. Il leur dit que Blevins était son frère et qu'il avait juré sur son sang de ne pas retourner chez son père sans la tête du capitaine et il dit que s'il échouait cette fois-ci il y avait d'autres frères et que tous attendaient leur tour. Le charro n'était plus maître de ses yeux et regarda malgré lui le capitaine puis il ferma les yeux et se détourna en étreignant d'une main le sommet de son mince crâne. Mais John Grady avait l'œil braqué sur le capitaine et pour la première fois il vit le doute assombrir son visage. Le capitaine commença à dire quelques mots au charro mais John Grady le força à se retourner en le tirant par le col le revolver contre sa tête et lui dit que s'il ouvrait encore la bouche il l'abattait sur place.

Tú, dit-il. Dónde están los otros caballos.

Sans bouger le charro indiqua du regard le fond de la travée. On eût dit un figurant monté sur la scène pour donner son unique réplique.

En la hacienda de don Rafael, dit-il.

Ils traversèrent la ville avec le capitaine et le charro qui montaient à cru tous les deux le cheval de Rawlins et John Grady qui suivait à cheval les mains passées dans les menottes comme avant. Il portait une bride de rechange jetée sur son épaule. Ils prirent en plein centre de la ville. Des vieilles femmes qui étaient sorties dans la rue et balayaient le sol de terre battue dans la première fraîcheur matinale s'arrêtèrent pour les regarder passer.

Il y avait une dizaine de kilomètres jusqu'à l'hacienda qu'avait mentionnée le charro et ils y arrivèrent en fin de matinée et ils franchirent le portail ouvert et continuèrent au-delà de la maison vers le fond de la cour là où étaient les écuries, dans un cortège de chiens qui bondissaient et aboyaient et se jetaient devant les chevaux.

Arrivé au corral John Grady s'arrêta et se débarrassa des menottes et les mit dans sa poche et sortit le revolver de sa ceinture. Puis il descendit de cheval et ouvrit la barrière et leur fit signe de passer. Il fit entrer le grison en le conduisant par la bride et referma la barrière et leur donna l'ordre de descendre de cheval et indiqua la direction de l'écurie avec le revolver.

C'était un bâtiment neuf construit en briques d'adobe et recouvert d'une haute toiture en fer-blanc. À l'autre extrémité les portes étaient fermées et il y avait des volets aux stalles et on ne voyait pas grand-chose dans la travée. Il poussa le capitaine et le charro devant lui à la pointe de son revolver. Il entendait les chevaux souffler dans les stalles et il entendait des pigeons roucouler quelque part au-dessus dans le grenier.

Il appela ; Redbo.

À l'autre bout de l'écurie le cheval lui répondit d'un hennissement.

Il leur fit signe d'avancer. Vámonos, dit-il.

Au moment où il allait se retourner un homme surgit dans l'encadrement de la porte derrière eux et il vit sa silhouette sur le seuil à contre-jour.

Quién está ? dit-il.

John Grady se posta derrière le charro et lui enfonça le canon du revolver dans les côtes. Respóndele, dit-il.

Luís, dit le charro.

Luís ?

Sí.

Quién más ?

Raúl. El capitán.

L'homme parut hésiter. John Grady s'approcha du capitaine. Tenemos un preso, dit-il.

Tenemos un preso, cria le capitaine.

Un ladrón, dit à mi-voix John Grady.

Un ladrón.

Tenemos que ver un caballo.

Tenemos que ver un caballo, dit le capitaine.

Cuál caballo ?

El caballo americano.

L'homme se figea. Puis il s'écarta du seuil éclairé de la porte. Personne ne dit mot.

Qué pasó, hombre ? cria l'homme.

Personne ne répondit. John Grady avait les yeux fixés sur le sol là où tombait la lumière du soleil devant la porte de l'écurie. Il pouvait distinguer l'ombre de l'homme qui attendait à côté de la porte. Puis l'ombre disparut. Il dressa l'oreille. Il poussa les deux autres vers le fond de l'écurie. Vámonos, dit-il.

Il appela encore une fois son cheval et repéra la stalle où il se trouvait et ouvrit la porte et fit sortir le cheval. Le cheval pressa ses naseaux et son front contre la poitrine de John Grady et John Grady lui parla et le cheval poussa un hennissement et partit au trot sans bride ni licol vers la lumière du soleil qui venait de la porte. Au moment où ils remontaient la travée deux autres chevaux passèrent la tête par-dessus les portes de leurs stalles. Le deuxième était le grand cheval bai de Blevins.

Il s'arrêta et regarda l'animal. Il avait encore la bride de rechange enroulée autour de son épaule et il appela le charro par son nom et fit glisser la bride d'un haussement d'épaule et la lui tendit et lui dit de brider le cheval et de le sortir. Il savait que l'homme qui était venu à la porte de l'écurie avait vu les deux chevaux dans le corral, l'un sellé et bridé et l'autre bridé et sans selle, et il supposait qu'il était allé à la maison pour chercher un fusil et serait sans doute revenu bien avant que le charro ait pu passer la bride au cheval de Blevins et tous ces calculs étaient justes. Quand la voix de l'homme se fit de nouveau entendre dehors devant l'écurie il appelait le capitaine. Le capitaine regarda John Grady. Le charro tenait la bride d'une main avec le chanfrein du cheval au creux de son coude.

Andale, dit John Grady.

Raúl, cria l'homme.

Le charro fit passer la têtière par-dessus les oreilles du cheval et resta immobile à l'entrée du box dans l'encadrement de la porte avec les rênes dans la main.

Vámonos, dit John Grady.

Il y avait des cordes et des licols en corde et d'autres pièces de harnais accrochés à la barre d'attache à l'entrée de l'écurie et il prit un rouleau de corde et le tendit au charro et lui dit d'en fixer une extrémité à la bride du cheval de Blevins par la sous-gorge. Il savait qu'il n'avait rien besoin de vérifier de ce que faisait le charro car le charro n'aurait jamais pu se résoudre à le faire mal. Son propre cheval attendait dans l'encadrement de la porte et guettait ce qui se passait derrière lui. Puis le cheval se tourna pour regarder l'homme qui attendait dehors plaqué contre le mur de l'écurie.

Quién está contigo ? cria l'homme.

John Grady sortit les menottes de sa poche et dit au capitaine de se tourner et de mettre les mains derrière le dos. Le capitaine hésita et regarda vers la porte. John Grady leva le revolver et l'arma.

Bien, bien, dit le capitaine. John Grady lui passa les menottes aux poignets et le poussa en avant et fit signe au charro d'amener le cheval. Le cheval de Rawlins était apparu sur le seuil de l'écurie et se frottait les naseaux contre Redbo. Il leva la tête et ils les regardèrent lui et Redbo s'approcher le long de la travée avec l'autre cheval qu'ils tenaient par la bride.

Arrivé à la limite de la zone d'ombre là où la lumière pénétrait dans l'écurie John Grady prit la longe des mains du charro.

Espera aquí, dit-il.

Sí.

Il poussa le capitaine en avant.

Je veux mes chevaux, cria-t-il. Nada más.

Personne ne répondit.

Il lâcha la longe et donna une claque sur la croupe du cheval et le cheval sortit de l'écurie au trot en inclinant la tête sur le côté pour éviter de marcher sur la corde qui traînait à terre. Une fois dehors le cheval tourna et poussa le cheval de Rawlins avec son front puis il s'arrêta les yeux fixés sur l'homme accroupi contre le mur. L'homme avait sans doute levé la main comme pour lui faire signe d'avancer parce que le cheval secoua la tête et cligna des yeux mais il ne bougea pas. John Grady saisit l'extrémité de la corde que le cheval traînait derrière lui et la fit passer entre les mains enchaînées du capitaine et s'approcha et l'attacha sans serrer trop fort à la poutre transversale à laquelle était accrochée la porte de l'écurie. Puis il franchit la porte et pressa le canon de son revolver entre les yeux de l'homme qui était tapi contre le mur.

L'homme tenait le fusil à la hauteur de sa taille et il le lâcha et mit les mains en l'air. Presque aussitôt John Grady sentit ses jambes se dérober comme si elles se rompaient sous lui et il tomba à terre. Il n'avait même pas entendu le claquement du coup de feu mais le cheval de Blevins l'avait entendu et il se cabra et se dressa au-dessus de lui sur ses postérieurs et se jeta en avant et arriva en bout de corde et fut projeté de côté et s'abattit violemment dans la poussière. Du grenier au-dessus à l'angle où se dressait le pignon une bande de ramiers s'envola dans un grand battement d'ailes au-devant du soleil matinal. Les deux autres chevaux partirent au trot et le grison se mit à galoper le long de la clôture. John Grady serra très fort le revolver et tenta de se lever. Il savait qu'une balle l'avait atteint et il essayait de voir où se cachait le tireur. Le deuxième homme tendit le bras vers le fusil resté par terre mais

John Grady se tourna et se jeta sur lui avec le revolver puis il allongea le bras et s'empara du fusil et roula sur lui-même et voyant que le cheval gisait toujours à terre et se débattait il lui couvrit la tête pour l'empêcher de se relever. Puis il se souleva prudemment pour regarder.

No tire el caballo, cria l'homme derrière lui. Il aperçut l'homme qui lui avait tiré dessus debout sur le plateau d'un camion à une trentaine de mètres de l'autre côté de la cour avec le canon du fusil appuyé au toit de la cabine. Il pointa le revolver sur lui et l'homme se baissa et se mit à le guetter par la vitre de la lucarne arrière de la cabine et par le pare-brise. Il arma et pointa le revolver et tira et fit un trou dans le pare-brise et réarma le revolver et roula sur lui-même et pointa le revolver sur l'homme à genoux derrière lui. Le cheval sur lequel il était couché gémissait. Il pouvait sentir sa respiration lente et régulière au fond de son estomac. L'homme leva les mains. No me mate, dit-il. John Grady regarda du côté du camion. Il vit les bottes de l'homme par-dessous la trompette du pont arrière là où l'homme avait pris position derrière le véhicule et il s'allongea sur le cheval et arma le revolver et fit feu en visant les bottes. L'homme fit un pas pour s'abriter derrière la roue arrière et John Grady tira encore une fois et toucha un pneu. L'homme détala de derrière le camion et traversa la cour à découvert en direction d'une remise. Le pneu émettait un long sifflement sur une seule note monocorde dans le silence matinal et un coin du camion commençait à s'enfoncer.

Redbo et Junior attendaient en tremblant à l'ombre du mur de l'écurie les membres légèrement écartés et les yeux révulsés dans leurs orbites. John Grady était allongé sur le cheval le revolver braqué sur l'homme qui se trouvait derrière lui. Il appela le charro. Le charro ne répondit pas et il l'appela de nouveau et lui dit d'apporter une selle et une bride pour l'autre cheval et d'apporter une corde sinon il allait tuer le patron. Puis tout le monde attendit. Au bout de quelques minutes le charro parut sur le seuil de l'écurie. Il criait son propre nom devant lui comme un talisman pour se protéger du mal.

Pásale, cria John Grady. Nadie le va a molestar.

Il parla à Redbo pendant que le charro le sellait et le bridait. Le cheval de Blevins respirait avec une lente régularité et John Grady sentait que son ventre était chaud et sa chemise humide de l'haleine du cheval. Il s'aperçut qu'il respirait au même rythme que le cheval comme s'il y avait une part du cheval en lui qui respirait puis il descendit dans une plus profonde connivence pour laquelle il ne trouvait même pas de nom. Il regarda sa jambe. Son pantalon était noir de sang et il y avait du sang par terre. Il se sentait engourdi et bizarre mais il ne sentait pas la douleur. Le charro lui amena Redbo sellé et il se souleva du cheval sur lequel il était couché et le regarda. Le cheval leva sur lui sa pupille dilatée, sur lui et sur l'immense azur éternel au-delà. Il posa le fusil debout contre le sol et tenta de se relever. Quand il reporta tout son poids sur sa jambe blessée une douleur sans mélange lui envahit le flanc droit et il aspira tout l'air qu'il pouvait. Le cheval de Blevins eut un sursaut et parvint à se remettre debout et tendit la corde qui se raidit d'un seul coup et il y eut un cri dans l'écurie et le capitaine fit irruption en titubant cassé en deux et les bras soulevés derrière lui de toute la frémissante longueur de corde comme une chose qu'on sort de son trou en l'enfumant. Il avait perdu son chapeau et ses minces cheveux noirs lui pendaient sur les tempes et il avait le visage grisâtre et il criait aux autres de venir à son secours. Au premier coup de feu il s'était déjà disloqué l'épaule quand le cheval l'avait projeté en avant en arrivant en bout de corde et il souffrait beaucoup. John Grady détacha la corde de l'anneau de sous-gorge du cheval bai et attacha la corde que le charro avait apportée et lui lança l'autre bout en lui disant de l'enrouler au pommeau de la selle de Redbo et de lui amener les deux autres chevaux. Il regarda le capitaine. Il était assis par terre légèrement penché sur le côté les mains enchaînées derrière lui. Le deuxième homme était toujours à genoux les mains en l'air quelques mètres plus loin. Quand John Grady le regarda il hocha la tête.

Está loco, dit-il.

Tiene razón, dit John Grady.

Il lui dit d'appeler le carabinero pour le faire sortir de la remise et l'homme appela à deux reprises mais le tireur ne voulait rien savoir. Il savait qu'il ne pourrait pas sortir de la propriété sans que l'autre essaie de lui barrer la route et il savait qu'il devait faire quelque chose pour calmer le cheval de Blevins que le tonnerre rendait fou. Le charro attendait avec les chevaux qu'il tenait par la bride et John Grady prit la corde et lui renvoya les rênes et lui dit d'aller chercher le capitaine et de le faire monter sur le grison et s'appuyant au flanc du cheval de Blevins il reprit son souffle et regarda sa jambe. Quand il tourna la tête vers le charro le charro était à côté du capitaine avec les chevaux qu'il tenait par la bride derrière lui mais le capitaine ne bougeait pas. Il leva le revolver et il allait tirer par terre devant le capitaine quand il se souvint du cheval de Blevins. Il regarda encore une fois vers l'homme à genoux puis s'aidant du fusil comme d'une béquille il plongea sous l'encolure du cheval et ramassa par terre les rênes de bride de Redbo et fourra le revolver sous sa ceinture et passa le pied dans l'étrier et fit une pause et lança par-dessus la selle sa jambe ensanglantée. Il la lança plus fort qu'il ne fallait car il savait que s'il échouait la première fois il ne pourrait pas recommencer et il faillit hurler de douleur. Il détacha la corde du pommeau et fit reculer le cheval jusqu'à l'endroit où le capitaine était assis. Il tenait le fusil sous le bras et il surveillait la remise où s'abritait le tireur. En reculant il faillit faire passer le cheval sur le capitaine et ça ne lui aurait fait ni chaud ni froid. Il dit au charro de détacher la corde nouée à la poutre au-dessus de la porte de l'écurie et de la lui apporter. Il avait déjà compris que les deux hommes étaient à couteaux tirés. Quand le charro lui apporta l'extrémité de la corde il lui dit de l'attacher aux menottes du capitaine et le charro fit ce qu'on lui disait et recula.

Gracias, dit John Grady. Il avait enroulé la corde et cette fois il l'arrima à mi-longueur autour du pommeau et poussa le cheval en avant. Quand le capitaine comprit sa situation il se leva.

Momento, cria-t-il.

John Grady continuait d'avancer, un œil sur la remise. Quand le capitaine vit la corde molle se dévider sur le sol devant lui il cria quelque chose et se mit à courir, les mains dans le dos. Momento, cria-t-il.

Quand ils franchirent le portail le capitaine montait Redbo et John Grady était en tandem derrière lui un bras passé autour de sa taille. Ils menaient le cheval de Blevins attaché au bout de la corde et poussaient devant eux les deux autres chevaux. John Grady était résolu à faire sortir les quatre chevaux de la cour de l'écurie dût-il mourir sur place et ce qui arriverait ensuite il n'y avait guère songé. Sa jambe était ankylosée et saignait et pesait comme un sac de farine et sa botte se remplissait de sang. En franchissant la grille il passa devant le charro qui lui avait ramassé son chapeau et il se pencha pour le prendre et il se couvrit et remercia d'un signe de tête.

Adiós, dit-il.

Le charro lui rendit son salut et s'écarta. John Grady lança le cheval en avant et ils descendirent le long de l'allée, John Grady retenant le capitaine et tourné légèrement de profil avec le fusil à hauteur de la taille, surveillant le corral derrière eux. Le charro était encore devant le portail mais il n'y avait aucun signe des deux autres. Le capitaine dans la selle devant lui sentait la crasse et la sueur. Il avait en partie déboutonné le devant de sa tunique et il avait glissé la main à l'intérieur pour soutenir son bras. Quand ils arrivèrent devant la maison il n'y avait personne autour mais le temps d'atteindre la route il y avait une demi-douzaine de femmes et de jeunes filles qui étaient sorties de la cuisine et guettaient à l'angle du bâtiment pour voir ce qui se passait.

Une fois sur la route il lâcha Junior et le grison et avec le cheval de Blevins qui suivait attaché à la longe ils reprirent au trot la direction d'Encantada. Il ne savait pas si le grison essaierait ou non de leur fausser compagnie et il aurait mieux aimé que la selle de rechange soit sur Junior mais on ne pouvait plus rien y faire. Le capitaine se plaignit de son épaule et tenta de saisir les rênes puis il dit qu'il avait besoin d'un médecin puis il dit qu'il avait besoin d'uriner. John Grady surveillait la route derrière lui. Te gêne pas, dit-il. Tu pueras pas beaucoup plus que tu pues déjà.

Il s'écoula dix bonnes minutes avant qu'apparaissent les cavaliers, quatre en tout et au grand galop, le buste en avant, le fusil tenu à bout de bras sur le côté. John Grady lâcha les rênes et pivota et arma le fusil et fit feu. Le cheval de Blevins s'arrêta en se contorsionnant comme un cheval de cirque et le capitaine avait sans doute brutalement raccourci les rênes de Redbo car il s'arrêta net au milieu de la route et John Grady s'écroula sur le capitaine et faillit le culbuter de la selle. Derrière eux les cavaliers avaient ralenti leurs montures et tournaient sur la route et il rechargea le fusil et fit feu de nouveau et maintenant Redbo avait volté sur la route pour faire face à la corde qui le tirait en arrière et le cheval de Blevins n'obéissait plus à rien et John Grady cogna à toute force sur le bras du capitaine avec le canon du fusil pour lui faire lâcher les rênes et il les reprit et fit faire demi-tour à Redbo et le frappa avec le fusil et regarda encore une fois derrière lui. Les cavaliers avaient quitté la route mais il vit le dernier cheval disparaître dans les buissons et il devina de quel côté ils avaient pris. Il se pencha et empoigna la corde et tira vers lui le cheval aux yeux révulsés et enroula la corde en serrant pour ne pas laisser de jeu au cheval et il frappa encore une fois Redbo et trottant côte à côte ils dépassèrent lui et le cheval de Blevins les deux chevaux lâchés sur la route devant eux et les menèrent dans les garrigues et plus loin dans les terres vallonnées qui s'étendaient à l'ouest de la ville. Le capitaine se tourna de profil pour faire entendre de nouvelles protestations, mais cette fois John Grady étreignit encore plus étroitement son immonde captif, le capitaine se balançant dans la selle devant lui secoué de douleur et raide comme un mannequin sorti d'une boutique pour une farce de carnaval.

Ils descendirent dans un large arroyo à fond plat et il mit les chevaux au petit galop, avec sa jambe qui palpitait atrocement et le capitaine qui suppliait qu'on l'abandonne. D'après le soleil l'arroyo conduisait vers l'est et ils le suivirent sur une bonne distance jusqu'à ce qu'il commence à se resserrer et le sol à devenir rocailleux et les chevaux lâchés en avant à poser le pied avec méfiance en levant les yeux vers les surplombs. Il leur fit signe de continuer et ils grimpèrent entre les pierres volcaniques tombées des corniches et ils arrivèrent sur le versant exposé au nord et longèrent une crête rase de gravier où il serra encore plus fort le capitaine pendant qu'il regardait ce qui se passait derrière. Les cavaliers étaient déployés en terrain découvert à un mile au-dessous et cette fois ils n'étaient pas quatre mais il en compta six avant de les voir disparaître dans un ravin. Il dégagea la corde fixée au pommeau de la selle devant le capitaine et l'enroula en laissant davantage de jeu.

On croirait que tu leur dois de l'argent à ces fils de putes, dit-il.

De nouveau il poussa le cheval en avant et rejoignit les autres chevaux qui s'étaient arrêtés et regardaient derrière eux une centaine de pieds plus loin le long de l'arête. Il n'y avait pas un passage par où continuer vers le haut de la gorge et pas un endroit où se cacher de l'autre côté en terrain découvert. Il lui fallait un quart d'heure et il ne l'avait pas. Il se laissa glisser à terre et rejoignit le cheval de La Purísima, le suivant en boitant avec son poids sur une jambe et le cheval piétinant et lui jetant des regards nerveux. Il détacha les rênes enroulées au pommeau de la selle et passa un pied dans l'étrier et se hissa péniblement sur le cheval et se tourna et regarda le capitaine.

Je veux que tu me suives, dit-il. Et je sais ce que tu penses. Mais si tu crois que j'peux pas te rattraper tu ferais mieux de bien réfléchir avant. Et s'il faut que je vienne te chercher j'te flanquerai une raclée pire qu'à un chien. Me entiende ?

Le capitaine ne répondit pas. Il réussit un sourire sardonique et John Grady acquiesça. Tu peux toujours sourire. Le moment où je crève tu crèves avec moi.

Il tourna bride et redescendit dans l'arroyo. Le capitaine suivait. À l'éboulement il mit pied à terre et attacha le cheval et sortit une cigarette et l'alluma et le fusil à la main il fit en traînant la jambe le tour des pierres et des blocs effondrés. Du côté de l'éboulis qui était à l'abri du vent il s'arrêta et sortit de sa ceinture le revolver du capitaine et le posa par terre et sortit son couteau et découpa dans sa chemise une longue bande étroite de tissu et en fit un cordon. Puis il coupa le cordon en deux et noua un des morceaux à la détente du revolver pour la maintenir en arrière. Il l'enroula en serrant très fort pour enfoncer la sûreté sur la plaque de poignée et il cassa un bout de bois mort et y attacha l'autre morceau du cordon en passant l'extrémité libre autour du chien du revolver. Il posa une grosse pierre par-dessus le bâton pour le faire tenir et reprit le revolver en tendant le cordon jusqu'à ce que le chien soit au cran de l'armé puis il remit le revolver par terre et fit rouler une pierre par-dessus et quand il le lâcha doucement il constata que le revolver tenait. Il tira longuement sur sa cigarette pour qu'elle brûle bien rouge puis il la posa soigneusement en travers du cordon et s'éloigna et ramassa le fusil et fit demi-tour et revint en traînant la jambe là où attendaient les chevaux.

Il prit les bouteilles d'eau et enleva la bride de la tête du grison et la fit glisser dans sa main et caressa le grison sous la mâchoire. Ça me fait mal au cœur de te laisser tomber, vieux pote, dit-il. T'as été un brave cheval.

Il tendit les bouteilles d'eau au capitaine et jeta la bride sur son épaule et leva le bras et le capitaine le regarda du haut de la selle en lui tendant son bras valide et il fit un effort pour se hisser sur le cheval derrière le capitaine et il avança la main et prit les rênes et tourna bride pour remonter le long de l'arête.

Il rejoignit les chevaux laissés libres et les fit descendre de l'arête pour couper en terrain découvert. Le sol sur lequel ils passaient était du gravier volcanique et ce n'était pas facile d'y suivre un cheval à la trace mais pas impossible non plus. Il pressait durement les chevaux. Il y avait une basse mesa rocailleuse deux miles plus loin de l'autre côté de la plaine d'inondation et il y voyait des arbres et la promesse d'un relief plus accidenté. À peine à mi-chemin il entendit le bruit mat et assourdi du coup de pistolet qu'il attendait.

Comandante, dit-il, tu viens de faire le coup de feu pour la liberté.

Les arbres qu'il avait aperçus de loin étaient des buissons qui poussaient le long du lit d'un cours d'eau à sec et il poussa les chevaux dans la garrigue et entra dans un bosquet de peupliers et tourna le cheval et resta en selle pour voir ce qui se passait de l'autre côté de la plaine qu'ils venaient de traverser. Il n'y avait pas de cavaliers en vue. Il regarda le soleil au sud et il estima qu'il y avait encore quatre bonnes heures jusqu'à la nuit. Le cheval était brûlant et fourbu et il regarda encore une fois de l'autre côté de la plaine puis il continua jusqu'à l'endroit où les deux autres chevaux s'étaient arrêtés en amont dans un bouquet de saules et s'abreuvaient à un trou d'eau dans le lit de la rivière. Il se rangea le long des chevaux et se laissa glisser à terre et se saisit de Junior et prit la bride qu'il avait sur l'épaule et le brida avec et d'un mouvement du fusil il fit signe au capitaine de descendre du cheval. Il dénoua les sangles et tira la selle et le tapis de selle pour les faire tomber et ramassa le tapis de selle et le mit sur Junior et s'appuya contre le cheval pour reprendre son souffle. Sa jambe commençait à lui faire horriblement mal. Il posa le fusil debout contre le cheval et ramassa la selle et réussit à la mettre en place et tira la sangle et fit une pause et ils soufflèrent très fort lui et le cheval et il tira de nouveau sur la sangle et la serra.

Il ramassa le fusil et se tourna vers le capitaine.

Si tu veux de l'eau tu ferais mieux d'en boire maintenant, dit-il.

Le capitaine passa devant les chevaux en se tenant le bras et s'agenouilla et but et s'aspergea la nuque avec sa main valide. Quand il se releva il avait l'air très sérieux.

Pourquoi est-ce que tu me laisses pas ici ? dit-il.

J'vais pas te laisser ici. T'es otage.

Mande ?

Allons-y.

Le capitaine parut hésiter.

Pour quoi faire est-ce que t'es revenu ? dit-il.

J'suis revenu pour chercher mon cheval. Allons-y.

Le capitaine montra la blessure de sa jambe, qui continuait de saigner. Toute la jambe du pantalon était noire de sang.

Tu vas crever, dit-il.

C'est au bon Dieu d'en décider. Allons-y.

T'as pas peur du bon Dieu ?

J'ai pas de raison d'avoir peur du bon Dieu. Y a même une ou deux choses que j'voudrais discuter avec lui.

Tu devrais avoir peur du bon Dieu, dit le capitaine. T'es pas un officier de police. T'as pas d'autorité.

John Grady s'appuyait sur le fusil. Il se tourna et cracha une salive sèche et regarda le capitaine.

Monte sur ce cheval, dit-il. Tu vas aller devant moi. Si t'essaies d'aller où je peux pas te voir j'te descends.

La nuit tombante les trouva dans les premiers contreforts de la sierra Encantada. Ils remontèrent le lit d'un cours d'eau à sec au pied d'une sombre fracture creusée dans le roc et franchirent pas à pas une barrière de crue faite de blocs effondrés au fond de la coulée pour émerger sur une tinaja de pierre au centre de laquelle il y avait un bassin d'eau peu profonde, parfaitement rond, parfaitement noir, où les étoiles nocturnes étaient captées dans une parfaite immobilité. Les chevaux libres s'approchèrent en hésitant sur la pierre en pente douce au bord du bassin et soufflèrent sur l'eau et commencèrent à boire.

Ils mirent pied à terre et firent le tour du bassin et arrivèrent de l'autre côté de la tinaja et s'allongèrent à plat ventre sur les pierres d'où montait encore la chaleur du jour et ils burent à petites gorgées l'eau fraîche et douce et noire comme du velours et s'aspergèrent d'eau le visage et la nuque et ils regardèrent les chevaux qui buvaient et ils se remirent à boire.

Il laissa le capitaine au réservoir et remonta l'arroyo en boitant avec le fusil à la main et ramassa des débris de bois charriés jusque-là par les crues et revint en traînant la jambe et alluma un feu en amont à l'extrémité du bassin. Il attisa le brasier avec son chapeau et remit du bois. Les chevaux réfléchis sur l'eau dans la lumière du feu s'embuaient du givre de leur sueur en train de sécher et s'agitaient pâles et fantomatiques et plissaient leurs yeux rouges. Il regarda le capitaine.

Le capitaine était couché sur le côté contre la pente de roche lisse du bassin comme une bête qui n'aurait pas eu la force d'arriver jusqu'à l'eau.

Il fit le tour en boitant pour aller là où se trouvaient les chevaux et prit la corde et s'assit avec son couteau et découpa des entraves pour les trois chevaux et les passa autour de leurs antérieurs. Puis il éjecta toutes les cartouches du fusil et les mit dans sa poche et prit une des bouteilles d'eau et retourna près du feu.

Il attisa le feu et il dégagea le revolver de sa ceinture et retira l'axe du barillet et mit le barillet chargé et l'axe dans sa poche avec les cartouches du fusil. Puis il reprit son couteau et dévissa avec la pointe la vis des plaquettes de poignée et rangea les plaquettes et la vis dans son autre poche. Il agita son chapeau pour attiser les braises au cœur du feu et il prit un bâton pour les mettre en pile puis il se baissa et plongea le canon du revolver dans les braises.

Le capitaine s'était redressé pour le regarder.

Y vont te trouver, dit-il. Y vont te trouver ici.

On va pas rester ici.

J'peux pas continuer.

Tu seras surpris toi-même de ce que t'arrives à faire.

Il retira sa chemise et la trempa dans l'eau de la tinaja et revint près du feu et l'attisa encore une fois avec son chapeau puis il retira ses bottes et ouvrit la boucle de sa ceinture et baissa son pantalon.

La balle de fusil était entrée très haut dans la cuisse du côté extérieur et la blessure qu'elle avait faite en ressortant en arrière était symétrique de sorte qu'il pouvait voir clairement l'entrée et la sortie de la balle en tournant la jambe. Il reprit la chemise mouillée et frotta très soigneusement pour enlever le sang jusqu'à ce que les deux blessures soient propres et nettes comme les deux orifices d'un masque. La région autour des blessures était décolorée et prenait une teinte bleuâtre à la lueur des flammes et la peau autour était jaune. Il se baissa et passa un bâton à travers les brides de crosse du revolver et relevant et écartant brusquement le bâton il sortit le revolver du feu pour l'examiner là où tombait son ombre puis il le remit dans le feu. Le capitaine était assis soutenant d'une main son bras posé sur ses genoux et l'observait.

Va y avoir du boucan par ici, dit John Grady. Prends garde de pas te faire piétiner par un cheval.

Le capitaine ne répondit pas. Il l'observait pendant qu'il attisait le feu avec son chapeau. La prochaine fois qu'il sortit le revolver des braises l'extrémité du canon luisait d'une chaleur rouge foncé et il le posa sur les pierres et le saisit vivement par la poignée à travers la chemise mouillée et enfonça dans la blessure de sa jambe le canon chauffé au rouge et la cendre avec.

Le capitaine ne se doutait pas de ce qu'il allait faire ou s'il s'en doutait il ne le croyait pas. Il tenta de se mettre debout et retomba en arrière et faillit glisser dans le bassin. John Grady s'était mis à hurler avant même que le métal du revolver ne commence à grésiller dans la chair. Son cri fit taire les voix des créatures inférieures partout autour d'eux dans la nuit et les chevaux dressés semblaient flotter fous de terreur tous trois dans l'obscurité au-delà du feu accroupis sur leurs puissantes cuisses criant et pédalant dans les étoiles et il reprit son souffle et se remit à hurler et enfonça le canon du revolver dans la seconde blessure et l'y laissa plus longtemps pour tenir compte du refroidissement du métal puis il s'écroula sur le côté et lâcha le revolver sur les pierres où le revolver tomba bruyamment et rebondit et glissa dans le bassin et disparut dans l'eau en sifflant.

Il avait saisi le gras de son pouce entre les dents, secoué par la douleur. De son autre main il chercha la bouteille d'eau qu'il avait laissée debout débouchée sur les pierres et il se versa de l'eau sur la jambe et entendit la chair siffler comme une chose sur une broche et il en eut la respiration coupée et laissa tomber la bouteille et il se souleva et appela doucement son cheval par son nom en se tournant du côté où le cheval piétinait et tombait dans ses entraves parmi les autres, pour calmer s'il le pouvait la peur au cœur de l'animal.

Quand il se retourna pour ramasser la bouteille d'eau là où elle s'égouttait couchée sur les pierres le capitaine donna un coup de pied dedans. Il leva la tête. Le capitaine était debout au-dessus de lui avec le fusil. Il tenait la crosse sous l'aisselle et lui fit signe de se lever.

Debout, dit-il.

Il se redressa en s'aidant des bras sur les pierres et regarda de l'autre côté du bassin là où étaient les chevaux. Il n'en voyait que deux et il pensa que le troisième s'était sans doute enfui par l'arroyo et il ne pouvait dire lequel manquait mais il avait l'impression que c'était le cheval de Blevins. Il empoigna sa ceinture et réussit à remonter son pantalon.

Où t'as mis les clés ? dit le capitaine.

D'une nouvelle traction il se mit debout et il se retourna et reprit le fusil au capitaine. Le chien retomba avec un sourd claquement métallique.

Retourne t'asseoir là-bas, dit-il.

Le capitaine hésitait. Ses sombres yeux étaient tournés du côté du feu et John Grady pouvait y déchiffrer ses calculs et il était dans un tel paroxysme de douleur que l'idée lui vint qu'il aurait pu le tuer si le fusil avait été chargé. Il saisit la chaîne entre les menottes et tira dessus violemment et le capitaine poussa un cri étouffé et passa devant lui courbé en deux en titubant et en se tenant le bras.

Il sortit les cartouches de sa poche et rechargea le fusil. Il le rechargeait une cartouche à la fois trempé de sueur et le souffle rauque et en faisant un effort pour se concentrer. Avant il n'avait pas idée à quel point la douleur peut rendre stupide et il se dit que ce devrait être le contraire sinon à quoi servait la douleur. Quand il eut chargé le fusil il ramassa le haillon de sa chemise mouillée dont il se servit pour prendre un tison dans le feu et alla au bord du bassin avec le tison et le tendit à bout de bras au-dessus de l'eau. L'eau était on ne peut plus limpide dans la jarre de pierre et il pouvait distinguer le revolver et il s'avança en pataugeant et se baissa pour le ramasser et le passa sous sa ceinture. Il continua dans le bassin jusqu'à l'endroit le plus profond où l'eau lui arrivait aux cuisses et il resta là à attendre que l'eau lave le sang de son pantalon et le feu de ses blessures et à parler à son cheval. Le cheval qui s'était approché de l'eau en boitant s'arrêta au bord et lui debout dans la sombre cuvette de la tinaja avec le fusil sur l'épaule et le tison dans la main au-dessus de sa tête il attendit que le tison se fût consumé, puis il attendit encore avec la braise orange et tordue qui en restait, sans cesser de parler au cheval.

Ils laissèrent le feu qui brûlait dans l'eau du bassin derière eux et descendirent par le goulet et retrouvèrent le cheval de Blevins et continuèrent. Le ciel nocturne était couvert au sud du côté d'où ils étaient venus et il y avait de la pluie dans l'air. Monté à cru sur Redbo il allait en tête de leur petite caravane et il faisait halte de temps à autre pour écouter mais il n'y avait rien à entendre. Le feu dans la cuvette derrière eux était invisible sauf son reflet sur les roches de la faille et à mesure qu'ils s'éloignaient il déclinait pour ne plus être qu'une vague lueur sertie dans l'obscurité à part cela totale du désert puis il disparut tout à fait.

Ils sortirent de la coulée et longèrent le versant de l'arête exposé au midi, la campagne sombre et silencieuse et sans limites et les grands aloès découpant leur silhouette noire l'un après l'autre le long de l'arête. Il calculait qu'il devait être plus de minuit. Il se retournait de temps à autre pour jeter un coup d'œil sur le capitaine mais le capitaine suivait affalé dans la selle sur le cheval de Rawlins et semblait très diminué par ses aventures. Ils continuèrent. John Grady avait noué à sa ceinture le haillon de sa chemise mouillée et il était nu jusqu'à la taille et il avait très froid et il dit à son cheval que la nuit allait être longue et elle le fut. À un certain moment de la nuit il s'assoupit. Il fut réveillé par le choc du fusil qui venait de tomber sur le sol rocailleux et il tira sur les rênes et tourna et revint en arrière. Il resta en selle les yeux baissés sur le fusil. En selle sur le cheval de Rawlins le capitaine l'observait. Il n'était pas sûr de pouvoir remonter à cheval et l'idée lui vint de laisser le fusil là où il était. Finalement il se laissa glisser à terre et ramassa le fusil et prit le cheval par la bride pour l'amener contre Junior côté hors montoir et dit au capitaine de retirer son pied de l'étrier et il se servit de l'étrier pour monter sur son propre cheval et ils repartirent.

L'aube le trouva assis solitaire sur la face pierreuse de la pente avec le fusil appuyé contre son épaule et la bouteille d'eau à ses pieds ses yeux guettant les contours du pays désertique qui se dessinaient dans la lueur grise. Mesa et plaine, la sombre forme des montagnes à l'est au-delà desquelles le soleil se levait.

Il ramassa la bouteille d'eau et fit tourner le bouchon et but et resta assis avec la bouteille dans la main. Puis il se remit à boire. Les premières barres de lumière firent irruption devant les buttes rocheuses à l'est et retombèrent sur une cinquantaine de miles à travers la plaine. Rien ne bougeait. Sur la pente opposée de la vallée à un mile plus loin il y avait sept biches immobiles qui l'observaient.

Il resta un long moment ainsi. Quand il remonta l'arête vers les cèdres où il avait laissé les chevaux le capitaine était assis par terre et il avait l'air bien mal en point.

Allons-y, dit-il.

Le capitaine leva la tête. J'peux pas aller plus loin, dit-il.

Allons-y, dit-il. Podemos descansar un poco más adelante. Vámonos.

Ils se remirent en selle et descendirent au pied de l'arête et remontèrent par une longue vallée étroite dans l'espoir de trouver de l'eau mais il n'y avait pas d'eau. Arrivés en haut ils traversèrent pour prendre une autre vallée qui menait vers l'est et le soleil était haut dans le ciel et lui faisait du bien sur son dos et il noua sa chemise autour de sa taille pour la faire sécher. Le temps de déboucher sur la crête au-dessus de la vallée la matinée était déjà bien avancée et les chevaux étaient en piteux état et il se dit que le capitaine allait peut-être mourir.

Quand ils trouvèrent de l'eau ce fut à un abreuvoir de pierre aménagé là pour le bétail et ils descendirent de cheval et burent à la conduite d'alimentation et abreuvèrent les chevaux et s'assirent dans les rais d'ombre que projetaient autour du réservoir les chênes morts et tortus et contemplèrent le paysage découvert qui s'étendait au-dessous d'eux. Il y avait du bétail à un mile plus loin peut-être. Les bovins regardaient vers l'est, sans brouter. Il se tourna pour voir ce qu'ils guettaient, mais il n'y avait rien de ce côté-là. Il regarda le capitaine, créature grise et rétrécie. À une de ses bottes il manquait le talon. Sur les jambes de son pantalon il y avait des traînées de suie et des traînées de cendre que le feu y avait laissées et son ceinturon fermé dont il se servait pour se tenir le bras en écharpe pendait en boucle à son cou.

J'vais pas te tuer, dit John Grady. J'suis pas comme toi.

Le capitaine ne répondit pas.

Il se leva et sortit les clés de sa poche et s'aidant du fusil pour être plus solide sur ses jambes il s'approcha en boitant et se baissa et saisit les poignets du capitaine et les libéra des menottes. Le capitaine regarda ses poignets. Ils étaient décolorés et à vif à cause des menottes et le capitaine se mit à les frotter doucement. John Grady restait debout près de lui.

Enlève ta chemise, dit-il. Je vais te remettre ton épaule en place.

Mande ? dit le capitaine.

Quítese su camisa.

Le capitaine hocha la tête et pressa son bras contre lui comme un enfant.

Fais pas cette tête-là. T'as pas le choix. Fais ce que je te dis.

Cómo ?

No tiene otra salida.

Il enleva sa chemise au capitaine et l'étala par terre et fit s'allonger le capitaine sur le dos. L'épaule était atrocement décolorée et tout le haut du bras avait pris une teinte bleu foncé. Il leva la tête. Les gouttes de sueur luisaient sur le front du capitaine. John Grady s'assit et posa le pied de sa botte au creux de l'aisselle du capitaine et saisit le bras du capitaine par le poignet et juste au-dessus du coude et le fit tourner légèrement. Le capitaine le regarda comme un homme qui tombe d'une falaise.

T'en fais pas, dit John Grady. Ça fait une centaine d'années que ma famille soigne des Mexicains.

Si le capitaine avait pris la décision de ne pas crier, il en fut pour ses frais. Les chevaux s'étaient mis à bouger et à tourner en rond et essayaient de se cacher les uns derrière les autres. Il leva la main et se saisit de son bras comme pour en reprendre possession mais John Grady avait senti que l'articulation se remettait en place et il empoigna l'épaule et fit encore une fois tourner le bras tandis que le capitaine secouait la tête et haletait. Puis il le lâcha et ramassa le fusil et se leva.

Está compuesto ? gémit le capitaine.

Oui. T'es bon pour le service.

Il se tenait le bras et restait allongé, plissant les paupières.

Remets ta chemise et allons-y, dit John Grady. On va pas rester ici à découvert à attendre que tes copains arrivent.

En montant par les collines basses ils passèrent devant une petite estancia et ils descendirent de cheval et traversèrent à pied les ruines d'un champ de maïs et trouvèrent des melons et s'assirent dans les sillons pierreux lessivés par les eaux et mangèrent. Il repartit clopin-clopant le long des rangées et il ramassa des melons et les apporta de l'autre côté du champ là où étaient les chevaux et il les ouvrit en les cognant par terre et les laissa à leurs pieds pour qu'ils s'en nourrissent et il resta là appuyé au fusil la tête tournée vers la maison. Des dindes allaient et venaient dans la cour et il y avait de l'autre côté de la maison un corral fait de poteaux de bois avec plusieurs chevaux. Il revint sur ses pas et alla chercher le capitaine et ils se remirent en selle et repartirent. Quand il regarda derrière lui du haut de l'arête au-dessus de l'estancia il vit qu'elle était plus grande qu'il n'y paraissait. Il y avait un groupe de bâtiments au-dessus de la maison et il distinguait les quadrilatères délimités par les clôtures et les murs d'adobe et les rigoles d'irrigation. Quelques bovins squelettiques et les côtes saillantes se dressaient ici et là parmi les buissons. Il entendit un coq chanter dans la chaleur de midi. Il entendit au loin le frappement régulier d'un marteau sur du métal comme si quelqu'un travaillait à une forge.

Ils continuèrent d'un pas morne par les collines. Il avait déchargé le fusil pour ne pas avoir à le porter et le fusil était attaché contre le quartier de la selle sur le cheval du capitaine et il avait remonté le revolver noirci par le feu et l'avait chargé et passé sous sa ceinture. Il montait le cheval de Blevins et si paisible était l'allure du cheval qu'une seule chose le tenait éveillé sa jambe qui le faisait tout le temps souffrir.

Au début de la soirée assis du côté est au bord du plateau il examina le pays pendant que les chevaux se reposaient. Un faucon et son ombre de faucon qui patinait comme un oiseau en papier traversèrent les pentes en contrebas. Il scrutait le terrain qu'il découvrait au-delà et au bout d'un moment il vit s'avancer des cavaliers. Ils étaient peut-être à cinq miles. Il les suivit des yeux puis il les perdit de vue dans une faille ou dans une zone d'ombre. Puis ils reparurent.

Il se remit en selle et ils repartirent. Le capitaine dormait ballotté dans la selle avec son bras en écharpe dans sa ceinture. Il faisait frais sur les hauteurs et une fois que le soleil serait couché il ferait froid. Il continua et avant la nuit tombée ils arrivèrent à un profond ravin sur l'adret de l'arête qu'ils venaient de traverser et ils dévalèrent la pente et trouvèrent de l'eau stagnante parmi les pierres, les chevaux enjambant et dérapant et s'arrêtant pour boire au fond du ravin. Il dessella Junior et attacha les bracelets du capitaine aux étriers de bois et lui dit qu'il était libre d'aller aussi loin qu'il croyait pouvoir porter la selle. Puis il prépara un feu parmi les rochers et creusa avec son pied un emplacement dans le sol pour y reposer sa hanche et il s'étendit et allongea sa jambe douloureuse et passa le pistolet sous sa ceinture et ferma les yeux.

Dans son sommeil il pouvait entendre les chevaux aller et venir entre les pierres et il pouvait les entendre dans l'obscurité boire aux mares peu profondes là où les rochers étaient lisses et rectilignes comme les pierres d'antiques ruines et l'eau qui mouillait leur chanfrein s'égouttait et tintait comme de l'eau qui s'égoutte dans un puits et dans son sommeil il rêva de chevaux et les chevaux dans son rêve se déplaçaient gravement entre les pierres inclinées pareils à des chevaux arrivés sur un site très ancien où un ordre du monde avait fait faillite et quoi qu'il y ait eu jamais d'écrit sur les pierres les saisons l'avaient effacé et les chevaux se méfiaient et se déplaçaient avec une grande circonspection porteurs comme ils l'étaient dans leur sang du souvenir de ce lieu et d'autres où il y avait eu un jour des chevaux et où il y en aurait encore. Enfin ce qu'il vit dans son rêve c'était que l'ordre qui était dans le cœur du cheval était plus durable d'être inscrit là où nulle pluie ne pouvait l'effacer.

Quand il se réveilla il y avait trois hommes debout près de lui. Ils portaient des sarapes sur leurs épaules et il y en avait un qui tenait le fusil vide et ils portaient tous des revolvers. Le feu brûlait nourri des broussailles qu'ils y avaient entassées mais John Gady avait très froid et il n'avait aucun moyen de savoir combien de temps il avait dormi. Il se redressa. L'homme qui tenait le fusil fit claquer ses doigts et tendit la main.

Deme las llaves, dit-il.

Il chercha dans sa poche et sortit les clés et les tendit au bout de son bras levé. Avec l'un des hommes il marcha jusqu'à l'endroit où le capitaine était assis enchaîné à la selle de l'autre côté du feu. Le troisième homme se tenait à côté de lui. Ils libérèrent le capitaine et celui qui portait le fusil les rejoignit.

Cuáles de los caballos son suyos ? dit-il.

Todos son míos.

L'homme scrutait ses yeux à la lueur du feu. Il retourna auprès des autres et ils parlèrent. Quand ils repassèrent avec le capitaine les mains du capitaine étaient dans les menottes derrière lui. L'homme qui portait le fusil manœuvra le levier pour ouvrir le magasin et quand il vit que le fusil était vide il le posa debout contre un rocher. Il regarda John Grady.

Dónde esta su sarape ? dit-il.

No tengo.

L'homme fit glisser sa propre couverture de ses épaules et lui fit décrire une lente véronique et la lui tendit. Puis il fit demi-tour et ils sortirent de la zone éclairée par le feu vers l'endroit où leurs chevaux attendaient dans l'obscurité avec d'autres compagnons, d'autres chevaux.

Quiénes son ustedes ? cria-t-il.

L'homme qui lui avait donné son sarape se retourna sur la frange extérieure de la lumière et toucha le bord de son chapeau. Hombres del país, dit-il. Puis ils furent tous partis.

Des hommes du pays. Il resta assis un moment l'oreille tendue pendant qu'ils sortaient à cheval du ravin et l'instant d'après ils étaient partis. Il ne les revit jamais. Au matin il sella Redbo et il sortit du ravin en poussant les deux autres chevaux devant lui et il prit au nord le long de la mesa.

Il fut toute la journée à cheval et la journée s'assombrissait devant lui et un vent frais soufflait vers l'intérieur. Il avait rechargé le fusil et il le portait posé en travers sur l'arçon de la selle et il avait mis le sarape sur ses épaules et il lâcha devant lui les chevaux sans cavalier. Le soir venu toutes les terres au nord étaient noires et le vent était froid et il allait avec méfiance sur les surplombs à travers les maigres touffes d'herbe et les pierres volcaniques éclatées et il resta un moment assis au-dessus d'une combe sur un plateau dans le froid crépuscule bleu le fusil posé en travers sur ses genoux pendant que les chevaux au piquet broutaient derrière lui et à la dernière heure où il y avait encore assez de lumière pour distinguer les hausses métalliques du fusil cinq cerfs entrèrent dans la combe et pointèrent leurs oreilles et s'arrêtèrent puis se penchèrent pour brouter.

Il choisit parmi eux le plus petit et le tira. Le cheval de Blevins se cabra en hurlant là où il l'avait attaché et les cerfs dans la combe bondirent et disparurent dans le crépuscule et la petite biche était tombée à terre et agitait les pattes.

Quand il arriva là où elle était elle gisait dans son

sang dans l'herbe et il s'agenouilla avec le fusil et lui posa la main sur l'encolure et elle le regarda et ses yeux étaient chauds et humides et dedans il n'y avait aucune crainte et l'instant d'après elle était morte. Il s'assit et la contempla longuement. Il pensa au capitaine et il se demanda s'il était en vie et il pensa à Blevins. Il pensa à Alejandra et il se souvint de la première fois qu'il l'avait vue passer dans le soir sur la route de la ciénaga avec le cheval encore mouillé qu'elle avait mené dans l'eau du lac et il se souvint des oiseaux et du bétail debout dans l'herbe et des chevaux sur la mesa. Le ciel était sombre et un vent froid balayait la pente et dans la lumière mourante une froide taie bleue avait mué les yeux de la biche en une chose qui n'était guère plus que les choses parmi lesquelles elle gisait dans ce paysage de plus en plus sombre. De l'herbe et du sang. Du sang et de la pierre. De la pierre et les sombres médaillons qu'y formaient les premières gouttes plates de la pluie. Il se souvint d'Alejandra et de la tristesse qu'il avait vue pour la première fois dans l'inclinaison de ses épaules et qu'il avait cru comprendre mais dont il ne savait rien et il ressentit une solitude qu'il n'avait pas connue depuis l'enfance et il se sentit tout à fait étranger au monde qu'il aimait encore pourtant. Il pensait que dans la beauté du monde il y avait un secret qui était caché. Il pensait que pour que batte le cœur du monde il y avait un prix terrible à payer et que la souffrance du monde et sa beauté évoluaient l'une par rapport à l'autre selon des principes de justice divergents et que dans cet abyssal déficit le sang des multitudes pourrait être le prix finalement exigé pour la vision d'une seule fleur.

Au matin le ciel était clair et il faisait très froid et il

y avait de la neige sur les montagnes au nord. Quand il se réveilla il comprit qu'il savait que son père était mort. Il racla les braises et souffla sur le feu pour le ranimer et fit rôtir les tranches qu'il avait découpées dans le cimier de la biche et il s'assit encapuchonné dans sa couverture et mangea les yeux fixés sur le pays là-bas au sud d'où il était venu.

Ils repartirent. Arrivé midi les chevaux étaient dans la neige et il y avait de la neige au col et les chevaux fendaient au passage de minces plaques de glace sur la piste où la neige fondue s'écoulait sur l'obscur sol détrempé noir comme de l'encre et ils continuèrent de monter franchissant à grand-peine les poches de neige scintillant au soleil et passèrent par un obscur couloir d'épicéas et redescendirent le long de l'ubac par des trouées de soleil, des trouées d'ombre, où l'air sentait bon la résine et la pierre mouillée et où nul oiseau ne chantait.

Dans le soir qui descendait il aperçut des lumières au loin et il pressa son cheval dans leur direction et ne s'arrêta pas et au cœur de la nuit et dans un état de profond épuisement ils atteignirent lui et les chevaux le bourg de Los Picos.

Une unique rue de terre ravinée par les récentes pluies. Une sordide alameda où il y avait une pergola de broussaille en train de pourrir et quelques vieux bancs de fer. Les arbres dans la cour de l'alameda avaient été récemment badigeonnés de blanc et le haut des troncs se confondait avec l'obscurité au-dessus de la lumière des quelques lampes qui brûlaient encore ce qui les faisait ressembler à des arbres de plâtre postiches à peine sortis du moule. Les chevaux avançaient avec une grande lassitude parmi les ornières de boue sèche de la rue ravinée et des chiens aboyaient à leur approche derrière les portails et les portes de bois devant lesquels ils passaient.

Au matin quand il se réveilla il faisait froid et il s'était remis à pleuvoir. Il avait bivouaqué au nord de la bourgade et il se leva trempé et glacé et puant et il sella le cheval et retourna à la ville drapé dans le sarape et poussant les deux chevaux devant lui.

Dans l'alameda on avait disposé de petites tables pliantes en fer-blanc au-dessus desquelles des jeunes filles accrochaient des guirlandes en papier. Elles étaient mouillées de pluie et elles riaient et elles lançaient leurs rouleaux de crêpe par-dessus les fils de fer et les rattrapaient au vol et le papier déteignait et elles avaient du rouge et du vert et du bleu sur les mains. Il mit les chevaux à l'attache en face de la boutique devant laquelle il était passé la nuit d'avant et il acheta un sac d'avoine pour les chevaux et il emprunta un seau en métal galvanisé dont il se servit pour les abreuver et il attendit dans l'alameda appuyé sur le fusil et les regarda qui buvaient. Il s'attendait à susciter une certaine curiosité mais les gens qu'il voyait se contentaient de le saluer gravement et passaient leur chemin. Il rapporta le seau dans l'épicerie et descendit la rue vers un petit café qu'il y avait là et il entra et s'assit à l'une des trois petites tables de bois. Le sol du café était de la terre battue récemment balayée et il était l'unique client. Il posa le fusil debout contre le mur et commanda des huevos revueltos et une tasse de chocolat et il s'assit et attendit d'être servi et ensuite il mangea très lentement. La cuisine était riche selon son goût et le chocolat avait été préparé avec de la cannelle et il le but et en commanda un second et plia une tortilla et mangea et regarda les chevaux qui attendaient sur la place de l'autre côté de la rue et regarda les jeunes filles. Elles avaient suspendu du crêpe à la tonnelle qui ressemblait à un fagot décoré de banderoles. Le patron le traitait avec beaucoup de courtoisie et il lui apporta des tortillas bien chaudes juste sorties du comal et lui dit qu'il allait y avoir un mariage et que ce serait dommage qu'il pleuve. Il demanda d'où il venait et parut surpris qu'il fût venu d'aussi loin. Il se mit à la fenêtre du café désert pour observer les activités sur la place et il dit que le bon Dieu avait raison de faire que les jeunes qui commencent ignorent tout des vérités de la vie parce que sans cela ils n'auraient pas le courage de rien commencer.

Avant midi la pluie avait cessé. L'eau s'égouttait des arbres de l'alameda et le crêpe pendait comme de la ficelle détrempée. Debout près des chevaux il regardait le cortège de la noce émerger de l'église. Le marié portait un terne costume noir trop grand pour lui et il n'avait pas l'air mal à l'aise mais presque désespéré, comme s'il n'avait pas du tout l'habitude des vêtements. La mariée semblait gênée et s'agrippait à son bras et ils s'arrêtèrent sur les marches pour se faire photographier et à les voir poser là devant l'église dans leurs antiques tenues de cérémonie ils avaient déjà l'apparence de vieilles photos. Dans la bistre monochromie d'un jour de pluie dans ce village perdu ils avaient vieilli d'un seul coup.

Dans l'alameda une vieille femme en mantille noire allait et venait et inclinait les tables et les chaises métalliques sur le côté pour que l'eau s'écoule. Avec d'autres elle commença à disposer ici et là la nourriture qu'elles sortaient de seaux et de corbeilles et un groupe de trois musiciens vêtus de costumes argentés sales et flétris attendaient avec leurs instruments. L'époux prit la main de la mariée pour l'aider à franchir la flaque d'eau devant le parvis. Ils se reflétaient dans l'eau, personnages gris sur fond de ciel gris. Un gamin s'élança et se mit à taper des pieds dans la flaque et les apergea d'un jet d'eau grise et boueuse et s'enfuit avec ses camarades. La mariée s'agrippait à son époux. Il fronça les sourcils et regarda du côté où s'enfuyaient les gamins mais il n'y avait rien à faire et elle baissa les yeux sur sa robe et elle le regarda puis elle éclata de rire. Puis le marié rit à son tour et tous les autres aussi dans le cortège de la noce et ils traversèrent la rue en riant et en se regardant et ils se glissèrent entre les tables de l'alameda et les musiciens commencèrent à jouer.

Avec le reste de son argent il acheta du café et des tortillas et des fruits et des haricots en boîte. Les boîtes étaient restées si longtemps sur les rayons qu'elles étaient ternies et les étiquettes effacées. Quand il repassa le long de la route les gens de la noce étaient attablés et mangeaient et les musiciens qui avaient arrêté de jouer étaient ensemble accroupis par terre et buvaient dans des gobelets en fer-blanc. Un homme qui était assis à l'écart sur un banc et qui semblait étranger à la noce leva la tête au bruit des lents sabots sur la route et fit un signe de la main au pâle cavalier qui passait avec une couverture et un fusil et le cavalier lui rendit son salut et continua.

Il laissa derrière lui les dernières maisons basses aux murs de torchis et prit la route du nord, une piste de terre qui serpentait à travers les collines de gravier dénudées et qui bifurquait et s'interrompait pour finir dans les déblais d'une mine abandonnée entre les formes rouillées de tuyaux et d'armatures de pompes et d'anciens étais. Il continua par les hautes terres et descendit dans la soirée le versant nord et arriva au pied du glacis où le créosote qui virait à l'olive sombre sous la pluie se dressait en colonies solennelles comme il se dressait depuis des millénaires et davantage dans ce désert vide d'occupant, plus ancien que toute chose vivante.

Il continua, les deux chevaux fermant la marche, débusquant des colombes des mares d'eau stagnante et le soleil à son déclin émergeant des sombres stratus délavés à l'ouest de l'horizon où son rouge incarnat affluait sur l'étroite bande de ciel au-dessus des montagnes comme du sang filtrant à travers de l'eau et le désert rafraîchi par la pluie soudain tout doré dans la lumière du soir puis s'assombrissant, lent écoulement d'encre sur la bajada et les collines pointant à l'horizon et le long tracé de pierre des noircissantes cordillères si net au sud loin à l'intérieur du Mexique. La plaine d'inondation qu'il traversait était enclose de chaque côté dans des murs de roche volcanique éboulée et au crépuscule les petits renards du désert étaient venus s'asseoir à leur pied silencieux et royaux comme des icônes pour voir la nuit venir et les colombes jetèrent leur cri du haut des acacias puis la nuit tomba sombre comme l'Égypte et il y eut seulement l'immobilité et le silence et le bruit des chevaux qui respiraient et le bruit de leurs sabots qui battaient dans l'obscurité. Il tourna le cheval vers l'étoile polaire et continua et ils allèrent ainsi tout le temps qu'il fallut à la lune ronde pour disparaître à l'est et les coyotes hurlaient et se répondaient d'un bout à l'autre de la plaine jusqu'au sud là d'où ils étaient venus.

Il traversa le fleuve juste à l'ouest de Langtry, État du Texas, dans une pluie qui tombait doucement. Le vent était au nord, la journée froide. Le bétail gris et immobile dans les échancrures de la berge. Il suivit une piste de bestiaux qui pénétrait dans les saules et menait par le carrizal à un endroit où l'eau grise reposait en nattes sur le gravier.

Il examina les tourbillons gris qui se formaient dans le courant et il mit pied à terre et desserra les sangles et se dévêtit et enfonça ses bottes dans les jambes de son pantalon comme il l'avait fait un jour déjà si lointain et il mit sa chemise et sa veste et le revolver par-dessus et fit deux tours avec sa ceinture dans les passants pour serrer bien fort à la taille. Puis il jeta le pantalon sur son épaule et remonta à cheval tout nu avec le fusil qu'il tenait en l'air et fit entrer Redbo dans le fleuve en poussant les deux autres chevaux devant lui.

Il arriva blême et grelottant sur le sol du Texas et s'arrêta un bref instant et regarda vers la plaine au nord où le bétail commençait déjà à apparaître sortant paresseusement de ce pâle paysage et poussant de faibles mugissements en direction des chevaux et il pensa à son père qui était mort dans ce pays et il resta en selle tout nu dans la pluie qui tombait et il pleura.

Quand il arriva à Langtry c'était le début de l'après-midi et il pleuvait toujours. La première chose qu'il vit ce fut une camionnette au capot relevé avec deux hommes qui essayaient de la faire démarrer. L'un des hommes se redressa et le regarda. Il leur faisait sans doute l'effet d'un fantôme surgi d'un passé révolu car l'homme donna un coup de coude à son compagnon et tous deux levèrent les yeux.

Salut, dit John Grady. J'me demandais si vous pourriez me dire quel jour on est.

Ils se regardèrent.

On est jeudi, dit le premier.

J'veux dire la date.

L'homme le regarda. Il regarda les chevaux qui s'étaient arrêtés derrière lui. La date ? dit-il.

Oui m'sieu.

On est le dernier jeudi de novembre. Le jour d'actions de grâces, dit l'autre homme.

Il les regardait. Il regardait vers le bout de la rue.

Est-ce que le café là-bas est ouvert ?

Oui, c'est ouvert.

Il leva la main qu'il avait posée sur le pommeau de sa selle et il allait mettre son cheval en avant mais s'arrêta aussitôt.

Y en a pas un de vous deux qui voudrait acheter un fusil, hein ? dit-il.

Ils se regardèrent.

Earl pourrait p't-êt' te l'acheter, dit le premier homme. En général il aide volontiers les gens.

C'est le gars qui tient le café ?

Oui.

Il toucha le bord de son chapeau. Très obligé, dit-il. Puis il mit le cheval en avant et descendit la rue avec les chevaux libres qui suivaient derrière lui. Les deux hommes le regardaient s'éloigner. Ni l'un ni l'autre ne parlait car il n'y avait rien à dire. Celui qui tenait la clé à béquille la posa sur le pare-chocs et ils restèrent tous les deux à le regarder jusqu'à ce qu'il ait tourné le coin devant le café et qu'il n'y ait plus rien à voir.

Il passa des semaines à parcourir le pays du côté de la frontière pour essayer de retrouver le propriétaire du cheval. À Ozona juste avant Noël trois hommes firent des déclarations sous serment et le garde champêtre du comté mit l'animal sous séquestre. L'audience eut lieu dans le cabinet du juge de paix dans le vieux bâtiment de pierre du tribunal et le greffier donna lecture de la plainte et des noms et le juge se tourna vers John Grady.

Fiston, dit-il, es-tu représenté par un avocat ?

Non m'sieu, non, dit John Grady. J'ai pas besoin d'un avocat. Je veux seulement vous raconter l'histoire de ce cheval.

Le juge acquiesça. Très bien, dit-il. Vas-y.

Oui m'sieu. Si vous permettez je voudrais tout vous raconter ce qui s'est passé depuis le début. Depuis la première fois que j'ai vu le cheval.

Bon si t'as envie de la raconter on a envie de l'entendre. Alors vas-y.

Il lui fallut près d'une demi-heure. Quand il eut terminé il demanda s'il pouvait avoir un verre d'eau. Personne ne parlait. Le juge se tourna vers le greffier.

Emil, va chercher un verre d'eau à ce garçon.

Il regarda son bloc-notes et se tourna vers John Grady.

Fiston, je vais te poser trois questions et si tu peux m'y répondre le cheval est à toi.

Oui m'sieu. Je vais essayer.

Bon. De deux choses l'une. Ou tu pourras répondre ou tu ne pourras pas. L'ennui avec les menteurs c'est qu'ils ne peuvent pas se souvenir de ce qu'ils ont dit.

Je ne suis pas un menteur.

Je le sais. C'est seulement pour les dossiers. Je ne crois pas que personne pourrait inventer l'histoire que tu viens de nous raconter.

Il remit ses lunettes et demanda à John Grady combien il y avait d'hectares au ranch de La Nuestra Señora de la Purísima Concepción. Puis il demanda le nom du mari de la cuisinière du maître. Enfin il posa ses notes et demanda à John Grady si le caleçon qu'il portait était propre.

Un rire étouffé parcourut la salle du tribunal mais le juge ne riait pas et l'huissier non plus.

Oui m'sieu. Certainement.

Eh bien puisqu'il n'y a pas de femme ici et si tu ne trouves pas ça trop gênant pour toi je voudrais que tu fasses voir au tribunal ces blessures que tu prétends que les balles t'ont faites à la jambe. Si tu ne veux pas je vais te poser une autre question.

Bien m'sieu, dit John Grady. Il ouvrit la boucle de sa ceinture et baissa son pantalon jusqu'aux genoux et tourna sa jambe droite sur le côté pour que le juge puisse la voir.

C'est bien fiston. Merci. Prends ton verre d'eau.

Il remonta son pantalon et le boutonna et referma sa ceinture et tendit le bras pour prendre le verre d'eau sur la table où le greffier l'avait posé et il but.

Ça m'a l'air de vilaines blessures que t'as là, dit le juge. Tu n'as pas vu un médecin ?

Non m'sieu. Y en avait pas là où j'étais.

Je suppose que non. Tu as de la chance d'avoir échappé à la gangrène.

Oui m'sieu. Je les ai brûlées comme il faut.

Brûlées ?

Oui m'sieu.

Avec quoi est-ce que tu les as brûlées ?

Avec un canon de revolver. Je les ai brûlées avec le canon d'un revolver que j'avais chauffé au rouge.

Il se fit un silence absolu dans la salle du tribunal. Le juge se renversa dans son fauteuil.

Le garde champêtre a pour instruction de restituer les biens en question à M. Cole. Monsieur Smith vous ferez le nécessaire pour que ce jeune homme récupère son cheval. Fiston tu es libre d'aller où tu veux et le tribunal te remercie de ton témoignage. Je rends la justice dans ce comté depuis qu'il existe et pendant tout ce temps j'ai entendu pas mal de choses qui m'ont fait sérieusement douter de l'espèce humaine mais cette affaire-là n'en fait pas partie. Je veux voir les trois plaignants dans mon cabinet après le dîner. C'est-à-dire à treize heures.

L'avocat des plaignants se leva. Monsieur le juge, il est tout à fait clair qu'il y a erreur sur la personne dans cette affaire.

Le juge referma son bloc-notes et se leva. Oui, dit-il. Une fâcheuse erreur. L'audience est levée.

Ce soir-là il frappa à la porte du juge quand il vit qu'il y avait encore de la lumière au rez-de-chaussée de la maison. Une jeune fille mexicaine vint à la porte et lui demanda ce qu'il voulait et il dit qu'il voulait voir le juge. Il avait dit cela en espagnol et elle le lui répéta en anglais avec une certaine froideur et lui dit d'attendre.

Le juge quand il parut sur le seuil était encore habillé mais il portait une vieille robe de chambre en flanelle. S'il était surpris de voir le jeune homme sur la galerie de sa maison il n'en laissa rien paraître. Il ouvrit la porte de treillis.

Entre fiston, dit-il. Entre.

Je voulais pas vous déranger.

Ça ne fait rien.

John Grady serrait son chapeau entre ses doigts.

Je n'ai pas l'intention de sortir, dit le juge. Alors si tu veux me voir tu ferais mieux d'entrer.

Oui m'sieu.

Il entra dans un long couloir. Il y avait à sa droite un escalier à balustres qui menait à l'étage au-dessus. La maison sentait bon la cuisine et l'encaustique. Le juge était chaussé de pantoufles de cuir et passa silencieusement sur le tapis du hall et entra dans une pièce à gauche par une porte ouverte. La pièce était remplie de livres et un feu était allumé dans la cheminée.

On est là, dit le juge. Dixie, je te présente John Cole.

Une femme aux cheveux gris se leva au moment où il entrait et lui sourit. Puis elle se tourna vers le juge.

Je monte, Charles, dit-elle.

Très bien, maman.

Il se tourna vers John Grady. Assieds-toi, fiston.

John Grady s'assit et posa son chapeau sur ses genoux.

Le juge s'assit à son tour.

Eh bien vas-y, dit le juge. Le meilleur moment c'est toujours maintenant.

Oui m'sieu. J'crois que ce que je voudrais dire pour commencer c'est que ça m'a beaucoup gêné ce que vous avez dit au tribunal. Ça donnait l'impression que j'ai bien agi tout du long et c'est pas du tout mon avis.

Et qu'est-ce que c'est ton avis ?

Il se tut les yeux baissés sur son chapeau. Il resta ainsi un long moment. Puis il finit par relever les yeux. Je n'ai pas l'impression d'avoir si bien agi que ça, dit-il.

Le juge acquiesça. Tu ne m'as pas dit de mensonges à propos du cheval, n'est-ce pas ?

Non m'sieu. Y s'agit pas de ça.

Et de quoi est-ce qu'il s'agit alors ?

Eh bien m'sieu. De la jeune fille je crois.

Bon.

Je travaillais pour le patron de ce ranch et j'avais du respect pour lui et il a jamais eu à se plaindre du travail que je faisais pour lui et c'est incroyable comme il était gentil avec moi. Et cet homme-là est venu jusque sur les pâturages où je travaillais sur le plateau et je crois qu'il avait dans l'idée de me tuer. Et c'est ma faute à moi si tout ça est arrivé. Ma faute à moi. À personne d'autre.

T'as pas mis la jeune fille enceinte, non ?

Non m'sieu. Je l'aimais.

Le juge opina gravement de la tête. Bon, dit-il. T'aurais pu l'aimer et lui faire quand même un gosse.

Oui m'sieu.

Le juge l'observait. Fiston, dit-il, tu me fais l'effet d'un gars qui se traite plutôt durement. J'ai l'impression d'après ce que tu m'as dit que tu peux t'estimer heureux de t'être sorti de là-bas vivant. Ce que t'as de mieux à faire c'est sans doute de continuer et d'oublier tout ça. Mon père me disait toujours quand t'as quelque chose sur l'estomac mieux vaut le digérer vite.

Oui m'sieu.

Il y a quelque chose d'autre, n'est-ce pas ?

Oui m'sieu.

Qu'est-ce que c'est ?

Quand j'étais là-bas au pénitencier j'ai tué un gars.

Le juge se renversa dans son fauteuil. Bon, dit-il. Ça ne me fait pas plaisir d'entendre ça.

Ça n'arrête pas de me tracasser.

Sans doute qu'on t'avait provoqué.

Oui. Mais ça n'y change rien. Ce type a essayé de me tuer avec un couteau. C'est seulement un hasard si c'est moi qui ai eu le dessus.

Pourquoi est-ce que ça te tracasse ?

J'sais pas. J'sais rien de lui. J'ai même jamais su comment il s'appelait. C'était p't-êt' un très brave type. J'en sais rien. J'sais pas pourquoi il faut que lui il soit mort.

Il leva la tête. Ses yeux étaient humides à la lueur du feu. Le juge l'observait en silence.

Tu sais bien que ce n'était pas un brave type. Tu le sais, n'est-ce pas ?

Oui m'sieu. Sans doute que oui.

Tu ne voudrais pas être juge, je suppose ?

Non m'sieu. Sûr que non.

Moi non plus je le voulais pas.

Pardon ?

Je ne voulais pas être juge. J'étais un jeune avocat et j'étais au barreau de San Antonio et je suis revenu ici quand mon père est tombé malade et je suis allé travailler pour le substitut du comté. Je te garantis que je ne voulais pas être juge. Je crois que ça me faisait à peu près le même effet qu'à toi. Et c'est pareil aujourd'hui.

Qu'est-ce qui vous a fait changer d'avis ?

Je ne suis pas sûr d'avoir changé d'avis. Seulement je voyais pas mal d'injustice dans le système judiciaire et je voyais à des postes importants des gens du même âge que moi que je connaissais depuis que j'étais gosse et dont je savais pertinemment qu'ils n'avaient rien dans la cervelle. Je crois que je n'avais tout simplement pas le choix. Pas le choix du tout. J'ai envoyé un jeune type de ce comté sur la chaise électrique à Huntsville en trente-deux. J'y pense souvent. Je ne crois pas que c'était un très brave type. Mais j'y pense. Est-ce que je recommencerais ? Oui certainement.

Moi j'ai failli recommencer.

À faire quoi, à tuer quelqu'un ?

Oui m'sieu.

Le capitaine mexicain ?

Oui m'sieu. Le capitaine. Ou ce que vous voudrez. Il était ce qu'on appelle là-bas un madrina. Même pas un vrai gendarme.

Mais tu ne l'as pas tué.

Non. Je ne l'ai pas tué.

Ils restaient assis en silence. Le feu avait baissé et il ne restait que des braises. Dehors le vent soufflait et d'un instant à l'autre il allait falloir qu'il sorte.

Seulement ce n'est pas à cause d'une désision que j'ai prise. Je me suis dit que j'en avais pris une. Mais c'est pas vrai. Je ne sais pas ce qui se serait passé s'ils n'étaient pas venus et s'ils ne l'avaient pas emmené. J'suppose qu'il est mort à présent de toute façon.

Il leva les yeux du feu pour regarder le juge.

J'étais même pas en colère contre lui. En tout cas j'avais pas l'impression de l'être. Ce gosse qu'il a tué c'est tout juste si je le connaissais. Ça m'a fait quelque chose. Mais il n'était rien pour moi.

Pourquoi crois-tu que tu voulais le tuer ?

J'en sais rien.

Bon, dit le juge. Je suppose que c'est quelque chose entre toi et not' Seigneur. Tu ne crois pas ?

Oui m'sieu. C'est pas que j'comptais trouver une réponse. Peut-être qu'il n'y en a pas. Mais ça me tracassait que vous puissiez me prendre pour quelqu'un d'exceptionnel. Je le suis pas.

Ce n'est pas une si mauvaise raison pour se faire du tracas. Il avait repris son chapeau et le tenait à deux mains. Il semblait sur le point de se lever mais il ne se levait pas.

En fait si je voulais le tuer c'est parce que je suis resté planté là comme une souche et que je l'ai laissé emmener ce gosse derrière les arbres et le tuer et que j'ai même pas dit un seul mot.

Est-ce que ça aurait servi à quelque chose ?

Non m'sieu. Mais ce n'est pas une excuse.

Le juge se pencha en avant et prit le tisonnier appuyé contre la cheminée et remua les braises et remit le tisonnier à sa place et joignit les mains et regarda John Grady.

Qu'est-ce que t'aurais fait si je t'avais donné tort aujourd'hui ?

J'sais pas.

Eh bien, voilà une réponse honnête, je suppose.

Le cheval n'était pas à eux. Ça ne m'aurait pas plu.

Oui, dit le juge. Je comprends ça.

Il faut que je trouve à qui appartient ce cheval. Autrement je vais traîner ça comme un boulet.

Tu n'as rien à te reprocher fiston. Je crois que tu finiras par tirer tout ça au clair.

Oui m'sieu. Sans doute que oui. Si je vis assez longtemps.

Il se leva.

Je vous remercie de m'avoir écouté. Et de m'avoir invité chez vous dans votre maison et de tout.

Le juge se leva. Tu peux revenir nous voir quand tu voudras, dit-il.

Oui m'sieu. J'vous remercie beaucoup.

Il faisait froid dehors mais le juge resta sur la galerie en robe de chambre et en pantoufles pendant que John Grady détachait son cheval et reprenait les deux autres puis se mettait en selle. Il tourna le cheval et regarda le juge debout sur le seuil éclairé de la porte et il leva la main et le juge lui rendit son salut et il descendit la rue passant d'une flaque de lueur à une flaque de lueur au pied des réverbères pour disparaître dans l'obscurité.

LE DIMANCHE MATIN de cette semaine-là il était dans un bar de Bracketville, dans l'État du Texas, et buvait du café. À part lui il n'y avait que le serveur dans l'établissement et il était assis sur le dernier tabouret au bout du comptoir en train de fumer une cigarette et de lire un journal. Il y avait un poste de radio allumé derrière le comptoir et au bout d'un moment une voix annonça *L'Heure évangélique* de Jimmy Blevins.

John Grady leva la tête. D'où est-ce qu'elle émet cette station de radio ? dit-il.

C'est Del Rio, dit le serveur.

Il arriva à Del Rio dans l'après-midi vers quatre heures et demie et le temps de trouver la maison des Blevins la nuit commençait à tomber. Le révérend habitait une maison à pans de bois peinte en blanc au bout d'une allée de gravier et John Grady mit pied à terre devant la boîte aux lettres et conduisit les chevaux derrière la maison au fond de l'allée et frappa à la porte de la cuisine. Une petite dame blonde passa la tête dehors. Elle ouvrit la porte.

Oui ? dit-elle. Est-ce que je peux faire quelque chose pour vous ?

Oui m'dame. Est-ce que le révérend Blevins est à la maison ?

À quel sujet est-ce que vous voulez le voir ?

Eh bien. J'suppose que c'est au sujet d'un cheval.

Au sujet d'un cheval ?

Oui m'dame.

Elle regarda les animaux derrière lui. Lequel est-ce ? dit-elle.

Le bai. Celui-ci. Le plus grand.

Il va lui donner la bénédiction, mais sans y poser les mains.

J'vous demande pardon ?

Il ne va pas poser les mains dessus. Pas sur les animaux.

Qui est-ce, chérie ? cria un homme depuis la cuisine.

Un jeune homme avec un cheval, cria-t-elle à son tour.

Le révérend s'avança sur la galerie. Oh la la, dit-il. Regarde-moi ces chevaux.

Je m'excuse de vous déranger, monsieur, mais est-ce que ce cheval n'est pas à vous ?

À moi ? Je n'ai jamais eu de cheval de ma vie.

Vous vouliez qu'il donne sa bénédiction au cheval oui ou non ? dit la femme.

Est-ce que vous connaissiez un garçon d'environ quatorze ans du nom de Jimmy Blevins ?

On a eu un mulet à une époque quand j'étais petit. Un grand mulet. Et un drôle de chenapan avec ça. Un garçon qui s'appelle Jimmy Blevins ? Vous voulez dire Jimmy Blevins tout court ?

Oui m'sieu.

Non. Non. Pas que je me souvienne. Y a pas mal de Jimmy Blevins en ce bas monde mais c'est Jimmy Blevins Smith et Jimmy Blevins Jones. Y passe pas une semaine sans qu'on reçoive une ou deux lettres où il est question d'un nouveau Jimmy Blevins ceci ou d'un Jimmy Blevins cela. Hein que c'est vrai chérie ?

C'est vrai révérend.

On en reçoit de l'étranger vous voyez. Jimmy Blevins Chang. Ça c'en est une qui est arrivée y a pas longtemps. Un drôle de p'tit poupon jaune. Ils envoient des photos vous savez. Des trucs d'amateurs. Comment est-ce que vous vous appelez ?

Cole. John Grady Cole.

Le révérend tendit la main et ils se la serrèrent, le révérend avec un air pensif. Cole, fit-il. Ça se peut qu'on ait eu un Cole. Je m'en voudrais de dire qu'on n'en a pas eu. Est-ce que vous avez déjà soupé ?

Non monsieur.

Chérie p't-êt' que M. Cole voudra bien souper avec nous. Vous aimez le poulet et les boulettes monsieur Cole ?

Oui m'sieu. Je m'en suis toujours régalé toute ma vie.

Eh bien apprêtez-vous à vous régaler encore plus parce que ma femme fait les meilleures que vous aurez jamais mangées.

Ils mangèrent à la cuisine. Elle dit : On mange à la cuisine maintenant qu'on n'est plus que nous deux.

Il ne demanda pas qui était l'absent. Le révérend attendit qu'elle fût assise puis il pencha la tête et bénit la nourriture et la table et ceux qui y étaient assis. Il fut assez disert et bénit des tas de choses y compris tout le pays puis il bénit à leur tour plusieurs autres pays et il parla de la guerre et des famines et des missions et d'autres problèmes du monde avec une mention spéciale pour la Russie et les juifs et le cannibalisme et pour tout ça il demanda miséricorde au nom du Christ et Amen et il se redressa et prit le pain de maïs.

Les gens veulent toujours savoir comment j'ai commencé, dit-il. Eh bien, ça n'a jamais rien eu de mystérieux pour moi. La première fois que j'ai entendu une TSF j'ai compris pour quoi c'était fait et je me suis même pas posé de questions. Le frère de maman a construit un poste à galène. Il l'avait acheté par correspondance. Le poste est arrivé dans une caisse et on l'a monté. On habitait dans le sud de la Géorgie et bien sûr on avait entendu parler de la radio. Mais de nos propres yeux on n'en avait jamais vraiment vu une qui marche. Ça fait toute la différence du monde. Bon. J'ai tout de suite su pour quoi c'était fait. Parce qu'on ne pouvait plus se trouver d'excuses, voyez-vous. Un homme pouvait avoir le cœur endurci au point de ne plus être capable d'entendre la parole de Dieu, mais imaginez qu'on allume la radio et qu'on la mette bien fort ? Eh bien, ça n'avance plus à grand-chose d'avoir le cœur endurci. Parce qu'il faudrait être sourd comme un pot par-dessus le marché. Tout sert à quelque chose ici-bas, voyez-vous. C'est pas toujours facile de voir à quoi. Mais la radio ? Ah la la. Ça crevait les yeux. La radio faisait partie de mes plans dès le premier jour. C'est ça qui m'a amené au saint ministère.

Il chargeait son assiette tout en parlant puis il s'arrêta de parler et mangea. Ce n'était pas un homme corpulent mais il mangea deux énormes assiettes pleines et ensuite une grosse portion de gratinée aux pêches et il vida plusieurs grands verres de babeurre.

Quand il eut terminé il s'essuya la bouche et repoussa sa chaise. Bon, dit-il. Vous m'excuserez. Il faut que j'aille travailler. Le Seigneur ne prend pas de vacances.

Il se leva et disparut à l'intérieur de la maison. La femme servit une deuxième portion de gratinée à John Grady et il la remercia et elle se rassit et le regarda manger.

Il est le premier à avoir persuadé les gens de poser les mains sur la radio vous savez, dit-elle.

Pardon ?

C'est lui qui a lancé ça. C'était son idée de vous faire poser les mains sur la radio. Il récitait une prière devant le poste de radio et guérissait tous les gens qui étaient assis autour avec les mains sur le poste.

Oui m'dame.

Avant ça il se faisait envoyer des choses et il priait sur les choses qu'on lui envoyait mais il y a eu beaucoup de problèmes avec ça. Les gens attendent beaucoup d'un ministre de Dieu. Il guérissait beaucoup de gens et bien sûr tout le monde en a entendu parler à la radio et ça me fait de la peine de le dire mais ça a mal tourné. Il faut bien le reconnaître.

Il mangeait. Elle l'observait.

Les gens envoyaient des cadavres, dit-elle.

Pardon ?

Ils envoyaient des cadavres. Ils les mettaient dans des caisses et ils les expédiaient en colis exprès par le train. Ça n'avait plus de sens. Y a rien à faire avec un mort. Seul Jésus pourrait faire ça.

Oui m'dame.

Vous voulez encore un peu de babeurre ?

Oui m'dame, s'il vous plaît. Il est très bon.

Eh bien ça me fait plaisir que vous l'aimiez.

Elle remplit son verre et se rassit.

Il travaille si dur pour son saint ministère. Les gens n'ont aucune idée. Est-ce que vous saviez que sa voix arrive partout dans le monde ?

Vraiment ?

On a reçu des lettres de Chine. C'est difficile à imaginer. Tous ces gens-là assis autour de leurs postes là-bas. Pour écouter Jimmy.

Ça m'étonnerait qu'ils comprennent ce qu'il dit.

Des lettres de France. Des lettres d'Espagne. Du monde entier. Sa voix c'est comme un instrument, vous voyez. Avec l'imposition des mains, les gens pourraient être à Tombouctou. Ils pourraient être au pôle Sud. Ça ne fait pas de différence. Sa voix est là. Y a pas un seul endroit où vous pouvez aller sans qu'elle y soit. Dans l'espace. Tout le temps. Il suffit d'allumer le poste.

Évidemment ils ont essayé de fermer la station, mais l'émetteur est là-bas de l'autre côté au Mexique. C'est pour ça que le docteur Brinkley est venu ici. Pour inaugurer la station. Vous savez qu'on peut entendre sa voix sur Mars ?

Non m'dame.

Eh bien oui. On l'entend. Quand je pense à tous ces gens là-haut qui entendent les paroles de Jésus pour la première fois de leur vie j'en ai les larmes aux yeux. Oui vraiment. Et c'est grâce à Jimmy Blevins. Grâce à lui.

De l'intérieur de la maison leur parvint un long ronflement rauque. Elle sourit. Le pauvre chéri, dit-elle. Il est absolument épuisé. Les gens n'ont aucune idée.

Il ne trouva jamais le propriétaire du cheval. Vers la fin février il repartit vers le nord, guidant les chevaux dans les fossés de remblaiement le long du revêtement des routes, l'appel d'air des gros semi-remorques les plaquant contre les clôtures. Dans la première semaine de mars il était de retour à San Angelo et il coupa à travers le pays qui lui était si familier et il arriva à la clôture qui délimitait les pâturages des Rawlins juste après la tombée du jour en cette première nuit chaude de l'année et il ne faisait pas de vent et tout était parfaitement immobile et limpide sur les plaines occidentales du Texas. Il alla à cheval jusqu'à l'écurie et mit pied à terre et marcha jusqu'à la maison. Il y avait de la lumière dans la chambre de Rawlins et il pressa deux doigs contre ses dents et siffla.

Rawlins vint à la fenêtre et regarda dehors. Au bout de quelques minutes il sortit par la cuisine et fit le tour de la maison.

C'est toi mon pote ?

Oui.

Enfant de putain, dit-il. Enfant de putain.

Il se mit de l'autre côté de John Grady pour le voir dans la lumière et le regarda comme une créature infiniment précieuse. J'ai pensé que tu voudrais p't-êt' reprendre ton cheval, dit John Grady.

J'peux pas le croire. T'as ramené Junior avec toi ?

Il est là-bas devant l'écurie.

Enfant de putain, dit Rawlins. J'peux pas le croire. Enfant de putain.

Ils partirent à cheval sur la prairie et s'assirent par terre et laissèrent les animaux aller et venir avec les rênes qui traînaient et il raconta à Rawlins tout ce qui s'était passé. Puis ils restèrent très silencieux. Une lune morte était suspendue dans le ciel vers l'ouest et les longues formes plates des nuages nocturnes passaient devant elle comme une escadre fantôme.

T'es passé voir ta mère ? dit Rawlins.

Non.

Tu savais que ton père était mort.

Oui. J'crois que je le savais.

Elle a essayé de te joindre au Mexique.

Oui.

La mère de Luisa va très mal.

Abuela ?

Oui.

Comment est-ce qu'ils se débrouillent ?

Pas trop mal je crois. J'ai vu Arturo en ville. Thatcher Cole lui a trouvé du travail à l'école. Pour le nettoyage et des trucs comme ça.

Est-ce qu'elle va s'en tirer ?

J'en sais rien. Elle est très âgée.

Oui.

Qu'est-ce que tu vas faire ?

Repartir.

Où ça ?

J'en sais rien.

Tu pourrais aller travailler sur les derricks. Ça paie drôlement bien.

Oui. Je sais.

Tu pourrais rester ici chez nous.

Je crois que je vais partir.

C'est encore un bon pays.

Oui. Je le sais. Mais c'est pas mon pays.

Il se leva et se tourna et regarda au loin vers le nord là où les lumières de la ville étaient suspendues au-dessus du désert. Puis il s'éloigna et ramassa les rênes et remonta sur son cheval et saisit le cheval de Blevins par sa têtière.

Retiens ton cheval, dit-il. Autrement il va me suivre.

Rawlins s'avança et reprit son cheval et resta là à le tenir.

Où est-ce qu'il est ton pays ? dit-il.

J'en sais rien, dit John Grady. Je ne sais pas où il est. Je ne sais pas ce qui arrive à un pays.

Rawlins ne répondit pas.

À un de ces jours mon vieux pote, dit John Grady.

C'est ça. À un de ces jours.

Il restait là retenant son cheval pendant que le cavalier tournait et s'éloignait et diminuait lentement sur la ligne d'horizon. Il s'accroupit pour le voir un peu plus longtemps mais au bout d'un instant il était parti.

LE JOUR DES OBSÈQUES à Knickerbocker il faisait froid et venteux. Il avait conduit les chevaux dans le pâturage de l'autre côté de la route et il resta assis un long moment à contempler la route vers le nord où le temps se gâtait et où le ciel était gris et au bout d'un moment le cortège funèbre apparut. Un vieux fourgon mortuaire Packard suivi d'un assortiment disparate de voitures et de camions poussiéreux. Ils se garèrent le long de la route devant le petit cimetière mexicain et les gens descendirent sur la route et les hommes des pompes funèbres dans leurs costumes noirs fanés se postèrent derrière le fourgon mortuaire et franchirent le portail du cimetière avec le cercueil d'Abuela sur leurs épaules. John Grady était debout de l'autre côté de la route avec son chapeau à la main. Personne ne le regardait. Ils la portèrent au milieu du cimetière suivis d'un prêtre et d'un jeune garçon revêtu d'un surplis blanc qui agitait une sonnette et ils l'inhumèrent et ils dirent une prière et ils pleurèrent et ils se lamentèrent et ensuite ils ressortirent du cimetière sur la route s'aidant les uns les autres et pleurant et ils remontèrent en voiture et virèrent chacun son tour sur l'étroit revêtement et reprirent le chemin par où ils étaient venus.

Le fourgon était déjà parti. Il y avait une camionnette en stationnement un peu plus loin au bord de la route et il se couvrit et s'assit là sur le remblai du fossé et au bout d'un petit moment deux hommes descendirent l'allée principale et sortirent du cimetière avec des pelles sur l'épaule et ils longèrent la route et jetèrent les pelles sur le plateau de la camionnette et montèrent et firent demi-tour et s'en furent.

Il se leva et traversa la route et entra dans le cimetière et passa devant la vieille crypte en pierre et passa devant les petites pierres tombales avec leurs humbles souvenirs, les fleurs en papier décolorées par le soleil, un vase en porcelaine, une Vierge cassée en celluloïd. Les noms qu'il connaissait ou qu'il avait connus. Villareal, Sosa, Reyes. Jesuita Holguín. Nació. Falleció. Une grue sauvage en porcelaine. Un vase ébréché en opaline. Les prairies ondulantes au-delà, le vent dans les cèdres. Armendares. Ornelos. Tiodosa Tarín, Salomer Jáquez. Epitacio Villareal Cuéllar.

Il s'arrêta son chapeau à la main sur la terre qui ne portait aucune marque. Cette femme qui avait travaillé pour sa famille pendant cinquante ans. Elle avait gardé sa mère au berceau et elle avait travaillé pour sa famille bien avant que sa mère ne vînt au monde et elle avait connu et gardé les oncles de sa mère les fils Grady qui étaient de vrais sauvages et qui étaient tous morts depuis si longtemps et il restait là avec son chapeau à la main et il l'appela son Abuela et il lui dit adieu en espagnol puis il fit demi-tour et remit son chapeau et tourna son visage humide vers le vent et resta un moment les bras tendus devant lui comme pour reprendre l'équilibre ou bénir la terre là où il était ou peut-être comme pour ralentir le monde qui fuyait dans sa course folle et semblait n'avoir nul souci ni des vieux ni des jeunes ni des riches ni des pauvres ni des basanés ni des visages pâles ni de lui ni d'elle. Nul souci de leurs luttes, nul souci de leurs noms. Nul souci des vivants ni des morts.

APRÈS QUATRE JOURS à cheval il traversa le Pecos à Iraan Texas et quand il émergea de l'échancrure des berges il vit sur la ligne d'horizon les chevalets de pompage du gisement de Yates se relever puis s'abaisser pareils à des oiseaux mécaniques. Pareils à de grands oiseaux primitifs en fer soudé façonnés d'après la rumeur dans un pays où il y avait peut-être eu de tels oiseaux. En ce temps-là il y avait encore des Indiens qui campaient sur les plaines occidentales et à la fin de la journée il passa à cheval devant un groupe dispersé de leurs wickiups dressés sur ces espaces scarifiés et tremblants. Ils étaient peut-être à un quart de mile au nord, juste des huttes faites de bouts de bois et de broussaille avec quelques peaux de chèvre tendues en travers. Les Indiens étaient debout immobiles et l'observaient. Il pouvait voir qu'ils n'échangeaient pas la moindre parole pas le moindre commentaire sur son passage et qu'ils ne faisaient pas un geste de bienvenue et ne l'appelaient même pas. Ils n'avaient à son égard aucune curiosité. Comme s'ils avaient su tout ce qu'ils avaient besoin de savoir. Ils étaient là et le regardaient passer et ils le regardèrent disparaître sur ce paysage uniquement parce qu'il passait. Uniquement parce qu'il allait disparaître.

Le désert qu'il traversait était rouge et rouge la poussière qu'il soulevait, la petite poussière qui poudrait les membres du cheval qu'il montait, du cheval qu'il menait. Dans la soirée un vent se leva et embrasa tout le ciel devant lui. Il n'y avait guère de bétail sur ces terres car c'étaient des terres vraiment désolées et pourtant il rencontra le soir venu un taureau solitaire qui se roulait dans la poussière à contre-jour dans le coucher de soleil rouge sang et l'on eût dit un animal dans un supplice rituel. La poussière rouge sang s'exhalait du soleil. Il toucha le cheval avec ses talons et continua. Il allait avec le soleil qui lui cuivrait le visage et le vent rouge qui soufflait de l'ouest à travers les terres du soir et les petits oiseaux du désert voltigeaient en pépiant parmi les fougères desséchées et le cheval et le cavalier et le cheval passaient et leurs ombres allongées passaient l'une derrière l'autre jumelées comme l'ombre d'une seule créature. Passaient et s'enfonçaient pâlissantes dans la contrée toujours plus sombre, le monde à venir.

DU MÊME AUTEUR

Le Gardien du verger
prix Faulkner 1965
Robert Laffont, 1965
Éditions de l'Olivier, nouvelle traduction, 1996
et « Points », n° P685

Méridien de sang
Gallimard, 1988
Éditions de l'Olivier, nouvelle traduction, 1998
et « Points », n° P827

L'Obscurité du dehors
Actes Sud, 1991
et « Points », n° P567

Un enfant de Dieu
Actes Sud, 1992
et « Points », n° P611

Suttree
Actes Sud, 1994
et « Points », n° P489

Le Grand Passage
(La Trilogie des confins II)
Éditions de l'Olivier, 1997
et « Points », n° P751

Des villes dans la plaine
(La Trilogie des confins III)
Éditions de l'Olivier, 1999
et « Points », n° P961

No Country for Old Men
(Non, ce pays n'est pour le vieil homme)
Éditions de l'Olivier, 2007
et « Points », n° P1829

La Route
Éditions de l'Olivier, 2008
et « Points », n° P2156

RÉALISATION : NORD COMPO À VILLENEUVE-D'ASCQ
IMPRESSION : CPI FRANCE
DÉPÔT LÉGAL : SEPTEMBRE 2016. N° 133215 (3017921)
IMPRIMÉ EN FRANCE

Éditions Points

DERNIERS TITRES PARUS

P4402. Price, *Steve Tesich*
P4403. En toute franchise, *Richard Ford*
P4404. Les Cantos pisans, *Ezra Pound*
P4405. Dingue de la vie et de toi et de tout, *Neal Cassady*
P4406. Que la bête s'éveille, *Jonathan Kellerman et Jesse Kellerman*
P4407. Le Moineau rouge, *Jason Matthews*
P4408. De si parfaites épouses, *Lori Roy*
P4409. Au départ d'Atocha, *Ben Lerner*
P4410. Riz, *Su Tong*
P4411. Pourquoi partir ? Journal. 2011-2014, *Jacques Chancel*
P4412. Fleur et Sang, *François Vallejo*
P4413. Le Cœur du problème, *Christian Oster*
P4414. Claire, *Louise Bachellerie*
P4415. Le Sang de la coupe, *Leighton Gage*
P4416. Corps coupable, *Laura Lippman*
P4417. À chaque jour suffit son crime, *Stéphane Bourgoin*
P4418. De l'esprit d'aventure, *Gérard Chaliand, Patrice Franceschi, Jean-Claude Guilbert*
P4419. Les mots que j'aime. En dix mots comme en cent
P4420. Ce qu'on entend dans les chansons *Serge Hureau et Olivier Hussenet*
P4421. LOL est aussi un palindrome. Journal d'une prof au bord de la crise (de rire), *Mathilde Levesque*
P4422. Les Eaux troubles du mojito, *Philippe Delerm*
P4423. La Petite Femelle, *Philippe Jaenada*
P4424. Le Donjon, *Jennifer Egan*
P4425. Des garçons bien élevés, *Tony Parsons*
P4426. Carthage, *Joyce Carol Oates*
P4427. La Femme du voisin, *Gay Talese*
P4428. Pictologies. 180 histoires en bref *Matteo Civaschi et Gianmarco Miles*

P4429. Pictologies. 150 films en bref
Matteo Civaschi et Gianmarco Miles
P4430. Opération Napoléon, *Arnaldur Indridason*
P4431. Encore des nouilles. Chroniques culinaires
Pierre Desproges
P4432. Chroniques en Thalys, *Alex Vizorek*
P4433. Le Petit Troquet des brèves de comptoir
Jean-Marie Gourio
P4434. Tics et tocs des grands génies, *Mason Currey*
P4435. L'Encyclopédie des sports oubliés
Edward Brooke-Hitching
P4436. Le Jourde & Naulleau, *Pierre Jourde et Éric Naulleau*
P4437. Le linguiste était presque parfait, *David Carkeet*
P4438. Mésaventures à Honolulu, *Jack Handey*
P4439. Le Festin des fauves, *Dominique Maisons*
P4440. Les Vies multiples d'Amory Clay, *William Boyd*
P4441. L'Amour des Loving, *Gilles Biassette*
P4442. Rien de ce qui est inhumain ne m'est étranger.
Manuel de combat spititruel, *Martin Steffens*
P4443. Avec Dieu au Goulag. Témoignage d'un jésuite
interné vingt-trois ans en Sibérie, *Walter J. Ciszek*
avec Daniel Flaherty
P4444. Petites chroniques de la vie comme elle va
Étienne Gruillot
P4445. Et le souvenir que je garde au cœur
Jean-Pierre Darroussin
P4446. Laissé pour mort à l'Everest, *Beck Weathers,*
avec Stephen G. Michaud
P4447. Les Fleuves immobiles, *Stéphane Breton*
P4448. La Fille aux sept noms, *Hyeonseo Lee*
P4449. Marie Curie prend un amant, *Irène Frain*
P4450. Novembres, *Martine Delerm*
P4451. 10 jours dans un asile, *Nellie Bly*
P4452. Dialogues, *Geneviève de Gaulle Anthonioz*
et Germaine Tillion
P4453. À l'estomac, *Chuck Palahniuk*
P4454. Les Innocents, *Robert Pobi*
P4455. La Saison des Bijoux, *Éric Holder*
P4456. Les Sables de Mésopotamie, *Fawaz Hussain*
P4457. La Dernière Manche, *Patrice Franceschi*
P4458. Terres amères, *Joyce Carol Oates*
P4459. On marche sur la dette. Vous allez enfin
tout comprendre !, *Christophe Alévêque et Vincent Glenn*
P4460. Poésie, *Raymond Carver*
P4461. Épilogue meurtrier, *Petros Markaris*